我们追求人与自然的和谐，经济与社会的和谐，通俗地讲，就是既要绿水青山，又要金山银山。

——习近平

"两山"之路

——"美丽中国"的浙江样本

孙 侃◎著

浙江出版联合集团

浙江人民出版社

图书在版编目（CIP）数据

"两山"之路 ："美丽中国"的浙江样本 / 孙侃著. —杭
州 ：浙江人民出版社，2017.2
ISBN 978-7-213-07749-4

Ⅰ . ①两… Ⅱ . ①孙… Ⅲ . ①报告文学-中国-当代
Ⅳ . ①I25

中国版本图书馆 CIP 数据核字（2016）第 311376 号

"两山"之路——"美丽中国"的浙江样本

孙侃 著

出版发行：浙江人民出版社(杭州市体育场路 347 号 邮编 310006)

市场部电话：(0571)85061682 85176516

集团网址：浙江出版联合集团 http://www.zjcb.com

责任编辑：郦鸣枫 朱丽芳 尚 婧

责任校对：戴文英 王欢燕

电脑制版：杭州大漠照排印刷有限公司

印 刷：浙江新华数码印务有限公司

开 本：710 毫米 ×1000 毫米 1/16 印 张：24.25

字 数：343 千字 插 页：2

版 次：2017 年 2 月第 1 版 印 次：2017 年 2 月第 1 次印刷

书 号：ISBN 978-7-213-07749-4

定 价：58.00 元

如发现印装质量问题，影响阅读，请与市场部联系调换。

引 子

绿水青山皆妙趣。

10 多年前，习近平在浙江安吉余村考察时，首次提出"绿水青山就是金山银山"重大科学论断。10 多年来，这一科学论断发展为"两山"重要思想，极大地影响和改变了中国的发展理念、发展思路、发展方式和发展前景，引领中国迈向一个生机勃勃、清洁美丽的新天地。

创建生态省、打造"绿色浙江"，把生态文明建设纳入"八八战略"浙江发展总纲，一张蓝图绘到底，一任接着一任干，浙江坚持走"两山"发展之路始终不动摇。10 多年来，生态省建设"十大重点工程"、"811"环境整治行动、循环经济"991 行动计划"、"五水共治"、"三改一拆"、"四边三化"、"剿灭劣 V 类水"行动……"两山"重要思想在浙江大地的生动实践，换来了天蓝、水清、山绿、地净，换来了富饶秀美、和谐安康、人文昌盛、宜业宜居的美丽浙江，也打造出了绿色生态发展和"美丽中国"建设的浙江样本。

作为新发展理念之一，绿色发展成为追求人与自然生态和谐的重要途径。拥有纯净清新的空气、透明澄澈的河流、满眼皆绿的天地，才能确保你我生存繁衍、尽享美好生活，才能有效减轻这个资源日益匮乏的拥挤星球的压力，才能推动世界的可持续发展和人类的永续进步。构建人类命运共同体，需要每个人的实际行动和齐心协力。

"我们既要绿水青山，也要金山银山。宁要绿水青山，不要金山银山，而且绿水青山就是金山银山。"追溯和展现浙江走过的"两山"之路，能真切感受浙江对于生态文明建设的高度重视和担当精神，能深刻体会广大浙江人维护和营建优美生态环境的高度自觉和勤劳智慧，能充分领略在绿色发展伟大工程中，为"中国的明天"所不断提供的浙江经验、浙江方案、浙江素材。"两山"重要思想在浙江的实践为何如此广泛生动？生态文明建设缘何在浙江尤为见效？浙江的人民群众怎样主动投入治山治水的各项活动？绿色发展浙江经验究竟有哪些优点特色，在全国具有哪些借鉴意义和推广价值？感人的故事值得娓娓讲述，内在的规律需要深入探寻，取得更大成果的信心和勇气必须始终满满。

"草树知春不久归，百般红紫斗芳菲。杨花榆荚无才思，惟解漫天作雪飞。"（唐·韩愈）这是一个飞扬激情的岁月，这是一个充满希望的时代。天高地厚，征途修远；翻篇归零，不忘初心。沿着绿水青山，我们满怀信心走在通往金山银山的宽广大道上。

目 录

第一章

"两山"之路，
从一座小山村走起

　　我们过去讲既要绿水青山，也要金山银山，其实绿水青山就是金山银山，本身，它有含金量。发展有多种多样，要走可持续发展的道路，绿水青山就是金山银山！

——习近平

　　春三月，山林不登斧，以成草木之长。夏三月，川泽不入网罟，以成鱼鳖之长。

——先秦　《逸周书·大聚解》

在一座美丽的小山村，一场关于基层农村发展的现场会，习近平一番语重心长、精深透彻的重要讲话，至今仍在人们心中回荡。要走可持续发展的道路，绿水青山就是金山银山。要认识到人类只有一个地球，地球是我们的共同家园，保护环境是全人类的共同责任，使生态建设成为自觉行动。方向的指引，让行走的脚步有了坚实的目标。

　　余村人摸着石头过河，尝到了"与生态共赢"的甜头。一座小山村生态保护的曲折过程，是一份不可多得的样本。生态文明建设的内生发展之路，在一步步的探索中渐渐明晰。

余村溪畔，谆谆言辞泽万物

　　妙不可言的山水景致，诗意盎然的怡人环境，难道可以弃毁了之、毫不足惜？发生在余村的曲折故事引人深思。当年那番谆谆言辞仿佛依然在此回荡，且在接下来的时日里不断发挥出巨大的推动力。

　　你无法不惊叹余村这片绿水青山的美。

　　浙江省湖州市安吉县天荒坪镇余村，318户人家，1300多个村民，4.86平方公里村域面积，一座蹲伏于南方丘陵地带的安静村庄。没错，你原本可能以为这只是个随处可见的小山村罢了，江南多山，山的褶皱之间，溪谷的左右两侧，这样的村子星罗棋布，无非是依水建屋，择平地耕种，一条绕山村道与外界勾连之类。然而，当你渐渐向它靠近，慢慢探入其境，整个身心沐浴在这片绿水青山之中，你定会惊诧：噢，我这是走进了传说中的桃花源么？

　　芳草鲜美，落英缤纷；土地平旷，屋舍俨然，有良田美池桑竹之属……陶渊明笔下的桃花源的确令人神往，千百年来为人们所津津乐道、热切向往，但眼前这番景致显然要比诗化的描绘更加诱人，因为这里的田园、竹海、溪流、山野不仅褒有传统乡村之美，还渗透着现代文明的优雅风韵。它是一幅天人合一、道法自然和美丽富饶、和谐幸福的当代画卷。

　　翠色浑融的天目山余脉荷花山，绿荫连绵，草木华滋；纯净清香的细流从岩底林间渗出，一路晶莹弹唱，汇成一脉清澈见底的余村溪；交织生长的参天水杉，在村前屋后、塍堤两侧俊朗挺立。田畴禾谷丰盈，道路通达宽敞，新屋整齐美观。满眼的浓绿，满眼的青翠，满眼的秀蔚，更让人迷醉的是这里的空气：洁净且绝无混夹杂质，清新而带有一丝甜味，能直入心脾、贯通经脉，令人神清气爽、全身舒坦……事实上，拿任何言辞来描述余村无可挑剔的生态环境都是徒劳的，在极致的事物面前，文字的力量要么无奈地呈现出微弱，要么遗憾地反显其虚假夸张。想要真正享有这份美妙，唯有整副身心置于其中，别无他法。

是的，小小的余村正是浙江"两山"建设的一个不可替代的典型，因了它的踩准时代节点，因了它的完美嬗变，因了它不可限量的推广价值。

一个无法忽略的事实是：你要追溯浙江"两山"建设的历史进程，你想感悟"两山"实践所带来的非凡效应和巨大作用，你愿探求"两山"重要思想的规律和本质，余村的今昔之变无疑是一则弥足珍贵的生动个例，余村的成功践行绝对是一座绕不过去的里程碑。

没错，余村人最为骄傲的是，当年他们尝试性地走出的那几步，竟然留在了 21 世纪中国生态文明发展史的关键一页上。

我们与一群前来余村参观学习的村干部一起，沿着那条纤尘不沾的宽阔乡道蹀躞村中，在村前公园的"绿水青山就是金山银山"巨型石碑前留影，在设施完善的运动场看老人们闲适地打门球，在书香浓郁的文化礼堂流连，接着走进了余村旧村部大楼二楼西侧那间不足 30 平方米的简陋会议室。就在这里，时任浙江省委书记的习近平，第一次向干部群众细述了"两山"重要思想的主旨和基本要求。

我们久久驻足，习近平当年那番谆谆言辞仿佛依然在此回荡。

2005 年 8 月 15 日下午，热浪滚滚，蝉鸣悠长。即便开起了仅有的那台立柜式空调，依然难遏暑热。加上狭小的空间人员满座，这气氛更显"热烈"。

这原本是一场关于加强基层社会治安综合治理、构建社会主义和谐社会的现场会，听取和讨论的是湖州、安吉等地在加强法治建设、维护社会稳定、建设和谐社会方面的经验和做法。因此，当时在座的，除了各级党政部门的领导，不少还是政法口的基层干部。

余村村委会原会议室。在这里，习近平重点阐释了"两山"重要思想

身穿淡蓝色短袖衬衫的习近平，坐在显得简陋的椭圆形会议桌旁，听取有关部门的工作汇报。浙江省、湖州市、安吉县三级相关领导一同听取。作为主要汇报者的天荒坪镇党委书记和余村党支部书记重点汇报了余村痛下决心关停矿山和水泥厂，维护山水生态系统，探索发展绿色经济，从而进一步促进社会稳定的有效做法。汇报内容显然紧扣汇报会的主题。习近平饶有兴致地听着，不时微微颔首，对汇报中的若干实例和数据尤其关注。

这是习近平第二次来到安吉考察。两次来到此地，他都用了《诗经·唐风》中的"安且吉兮"这4个字，称赞安吉的美丽山水和安宁和谐的人文环境，对改革开放以来安吉所取得的巨大进步予以肯定。

发生在余村的这则不无曲折的故事，的确引人深思，发人深省。

这座荷花山下的小小村落，尽管满山翠竹林木，清溪日夜潺流，但因农耕条件并不优越，20世纪90年代之后，余村所选择的致富路子，是开采并简单加工当地储藏丰富的石灰岩。余村的石灰岩呈青灰色，品质上乘，适合建房铺路，尤其是只要砍去竹木、扒开山皮，一处处优质石灰岩体即在眼前，宛若宝盒开启。由于不少人认定这是最直接、最便捷的创富之源，余村一度出现了大大小小十数家采石企业，成为安吉县规模最大的石灰岩开采区，接着又办起了小型水泥厂。隆隆的开山炮声时常响起，一车车山石源源不断地往外运送，一吨吨水泥从简陋的立窑中不断产出。那时候，余村总共280户村民，竟有一半以上在村里的石矿和水泥厂劳作，村级经济至少有10年时间依此所得。当年，石矿和水泥厂的年纯收入超100万元，最高时达到200多万元，成为安吉全县有名的"首富村"。

然而，这种粗放型经济所带来的危害却是严重的。在这次汇报时，天荒坪镇党委书记和余林党支部书记都说道：余村采石业最为兴盛之际，矿山厂区烟尘弥漫，天空粉尘蔽日；河道肮脏得像石灰水，山林和农田蒙上了厚厚一层灰，连竹笋都拱不出泥土，长得又小又瘦。当然，除了环境污染、生态破坏，直接影响村民身体健康等恶果之外，安全事故多发也让人们揪心，几年间村里的采石企业死亡的矿工就有5人……

究竟要美丽家园、安详生活，还是要那一摞摞高昂代价换回来的钱？

村民们渐渐醒悟，村两委痛定思痛：这种毁坏山体、改变地貌、损害环境的方式，虽然获得了短期的经济效益，但付出的代价却是极其惨重的。想要重新寻回以往的那脉青山，那汪绿水，那座沐浴在清朗阳光中的美丽村庄，想要长久发展，必须狠下决心，关停矿山和水泥厂，转而探寻绿色经济新模式，利用余村得天独厚的山水资源，重点发展休闲旅游业。

2003年，恰逢浙江省委、省政府作出建设生态省的重大战略部署，安吉县又适时提出创建全国第一个生态县的目标。就在这一重要时间点，余村两委带有强烈尝试性、探索性，且又无比坚决的重大决策，由此拍板推出。

村委会办公楼窗外，山崖下那几处暗哑了的矿山，以及那座烟囱不再喷吐烟尘的小型水泥厂，证实了镇党委书记和村党支部书记所汇报的内容。

习近平十分关切地听着，面含微笑，鼓励对方继续说下去。全体与会者一律认真倾听，显然被余村的故事深深吸引了。

见领导颔首赞许，村党支部书记便继续汇报，言辞也更生动了。他说当初关停矿山和水泥厂的时候，有不少村民顾虑重重，还追着村两委询问：满山的石头不挖了，钱袋子会不会瘪下去？你们说的绿色经济、休闲旅游，是个啥事情，究竟能不能带来真金白银，要给我们说个明白才行。针对普遍存在的顾虑和怀疑，村两委在内部高度统一思想后，向村民做了大量解释说服工作，镇、县两级也为余村经济转型给予了许多支持。几年过去了，余村没有再挖一块石灰岩，山上的树草也比以前更茂盛，村民们开办的"农家乐"、皮筏漂流项目等办得越来越红火，不仅钱袋更鼓了，搞休闲旅游经济的信心更足了，当然，更重要的是绿水青山又找回来了！

汇报告一段落，全体与会者不由得都露出了欣慰而兴奋的笑容。

习近平那番语重心长、精深透彻的重要讲话，就在听完镇党委书记和村党支部书记的汇报后，在众人的期待中，以娓娓的语调，郑重道来："一定不要再去想走老路，还是迷恋过去那种发展模式。所以刚才你们讲到下决心停掉一些矿山，这个就是高明之举，绿水青山就是金山银山，我们过去讲既要绿水青山，也要金山银山，其实绿水青山就是金山银山，本身，它有含金量。我感觉到从安吉的名字想到和谐社会的建设，我想到人与自然的和谐，我想到经济发展的转变。要坚定不移地走这条路，有所得有所失，鱼和熊掌不可兼得的时候，要知道放弃，要知道选择。发展有多种多样，要走可持续发展的道路，绿水青山就是金山银山！"

全体与会者凝神屏气地聆听。在场的人都已意识到这是一段非同寻常的重要论述，都涌上了一种强烈的预感：这段论述将在接下来的时日里不断发挥出巨大的推动力。他们认真地把它记在本子上，铭刻在心里。

是的，这段重要论述，不仅对余村探寻绿色发展新模式的做法给予了高度评价，认为是"高明之举"，更重要的是，这一次讲话，使"绿水青山就是金山银山"这一科学论断有了新的鲜活实例，为全面铺开生态文明建设，再次鼓起了浙江儿女的士气。

9天后的8月24日，习近平以"哲欣"这一笔名，在《浙江日报》"之江新语"专栏发表了评论文章《绿水青山也是金山银山》，再次肯定了这一保护生态、绿色发展的新路子："如果能够把这些生态环境优势转化为生态农业、生态工业、生态旅游等生态经济的优势，那么绿水青山也就变成了金山银山。"

"渔舟逐水爱山春，两岸桃花夹古津。坐看红树不知远，行尽青溪不见人。"（唐·王维）没错，我们需要建设，需要发展，而且建设应该是跳跃式的，发展应该是加速度的。但同时，如此妙不可言的山水景致、如此诗意盎然的怡人环境，难道可以弃毁了之、毫不足惜？其珍贵价值岂能以千金万银去简单衡量?!

相关链接

余村，位于著名的"竹乡"——浙江省湖州市安吉县天荒坪镇西侧，是省级天荒坪风景名胜区竹海景区所在地。村域面积4.86平方公里，辖有8个村民小组。村域呈东西走向，北高南低，西起东伏，群山环抱，秀竹连绵，植被覆盖率高达96%，具有极佳的山地小气候。

得天独厚的自然环境孕育了余村悠久的历史文化，造就了神奇的自然景观。村内有始建于五代后梁时期的千年古刹隆庆禅院，有被誉为"江南银杏王"的千年古树，有被称为"活化石"的百岁娃娃鱼，更有亟待揭秘的古代工矿遗址和溶洞景观。青山绿水滋润下的余村民风淳朴而厚实，百姓安居而乐业，是竹乡安吉率先奔小康的富裕村之一。余村现有农家乐14家，观光、休闲、娱乐型旅游景区3个，主要景点及农家乐有荷花山漂流、荷花山户外拓展运动基地、春林山庄等。

萌生于实践，贯彻于行动，成熟于现实

"两山"重要思想论述已呈系统，其旨意已臻完善。这一重要思想萌生于实践，贯彻于行动，成熟于现实。它拥有深厚的实践之基，是实践与认识互相作用、螺旋式上升发展的唯物主义的思想结晶。

细细研究"两山"重要思想形成的过程，对全面理解和深刻认识它的内在逻辑、本质特点、理论实质和实践规律，无疑是极有意义的。

事实上，在余村考察并发表这一重要论述之前，担任浙江省委书记的习近平已就如何使经济发展与生态保护协调发展这一课题，进行了较长时间的分析思考，并运用认识论的方法，多次阐释了这两者之间的辩证关系，开始提出并逐步形成了"两山"重要思想。

2003年7月，浙江省委十一届四次全体（扩大）会议在杭州召开，习近平代表省委作了工作报告。这份工作报告明确提出了"八八战略"，即进一步发挥八个方面的优势，推进八个方面的举措，其中的第五条，即为"进一步发挥浙江的生态优势，创建生态省，打造'绿色浙江'"。"八八战略"是习近平主政浙江期间的主要战略思想，生态省建设是其重要的战略目标任务。生态省建设不仅是对2002年时任浙江省委书记张德江在省第十一次党代会报告中提出的建设"绿色浙江"是我省实现可持续发展的大事，更是使生态保护和生态文明建设成为相当长的一个时期内浙江全面发展的基调和主旋律。

与以往相比，生态省建设战略目标的提出，首先基于辩证地看待浙江省情，既看到浙江省经济快速发展所带来的环境问题，又看到浙江生态建设和环境保护的优势；其次是生态省建设比"绿色浙江"建设具有更大的包容性，范围更广，且涉及经济、政治、社会、文化、生态等各个方面。当然，生态省建设是一项长期而巨大的战略工程，需要强大的组织保障，需要全省人民的齐心协力。

而浙江省生态省建设工作领导小组的组长，正是习近平。

2003年8月8日，习近平在《浙江日报》"之江新语"专栏发表题为《环境保护要靠自觉自为》的评论，阐述了应该如何正确认识生态保护的重要性，分析了理顺经济发展与生态保护两者关系时必然经历的三个阶段："'只要金山银山，不管绿水青山'，只要经济，只重发展，不考虑环境，不考虑长远，'吃了祖宗饭，断了子孙路'而不自知，这是认识的第一阶段；虽然意识到环境的重要性，但只考虑自己的小环境、小家园而不顾他人，以邻为壑，有的甚至将自己的经济利益建立在对他人环境的损害上，这是认识的第二阶段；真正认识到生态问题无边界，认识到人类只有一个地球，地球是我们的共同家园，保护环境是全人类的共同责任，生态建设成为自觉行动，这是认识的第三阶段。"可见，"两山"重要思想的雏形此时已开始形成。

至 2006 年，浙江大地全面铺开"两山"建设实践之际，习近平又多次以讲话、撰文的形式，进一步充实、完善"两山"重要思想。

2006 年 3 月 23 日，习近平再次在《浙江日报》"之江新语"专栏发表《从"两座山"看生态环境》一文，进一步从金山银山与绿水青山对立统一的角度，对"两山"重要思想作了更为完整、更为严谨的表述，尤其是正确对待理顺经济发展与生态保护两者关系必然经历的三个阶段，作了更准确、完整的论述：人们"在实践中对这'两座山'之间关系的认识经过了三个阶段：第一个阶段是用绿水青山去换金山银山，不考虑或者很

余村村口今貌

少考虑环境的承载能力，一味索取资源。第二个阶段是既要金山银山，但是也要保住绿水青山，这时候经济发展与资源匮乏、环境恶化之间的矛盾开始凸显出来，人们意识到环境是我们生存发展的根本，要留得青山在，才能有柴烧。第三个阶段是认识到绿水青山可以源源不断地带来金山银山，绿水青山本身就是金山银山，我们种的常青树就是摇钱树，生态优势变成经济优势，形成了一种浑然一体、和谐统一的关系。这一阶段是一种更高的境界，体现了科学发展观的要求，体现了发展循环经济、建设资源节约型和环境友好型社会的理念"。

显然，此时的"两山"重要思想，其论述已呈系统，其旨意已臻完善。尽管余村这一实践典型的被发现，早于"两山"重要思想全面付诸实践时；余村的探索始终随着"两山"重要思想的认识和理解，不断地推进与深化，一直未曾停歇。这说明"两山"重要思想萌生于实践，贯彻于行动，成熟于现实。它拥有深厚的实践之基，是实践与认识互相作用、螺旋式上升发展的唯物主义的思想结晶。

正是在习近平的倡导和组织下，在随后的几年中，浙江把有序推进循环经济作为生态省建设的一个中心环节。同时，生态工业与清洁生产、生态农业建设、生态公益林建设、万里清水河道建设、生态环境治理、生态城镇建设、农村环境综合整治、碧海生态建设、下山脱贫与帮扶致富、碧海建设、生态文化建设、科教支持与管理决策等生态省建设"十大重点工程"全面展开。

2005年3月1日，习近平在浙江省人口资源环境工作座谈会上宣布："我们必须通过生态省建设，让人民群众喝上干净的水，呼吸上清洁的空气，吃上放心的食物。"从2004年开始，浙江省连续开展以全省八大水系及运河、平原河网，11个设区市，11个省级环境保护重点监管区为主要对象的"811"环境污染整治行动（2004—2007年）和"811"环境保护新三年行动（2008—2010年）。

到2007年，全省环境质量实现了转折性的好转，16个省级环保重点监管区和准重点监管区全部达标摘帽，主要污染物化学需氧量和二氧化硫的排放量下降率分别居全国第三位和第四位，生态环境监测中名列全国第一，并在全国率先全面建成县以上城市污水、生活垃圾集中收集处理设施，率先建成环境质量和重点污染源自动监控网络。

这一切，当然已是后话了。

相关链接

　　浙江陆域面积只有 10.55 万平方公里，是中国面积最小的省份之一，但山河湖海皆备，"七山一水两分田"，生态环境质量居全国前列。改革开放以来，作为市场经济先发省份，浙江的工业化、市场化、城镇化迅猛发展，经济社会发展水平跃居全国前列。以全国 1% 的土地，承载了全国 4% 的人口，产出全国 6% GDP 的浙江，随着经济总量不断扩大，资源、能源消耗日益增加，面临的生态环境压力也与日俱增。

自断财路，是为了追逐更美的日子

　　"两山"重要思想为何会在这座小山村铿锵发声？其间有偶然，更有必然。透过余村神奇巨变的故事，析其事物脉理，可贵的探索已经揭示并证实了期盼已久的诸多规律。

　　一天，我们来到了荷花山下的冷水洞矿区。循小路进入，稍加端详，昔日的石灰岩开采之痕仍依稀可辨，青灰色山体间的座座深坑，似在叙说多年前村民们不惜破坏山体、大规模采石的情景，而看距此不远、兀立于田畴之上的水泥厂旧厂房，也可想象昔日的规模。据村民描述，当年由于

刚停工时的余村水泥厂

强大的经济利益驱动，采石和水泥生产之兴盛，一度到了失控的程度。
"哪里还看得到蓝色的天空？连太阳都朦朦胧胧得连月亮都不如，连近在
眼前的山林都躲在灰雾里。但我们还不得不把这种严重污染的空气吸进肚
子里。"村民说，空气中的灰尘落在余村溪里，竟把整条溪染成了白色，
而破坏了的山体被雨水冲刷，表土流失，又把溪水染成了酱油色，甚至连
河床都被抬高了两米多。山上的竹笋被粉尘覆盖，缺少光照，没法长大还
是小事，在恶劣环境中生存的人们，身体所受到的严重伤害无疑更为可
怕。很多村民长年不敢开窗，关严门窗、忍受气闷已成习惯。

"我的家离矿山的直线距离只有 200 米左右，震落屋瓦、震碎玻璃是
常事。你可以想象，每当采石开炮声响起，那碎石好像炮弹般经常在我家
屋顶上飞过，我的心会被拎得多高！"村民俞小平说，不要小看这炮声的
危害，每天响个不停不仅搅得人无法安宁，还把不少村民的耳朵震坏，村
党支部书记胡加仁的一只耳朵就是因打炮炸石而被震聋。

因为采石，在短短几年中，村里先后死了 5 名矿工，生命的突然消逝
对村民来说无疑更是天大的震动。然而与矿山为伴，这样的危险始终存
在。"只要从山上滚下一块石头，一条命说不定一下子就没了。"曾在矿
区开拖拉机的村民俞金宝回忆说，当时一进矿区就提心吊胆，却又不敢抬
头往山上看，只能飞快地进出，多待一秒钟都不愿。

当然，还有一个问题是，由于把致富的希望全部寄托在采石和水泥生产上，农民的稼穑之心逐渐淡漠，田园日益荒芜。与此同时，环境的恶化使得农耕条件愈显恶劣，农民耕种田地的积极性也逐渐丧失。"靠这几分田能赚几块钱？"这是不少村民持有的观点。

恶性循环由此产生：不加节制地毁坏生态，以此向大自然榨取经济效益；眼前利益促使人们更加把资源开采当成最大的致富门径，破坏自然环境成了顺理成章且又无可奈何的唯一选择。即便明知如此作为是一种自戕，一切却仍在向一个更可怕的局面下滑。在这一过程中，人们赖以生存的自然生态，成了首当其冲的牺牲品。

"没错，空气污浊，溪沟堵塞，山被开挖得满是伤疤，连命都丢了……谁不知道这样做的坏处啊，但当时的我们总觉得这是最好的致富办法。你想，余村是典型的'八山一水一分田'山区，耕田太少，山林的出产也有限，靠农林牧业都没法致富。所以村里炸山开石矿、建水泥厂，一开始村民们都欢迎，环境被污染得一塌糊涂了，很多人仍然不愿放弃采石和水泥生产。你想，没了这个，村里每年上百万元的纯收入还会有吗？余村人的口袋里还能有厚厚的一叠钱吗？"俞小平说，当年石矿还被村民称为"命根子"，可见其不可替代的地位。

然而，面对已经超出自然承受力的环境恶化现状，采石及水泥生产被中止，其经济地位被更替，已是一种必须。余村人面临着一场难以逃避的痛苦嬗变。

"只是什么时候下决心，拿什么来替代，把握有多大，失败的承受力有多少……"胡加仁说，当时村两委已经意识到简单地靠山吃山绝非长远之计，改变村级经济增长方式已是大势所趋，也符合村民的根本利益，但要舍弃唾手可得的经济效益，要统一全体村民的思想，要寻找到更新更好的致富路子，这对村两委来说，仍是一连串天大的考验。

有人说，或许，余村人与其他人一样同时遇到了这一发展难题，只是余村人首先跨出了探索的脚步，首先摸着石头过了河，又首先尝到了"与生态共赢"的甜头。

余村最大的出彩之处就在这里：他们首先明白了事理，尔后是鼓足了信心和勇气，接着便是发扬其自身智慧、各显绝大神通，一点一点，一步一步，拂去蒙在这片土地上的尘垢，擦拭布满雾霾的天空，清洗漂满垃圾、污水横溢的溪沟，并且寻找到新的致富之路——那是一条既要金山银山，又要绿水青山的正确的发展道路。

水泥厂拆除后复垦为农田

最难的是解开村民们的心结，扭转众人旧的致富理念，改变落后的致富办法，让大家都能明晓壮士断腕、意在求生的道理，都能相信和看到山回水转、柳暗花明的另一番前景。"但这样的思想工作不能光停留在口头上。活生生的好处没有呈现在眼前，你说破嘴都没有用。所以，我们一边有意识地开展大讨论，让村民们自己分析，用绿水青山换金山银山值不值？要不要另谋出路？一边果断采取措施，陆续关停了三个矿区和水泥厂，因为我们的生态环境再也经受不起巨大的污染了。"胡加仁说，拍板决定关停的那一刻，真的可以说是咬了牙齿。

"咬牙齿是因为放弃那可观的经济效益，但如此放胆，也与省里推出生态省建设战略、县里规划创建全国第一个生态县的形势有关。村两委坚信自己做的是对的。"胡加仁说，做出这一决定时，村两委没有一个人表示反对，也没有一个人想回避村民的不解和质询，这种齐心协力也极让人感动。

从 2003 年上半年起的一年多时间里，所有矿区和水泥厂次第关停，果不其然，村集体年收入断崖式锐减，一下子缩水到不足原来的十分之一，全村村民几乎半数"失业"，他们的日常生活无疑也受到了极大影响，但大多数村民仍支持村两委的决策，情绪稳定，并对余村的经济转型抱有信心。显然，村两委班子全体成员对村民分头进行的生态环保知识和政策宣讲、未来前景描述还是极为有用的，尤其是对那些一度不解乃至抱怨连连的村民，村干部们更是给予耐心细致的说服劝导。

"村两委班子很快拿出来实货，第一个便是重新编制余村发展规划，把全村划分为生态旅游区、美丽宜居区和田园观光区三个区块，重点发展生态旅游经济。这个规划的一大特点是不玩半点虚的，它是村两委在认真分析了客观形势和自身资源特点，几经推敲后亮出来的。看了这个规划，村民们都觉得靠谱，因为它的现实性和可行性都非常强。"余村村委会主任潘文革回忆，正是看了这个规划，不少村民才觉得重新找到致富门径大有希望。

关停全部矿山和水泥厂之后，潘文革和村干部带头建成了竹筷加工

改造后的余村村貌 改造前的余村村貌

厂，又把传统竹制品家庭作坊一律搬进了新设的村小型工业区，统一生产、统一管理、统一治污；尔后，又严格禁止村民在山上使用草甘膦等农药，投入大笔资金完成河道生态驳坎和两岸绿化，拆除了余村溪边的所有违法建筑，家家户户还都敷设了截污管道。

在有关政策的鼓励和扶持下，村里开始合理布点农家乐。那些千疮百孔的矿山自然是修复重点，余村挤出所剩不多的集体资金，修复了冷水洞水库，把它打造成了"矿山公园"；砖厂、水泥厂被拆除后，厂址复垦，不能复垦的则辟为房车露营基地。一个个污染源被消灭，更是为余村溪功能的恢复、为开发旅游项目开辟了空间，奠定了基础。余村渐渐实现了从"卖石头"到"卖风景"的华丽转身，如今又逐步实现了卖"风景＋文化"。传统主业的束缚由此被摆脱，绿水青山的"福利"被充分享有。

没错，在陆续打出这几招时，难免触动一些村民的眼前利益，有人也有过不满，甚至有过抵触情绪，觉得村两委是不是在"搭花架子"，不实用。但随着绿水青山效应的渐渐呈现，大家越来越知道村里这样做的目的是什么，便都很配合。"人心齐，泰山移"，这句民谚再次得到证实。

正是规划对路、目标明确，正是因地制宜、循序渐进，正是发挥了村民们走绿色发展之路的主观能动性，局面开始渐变：各种朴素且充满智慧的思路不断冒涌，各种灵活有效的方法手段被尝试运用并趋于娴熟，与当地生态环境和谐并存的各种业态有序形成……

引导并鼓起众村民的积极性，是余村成功进行"两山"建设实践的一条重要经验。群众的力量是无穷的，这又是一个被可贵的探索证明了的"两山"建设实践的有益启示。

相关链接

由于环保观念的滞后和生态环境的破坏，20世纪末，浙江环境状况愈发令人担忧。1997年浙江省大气环境质量监测显示：尘类仍是首要的污染物。大气污染正由煤烟型污染向煤烟型污染和汽车尾气污染并重发展，污染主要来自燃煤废气和机动车尾气的排放。

全省酸雨比较严重，据23个省控市、县统计，1997年降水PH年均值低于5.60的市、县有21个，全省酸雨总的出现频率已达55%。

——摘自《1997年浙江省环境状况公报》

余村人尝试绿色经济的桩桩传奇

实践使人们越来越明白绿水青山的无尽价值。余村人对生态环境资源的合理利用，已经到了得心应手、炉火纯青的地步。村民们倾力发展绿色经济的桩桩件件，听来宛如一桩桩传奇。

47岁的胡加兴曾在村水泥厂里做工，水泥厂关停后他又成为一名普通农民，但头脑灵活的他不愿把自己绑定在几分薄田上。村两委的鼓动更让他有一种按捺不住的兴奋，认定自己闯一闯的机会应该到了。曾在浙江省内某景点玩过漂流的他，一直对浮在水上、不怕颠簸、不乏刺激、边漂流边赏景色的这一游览项目存有极大好感。余村溪的水又变清了，溪谷两岸尤其是荷花山下的景致绝不逊色，何不效仿着在此也搞它一个？这个念头一经形成，胡加兴再也无法把它从心中抹去。

余村溪的溪水已经很清亮了，看上去很是赏心悦目，这是余村花大力气封山治水的成果。与村委会签了相关协议，胡加兴又自己掏钱，请来一群工人对余村溪的溪道再次进行清理，加固了堤岸，特别设计了溪道的坡度，使之有个顺畅平缓且时有跌宕的落差，当然，还买来了50条橡皮艇，雄心勃勃地搞起了心痒已久的漂流游览项目。

"我把全部积蓄都投到了漂流项目中，还从亲朋好友那儿借了不少，真正地欠了一屁股债。当时家里人很担心，村里人也不看好我的这个项目，说我的那些钱肯定会在余村溪里打水漂，笑我是'傻大胆'，连那些帮我清理溪道、砌筑堤岸的工人也怕拿不到工钱，要求每天结算现付工钱。我说我们余村有了这么好的风景，在这条溪上乘橡皮艇漂流这么有滋有味，难道还怕没人来玩，怕我的投资失败么？我坚信自己绝对能成功。"胡加兴说。为了保证这一游览项目的如期推出，为了消除工人们的顾虑，也为了激起村民们从事生态旅游业的信心和热情，他每天都带着现金站在溪边，大家总是能看见他微笑着与一个个工人结算工钱。

胡加兴由此成了余村第一个敢吃螃蟹的人。他那满满的自信是由这片越来越醉人的绿水青山带来的。

接下来的情节正如胡加兴所料：2013年夏末，他的50条橡皮艇下水后，附近四乡八村的村民就过来开"洋荤"，因为他们从未见识过何谓漂流。接着，来自安吉县城乃至湖州、杭州、上海的游客也闻讯前来，在荷花山下、余村溪上来来回回地漂流、玩赏。至当年冬天，短短几个月，就有上万名游客前来体验。这样的盛况，让村里人开了眼，让胡加兴信心倍增，也让村两委干部们满心欢喜。

原本是最最简陋的漂流游览项目，因为有了人气，有了可观的效益，规模又得以扩大，设施又得以完善。以漂流游览项目为主体，荷花山漂流景区很快成立，胡加兴也就成了景区的总经理。2014 年，前来荷花山漂流的游客超过了 5 万人次，营业额高达 220 多万元。旅游旺季时，胡加兴不得不请了 60 多位村民作为景区的工作人员来帮忙，村民们每月的工资收入超过了 5000 元。

为了与漂流游览项目相配套，胡加兴随后又兴办了多家农家乐，生意十分兴隆，由此又解决了矿区和水泥厂关停后多余劳动力的出路。胡加兴非但很快还清了最初的投资欠款，经过几年的经营，如今的他已是一位"千万富翁"，每年的营业收入超过 300 万元。全村人都认为胡加兴真的把这事儿"弄成了"，并且"弄得很像样"。

值得一提的是，生态旅游生意越做越大的胡加兴，始终明白自己缘何致富，缘何成就一番事业，这片绿水青山就是关键所在，所以，如今的他倍加珍惜好山好水，一点污浊尘垢都不让它留在余村的颜面上。旅游旺季来临之前，他便启动自费安装的水循环处理系统，增强余村溪河道的自净能力，同时又安排 10 余名工作人员，负责从荷花山水库到余村村口的河道保洁，不放过任何一点杂物。他还把"绿水青山就是金山银山"这句话印在了名片最显眼的位置，而每每谈到生态环境保护和绿色经济发展，他总是结合自己的经历和体会，宣传"吃生态饭"的好处。

我们在一家名为"春林山庄"、规模不小的农家乐驻足，主人潘春林领着我们上上下下地参观，餐厅、客房、小花园、停车区，以及可以悠闲垂钓的弯弯小河，都让我们流连再三，涌上在此住上几天的冲动。

"我是在习总书记在我们村号召'绿水青山就是金山银山'之后来了劲，借了几十万元钱办起村里这第一家农家乐的，目前的游客接待能力在全村排第一！与老胡一样，我刚办农家乐的时候，很多人也替我捏着一把汗，但 10 多年坚持下来，'春林山庄'成了余村最响亮的农家乐连锁品牌，村里已有 4 家农户加盟，几家'春林山庄'日接待游客逾百名，年营业额超过 100 万元，这是我们以前想都不敢想的事！"当年曾在矿山开过拖拉机的潘春林整天弄得蓬头垢面,还吸进了大量粉尘废气,所以他就不看好一味采石卖钱的前景,对村里的封山护水决策十分拥护。"住在我这里的客人,都是被这里的好风景、好环境吸引来的,很多人还来了一趟又一趟。你想,荷花山下的负氧离子浓度每立方厘米超过3000个,溪水捧起来就能喝,推开窗就可以看见青山绿树,还能买到价廉物美的笋干、茶叶、土鸡蛋等生态农产品,城里人能放过我们这个地方么?"他笑得很开心。

事实上,除了搞起了农家乐连锁品牌,为了提供"吃住游行"一条龙服务,潘春林还与村里人一起开办了"天合旅行社",组建起了观光游车队,3辆"农家乐直通车"每天往返于余村与上海、杭州、苏州之间,把一批又一批的城里人接到这里来。随着余村的名声越来越响亮,观光游车队往往不得不连轴转,每天一共开行15趟。

余村荷花山漂流景区

另一位村民俞金宝的绿色经济项目，就是办在紧邻荷花山漂流景区的一处生态采摘园，里面种植了葡萄、蜜桃等无公害四季瓜果以及白茶等特色农产品，还扩大了河塘面积，辟出了一处垂钓区。"让城里来的游客亲手采摘、亲身垂钓，就会更加爱我们这个地方。"俞金宝知道，只要围绕绿色农业、生态旅游这篇文章往深处做，就不愁没有事情做，没有收成进账。"以前的我们为什么只想到卖石头呢？为什么不早点想到，这石头、这溪沟、这块田地本身就是风景啊，卖风景的方法才高明！"俞金宝的下一个动作，是扩大采摘园的面积，以满足越来越多的游客越来越大的需求。那些城里来的游客都认定，出自这片好山好水的瓜果茶叶都是原生态、最健康的，甚至沾有山野灵气，所以一有新鲜品种成熟，马上不眨眼地掏钱。

相关链接

绿色经济是以市场为导向、以传统产业经济为基础、以经济与环境的和谐为目的而发展起来的一种新的经济形式，是产业经济为适应人类环保与健康需要而产生并表现出来的一种发展状态。它是遵循"开发需求、降低成本、加大动力、协调一致、宏观有控"等五项准则，并能够可持续发展的经济。

绿色经济与传统产业经济的区别在于：传统产业经济是以破坏生态平衡、大量消耗能源与资源、损害人体健康为特征的经济，是一种损耗式经济；绿色经济则是以维护人类生存环境、合理保护资源与能源、有益人体健康为特征的经济，是一种平衡式经济。

棋子走活，是因为参透了发展之奥秘

有了这片绿水青山，余村经济发展的这盘棋才彻底走活了，但这一切仍只是起步。逾越传统乡村的发展路径，把绿水青山的文章做到极致，新一轮的挖潜升级已在进行中。

2015年1月15日，在由53名村民代表参加的余村村民代表大会上，村民们一起作出了一项决定：写信向习总书记报喜，并个个签名。

在这封由胡加仁等53名村民签名的信中，村民们一一细述了这10年来，余村人在习总书记"两山"重要思想的指引下，转变发展思路的过程和取得的非凡成果。"过去村里有个万元户那是不得了的事，现在村里的千万富翁也有不少！"村民们在信中写道，如今，村里千年的银杏树和百岁的娃娃鱼成了游客争相观赏的亮点，寂静的山村逐渐热闹起来，农家乐可以提供吃、住、玩一条龙服务。村民们还大做竹子文章，一棵竹子现在变成了能吃（竹笋）、能喝（竹饮料）、能穿（竹纤维）、能出口（竹工艺品）的宝贝。一眼望不到边的竹海也让城里的游客流连忘返，村民的腰包也因此赚得鼓鼓的。

村民们在信中说，村民们富了，村里富了，文化建设也颇有成效。村里建起了文化礼堂、文化大舞台、灯光球场。每到夜晚，通往各家各户的路灯灯火通明，球场上老年人打门球，青年人打篮球，学生们打乒乓球，妇女们在文化大舞台跳舞。每逢节日，村里也学着央视办起了晚会，村民们自编自演、自娱自乐。

当然，令村民们自豪的，还有村民素质的大幅度提高。10年来，余村没有发生一起刑事案件，村干部更加重视民主管理，村里所有大事都由村民代表表决通过后才能去做。村里每一分钱的开支，村民通过村里的"村村通"平台，在家的电视机上都能看到。钱派什么用，花了多少钱，谁经手、谁审批一目了然。余村由此成为浙江省民主法治村和全国民主法治村。

有了如此翻天覆地的变化，余村人自然忘不了习总书记。在信中，村民们盼望总书记能再次来到余村，看看余村的新面貌，也让余村人再次聆听总书记的教导。

这封饱含深情的信件引起了中央的关注。4月29日，余村收到了中共中央办公厅调研室的回信："胡加仁等53位村民写给习总书记的信收悉。得知近10年来，余村切实转变发展思路，变靠山吃山为养山富山，实现了经济发展与生态保护双赢，乡亲们也因此过上了幸福的日子，我们为村里的可喜变化感到由衷的高兴。相信只要坚持走可持续发展的道路，在党支部的领导和全体村民的努力下，余村的明天一定会更美好。"

这样的肯定，这样的鼓励，无疑是一份新的动力。

设施齐全的余村文化礼堂

由于正确处理了经济效益与生态环境之间的关系，由于摸准了科学发展的最佳门径，余村的资源潜力仍在助推这个小山村加快发展。

美丽的环境吸引来众多游客，绿色经济的综合效应不断显现。如今的余村拥有旅游景区 3 个、农家乐 14 家、床位 410 张，村民人均年纯收入已达 3 万元，是 2005 年的 5 倍以上。据不完全统计，全村 318 户人家中，拥有小轿车达 200 辆，有 60 多户村民家底殷实，实现了"乡下有别墅、城里有洋房"。

不过，对于村民们来说，最大的改变是充分认识到了绿水青山的极度重要性，观念的嬗变使得他们自觉爱护属于自己的一草一木。若有个别游客扔垃圾、烟蒂，马上会有村民捡起丢进垃圾箱。全村的 4 个公共厕所和 15 个垃圾分类池也拾掇得十分清爽，鸡鸭早已被圈养起来，连稍微邋遢一点的农家小院都找不到。

没错，有了这片绿水青山，余村经济发展的这盘棋才彻底走活了。但按着村委会主任潘文革的说法，这一切仍只是起步，新一轮的挖潜升级已在进行中。

"余村的发展注定要逾越传统乡村的发展路径，把绿水青山的文章做到极致。我们要把生态景观、农耕文明、民俗节庆、地质探险等元素整合在一起，形成可游可赏、亦耕亦采、有趣有乐的新型乡村生态经济。"潘文革介绍说，余村可以拿出来的宝贝还有很多，足以让一拨拨的游客欲罢不能，比如荷花山下冷水洞水库西北面，还有一处大型天然溶洞，可以开发成探险爱好者的最爱。村里还正在打算与国内知名的休闲旅游企业合作，实现由农家乐向高端民宿的转型升级……

实践能为理论提供最生动、最有说服力的论据。余村为何成为"两山"建设实践最初的样本？其间的原委已在故事的叙述中得以明了。余村经验的最大亮点，就是依靠自然资源的增值，实现环境保护与财富增长的良性互动。

2016 年 9 月 10 日，"绿水青山就是金山银山"理论试点县启动仪式在余村举行，作为"两山"重要思想的诞生地，安吉由此成为全国目前唯一的"绿水青山就是金山银山"理论实践试点县。

"安且吉兮",居之心怡。生活在一个又舒适又漂亮的地方,不是已在享受美好生活了么?

相关链接

　　2015年8月,浙江省湖州市在网上发布全国首张市域生态地图。这张湖州市生态地图以手绘的形式,把湖州市7个生态环境较好的地方用红色显著标出,点开每一个红色,生态景点、精品民宿等都有详细的介绍,市民根据地图即可找到自己想去的地点。该市域生态地图展示出湖州市经济强、百姓富、生态优、环境好的美丽画卷。

第二章

发展带来的山水危情，
我们已经无路可退

我们不要过分陶醉于我们对自然界的胜利。对于每一次这样的胜利，自然界都报复了我们。

——恩格斯

人们常常将自己周围的环境当作一种免费的商品，任意地糟蹋而不知加以珍惜。

——美国未来学家、《第四次浪潮》作者 甘哈曼

以浙江为代表的前所未有的经济发展速度，使古老的中国在改革开放之后的二三十年，走完了西方发达国家需要上百年才能走完的工业化之路。然而，高速发展所带来的种种弊端也接踵而至，环境污染、生态恶化便是人们头上的巨大困扰。如同一条沉默多年的大河，一旦解冻奔腾，便显现出前所未有的磅礴活力，但同时也翻卷起底渣积垢，让疾行的船只在暗礁险滩间沉浮。

　　当空中布满挥之不去的阴霾，我们如何能畅快地呼吸？当寻找不到一处干净的水源，我们拿什么安抚干涸的咽喉？当丧失了安谧温馨的家园，我们又何处安放久远的乡愁？

一座被污水包围了的城镇

违背经济规律，盲目上项目，造成大量低水平重复建设，加上环保意识淡薄，只考虑地方利益，这是造成水头镇严重污染的症结所在。而其受害者除了大自然，就是我们自己。

这是距今10年前的一番真实场景。

刺鼻的臭味，污黑的河水，不停翻腾的白沫，遍布河床河岸的黑色淤泥，污水管直接对着河道排放，即便与它相距几十米，你也不得不掩鼻逃遁……而这严重污染的河道还长达数公里，日夜流淌，从这座繁华的城镇中心穿过，汇入浙南重要河流鳌江，再经由鳌江镇，哗哗哗地注入东海。

温州市平阳县水头镇，位于国家级风景区南雁荡山下，原本风景如画，山清水秀。水头镇制革业历史悠久，南宋末年起就有制革生产，但其产业高峰是从清光绪年间由当地人王怀成引发并逐渐形成的。这个聪明的皮革匠某天忽地脑洞大开，一种能把一张猪皮剖成三层的剖皮刀被他神奇地发明了出来。有了这个新式刀具，皮革的产量大大提高了，质量更有保证了，水头镇的制革业由此愈显繁盛。清末民初，大部分家庭开设了小型皮革加工作坊。而改革开放后的经济热潮，更是把一度沉寂的水头镇制革业重新推到了一个前所未有的巅峰。

数据表明：截至2003年，水头镇制革企业发展到1261家，从业人员3万余人，拥有转鼓（一种制革专用的工具）4000多个，年加工猪皮革1亿多标准张，生皮产量占全国总产量的四分之一，年总产值近38亿元，皮革及相关产业税收将近4亿元。凭着这些数字，中国最大的生皮交易市场、猪皮革集散地和加工场的宝座非它莫属。

沾沾自喜之时，极其可怕的污染之魔掌却悄悄伸来。据介绍，从一张生皮到一块成品皮，其主要工序都存在重污染：刚购进的生猪皮需用石灰脱毛，这会造成碱性污染；脱毛后的猪皮需放在转鼓中，在加入脱脂剂后滚动，转鼓一开，制造出的污水便数以吨计；脱脂后的猪皮要变柔软、要有好的手感，还得加入铬鞣酸进行软化，这种添加剂据说只要 0.01 克就足以致癌；最后的那道染色工序也会造成严重污染。

住宅区杂乱，基础设施配套不足，也是水污染的主要原因

水头制革业历史悠久，过去也没有遭遇如此严重的环境污染，如今怎会弄得如此不堪？一是因为昔时的制革业规模远不如当下，最鼎盛之时也远未爬上国内第一的位置；二是昔时用于脱毛、脱脂的制剂和添加剂大多为植物、矿物制品，而非与生态相逆的化学制剂；三是古人也十分重视对自然环境的保护，对大自然的占用和索取始终较为节制。

大自然是经不起污染、经不起破坏的。水头镇制革业快速发展几年后，环境恶化现象已掩藏不住。浙江环保联合检查组的检测报告显示，1992 年，鳌江水系还属于 Ⅱ 类水质，1994 年降到 Ⅳ 类，1995 年之后，发展到劣 Ⅴ 类，河流已基本失去功能。

"如果不下雨，流进河里的就只有脱脂剂、染色剂、铬鞣酸，整条河其实已成污染池。有个人曾把一根树枝往河里插，由于污染物的比重特别大，这树枝竟还能在河水里竖起来。下雨时就更糟了，从河里溢出的污水能把两岸污染，污染的面积就更大了。"一个镇上居民告诉作者，原本他家就在河边，现在早已搬离，因为这里不光是河水臭，空气中充满的制革产生的化学剂和腐臭的气味也十分难闻，而且再大的风都刮不走。

隔岸溪，这个颇为动听的地名，原是水头镇一片土壤肥沃、四季飘香的冲积平原，是个好地方，后来成了制革企业集中聚集的地方，也成了水头镇污染最严重、污水排出最多的区域。很多人一听到"隔岸溪"这三个字，非但鼻翼会下意识地皱起，甚至连神经都会不由自主地抽紧。

不能说那几年政府部门始终熟视无睹。政府及相关部门曾多次进行专项整治，收缴无证转鼓，甚至动用挖掘机、推土机推倒制革作坊的简易棚，但因巨大的经济利益驱使，不少无证和非法排污制革企业老板肆意阻挠整治，甚至与政府人员发生冲突。而每当整治不得不暂告一个段落时，这些制革企业又死灰复燃。有关部门虽然专门建造了排污厂，却往往只是摆设。

"出现这一问题的根源之一，说穿了，也与政府部门在整治过程中的矛盾心理有关。"一位当地的知情人士称，包括制革企业老板和政府管理部门人员在内，大家对水头镇制革业整治"猫捉老鼠"般的现象心知肚明：谁有天大的本事，能与制革业彻底断了干系？

没错，平阳县于 2001 年正式申请到"中国皮都"称号，全县三分之一的财政收入靠制革业提供，镇上有了成百上千的百万富翁，身家过亿者也不再是个位数，这些"荣耀"足能让水头人昂首骄傲。但每天排放的近 8 万吨工业污水，严重污染了浙江八大水系之一的鳌江流域，2003 年水头制革基地污染案被列为"全国十大环境违法典型案件"和"浙江省九大环境违法案件"之一，这些又让水头人垂头羞愧。

而在污染治理过程中，地方利益又被有关部门的个别人员所倚重，这又加剧了治理的难度。"一开始只要交钱，就可以拿到转鼓许可证开工，厂家的污水也可以直排入河，后来要拿一个转鼓的许可证要 4 万多元，但交了钱就允许生产。"一名制革厂老板说，因为利润被压低，使得众多制革小厂更不愿出钱治理污水，而水头制革业又是当地重要的财政收入来源之一，无法轻易放弃。"要放弃占全国四分之一市场份额的支柱产业，放弃每年近 40 亿元的总产值，在没有找到新的经济增长点的时候，谈何容易？"

"经济发展，环保欠债"，在浙江，当年的水头镇制革业污染案是一个以破坏环境为代价来发展经济的典型实例。"违背经济规律，盲目上项目，造成大量低水平重复建设，加之环保意识淡薄，地方利益作怪，这是最终造成严重后果的症结所在。"经过几轮大规模整治后，至今仍留在水头的 8 家制革企业之一、浙江侨信皮革有限公司董事长陈钦雄认为，制革业这一曾经让人引以为豪的"草根经济"，此时已成了水头人每时每刻都在淌血的伤口！

水头镇的水环境污染当然是一个极端的例子，但类似的现象在以中小企业为主、轻工业发达的浙江，在 20 世纪 90 年代至 21 世纪初绝不鲜见：

在"鱼米之乡"嘉兴，因喷水织机快速兴起，环保措施未能及时跟上，碧波荡漾的河道成了翻滚着白沫黑水的臭水浜，不到 10 年，即陷入了水乡无水可喝的窘境。

在"江南水乡"绍兴，因印染行业迅猛扩张，污水治理滞后，划着乌篷船的船工看到纵横交错的河网竟泛起了七色废水。

在"浙东棉乡"慈溪，当年因小家电等工业生产造成的污水未及时进行处理，时任慈溪市农业局长的许文东回忆道，当时整个市域找不到一条干净的河，找到一条 V 类水质的河，大家竟会感到很兴奋。

在曾被唐朝诗人杜甫赞为"云水长和岛屿青"的台州三门海边，20世纪末建立了沿海医化园区，因企业存在污染物排放问题，非但美景不再，周边村庄的小河甚至无奈地覆上了塑料薄膜用来防止污水侵袭，附近还有不少居民都反映自己身体不适。

在青瓷宝剑的故乡丽水龙泉市，青山绿水间，居然有着一处又一处违法建筑，它们是灰寮、猪栏以及小碾米厂的集聚地，源源不断的污水从这些违法建筑中流出，汇入溪流，流向瓯江上游的龙泉溪。

不仅陆地被污水包围，陆上的污染还殃及了海洋。沿海的浙江本来有着无可比拟的海洋优势，海洋渔业曾是浙江经济的重要支撑。可是由于陆上的工业产业缺乏统一规划和统一布局，污染严重的工业企业没有得到严格限制，大量污染物被倾倒入大海，大海似乎成了大污水池。21世纪初年，宁波象山港沿岸共有污染较强的企业74家，主要集中在针织品漂染、电镀、皮革助剂、化学助剂、食品罐头等行业，每年的废水排放量高达183万吨，其中化学需氧量含量为204.3吨，另外还有大量重金属、氰化物、动植物油等有害物质。可想而知，大部分废水在排放前企业根本没有进行净化处理，越发脆弱的海洋生态系统因此遭受灭顶之灾……

《2002年浙江省海洋环境质量公报》称：2002年，浙江近岸海域海水富营养化程度仍十分严重，富营养化程度位于全国沿海省（市、自治区）的第二位，基本无Ⅰ类海水。严重富营养化的海域面积已超过全省近岸海域面积的一半，中度富营养化和严重富营养化海域面积占81%。严重富营养化海域主要分布在杭州湾、甬江口、三门湾等重点港湾和河流入海口。

在温州瓯海区，开了十几年洗车店的店主周翔，每到夏天都要用自家的七座面包车，为他的幼子改造出一个特别的游泳池。在这狭窄的空间里游泳，像是在浴缸里洗澡，虽然放不开手脚，孩子却十分惬意，周翔也特别放心。因为唯有这样，才能让孩子有一个干净的水环境，才能让他拥有安全的嬉水之乐。这是一件多么悲哀的事！

改革开放30年，浙江省GDP年均增长13.1%，远远高于全国平均水平，使浙江从一个资源小省变成了经济大省，并创造了被誉为"浙江模式"的神话。然而正是因为环境污染、生态危机的愈演愈烈，"浙江模式"遭到了不少人的质疑：杀鸡取卵式的发展，究竟有多大的推广价值和可能？

"浙江正在艰难地偿还几乎被透支的环境债，而其他地方依然沿着浙江的老路前行，浙江的今天恐怕很快会成为那些地方的明天。"曾目睹了昔时浙江生态环境"惨状"的一位社会学家忍不住连声叹惋。

相关链接

2001年全省废水排放总量为24.3亿吨，比上年增加14.1%。其中工业废水15.8亿吨，比上年增加2.2亿吨，占65.0%；生活污水8.5亿吨，比上年增加0.8亿吨，占35.0%。废水中化学需氧量排放总量为63.2万吨，比上年增加7.3%。

鳌江水质主要为Ⅳ类—劣Ⅴ类，大部分干流水质已受到严重污染，无法满足功能要求，主要污染指标为氨氮、总磷和石油类等，水中溶解氧含量低。

——摘自《2001年浙江省环境状况公报》

必备的环境生态意识，你有几分？

以毁坏生态环境的代价在谋利，是拿身体和生命在赚钱，因为甘愿与污染物零距离打交道的人，自身的环境生态意识和自我保护意识往往为零！同时，他也不会意识到手中的污染物还将对大自然、对自己、对子孙后代造成难以想象的危害。

已被拆卸的电脑及其他电器的机箱、废弃的线路主板、破碎的显示器、键盘等电子垃圾，小山一样地被任意堆放在小厂院内、农家小楼前、村庄空地上乃至溪畔河边，一群又一群成年人、老人、妇女、儿童正围着它忙碌：拿着锤子、剪刀、凿子、螺丝刀、电钻等简单工具，撬出或卸下贵重金属或其他有用零件、材料；采用强酸甚至剧毒氰化物，溶解并提取电子垃圾中的贵金属。其方法之原始、人数之众多、场面之浩大、各种气味之混杂，足以让你倒抽一口冷气，天哪，难道全世界的电子垃圾都运到这里来了么？

这句感叹并非夸张。20世纪末以来，由于电子产品更新换代速度快，电子垃圾的产生速度也十分快，且大多由欧美国家产生。如何处置它们？向发展中国家大量低价出售是一举两得的"良策"。资料表明，截至21世纪初，全世界每年产生的电子垃圾达2000万吨，其中美国有700万—800万吨的电子垃圾，其中的80%被运到了亚洲处理，这80%中的90%被运到了中国。日本、韩国的大部分电子垃圾也被运至中国处理。号称全球废旧电子产品"回收中心"的浙江省台州市，成为"洋垃圾"的主要接收地和拆解地，以眼前的温岭市大溪镇水坦村为最。

不过，更加触目惊心的，是这些电子垃圾在储放和拆解过程中产生的大量污水、废气。"洋垃圾"被运到这里后，长期堆积在房前屋后，没做任何防护处理。为了节约成本，水坦村人采用"人海战术"，直接手工拆解，直接面对"洋垃圾"，使用强酸、剧毒氰化物时也没采取任何防护措施，真有点儿"毫不畏死"之感。

"洋垃圾"究竟值不值钱？国外相关资料称，1吨电脑部件中平均含有0.9公斤黄金、270公斤塑料、128.7公斤铜、1公斤铁、58.5公斤铅、39.6公斤锡、36公斤镍、19.8公斤锑，还有钯、铂等贵重金属；价值更为集中的电子板卡中，每吨含有129.7公斤铜、0.5公斤黄金、20公斤锡，仅0.5公斤黄金的价值就在6000美元以上。由此可知，即使扣除"洋垃圾"的所谓购买成本，其回收利润依然不小。

既然这是一份"财富大礼"，欧美国家的聪明人为何会慷慨地送给我们？

这是因为他们太清楚回收这些有害电子垃圾之难、之险了，不采用"以19世纪的技术处理21世纪的废物"的非法拆解方法，就不可能获得巨利。若采用先进的工艺、设备，处理起来非常复杂，就需要投巨资兴建电子垃圾处理厂，多年内不可能盈利。不过，这种把电子垃圾转运到发展中国家和地区的做法是违反相关国际公约的。1992年由150多个国家签署的《控制危险废料越境转移及其处置巴塞尔公约》（简称为《巴塞尔公约》）等，已明确规定各国所产生的有害电子垃圾应在其所在国国境内处理，严禁向其他国家输送，但不顾一切地大量倾销外运，保护本国环境，是部分欧美国家的惯用伎俩。

"进口废料拆解回收虽然能在一定程度上弥补国内资源的不足，但与原生资源相比，它的污染物含量高，资源品质低。像塑料、铜、铁、锡、镍、锑、钯、铂等，即便是以原生资源为基础的生产过程都有一定的环境污染，更何况是将固体废物作为替代资源的生产过程。"清华大学环境学院教授刘建国认为，固体废物是具有负价值的"商品"，无论采用何种控制措施，都需支付一定的经济成本。控制措施的环保标准越高，向环境排放的污染物越少，需支付的经济成本就越高，反之亦然。

有人算过一笔账，攫取包括电子垃圾在内的进口废料中的资源价值，与环境所遭受的巨大损失相比，后者往往要几倍于前者。一批人从中获得了巨额利润，但生态环境所付出的代价却要数代人来承担和偿还！

20世纪80年代末90年代初，几个台州当地人在不经意间涉足电子垃圾的拆解生意，"出乎意料"地发了财，立马群起效尤，成为水坦村家家户户的产业，很快便形成了分工明细的产业链。向来以废旧物资进口为特色的台州附近各个港口，即成为假冒"废旧物资"之名的"洋垃圾"主要入口。在椒江港，一度还专门设有卸载此类货物的码头，进口量最大之时，整座码头都被五花八门的电子垃圾占满，堆得连站的地方都没有。每隔几天，就会有一艘远洋巨轮抵达，巨型抓斗机械忙个不休，运载"洋垃圾"的大货车则往返于椒江与温岭之间，络绎不绝……

令人匪夷所思的是，水坦村既不濒海，也不靠近公路干线，并非电子垃圾的理想集散地，当时是如何能成为全球废旧电子产品"回收中心"的呢？"这一方面是因为劳动力成本低，当地人缺少支柱产业，此行业利润奇高，另一方面则是从事此行业的人员严重缺乏生态环保意识，可以说，连最起码的自我保护意识都没有。"有关环保人士点评道。我国规范废旧资源再生利用产业发展的法律法规不健全，政策缺乏系统性、配套性和可操作性，不能很好地引导和规范相关人员，这无疑是个令人揪心的缺环。

或许，正是因为水坦村地处偏僻，交通不便，四周又有群山环拥，一旦出现生态环境污染，因地理条件特殊，处置条件薄弱，治理措施到位较难，其后果更为严重。

"每当下雨，雨水从这一堆堆'洋垃圾'的底部流出来，什么颜色、什么气味的都有，最后都流进了河里；天晴了，在太阳暴晒下，'洋垃圾'里的污水又蒸发出来，那种特别怪异的刺鼻气味让人呕吐，恶心得你三天三夜吃不下饭。"一名当地村民说，毒气闻久了，水坦村人竟已习惯了这种刺鼻气味，很多漂亮的楼房都是楼上住人，楼下拆解废旧电器，两者竟相安无事。

"如入鲍鱼之肆，久而不闻其臭。"（《孔子家语·六本》）是不是电子垃圾已把很多水坦村人的嗅觉彻底夺去了？

嗅觉已经失灵，更大的身体损伤是在人体内部。水坦村人烂手烂脚的比比皆是，这里的癌症发病率也大大高于别的村庄，这已无可辩驳地说明当地村民身体内脏的损伤已十分严重。

"在拆解和溶解的过程中，废旧家用电器至少会产生铅、镉、汞、六

失去丰沛水源后的干涸溪流

价铬、聚氯乙烯塑料、溴化阻燃剂等6种有害物质，废电脑中则含有300多种有害化学物质。拆解人员与有害有毒物质长期直接接触，从内到外的身体损伤绝对免不了。"环保专家指出，电子垃圾中的污染物还会渗入或经雨水淋洗冲刷进入地面、水和土壤，然后进入蔬菜、水果，同样会对人体健康造成极大损害。

尽管是以毁坏生态环境的代价在谋利，在拿身体和生命赚钱，但这"洋垃圾"毕竟带来了巨大的财富，很多人因此造了新房、有了豪车，村民们的经济收入远胜于邻近村庄。利益在眼前，怎样才能让他们就此歇手？

在水坦村，你只看见他们用最原始的工具敲打凿击，用不无冒险的化学腐蚀方法一点点剥取贵金属；你只看见成年男子负责进货和出货，老人和妇女留在家里大肆拆解的"紧张有序"的场景；你只看见这里的天空、河流、青山已经变成了你不忍目睹的样子；但是，你更不忍直视的，是身处层层电子垃圾之中的人们，脸上麻木甚至快慰的神情！

庆幸的是，以上这一幕幕已在水坦村消逝，然而每当回想起，仍让人无法平静。比环境污染更可怕的是环保意识的缺失，关于这一说法，昔时的水坦村已经充分证明了。

相关链接

环保意识是指人们对环境和环境保护的认识水平和认识程度，是人们为保护环境而不断调整自身经济活动和社会行为，协调人与环境、人与自然相互关系的自觉性。环保意识包括两个方面的含义，其一是指人们对环境的认识水平，即环境价值观念，包含有心理、感受、感知、思维和情感等因素；其二是指人们保护环境行为的自觉程度。这两者相辅相成，缺一不可。

人为的破坏是最大的污染源

2001 年，在江浙两省交界处一条名叫麻溪港的河道上发生了严重的堵坝事件。过激的行为自然不该，只有互相理解和充分协调方能化解环境恶化引发的矛盾。"先发展，后治理"的经济发展战略实不可取。环境遭到破坏后所造成的损失之巨，足能抵消已经获得的发展红利，对已破坏环境的修复，其难度、其代价远甚于原本的想象、破坏的过程。

经济学上有一条著名的曲线，叫做库兹涅茨曲线。这条倒 U 型曲线讲述的，是经济增长与环境污染间的相互关系，而当时的浙江，正攀爬在这条曲线陡峭的上升区间中。

2004 年《浙江 GDP 增长过程中的代价分析》出台，首次全方位地展示了 GDP 高增长背后的高昂代价。结论只有一个：当增长"弓张弦满"，付出的代价我们已经无法承受。

"莫言下岭便无难，赚得行人空喜欢。正入万山圈子里，一山放过一山拦。"（南宋·杨万里）意思是，爬山的过程正是不断爬坡过坎的过程，你刚爬过一座山，新的一座山又在眼前。

然而，在这上山下山时，你该怎么走，该怎么认识这段路程，倒是大有讲究。你不能违背自然规律，硬干蛮干。可问题是，有的人因急于谋求 GDP 的高增长，已顾不了应该怎样科学合理地翻山越岭了。

恣意的破坏，遭受损失的有时不仅仅是自身所处的自然环境，还会影响他人，甚至给整个环境系统带来不可逆转的灾害。一旦发生这样的现象，还容易引发另外的事端。

2001 年 11 月 21 日晚，28 条水泥船陆续驶入浙江北部嘉兴市一条名叫麻溪港的河流，此地与江苏省吴江市盛泽镇相邻。晚上 12 点，现场约 300 名农民分成两组，一组负责砸穿这 28 条水泥船，使这些船只渐渐沉没；另一组则开动 8 台挖土机掘取泥土，把泥土装入麻袋后传递至沉没中的水泥船上。次日凌晨 3 点 50 分，众多围观者看到，28 条自沉大水泥船、数万只装满泥土的麻袋终于切断了这条大河，堵塞了航道。

这起严重的堵坝事件自然引起了多方的关注。究竟是什么原因导致这一过激行为？堵坝事件发生后，利益相关方互相争执，引来了国家主管部门和浙江、江苏两省等方面的紧急磋商，真相也渐渐地浮出了水面。

苏州、嘉兴均为江南鱼米之乡，人口密集，经济发达。20 世纪 80 年代以来，与嘉兴一样，紧邻嘉兴的盛泽镇一带也是全国印染丝织业的重镇，并在 20 世纪 90 年代后进入鼎盛期。发展印染业，治污是必须首先解决的难点。该行业的治污成本十分巨大，日处理 3 万吨污水的工厂必须购置价值上千万元的污水设备，每天的治污费用高达 9 万元。如此"天价"之下，不少印染企业选择了偷排污水。

嘉兴的地势低于苏州，由于地形之故，苏州的河流从北部的盛泽流向嘉兴。1995 年，嘉兴着手严格治污之时，盛泽印染丝织业产生的、完全没有进行处理的污水以每年 9000 万吨的巨量顺地势向嘉兴涌来。

嘉兴渔政人员顾升荣回忆起，1993 年 5 月中旬的一天早上，他驾驶汽艇从水面上经过，发现约莫 1600 亩的水面上全都是白花花的死鱼，挤得满满的，甚至都看不到湖面。"我吓呆了，因为那不是在水上开，而是在鱼背上开了。"有数据表明，至 1995 年，嘉兴已死鱼 123 万公斤，鱼苗 1500 万尾，损失 825 万元。嘉兴外荡 6 万亩水塘全部不能养鱼，而内荡 2 万亩水塘里养出的鱼有煤油味。无奈之下，嘉兴人只能去区域外的太湖边买鱼。

不单是鱼死，连庄稼都被污水"毒死"。V 类水质人畜一般不能饮用，但受污染的嘉兴，不少水域的水质远劣于 V 类水。这样的水，若是洗衣服，衣服会发硬发黄，在水里待久了，腿脚会溃烂。"当时，我们区里至少有上百万亩的田地失去了农业用水。"秀洲区环保局领导回忆昔时可怕一幕时，唯有叹息。

当水体被污染的程度已大大超出其可承受之限，且久拖不决时，部分人员采取了非理性的行为。这自然是不可取的。1995年4月，从事河塘养鱼的200名嘉兴渔民沿着被污染的河流步行北上至盛泽镇政府，倾倒大量死鱼，并在当地滞留了三天两晚，请求解决此事。盛泽当地居民对受污水之苦的嘉兴渔民十分同情，因为他们也尝够了污水之害。当地居民纷纷给嘉兴渔民送伞递饭，还请他们住进自己家里。当地政府后来也将部分嘉兴渔民请进了大礼堂，共同商讨处理办法。在国家环保局等部门的共同努力下，嘉兴渔民获得了部分补偿。

这是在某种特殊情况下的协商处理方式，其中的过激做法当不足取。

1998年12月31日，国务院采取了太湖污染治理"零点行动"，嘉兴水质终于出现了好转的迹象，连绍兴、金华等地也有148名珍珠民来到嘉兴发展。没想到，由于盛泽方面的污水仍未根治，2001年4月、8月、9月，大量污水又分3次从盛泽方向往嘉兴袭来，其情势更为凶猛，当地渔民和外来珍珠民都遭受了巨额损失，这也是引发2001年11月麻溪港堵坝事件的原因之一。

对盛泽印染企业违法排污的现象，江苏省环保厅于2001年10月30日进行了突击检查。检查表明，30多家有污水处理设备的企业无一达标排污，有3家竟超标4倍！江苏省环保厅的报告认为"这是属于肆无忌惮的集体超标排污的严重违法行为"。

更让人吃惊的是，在堵坝事件发生之后的2001年11月26日，国家环保总局与部分媒体组成调查组到嘉兴开展专项检查，当时盛泽的一些企业竟还公然排污，这恰好为非法排污之恶劣行为作了最好的注脚。

据说，也就在这一年，时任嘉兴市市长以上海商人的身份，对盛泽的印染企业进行了暗访。以下是该市长与盛泽某印染厂厂长的对话：

市长："你们能接多少印染量？那么多污水怎么排？"

印染厂长："污水么，包给村里联合污水处理厂，可以消化3000吨。

实际上我们还剩下 1 万吨污水，没办法处理。"

市长："个哪能办？"（上海话"这怎么办？"的意思）

印染厂长："上面要来检查时会先通知我们的。平时这 1 万吨污水趁下雨天时放放掉。"

市长亲耳听到后不禁目瞪口呆。

暗访时还得知，一些私营企业为降低生产成本，还悄悄埋设暗管，对污水不作任何处理便直接排入河道。因此，依法排污的国有企业反而失去了竞争优势，有的还被迫改制。改制成为民营企业后，很可能也会加入违法排污的行列。

"可恨的是，直到因污水问题而导致矛盾激化之时，盛泽方面的有关部门仍坚称辖区内的 23 家印染厂的污水已全部经过污水处理，日排放量仅 12 万吨。但暗访后发现，有些企业的弄虚作假和违法排污已到了让人触目惊心的程度，如把多家企业挂在同一企业名下，借此少报污水量与企业数，如把个别印染厂改名为丝织厂，等等。每天究竟有多少污水被偷排？我敢说，至少有上报污水量的一半！"一名知情者说。

嘉善县汾湖，当年深受严重水污染的威胁

如此，盛泽以每天 30 万吨的污水冲击嘉兴，其中三分之二排进了京杭大运河和嘉兴的水荡，与水荡相连的嘉善汾湖的水质因此迅速恶化，从

Ⅲ类水下降为Ⅳ类水。为了解决千万市民的饮用水问题，上海市直接从太湖引水，并开凿了太浦河，然而因为此河经过汾湖、京杭大运河，所以盛泽的污水又严重影响了上海市民的生活用水。

嘉兴被大量污水包围之后，按国家饮用水标准，80万人口的嘉兴市区已没有一处可饮用的水源，而嘉兴市北郊河水厂的原水水质已恶化至接近Ⅳ类水。其时，省里某部门前来嘉兴检查工作时，官员们竟全部自带饮用水，拒绝喝当地茶水。只有到了嘉兴最南部，当地人告知这是深井水时，官员们才一阵痛饮。

嘉善的黄酒业在明清时代就已很发达，明万历四十六年（1618），当地的陆美煌糟坊所酿的"梅花三白"黄酒即远近闻名，被称为"陆酒"，能与绍兴黄酒平分秋色。现今，"汾湖"牌善酿酒为浙江名品，年产量达6万吨以上。由于酿酒用水直接取自汾湖，一旦湖水水质恶化，有数百年基业的传统酿酒业岌岌可危。

而这只是一系列严重后果的一小部分。由于大量抽取地下水以供饮用，嘉兴地面沉降愈发严重，如王江泾镇地面曾在那9年内下降了63厘米。

据环保部门测算，当时，即使盛泽印染企业全部达标，但由于总量过大，1吨处理过的污水必须用40吨的清水稀释后才能达到饮用Ⅲ类水标准。可其时盛泽污水日排放量为30万吨，嘉兴的整个过境水量却只有30万—40万吨。在这一事实面前，连江苏省的环保官员也承认，即使污水达标，但大量污染物已沉在水底，嘉兴渔民也已无法从事渔业了。

"先发展，后治理"，曾是部分地区一度推行的经济发展战略。有人认定，你要确保环境不被破坏，就不可能获得经济发展；你要确保污染物得到治理，就不可能让企业赢利。只有在承认或允许"占用环境资源"的前提下，方能推进经济的发展。或许，这一做法在经济发展的起始阶段，能起到明显的推动作用，GDP也会一个劲地往上蹿，但很快，在环境遭到破坏后恶果很快袭来，其造成的不可挽回的损失，足以抵消已经获得的发展红利，而且，对已被破坏环境的修复，其难度、其代价远甚于原先破坏的过程。

令人欣喜的是，在国家环保总局和浙江、江苏两省相关部门的全力协调下，嘉兴麻溪港堵坝事件获得了较为圆满的处理。

2001年12月8日上午10点，嘉兴方面组织人员挖开麻溪港上的堤坝。随后，由时任国家环保总局副局长汪纪戎担任组长的调查组抵达嘉兴，明确提出"发展经济不能以牺牲环境为代价"，要求江苏盛泽方面对水污染必须立刻施行总量控制。由于大大削减了污水排放量，盛泽的相关企业要么依法排污，要么逐渐转产，此后，盛泽印染企业的生产规模缩小，产业结构趋于合理化，与嘉兴之间的排污矛盾逐步缓解并趋于消除。

同年12月6日，嘉兴市油车港的25名渔民起诉了盛泽的31家印染企业，嘉善农民起诉盛泽印染企业均被立案，而王江泾镇渔民则获得了政府补偿。两案的判决结果，均为嘉兴方面胜诉。深受污水之害的嘉兴方面获赔偿和补偿共计780万元，资金全部按时到位。

与此同时，浙江、江苏两地建立了跨省环保协调机制，两地的污水监测做到了每周4次常规监测。一有污染现象发生，两省环保部门就会在第一时间现场办公，查明真相，追究责任人，并开展互相监督。

这一机制带来的效果是明显的。2005年6月27日上午8点，盛泽镇福祥酒精公司的酒精废水意外泄漏，污染带长达6公里，造成了2天时间内3万人饮用水困难。事发1个小时后，两省环保部门的负责人立即赶到现场，5天后双方共同确定责任人，1个多月后，210万元的赔偿款由江苏方面支付给浙江，矛盾随之化解。

2006年，经过整整4年的治理，嘉兴水面才第一次出现了鱼苗。

在国家和两省相关政府部门的努力下，事件解决的结果是圆满的，然而从中得出的深刻教训谁都不能淡忘。当环保矛盾尖锐到无以复加时，应该采取哪些措施来及时避免过激行为？在各方都忙着摆平事态之时，哪个环节最易出错？

没错，在工业企业排污的问题上，一些政府部门应该承担一定的责任，但企业为了自身利益而肆意破坏环境的行为则更为严重。嘉兴与吴江这起跨省水污染事件便是一个典型。

典型自然不止一个。温州市永嘉县桥头镇是著名的"拉链之都"、"纽扣之乡"，但多年前，这里的百余家纽扣企业超标排污现象是痼疾，流经桥头镇的菇溪河被糟蹋成了一条远近闻名的"牛奶河"。更让人头疼的是，除了在镇区集中分布着众多纽扣企业外，散落在附近各村的还有三四百个家庭小作坊，它们的污水治理更难，污染范围更广。一个桥头镇，虽然以发达的纽扣生产和销售著称，却让很多人一走进这里，就不得不受到污水和污浊空气的侵袭。

当然，因环境污染造成的社会矛盾不光出现在浙江。资料显示，自1997年开始，全国环境污染事件的数量呈直线式上升，每年递增25%，至2002年已超过50万起，环境维权成为社会热点。

虽然这些故事发生在多年前，但如今读来，依然触目惊心。

相关链接

根据浙江省编制的能源消费平衡表，2003年，浙江的废水排放总量达27.03亿吨，工业废气排放总量达10432亿标立方米，工业固体废物产生量达1976万吨，分别比1990年增长84.8%、3.0倍和1.3倍，表明浙江每产生1亿美元GDP需排放28.8万吨废水，产生1亿美元工业增加值排放2.38亿标立方米工业废气、产生0.45万吨工业固体废物。以上指标均大大高于发达国家标准的几倍甚至十几倍。

数据表明，若按照2002年污染物的排放水平，在GDP年均增长9%的情况下，到2010年，浙江省的废水、工业废气和工业固体废物排放总量将是2002年的两倍左右，生态环境将不可承受，省域的可持续发展将难以实现。

尖锐冲突背后，是比污染更可怕的不负责任

一方是经年累月不负责任的肆意排污，一方是忍无可忍后的过激行为，在一个谁都想不到的节点上，一起震惊四方的群体性事件猝然发生。山清水秀、空气清新、土地肥沃，原本是这里的最大优势，但在工业无序发展、环保严重滞后的情形越来越严重之时，不仅丧失了所有优势，连呼吸都成了难题，这让人们情何以堪？

2005年4月10日凌晨4点左右，东阳市画水镇画溪村突然传出一些杂乱的声音：汽车马达声、竹棚拆除声、人员争执声，把原本静寂的黑夜撕得粉碎。由"东阳市清理非法搭建统一行动指挥部"指挥，由东阳市公安、建设、城管、交通、妇联等部门及乡镇抽调和聘用的近2000名人员，乘坐100余辆大小不一的汽车，趁夜色聚集在这里，着手清理拆除搭建在通往竹溪工业功能区道路上的简易竹棚。这些竹棚是画溪村村民为阻止工业功能区内相关企业的人车进出而特意搭建的，且昼夜有人驻守。

拆除简易竹棚的工作很快地进行着，一是因为指挥部派出的人员众多，二是经过几轮拆除清理，竹棚的数量已经很有限，还有一个原因，是守护在竹棚里的村民早已预料到会有人前来拆棚，没有太多意外。没过多久，简易竹棚被一一拆除，拆棚人员做了最后的清理。

事件是在拆棚人员准备离开时逆转的。就在拆棚人员进行了简单集合、准备撤离现场时，在画溪村上空突然响起了一阵阵鞭炮声，这鞭炮声在清晨显得特别尖厉、突兀。

随着这阵鞭炮声，很多人从村庄里冲过来，随着时间的流逝，越来越

多人聚集在这处拆棚现场。让拆棚人员震惊的是，还有更多的人正向这儿涌来。事后有人估计，聚集在这里的画溪村及附近村的村民、外来民工约有两万人。

目睹此状后，有不少拆棚人员听从紧急指挥，连忙乘车撤离，但仍有部分拆棚人员被堵在画溪中学附近的一片狭小空地上。

"事件的激化，与一则谣传，或者说误会有关。当时，有两名堵在拆棚人员车辆前的老人被指挥部的人请进车里进行说服教育工作。但有人没有看清，误认为老人是被汽车轧死后被拖进了车里，便开始大喊大叫，说有两位老人被他们轧死了！场面像被火苗点燃的汽油般，一下子就失控了。"一名目击者事后回忆道。

被这个不实的消息所误导，聚集在此的人们表现出了十分的震惊和愤怒，有人在高声咒骂，有人开始喊打。接着，石块雨点似的抛向了仍被困在这里的拆棚人员。

拆棚人员虽然使用了催泪弹，但未能阻止人群的冲击。他们不得不一步步地退入画溪中学校园内。此刻，聚集的人群发现画溪中学校园内停放有大量车辆，以为拆棚人员将乘车逃走，情绪更为失控。他们向校园内投掷石块，后又推倒围墙冲入校园中，推翻了大客车，砸坏了小轿车。在双方发生肢体冲突时，开始有人受伤……

当这起"画溪事件"或东阳画溪"4·10"群体性事件被强力平息后，据统计，拆棚人员重伤1人、轻伤偏重3人、轻伤18人、轻微伤23人，群众受伤情况未作统计；毁坏车辆69辆，车辆经济损失380余万元。事件还导致了学校停课休整。

事件发生后，双方曾再次出现对峙等情况。

画溪群体性事件发生后，时任浙江省委书记的习近平于4月10日上午9点左右作出重要批示，严令公安机关"不能现场抓人"。国家公安部和其他各级领导也都作了批示，要求尽快疏散群众，平息事态。在各级党委、政府及相关部门的高度重视和积极努力下，在画溪村广大干部、党员的积极配合下，聚集的群众被快速疏散，事态得到及时的控制和解决，受伤人员得到了及时的救治，毁坏的车辆也于数天后被拖离现场。

2005 年 4 月 15 日，根据国家环保总局和浙江省环保局的意见，东阳市政府作出了《关于对竹溪工业功能区企业实施环保整治的决定》；4 月 30 日，东阳市政府又作出了《关于对迈克斯（东阳）化工有限公司等 6 家企业依法予以关停、停产整治的决定》；5 月，竹溪工业功能区内的 13 家企业，除东阳市东农化工有限公司经东阳市政府批准实施省外异地搬迁外，其中 5 家企业被责令关停，7 家被要求停产整治；至 9 月上旬，13 家企业已全部搬离竹溪工业功能区。

2005 年 12 月，浙江省纪委、省监察厅发出《严肃查处东阳"4·10"群体性事件责任人》通报，对东阳市画水镇竹溪工业功能区环境污染案及"4·10"群体性事件中的有关责任人员予以严肃查处。

事态虽已平息，但这起因环保问题引发的官民对抗、冲突的群体性事件，教训极其深刻。其实，酿发此事的原因由来已久。

1999 年，东阳市委、市政府决定设立竹溪工业功能区，其定位是东阳市的化学工业园区，规划用地面积 1800 亩，实际用地面积约 800 亩，以租赁土地的形式从农民那里取得土地使用权。功能区依画水河而建，河对岸是一个有 4000 多居民的西山自然村，东侧不足公里处是有 8000 多居民的王坎头自然村。自 2001 年东阳市东农化工有限公司迁入园区以来，陆续有多家化工企业迁入园区内，截至 2004 年底，共有入园企业 13 家，其中化工企业 8 家、印染企业 2 家、有机饰品企业 2 家、造纸企业 1 家。这 8 家化工企业中，有 2 家生产农药产品，2 家生产氟化盐产品，1 家生产医药中间体产品。

画水镇位于钱塘江上游水系东阳江支流的画水河畔，现有的画水镇是由原画溪镇与相邻的黄田畈镇合并而成，规模不小。画溪村各自然村距竹溪工业功能区最近。从画溪中学沿水泥路往西走，即可看到工业功能区内的工厂厂房、高耸的塔楼，甚至厂区内的各种设施。事件发生时，区内仍有厂房在兴建。据当地村民介绍，此次群体性事件正是在该工业功能区原有的环境污染问题尚未得到解决，且又继续迁入有毒工厂、污染有加剧之势的情况下引发的。

工业功能区南侧的画溪边，工厂的废料小山般的堆放在大堤上，数根排废管道直通河道，溪水中散发着刺鼻的味道。哪怕站在距竹溪工业功能区还有几百米的地方，都能闻到阵阵刺鼻的气味。而这是化工厂已经停产多日后的情况，可以想象，在这些化工厂开足马力生产时该有着怎样严重的情形。

画溪中学距该工业功能区仅几十米远，学校有 500 多名学生。"空气臭的时候，只好把窗户关起来，捂着嘴巴上课。学生的饮水也成了问题，井水有难闻的味道，还有颜色，很难喝，条件好的就买矿泉水，不好的就只能继续喝井水。"一名学生感叹道，没想到在这里读书，连基本的呼吸都成了问题，同学中胸闷、气急的大有人在。

人艰于呼吸，树木庄稼自然也没法好好活。有村民反映，在工业功能区方圆 3 公里内，树木大片死亡，农作物减产，甚至绝收，蔬菜无法种植。从外面贩来的青菜，卖到这里时，价格竟从 2 角钱 1 斤涨到了 1.5 元以上 1 斤，春节前后还涨到了 3 元多 1 斤。其时，村民所能拿到的补贴，每年才 80 元。

据村民王华反映，2005 年前的三年里，在他的印象中，大的污染事故在这里至少发生了 3 起，大片的蔬菜、水稻和树木死亡。王迎宏是个苗木大户，那三年来他的苗木已经死了 1 万多株。2004 年底，一种从未见过的怪病袭击了东阳市重要的蔬菜生产基地画水镇陆宅村一带，不单是蔬菜枯死，连一些杂草也未能幸免。钟店村距工业功能区也不太远，那里曾发生的蔬菜生长异常现象让人犯疑，每种蔬菜都从茎部开始腐烂。东阳市农业局的一名分管副局长经实地察看后说，农作物出现生长异常和歉收事件，其问题的源头是距这片农田只有 50 多米距离的工业功能区。

东阳市环保局的一名副局长也认为，植物出现生长异常，工业功能区内的化工企业难辞其咎。但是，由于工业功能区内的化工企业众多，具体责任的认定和赔偿分担难度不小。

2004年农历六月，怀孕的村民蒋花经过身体检查，发现胎儿的大脑畸形，不得已只能选择人工流产。护士长说胎儿大脑畸形，可能与空气污染有关。村民黄玉在2004年农历八月生下的孩子不哭不眨眼且毫无表情，出生几天后就死亡了。据统计，仅2004年一年，画水镇孕妇生产的婴儿中就出现了5例畸形儿。

正在努力疏通河道，想要挽回水质的农民

"歌山画水"，曾是对东阳这片山水的由衷美誉。画水镇一带尽管不属于经济最发达的区域，它的最大优势，正是山清水秀、空气清新、土地肥沃。然而，当工业无序发展、环保严重滞后的情况越来越严重之时，这里的最大优势已消失殆尽。

令人深思的是，"4·10"群体性事件发生的直接原因，不只是环境的彻底污染，还有这些企业的不负责任，对生态环境的不负责任、对村民身体健康的不负责任。

当地村民说，当初在这里建化工厂，没有征得他们的同意。自从污染出现后，他们便不断地向各级政府反映情况，但是却一直没有取得圆满的解决。企业对当地村民甚至连最起码的解释和安慰都没有。

工业功能区内的东农化工有限公司曾直接否认这一带的环境污染与其有关。"我们公司是国有企业，环保肯定没有问题，否则我们就不会生产。每年我们投入的环保资金有数百万元，而且我们严抓环保，加上环保局经常性、不间断地进行检查，厂子根本就不可能存在环境污染，我们厂子的空气检测结果是合格的。"该企业负责人坚称。

对于村民的指责，该负责人仍然不承认："有些农民的文化层次较低，认为只要有化工厂，就没好事儿。其实有的厂子只是因为事故才有污染，平时是没有事的。"他指着厂子里的树木说："如果污染严重，这些树木能如此绿？"关于树木和蔬菜死亡的情况，他认为是因为天气而非污染，是由于气温持续走低导致了植物死亡。

另一家化工企业的负责人则表示："迈克斯（东阳化工有限公司）的废水都是经过环保处理后再储存到大池子中的，而且大池子一直没有满，还没有排放过，所以不存在水污染；我们不存在废气，所以不存在废气污染；我们的废渣都是在环保标准下进行焚烧处理，所以也不存在废渣污染。总之，我们没有环境污染问题。我们是东阳市的环保先进单位。村民打着反对环境污染的旗号影响生产，我们不知道真实的原因是什么。"

如此把责任推得一干二净的做法，如此冷漠的态度，不引发对方的不满才怪呢。

不负责任的做法，还表现在肆无忌惮地作假上。

东阳市环保局提供的《东阳环保和竹溪工业功能区环保工作情况》载明，竹溪工业功能区内的 13 家企业均经环保部门审批，几年来企业共投入环保资金 2000 多万元，企业废水基本做到达标排放，化工企业内建有尾气吸收或处置设施。2004 年 8 月—2005 年 4 月，东阳市环保局依法对竹溪工业功能区现有企业执行环保法律法规的情况进行了多种形式的监督检查，对违法情况进行了依法查处。这样的表述，是为了说明这些企业的废水排放是达标的。

但浙江电视台在调查采访中发现，这 13 家企业中只有 7 家通过了环保验收，更令人惊奇的是，该工业功能区内竟有 1 家企业是无照经营，这家原本生产油脂的企业当时正从事工业废料加工，在非法生产过程中产生了大量的氟化氢，而氟化氢极易导致农作物和树木的死亡。东阳市环保局说已对该企业进行过多次处罚，并勒令其停产，但事实上该企业一直在偷偷生产。

哪怕是通过环保验收的一些企业，也根本没按法律和规定办事。东农化工有限公司曾发生多次事故性污染气体的泄漏，2002 年有案可查的就有 4 起。东阳市环保局的有关负责人也认为，包括东农化工有限公司在内的一些企业为了节省成本，放着环保设施不用，直接向空气中和江河里排放污染物的现象是存在的，但由于环保监测手段有限和人手不足，查处起来有难度。但这种说法是否是在推卸责任呢？

画水镇四面环山，这种地理结构非常不利于区域内的空气流动，尤其是在下雨前后或气压较低的时候，不利于工业废气或泄漏的化学气体散发。而且，这一带人口密集，也不适合规划建设化工工业功能区。"东阳的产业集聚和环保集聚思路是对的，这也是发达国家发展化工业的流行做法，但在我国很多地区最突出的问题是缺乏整体性的规划。"浙江省环保局的一位专家认为，东阳的这一工业功能区可谓缺乏规划或规划失误的一例。

在"4·10"群体性事件发生之后，面对责任，关于这一工业功能区当初的立项过程和规划过程，东阳市有关部门的人员都讳莫如深。

按照国际通行的化学工业区集聚方式，园区内化工企业的项目、物流运输、公用工程和集污都必须整体性地进行监控，并按照各个企业的产量和排污量核算出每个企业应承担的环保费用，用于为周围地区作环保补偿。但在东阳这一工业功能区内，企业的净化、排污设施各自为政，独立运行，发生污染事件的时候，环保局常常确定不了某次污染事件的直接肇事人，这也使环保补偿遥遥无期。"那年发生污染事故后，村里出面与化工厂协调，可结果却只给我们村每人 10 元钱一年的补偿费。"一名村民认为，这种补偿完全由企业说了算，一分钱不给你，也一点不奇怪。

当环境污染到了实在让人无法忍受的程度，当等待解决的耐心因时间的拖延而渐渐消失，村民们的心情由忧虑变成急躁，后又变成激愤。在多次要求尽快解决却未果的情况下，部分村民采取了过激的行为。从 2005 年 3 月 20 日起，在通往竹溪工业功能区出入口处的各条道路上，村民们搭起了简易竹棚，竹棚每天都在增加，最多时达到了 19 个，每个竹棚都由村中老人驻守，其目的便是阻止化工企业发货及进货。

"化工原料车有可能从小路开进来，我只能日夜在这里守着。以前，这竹棚是我用来看果林的，现在果林也用不着看了，反正我们的果子也没人吃！"一位老人在极其简易的竹棚内坐着，一边警惕地望着竹棚外面的情况。竹棚是用毛竹搭建而成，外面用彩条布围裹起来。而在大道旁的较大竹棚里，坐着六七个老人，年龄均在70岁上下。"他们的产品运不出去了，原料也不让他们从外面运进来。"老人们极其负责。

村民们的行为毫无疑问地直接影响了工业功能区内各家企业的正常生产。2005年3月25日，经有关部门做工作，村民们主动拆除了部分竹棚，但在26日又重新搭棚。28日，有关部门再次派出部分执法人员和乡镇干部烧毁了竹棚，村民们又再次搭起了竹棚。

4月1日，东阳市政府决定从2005年4月2日起对竹溪工业功能区内的13家企业实施停产整治。这自然是一件好事，但因村民们迟迟未见到最终效果，竹棚依然存在。

4月6日，画水镇委、镇政府发出《致全镇人民公开信》，严正警告："极少数不法分子悬崖勒马，积极主动地配合政府做好工作，否则，对策划、参与、继续制造事端、扰乱社会秩序者一律从重从快予以严惩。"东阳市公安局也在同日发出通告："限令滞留在画水镇竹溪工业功能区路口的群众尽快撤离现场，所设置的路障（毛竹棚、石头等）尽快拆除清理，立即停止一切违法行为。否则政府公安机关将采取措施予以强行带离现场、强制拆除清理。妨碍执行公务的，将承担一切法律后果。"口气极为强硬，显然是惯常做法。

4月9日晚，画水镇政府派出10多名执法人员来到画溪村，说夜里要刮风下雨，劝村里老人赶紧离开简易竹棚，但老人们没有听从。4月10日凌晨，"东阳市清理非法搭建统一行动指挥部"派出大批人员来到画溪村清理拆除竹棚，在顺利拆除竹棚之后，因民怨未消而导致了画溪"4·10"群体性事件的发生。

所有的矛盾，所有的损失，所有留在身体和心灵上的伤痕，究竟应该怪谁？

回顾这起因环保矛盾引发的群体性尖锐冲突，不禁掩卷沉思，禁不住嘘叹。

相关链接

化工生产对环境造成的污染以水污染最为突出。含有氰、酚、砷、汞、镉和铅等有毒物质，排入水中后会大量消耗溶解氧，导致水域缺氧；废水中的有毒物质直接对鱼类、贝类和水生植物造成毒害；有毒重金属还会在生物体内长期积累造成中毒；含氮、磷较高的化肥生产废水排入水中后，引起水域氮、磷含量增加，使藻类等水生植物大量繁殖，造成鱼类窒息而大批死亡。化工厂排出的硫氧化物、氮氧化物、氟化氢、氯气等被吸入人体后，会直接损害人体健康。

青山没留住，何处取薪柴？

在利益的驱使下，一些人不惜毁林造地。按村民们的说法，开垦出来的只能叫山地，由于缺水，玉米、番薯等农作物是没办法种植的。殊不知居然有人正拿它套取地方财政收入。

林业局只批准20立方米的砍伐指标，实际被砍伐的山林竟有近3000亩，遭砍伐的林木居然超过1000立方米！这是1997年底到1998年初，发生在浙江省义乌市下傅村的一件怪事。

林业部门接到举报后赶赴现场，眼前的惨状让他们大惊失色：一段段直径达二三十厘米的松木、杉木被随意丢弃着，很多死去的树桩已开始霉烂。有目击者反映，仅他们捡走的被丢弃的杂木，就可以装好几个火车皮。野蛮的非法砍伐过后，该村3000余亩山林中的杉木、松木已经消失殆尽。

经金华市林业部门确认，1997 年 11 月，下傅村从义乌市林业局取得采伐 20 立方米杂木的审批指标。采伐审批表上清晰地标明了采伐地点，规定了采伐树种为树龄 20 年的杂木，采伐面积为 50 亩，采伐数量是 20 立方米，采伐方式为间伐。之所以批准上述采伐，是因为林业部门认定，下傅村村委所提出的采伐理由是间伐杂木，以使杉木、松木成林。在村两委的申请件中，也载明这次采伐是间伐杂木，保留松木、杉木。落款签有原下傅村村主任王用法的名字，并盖有村委公章。

然而王用法说，村里当时没有签订山林砍伐承包合同，他也不知道有多少树被砍掉。他承认，由于上山的路太远，当时自己没有去看过，事后也没有再追究此事。

王用法甚至以"不清楚"来回答为何提出采伐审批申请一事，当有人拿出有他签名的审批表复印件时，王用法想了很久，才含糊地表示，这个字可能是自己签的，其余则不知道。

事发之前的稀里糊涂，事发之后的含糊其辞，对山林保护的麻木，对环境资源的糟蹋暴露无遗。

一名看护山林的村民证实，在乱砍滥伐期间，运木材下山采用的是钢丝索输送的方法，这种方法因为成本较高，通常只在大量砍伐时才用。倘若只有几十立方米的砍伐量，只需几个人背下山就行了，根本不需要花如此大的本钱架设钢丝索。这说明，这次的非法砍伐数量不小，且早有预谋，所谓的"不清楚"纯属诓言。那么，那份"间伐杂木，以使杉木、松木成林"的采伐申请表，这最初的动机是否真实？难道它是一个早已精心设计好的陷阱？

向来爱护山林的村民说，毁林事件一开始，他们就多次向村干部反映，但村两委一直反应迟缓。当毁林行为愈发恣肆，村民们不得不再次向有关部门反映。尽管经过林业部门出面，砍伐行为被强令停止，但 3000 亩山林已经被毁，一时无法恢复。

深秋的一天，在温州市区打工的永嘉县岩坦镇周卫村村民李青东等 6

人，经过 5 分钟的轮渡、1 小时的中巴、1 个半小时的出租车和半小时泥泞山路的步行后，终于来到了故乡那片他们日夜眷恋的山林，那是童年时他们经常玩耍的地方。但他们怎么都想不到，昔日植满松树、红枫、桧树的山林，竟已成为一片乱糟糟的黄土，树木的残枝断干横七竖八地丢弃在那里，而用水泥筑起的高埂一层又一层地缠绕在山体上，显然是毁林后建起的梯田。李青东和同伴们一看就知，这是一种彻底毁弃山林的做法，也就是说，那片曾经的林地，再也不可能恢复其美丽的旧貌了。

"我们把祖宗留下的东西给搞没了。"李青东和同伴们不禁连连叹息道。

但更让他们惊讶的，是大肆毁弃山林这一反常行为背后的原因。

这片名为上梅垄山场的林地属村集体所有，多少年来一直茂密葱郁，与所谓的"低产林"毫不沾边。可是，有人利用林业部门自 1999 年 12 月起实施国家林业局颁布的《低产用材林改造技术规程》并逐步推开低产林改造项目的机会，故意把这片好好的林地"改造"成了"低产林"。

"把林地里的大树砍掉，再把砍伐后所剩不多的稀疏树林拍成照片，上报给省林业厅，以获得低产林认证。拿到'低产林改造暨耕地开垦项目'立项后，再不断地砍伐，最后成了一片真正的荒山地。"当地村民目睹毁林的全过程，并多次向主管部门和相关媒体反映，但因"手续齐全"，毁林"造假"的行为"难以确定"，很长时间里未见上级正面回应。

按照国家林业局《低产用材林改造技术规程》和相关林业政策，所谓低产林改造，主要针对商品用材林，尤其是对一些生长林况不好、出材量不高的林地进行更新再造。温州作为东部发达地区，建设用地指标一直紧张。在进行低产林改造并开垦成耕地后，能让当地政府获得建设用地指标，即"占补平衡"。耕地占补平衡是《土地管理法》确定的一项耕地保护基本制度，按照"占多少，垦多少"的原则，建设单位必须补充相应的耕地，以保证耕地不减少。多年来，为了拿到更多的建设用地指标，温州市有关部门一直在想方设法开垦土地，包括实施国内最大的滩涂围垦项目"瓯飞"工程。在山区把低产林改造成耕地，也是有关部门认定的"好办法"。

在"占补平衡"过程中，提供建设用地指标的一方是有奖励的，这便是周卫村向上梅垄山场的林地举起斧头的最大动因。有熟知内情的政府官员透露，在山区乡村每开垦 1 亩所谓的低产林，项目承包人可获得 3 万元，所在村拿 1500 元，镇政府拿 1.5 万元，而造地成本最高也不到 1.7 万元。以周卫村业已立项的 681 亩计，利润数以千万元计。

由于巨大的利益驱动，磨刀霍霍向山林的并非只有周卫村。附近的岩坦镇潘二村、张溪乡深固坑村等都在这样干。

然而，由林山开垦成耕地的土地却是真正的"低产田"。"种水稻只能一季，5 月插秧，到 8 月就得收割，一亩经常只能收一两百斤。到了 10 月以后大雪封山，大雪经常要湮没小腿。"当地农民说，在海拔近 900 米的山上，梯田的品质很差，其结果则是抛荒弃种。也就是说，为了眼前的那份利益，原本好端端的林木山地最终沦为了一片秃山，而沦为秃山后将带来水土流失等一连串严重后果，这里不说也罢。

"低产林改造的对象并不是低产林，这是各级政府都知道的公开秘密，我们林业部门也没办法。"永嘉县林业局的一名官员坦言，这并非永嘉一地的情况，而是一个较为普遍的现象，"林业部门阻止和改变这一现象的力量是有限的，因为正被利益驱动的是当地政府。"

可以说，在诸多毁林事件中，溯其根源，大多是人为因素，而人为因素几乎无一例外的都是受到短期经济利益的驱动。类似的例子显然远不止上述几则。

丽水市景宁县九龙乡的一处深山，用石块垒成的高山梯田显得格外刺眼。这片约 350 亩的"耕地"是 2002 年开发完成的，稀疏种植的油茶和花生看上去应该不会有好收成。不过，当地政府并不在乎这些梯田的收成究竟有几许，因为它们真正的价值不是收割，而在于通过它们按一定比例转换折抵土地指标，通过浙江省国土资源厅设立的统筹专户进行"有偿调剂"，拿到建设用地指标，或取得土地调剂收入。

2002 年 4 月，浙江省委、省政府作出实施山海协作工程的重大战略决策。其用意是通过合作，推进发达地区的产业向欠发达地区梯度转移，实现全省区域协调发展。这其中的一个很重要的内容——土地资源代开发，即由丽水、衢州等多个地区为宁波、绍兴等市完成新增耕地指标，为后者获得建设用地提供条件。

事实上，1998 年 6 月，为了推动农村土地整理工作，浙江省提出了 5 条鼓励政策，其中一条是土地整理新增有效耕地的 72% 可以折抵建设用地指标。从 2000 年开始，浙江省又允许折抵指标（含复垦指标）跨区域有偿调剂，逐渐构建了一个折抵指标市场，并在当年又将"实行土地置换政策，积极推进土地整理"这一政策上升为地方性法规。于是，有偿调剂收入便成为一些县市重要的财政收入来源，而发达地区则获得大量的建设用地指标。

以宁波为例，2002 年上半年，全市立项开工在建的开发造地项目为 165 个，规划新垦造耕地 4 万余亩。但在宁波，可利用耕地后备资源十分贫乏，耕地占补平衡矛盾非常突出，在宁波市域内寻觅"造地"资源显然捉襟见肘。在山海协作工程启动之后，拓宽市外补充耕地成为一个重要渠道，仅 2002 年，该市国土部门多次赴丽水景宁、松阳、龙泉等地进行协

山林被砍伐，原先的瀑布几乎不存

商，共签订市外调剂用地指标 2 万余亩。

"起初的动机是通过这一政策实行土地整理的资本化运作，解决县市政府缺乏土地整理激励的问题。"浙江大学公共管理学院汪晖教授说。据他统计，1986—1996 年间，浙江通过农村土地整理后新增耕地只有 12.93 万亩，占同期新增耕地面积总量的 17.3%。之所以通过土地整理新增的耕地比例低，是因为土地整理新增耕地的成本远远高于土地开发的成本。

长期以来，农业的发展非但无法带来地方财政收入的增长，还增加了地方财政农业公共支出的负担。在地方政府眼里，开垦 100 亩耕地，每年的农业产出远不如折合为耕地指标来得划算。

假定一个土地开发面积为 100 亩的项目，经省国土资源厅复核后，按实际新增耕地面积计算，所在乡镇可获得每亩 3000 元的工作经费，也就是 30 万元，节省部分的 30% 可用于奖励参与土地开发的人员。此外，在乡镇（管理区）年度工作目标考核上还将获奖 0.5 分，参与的林业、农业、水利等部门也将获得每亩 200—300 元的工作经费。

自 2000 年以来，折抵指标市场开始大规模发育，指标交易量不断上升，交易价格也水涨船高。据汪晖调查，折抵指标的市场价格，从起初的 10000 元 / 亩左右，上升到 2004 年的 30000—40000 元 / 亩。

与永嘉相比，因山体土质的关系，景宁的情况更糟，按村民们的说法，那些开垦出来的耕地只能称之为山地，由于缺水，连玉米、番薯等农作物都无法种植。更有甚者，一些山地原来还可以利用山泉水种植一季水稻，但为了美观，让人"有成就感"，所有梯田都必须整齐划一，山泉也被堵了。

尽管有相关文件规定只能在荒山、荒坡、荒草地、火烧迹地、废弃园地、灾毁耕地等地方开垦耕地，且明确禁止在坡度大于 25 度以上的坡地和自然保护区内开垦，但在利益的驱使下，一些地方政府部门哪里还顾得了这些。大片大片地毁林造地，拿到补偿款和工作经费便是"硬道理"，至于今后我们的子子孙孙将为此付出怎样的代价，都不在考虑之列。

有偿调剂收入曾一度成为土地开发所在县市重要的财政收入来源，折抵指标也为杭州、宁波等耕地资源匮乏地区的快速工业化、城镇化提供了用地保障。"折抵指标有偿调剂"本是一件好事，双方可以各取所需，推动各自发展，但在被一些人视为"生财之道"后，已违背了原先的宗旨，更大的弊处是一旦管理失控，浙江中西部不发达地区的自然环境将因此遭到人为破坏，好事极有可能成为坏事。这项在浙江推行多年的政策正面临着极大考验。

毁林的实例远远不止以上这些。如在被称为"浙南林海"的龙泉，大山里的白炭窑不断蚕食着天然的乌冈栎、青冈栎林，一片片茂密的山岭成了濯濯童山。

为了眼前的经济利益，而不惜钻政策的空子，毁弃大好自然资源，放任身边的好山好水变成乱石滩、荒草地。面对葱郁森林、潺潺清泉，你怎能下得了灭绝之手？

相关链接

一组有关浙江耕地、森林减少的数字：改革开放以来，随着经济的快速发展和城市化、工业化进程的加快，浙江耕地资源的减少非常明显。1979—2003年，全省耕地面积减少726万亩，相当于2003年末实有耕地面积的30.4%。近几年耕地面积减少数量呈逐年增加的趋势，其中2003年减少的耕地多达62.38万亩。而森林面积则由1995年的639.7万公顷下降到2001年的554万公顷，下降了13.4%。

第三章

"绿色浙江"，
一句充满希望的口号

　　必须从全局利益和长远发展出发，把发展绿色产业、加强环境保护和生态建设，放在更加突出的位置。

——张德江

　　生态经济是有利于地球的经济构想，是一种能够维系环境永续不衰的经济，是能够满足我们的需求又不会危及子孙后代满足其自身需求的前景的经济。

——美国生态经济学家　莱斯特·R.布朗

多年来，在历届浙江省委、省政府的领导下，浙江生态环境质量向来处于全国前列，人民群众对生态环境质量的满意度逐步提高，经济发展逐渐步入可持续发展的良性循环轨道。发展经济不能再以牺牲生态环境为代价，这一理念正渐渐深入人心。

尤其令人欣慰的是，20世纪末至21世纪初，"绿色浙江"的口号被明确提出并贯彻于经济、生态、社会、法治等诸多领域。一方面是偿还经济高速发展后的环境欠债，另一方面则是进入新世纪后社会经济进一步发展的必然需求。东海之滨，钱江两岸，"绿色浙江"建设热潮涌起，成功实例层出不穷。

历史回望：恒久的努力与热切的期待

历届浙江省委、省政府依靠科学决策和坚强领导，生态环境治理的方向从不模糊，力度从未减弱，成果逐渐体现。更重要的是，长期以来的生态环境治理实践，为"两山"重要思想的形成，提供了极其丰富的经验总结和理论启示。

在全面展示习近平主政浙江期间，浙江省在实施"八八战略"、实现从生态省建设到生态浙江建设的伟大进程之前，有必要对包括"绿色浙江"在内的浙江生态文明建设的探索和实践，进行一次简要而客观的回望。

"一年接着一年抓，一任接着一任干"。时光回拨60年，我们能够深切地感知，从倡导植树造林开始至今，历届浙江省委在这条具有浙江特色的生态环境保护之路上，从未停歇。

1954年起，江华主持浙江省委工作，历任省委书记（当时没有省委第一书记）、省委第一书记，直到"文化大革命"开始。主政浙江期间，他对植树、种草的绿化工作非常重视。他认为，一棵树也好，一片草也好，都可以蓄水，是无限的水库。他常常用"寸树斗水丈地湿"来说明植树种草对保持水土、涵养水源的重要性。他还认为，有了树和草，水可以涵养起来，洪涝也可以减轻。

1958年8月，江华在常山县轨辘村与林业部副部长一起，主持召开南方各省林业厅厅长现场会，会议的重点是让荒山种上油茶树。1962年他又再次来到常山，重申制止毁林开荒，提出要做好水土保持和建设油茶基地的要求。同年 10 月，常山成立了全国第一家油茶研究所，开展良种培育、丰产栽培、病虫防治等课题的研究。几年后，常山的油茶林面积达到了全县山地面积的三分之一左右。

1963 年，江华在象山县视察工作时看到县城附近的山上没有树木，就问当时的县委负责人：象山的象是哪个象？县委负责人答：是白象的象。他说："确实是不长毛。"临别时，县委希望他能再来，江华说等象山长毛后他再来。县委负责人马上意识到领导对他们工作的批评，几天后就召开了全县四级干部大会，部署植树造林工作。几年后，象山县变成一片翠绿。江华每到一个地方，一看到山丰林茂、山青水绿就高兴，看到荒山秃岭就很失望，并会要求当地领导马上整改，这是他的工作习惯之一。

把杭州建设成"东方日内瓦"的美好愿望，也是江华于 20 世纪 50 年代初反复主张的。"把西湖建设成一个大公园"的首要任务，是加强西湖周边的植树造林，否则，再好的风景也只能存在于幻想中。江华认为，园林绿化是城市建设中有生命的基础设施，搞好园林绿化是建设生态文明不可或缺的重要方面。对杭州是这样要求的，对别的城市同样如此。

江华认为水与山、与整体环境是相互关联的，是一个统一体，必须进行统筹治理和维护。他提出"治山要与治水相结合"，"山青水才绿，山穷水要恶"等建议，至今仍极富参考价值。他还根据浙江的地理环境特点，提出了林水综合治理的指导思想，指出"搞水利的只管搞水库，森林专家、植物学家不管水，搞林的不管草，这些都是片面的"。据此，当年的不少地区把林业和水利两项管理职能合为一体，政府机构也合二为一，迄今杭州市仍设有"林业水利局"。

1972 年之后，铁瑛历任浙江省委书记、省委第一书记。在任期间，铁瑛十分重视植树造林。20 世纪 80 年代的第一个植树节，他带领 1500 余名干部，植下了 8000 余株树苗。"要让所有荒山都绿化起来"，是他经常提醒各级干部的话语。他还十分重视森林资源的永续利用。1980 年 4 月，他连续来到几个山区县调研，发现个别地方有不加节制、光顾眼前利益乱砍滥伐的倾向，便反复强调"青山常在，永续利用"，在具体操作方面，一定要坚持计划采伐，合理轮番，年年采伐年年栽，采伐一块及时更新还林一块。

在浙江省第六次党代会报告中，铁瑛提出：兴办水利工程，要以中小为主，大中小并举。全省要有计划地根治八大水系，兴建十大水库，扩大旱涝保收田的面积。他的这一指示，显然是在采纳了浙江各地基层干部群众和有关专家的意见后作出的。20世纪七八十年代的中小型水利基础设施建设工作，至今仍在使农林业得益。作者本人在衢州常山、湖州安吉、丽水龙泉等山区县市采访时，至今仍有不少群众对此高度赞誉。衢州市常山县目前还设有"中型水库管理局"，专门管理包括小型水库在内的县域内百余座水库。

浙江地处东南沿海，是改革开放的先发地区。随着经济建设的高速发展，不少人过分着眼于经济效益和发展指数，对环境保护、资源的合理利用观念淡薄。在行政管理相对薄弱、松懈的地方，对自然环境的破坏更为严重，后果也慢慢显现出来。浙江省委、省政府敏锐地发现了这一点，于20世纪80年代初，作出了在抓好经济建设的同时，必须逐步重视和不断加强生态环保工作的决策，并提出了"经济建设、城乡建设和环境建设同步发展，实现经济效益、社会效益、环境效益三统一"的战略方针，强调在抓好基本建设、技术改造项目的同时，必须降低污染程度，控制新污染源的发生。

一部浙江改革开放发展史，同时又是一部环境保护和整治的奋斗史，此言绝非夸张。承认浙江曾被环境问题所困扰、所制约，并不能忽略为消除这一发展瓶颈而作出的长久努力。

王芳在1983—1987年期间曾担任浙江省委书记。他在任时就年年参加植树造林，这项工作不曾更易。其时，浙江经济发展的巨大成就已广受瞩目，各方赞誉纷至沓来，但省委、省政府依然保持清醒认识，注重环境因素的总体发展思路始终清晰。环境问题有着大背景和小环境等各种复杂因素的影响，有的是发展进程中难以避免的，有的是受科技水平、能源供应方式、产业结构现状等客观因素所掣肘，有的是环保意识欠缺、环保主动性不足等无意造成的，有的则是人为的、明知故犯的。以王芳等为首的浙江省委、省政府领导从不一概而论，而是分门别类，廓清原因，对症下药。

1987年3月，王芳调任公安部部长。在离开杭州的前几天，他还专门就环境保护工作提出了一些建议，明确指出：乡镇企业一定要十分重视环境保护，坚持发展生产与保护环境并重的方针，决不能走先污染后治理的路子。王芳还特别提醒：要警惕发达国家把一些高污染的产品扩散到乡镇企业来。必须牢牢记住，我们的工作目标是经济要发展，生活要富裕，环境要优美。

1983年3月—1988年12月，薛驹相继担任浙江省委副书记、省长和省委书记等职。治理环境污染，既要坚持"治旧控新"，又要着手"监建并举"，这是薛驹在环保实际工作中一向坚持的思路和做法，也是当时的浙江省委、省政府明确提出的治理环境污染的一条原则。在发展工业经济方面，薛驹多次要求"走综合发展、集约经营、深度加工、多次增值、生态平衡、良性循环的路子"，"要加强环境保护，积极治理老污染源、严格控制新污染源，逐步实现经济和社会事业的发展同人口、土地资源和生态平衡的良性循环"。

为了堵住污染源头，在薛驹的亲自过问下，1988年全省关停了258家电镀厂、15家印染厂，其措施之果断，力度之大，在当时十分罕见。此举不仅有效地改变了一些地区环境恶化的状况，更重要的作用是对广大群众进行了一次生动的环保教育。

令人欣慰的是，正是在王芳、薛驹担任浙江省委书记期间，浙江在水环境治理方面取得了重要的阶段性成果。1983年12月，浙江省人大审议通过《关于抓紧治理兰江水系污染的决定》。1985年1月，浙江省人大常委会专题听取和审议了浙江省环保局关于《水污染防治法》贯彻实施意见的汇报。与此同时，全省加强了水、大气、海洋、酸雨等监测网络的建设，相关基础性环保设施得以建成和完善；第一次对全省八大水系的水质和流域环保现状作出了评价；首次建立了全省酸雨数据库。1988年7月，浙江省人大常委会又审议通过《浙江省鉴湖水域保护条例》。数据表明，仅1988年，浙江全省就有9条总长22公里的城市内河得到初步治理。

从1988年12月起，李泽民任浙江省委书记。甫一上任，他就对浙江森林资源和水土流失情况进行深入调研。经过调研，他发现一些地方植被遭到了严重破坏，这大大降低了抵御自然灾害的能力，需要引起高度重视。为此，他主持召开了浙江省委常委会议，专题讨论研究造林绿化。在他的推动下，1989年8月召开的全省林业工作会议提出了"两年准备，五年消灭荒山，十年绿化浙江"的规划目标。他反复强调，浙江的土地资源有限，必须"寸土必保，寸土必用"，必须"把水利作为重要基础产业来办"。

目睹了个别地方的环境遭到破坏的实情，李泽民痛心疾首，恳切地呼吁发展经济不能再以牺牲生态环境为代价了。从1989年起，浙江推行各级政府任期环境保护目标责任制和城市环境综合整治定量考核制度，并在污染源调查的基础上，全面开展乡镇企业工业污染的治理工作。从1992年起，环境保护被纳入浙江省国民经济和社会发

两岸皆绿的临海市灵江畔

展计划，这些都是当时浙江省委、省政府领导班子推动的结果。1993年12月，在浙江省第九次党代会报告中，李泽民提出必须"增强环保意识，治理环境污染，保护和合理利用自然资源，逐步改善生态环境"。

"志若不移山可改，何愁青史不书功。"（五代·钱镠）恒久的努力，是因为始终抱有热切的期待。"一年接着一年抓，一任接着一任干"，在生态环境治理和生态文明建设方面，历届浙江省委始终讲求科学决策和坚强领导。浙江省虽然一直面临着严峻的环境问题挑战，但在生态环境治理的方

向上从不模糊，力度从未减弱，成果逐渐体现。更重要的是，长期以来的生态环境治理实践，为"两山"重要思想的形成，提供了极其丰富的经验总结和理论启示。

相关链接

我国早在1983年就把环境保护作为国家的基本国策。1994年中国政府发布的《中国21世纪议程——中国21世纪人口、环境与发展白皮书》，首次把可持续发展战略纳入经济社会发展的长远规划。但由于当时经济增长与环境保护的矛盾主要还是集中在经济增长上，因此，存在着"环境保护加强与环境污染加剧"的现象。浙江亦是如此。

有所舍弃，"天蓝、水清、山绿"方能重归

一江污水谁能忍受？一片浊空谁能无睹？要想有"天蓝、水清、山绿"的优美环境，必须懂得舍弃，哪怕割弃得十分心痛仍值得。浙江省委、省政府反复强调的"要进一步提高公众的环境意识"不是一句虚言，观念改变了才能付诸实际行动。

1998—2002年，张德江担任浙江省委书记。在他的领导下，浙江的生态环境治理和生态文明建设进入了一个新的历史时期。

世纪之交，浙江经济和社会发展正实现着新的跨越，张德江始终不忘生态建设和环境保护。深入实施"碧水、蓝天、绿地"工程，重点治理水污染和大气污染，基本控制环境污染与生态破坏加剧的趋势，把污染治理

工作作为推进现代化建设和可持续发展战略来抓。这是张德江在浙江省委十届二次全会上做出的郑重承诺。

"潮至千艘动，涛喧万鼓鸣。江翻晴雪卷，海涨石塘平。"（宋·胡仲弓）此诗所描述的，正是滔滔钱塘江潮被古堤塘拦挡时的壮阔情景。这条据载在春秋时期即显雏形的海塘，曾为捍卫万亩良田、百座城池做出过非凡贡献，但随着岁月和江潮的侵蚀，不少区段已倾圮溃败。事实上，到了20世纪末21世纪初，钱塘江堤和沿海海塘抗御洪、潮的实际能力已大大下降。在1994年的17号台风和1997年的11号台风中，浙江沿海出现历史实测最高潮位，在强风暴潮的袭击下海塘遭到了严重破坏。

张德江敏锐地发现了浙江生态治理方面的重点和特点，在他作出的有关生态环境治理的指示中，关于治水说得最多，谈得最深。他指出，浙江环境保护，第一位是治水，首先要把水问题解决好，千方百计把水治好。"水利工作一定要兴利避害，科学开发利用水资源，促进经济社会可持续发展。要抓好当前，着眼长远，积极探索水利综合治理和深化改革的新路子，管好水资源，使水资源得到永续利用。""要研究江、湖、海之间的关系，还要研究水利与经济社会可持续发展的关系。要以水为轴，把水放在大范围中研究。""要站在水资源开发利用保护的战略高度，研究水的问题。"这些精辟的言辞很快成为各地的工作指引。

也正是在这个阶段，通过几年的努力，浙江建成了千里标准海塘和钱塘江千里标准江堤等重要水利工程。

1998年，浙江省委、省政府作出建设全省高标准城市防洪工程体系的决策。2000年，城市防洪工程建设全面启动。2003年，浙江省高标准城市防洪体系基本建立，沿江县以上城市的防洪能力基本达到50—100年一遇标准。城市防洪工程与交通、景观等城市功能相结合，与流域防洪规划相衔接，与城市总体规划相协调，适应了城市可持续发展的要求。

治水为龙头，但治水是个综合性工程，还得与治山结合起来。从1999年起，浙江在21个江河源头县、重点林区县开展了生态公益林建设试点，而这又是张德江推动生态环境治理整体战略中的一项重要工程。为确保这项工程的实施效果，一方面事先在若干市县进行了试点，另一方面还配套实施了退耕还林工程，以防止水土流失。按照工程实施要求，全省上下严格控制劈山、炼山，彻底改变传统的造林和整地方法，大力推行"山顶戴帽、山脚穿鞋、山腰扎带"的环保生态造林模式。到2002年，浙江省森林覆盖率达59.4%，所有县（市、区）全部达到《浙江省县级绿化标准》。

在创作这部长篇报告文学的过程中，作者本人多次寻访当年营造的公益林，大为感叹。可以说，公益林建设打响了浙江大规模开展生态环境保护的第一炮，功莫大焉。公益林建设的成功范例，后文将有详述。

杭州富阳。这里有一条如画般美丽的富春江，两岸却密匝分布着众多造纸企业。造纸向来为污水排放重点行业，20世纪90年代末以前，深黄色的、臭气熏人的造纸污水大量排入富春江，竟成为令当地人触目惊心又司空见惯的场景！

富阳造纸历史悠久，古诗所云"京都状元富阳纸，十件元书考进士"之盛景即是明证。然古时的造纸大多为家庭作坊，总产量有限，古法造纸对环境的破坏也相对较轻。20世纪七八十年代之后，富阳造纸业发展迅速，至20世纪末发展到了顶峰。数据表明，1999年各种体制性质的造纸厂达500多家，直接从业人员4.5万人，间接从业人员达10余万人，白板纸产量占全国近一半。

然而，由于这些"野蛮生长"的造纸厂规模小、分布散、能耗高、设备落后，且大多以废纸为原料，生产时必须掺入大量化学助剂，如助滤助留剂、增强剂、施胶剂、杀菌剂、消泡剂、保洁剂等，加上企业主为降低成本，尽量减少对污水处理的投入，因此，富阳造纸业对当地生态环境的破坏愈见严重。根据统计数据显示，1999年，富阳造纸业的贡献虽不到浙江省GDP的1%，能耗却超过全省的5%；万元GDP的化学需氧量、二氧化硫等排放量分别为全省平均值的1.53倍和2.3倍；平均吨纸废水排放量全省平均值是10吨，而富阳是26.4吨，为浙江全省平均值的2.6倍。

"那个时候，富阳造纸厂的污水排放量相当于杭州全市人民的饮水量，富阳境内的许多河段水质最差时为劣Ⅴ类，河里鱼虾近乎绝迹，而富春江可是杭州的饮用水源啊！"杭州市林水局一位水环境治理专家回忆道。面对如此严重的污染，在浙江省委、省政府的直接过问下，保护富春江，大规模整治富阳造纸业的系列战役，在20世纪末21世纪初打响。

陆人武时任富阳市环保局污控科科长。他说，从那个时候开始，在之后的日子里，富阳市下了天大的决心，先后对造纸业进行了五轮大整治，淘汰落后、转型升级，累计淘汰关停企业231家、生产线423条，削减实际产能371.2万吨。

永泰纸业公司是当时富阳最大的民营造纸企业，从那个时候起，该企业就把污水处理当成企业发展的头等大事，在开展技术改造的同时甘愿投入资金。2003年，该企业又决定投资5280万元，建设富阳造纸业第一套污水生化处理系统，日处理污水4.5万吨。从那时开始，永泰纸业把污水处理作为企业的一项副业，为别的造纸企业提供污水处理服务，由此从单纯投入转化为企业效益增长点。如今，永泰纸业已是省级循环经济试点企

经过初步整治的浙北航道

业之一，永泰纸业的发电、供热、贸易、化工、污水处理等副业围绕造纸业发展，形成了一条完整的产业链。

从 2002 年起，富阳市开始实施江南片环境综合整治规划，先后投入23 亿元，建成八一、春南、灵桥、春江、大源 5 座污水处理厂，配套收集管网 12.5 公里，具备 75 万吨 / 天的集中式工业污水处理能力和 28 万吨 / 天中水回用深度处理能力，并尝试走产业化、市场化发展道路，聚集社会资源，打破政府单一投资格局，集聚污水治理力量。江南片环境综合整治工程吸纳了大量社会资金和企业投资。2006 年 3 月投入运行后，春江街道 5个行政村 1 万多个居民的生活污水和周边 48 家造纸企业的工业污水得到了收集和处理。

曾经认为无法化解的难题由此逐渐消除。2004 年，时任中国轻工业信息中心副主任、纸业战略专家的郭永新去富阳调研，预言富阳造纸企业必然要经历一个痛苦的转型期，只有少量的纸厂能够存活下来。如今，此预言已经得到应验。不过，几年后重访此地，让他颇感吃惊的是，昔日污水直排的揪心场面再也不见了，江水变得更为清澈，而且，富阳人仍在与污水进行持久的鏖战，不惜牺牲巨大的地方经济利益，敢于大手笔投入。

富阳造纸业污水之战，是这一时期浙江环境治理中的一个典型。时任浙江省委书记张德江，在看准了环境治理的迫切性、重要性之后，十分重视，推出决策的力度非常之大。在不同的场合，他曾多次强调，必须办实、办好治理水污染的民心工程。在他的主持和推动下，这一时期，浙江连续推出多个生态环境整治综合行动，主要有：

1998 年底，浙江实施了杭嘉湖地区水污染防治倒计时"零点行动"，太湖流域水污染治理即为这一行动的重要内容。截至 1998 年底，太湖流域杭嘉湖地区列入重点限期治理的 257 家企业中，204 家完成了污染治理设施建设，实现达标排放，设备调试 8 家，停产治理 12 家，责令关闭 33家。杭、嘉、湖三市政府还全面开展了禁止销售、使用含磷洗涤用品的工作。曾是浙江水污染重灾区的杭嘉湖一带，地面水水质开始出现好转。

1999 年，以"控制污染物排放总量，工业污染源达标排放，重点城市环境质量按功能区达到国家标准"为内容的"一控双达标"活动全面实施。截至 2000 年末，全省限期治理了 8264 个污染源，依法关停污染严重企业 2567 家；2.2 万多个工业污染源达标率为 99.8%。"一控双达标"目标的实现，使浙江遏制环境恶化工作的标准和效能，开始与国家标准对接，环保规范化水平大大提高。

在工业污染源治理方面，1998 年完成限期治理项目 1238 项，关停并转了 511 家污染严重、治理无望的企业，取缔"死灰复燃"、擅自新建的"十五小"企业 551 家。

在烟尘控制区建设方面，1998 年新建了 5 个烟尘控制区，面积为 152.63 平方公里。截至 1998 年底，全省累计有 132 个烟尘控制区，总面积达 1060 平方公里。

在生态环境建设方面，截至 1998 年底，全省共建成 25 个自然保护区，其中国家级 4 个，省级 8 个，市县级 13 个，面积为 9.7 万公顷，约占全省土地面积的 1%；共建成省级以上风景名胜区 46 个，面积为 38 万公顷；共建成森林公园 50 个，面积为 35.6 万公顷。自然保护区、省级以上风景名胜区、森林公园的面积之和约占全省土地面积的 8.2%。

而仅仅过了一年，1999 年，上述数字又出现了令人振奋的更新：

重点调查的工业企业的工业废水处理率和排放达标率分别达到 92.4% 和 86.7%，比 1998 年分别提高了 7.7% 和 12.9%。

太湖流域杭嘉湖地区工业企业水污染物排放总量控制任务基本完成；城市污水处理厂建设步伐加快；农业面源污染控制，船舶污染治理，河道清淤，城镇生活垃圾收集、中转、无害化处理设施建设以及禁止生产、销售含磷洗涤剂工作取得实质性进展。

"一控双达标"方面，截至 1999 年底，被列入浙江省控重点水污染治理的 860 家工业污染源，已治理达标排放的有 517 家，已关停的有 79 家……

上述一些简单的数字至少可以让我们感受到，顺应浙江经济发展的现实需要，面对压力，浙江人民在环境保护的漫漫征程中，已懂得甘于舍弃、果敢毅行的价值和意义。

向往"天蓝、水清、山绿"的优美环境，浙江人逐渐改变了一味注重经济效益的做法，一次又一次向环境污染宣战，也积累了宝贵而丰富的治理经验。正是在这样的基础上，这样迫切需要加强环保力度的形势下，建设"绿色浙江"的号角嘹亮地吹响了。

相关链接

这一时期，浙江省乡村环境整治也颇有成果。到1998年底，浙江省已建合格生态村（镇）108个，4个生态村（镇）先后荣获联合国环境规划署授予的"全球500佳"称号。到1998年底，浙江省有临安、磐安、开化、绍兴、泰顺等5个县（市）被列为国家级生态示范区，其中3个已基本建成，通过省级预验收。宁海、诸暨、景宁、庆元、云和、玉环及浙江省环太湖农业开发区等7个县（市、区）被列为省级生态示范区。

——摘自《1998年浙江省环境状况公报》

不再是简单的环保，"生态建设"才是主旨

"绿色浙江"建设的亮点就是做好生态这篇文章。生态理念更加深入地植入产业进步和经济发展领域，也契合于推行循环经济、产业生态学的国际大背景。山一村之所以被联合国环境规划署命名为"全球500佳"生态村之一，正是因为喝了"生态农业"的头口水。

萧山市长河镇山一村（现为杭州市滨江区长河街道山一村）曾是一个与"生态"两字毫不沾边的山边小村。由于不重视生态环境保护，更无生态农林业的概念，全村山林植被破坏较为严重。20 世纪末，林木覆盖率仅为 17.8%。更让人担心的是，为了使种植业能高产，农民习惯性地在田里大量施用化肥与农药，导致土壤有机质含量下降，而这样的做法显然是杀鸡取卵。

强化生态理念，宣讲生态保护之利，传授生态建设的方法和手段，在 20 世纪末至 21 世纪初，成了农技、环保、林水等部门的工作重点。农村基层干部以及广大农民在获知了何谓"生态"之后，开始着手尝试和发展生态农业。这正是浙江省委、省政府在启动"绿色浙江"建设后所期待的变化。

生态现状的严峻，促使山一村做生态文章的积极性逐渐高涨。"首先是通过广播会等各种宣传教育方式让村民们明白，治山、治水、治田的事情每个人都有份，再不搞就晚了，晚了就再也没法弥补了。"据村党委书记徐炳传回忆，当时有很多村民都热烈响应。

沼气的利用是第一招。沼气的应用能大大降低村民对林草资源的依赖。生态村建设以前，村里每年需要约 160 万公斤柴草做燃料，缺口约 44.25 万公斤柴草。许多农民擅自上山乱砍滥伐，破坏了森林资源。而推广使用沼气，非但保护了林草资源，还让村民的日常生活更舒适、更便捷。"鸡粪发酵消毒处理与水草掺混在饲料中喂生猪，猪粪做沼气原料，沼气用来加热饲料、照明和作为部分生活能源。"村民来品涛说。

推广沼气后，村里又推广太阳能等清洁能源，全村 1013 农户的清洁能源普及率很快就达到 100%，山上的柴草再也没人砍了。

生活污水的治理是第二招。山一村投资兴建污水处理池，家家户户的生活污水不再毫无约束地乱排，都通过管道集中到污水处理池进行处理，直至达到国家一级排放标准；生活垃圾集中收集后统一处理。这些生态环保的方法，在当时的农村绝对是个新鲜事。

不过，村里使出的最重要一招是发挥山地资源优势，建立林、竹、果、茶相结合的山林生态系统，并在村里建起了"废弃物多层次利用"的生态实验场，尝试性地进行废物循环利用。按照山一村的设想，所有由村民产生的生活废弃物，都在村里最大程度地消化，尽一切可能"榨取"它的利用价值，不让废物垃圾流出村外。在当时，这一招的前瞻性和先进性不言而喻。

山一村还结合地域优势，重点发展杨梅林、茶园苗木基地、森林（竹林、桂花林）、水产养殖等农业、休闲观光项目，向生态旅游业方面发展，吸引杭州乃至上海的游客来村里旅游观光。如此一来，全村的生态环境得到了根本性的改观。

专家指出，生态农业应按照生态原理和生态经济原理，运用生态系统中物质循环、生物共处、再生原理，采用系统工程方法，因地制宜，合理组合农、林、牧、渔各业的比例，有机结合农业生态中的各个环节，实现农业产业链的生态化。

作为探索发展生态农业的典型，山一村的有益尝试为"绿色浙江"建设提供了宝贵的样本。1988 年，山一村被联合国环境规划署命名为"全球 500 佳"生态村之一。获得这一殊荣，在当年极具轰动性。

"绿色浙江"建设的含义和内容是什么？其亮点在哪里？可以归纳成如下三点：第一，"绿色浙江"建设的基础是生态建设、环境保护和资源节约，其指向十分清晰；第二，"绿色浙江"建设的重心是发展包括生态农业、生态工业、生态服务业在内的生态产业；第三，"绿色浙江"建设不再是简单的环境保护，而是环境保护与经济增长的统筹。

"绿色浙江"建设的价值何在？简单地说，"绿色浙江"是浙江省在新的历史阶段，围绕人的全面发展，促进人与自然的和谐、物质文明和精神文明的协调，走生产发展、生活富裕、生态良好的文明发展道路的内在需求。

生态环境的基础比较脆弱，经济社会发展与人口、资源、环境的矛盾比较突出，这便是其时浙江生态的现状。

"绿色浙江"建设，是时任浙江省委书记张德江，在 2002 年浙江省第十一次党代会上所作的报告中首次提出来的。不再是简单的环境保护，而是环境保护与经济增长的统筹，一句简单的话语，却是极其关键的、可贵的一步。显而易见，与先前所有保护环境、植树造林、加强生态建设等活动相比，"绿色浙江"建设既是以往生态环境工作的延续和拓展，更是其后开展的"生态省"建设、"生态浙江"建设、"美丽浙江"建设的尝试和探索。

张德江指出："建设'绿色浙江'是我省实现可持续发展的大事。必须从全局利益和长远发展出发，把发展绿色产业、加强环境保护和生态建设，放在更加突出的位置。加快发展生态农业、生态工业、生态旅游和环保产业；积极推进清洁生产，严格控制和大力治理环境污染，提高城乡环境质量；搞好生态公益林建设，加强流域综合治理，建立生态保护补偿机制，建设秀美山川。合理开发、利用和保护土地、水、矿产、森林等自然资源，努力建设节约型社会。"

同年，"绿色浙江"的理念，被载入了《浙江省可持续发展规划纲要——中国21世纪议程浙江行动计划》。

"日月逝矣，岁不我与。"（《论语·阳货》）不能再等，确实不能再等。无论这种尝试和探索的成果怎样，它的价值和意义毋庸置疑。

发展生态农业让人们看到了"绿色浙江"的蓬勃希望，而生态工业、资源节约等方面的努力，也在同时推进。

生态理念更加深入地植入了产业进步和经济发展领域，这与推行循环经济、产业生态学的国际大背景完全契合。

产业生态学的思想基础源于20世纪70年代初至90年代发展起来的生命周期评价（LCA）理论。生态产业是生态经济关于产业体系的所有组成及其同生物圈关系问题的全面、系统、一体化的分析视角，包括生态农业、生态工业和生态商业，其内容包括生产过程、生产技术和消费过程生态化。

正是在这一背景下，浙江的生态产业发展在国内先行一步并抢得先机。

2002 年，浙江在全省工业企业中着力开展"绿色企业"创建活动。根据企业的经济指标和能耗环保指标，每年开展"绿色企业"的认定和核查，并对获得"绿色企业"荣誉称号的工业企业给予相关的优惠政策。

节能技术服务平台、行业科技创新平台、清洁生产平台等绿色技术平台相继建立，开始发挥它们的应有作用。节能环保产业的发展逐步加快。

"进入 21 世纪之后，随着国家和省里对绿色能源开发应用的逐步重视，我们源牌集团的前身浙江华源公司开始四处出击，主要争取省内外冰蓄冷中央空调项目的研发和安装，慢慢培养了自己的项目经理、施工员队伍，使其具备相应资质，慢慢建立了自己的安装施工团队。"浙江省知名新能源企业源牌集团董事长叶水泉回忆，正是有了政策推动和良好的绿色能源发展环境，当年的华源公司在冰蓄冷技术的推广及应用方面，以超乎预想的速度铺开，"那时，第 22 届万国邮政联盟大会在北京召开，这是我国改革开放后第一个承办的国际性大型盛会，我们把会议中心的冰蓄冷空调项目给拿下了，而此前，我们还承接了北京亚运村西侧北京国际会议中心的冰蓄冷中央空调系统项目，后来还拿到了'杰出贡献单位'奖杯"。

节能技术、新能源、清洁生产等领域企业的不断发展壮大，便是这一时期大力扶植生态工业的主要成果之一。

建立于 20 世纪五六十年代、位于城市中心的一大批高污染、高排放企业陆续向外搬迁，并予以重点改造，其速度也是在这一时期加快的。

以杭州为例，由半山重工机械工业区、祥符桥—小河轻化工业区（含北大桥化工区）、拱宸桥纺织工业区、古荡—留下电子仪表工业区、望江门外食品工业区五大工业区组团为主的城市工业，虽然为 GDP 的增长贡献不小，但随着杭州的城市发展，因多年的积聚和演变，工业区和生活居住区几乎连成一片，城区工业成为环境污染的重要因素，将工业企业搬离主城区能够从根本上满足环境利益和居住百姓的利益。

杭州市于 2002 年正式启动市区工业企业向外搬迁工作。按照规划，杭州市主城区仅保留杭州汽轮机股份有限公司、杭州华东医药集团有限公司等少数几家大中型工业企业，大多数企业有选择地搬迁到杭州经济技术开发区、萧山经济技术开发区、临江工业园区以及余杭、富阳、临安、桐庐等区县(市)的开发区,如杭氧集团、杭叉集团、杭州机床集团、杭重公司等装备制造业的龙头企业搬迁到临安经济开发区,杭州电化、龙山化工、油脂化工、庆丰农化在临江工业园区的新址陆续建成投产,部分企业甚至搬迁到海宁、德清、安吉等地。

"杭州市一批大型国有企业的外迁,不仅加速了全市工业经济布局的调整,促进了城乡区域经济的协调发展,推动了企业承接地的产业结构提升和社会、经济、民生的同步发展,还能大大减少杭州市区工业废气、废水、固废等有害物质的排放以及噪声污染,提高城区土地的利用效率,促进污染小、土地占用少的第三产业和高技术创新型产业的发展,功莫大焉。"浙江省发改委原副主任刘亭说,一大批搬迁企业在异地重建的过程中,还能通

拆除前的杭州煤制气厂直立式制气炉

过新技术和新工艺的研制、引进和使用,实现了落后产能的淘汰、产品的优化和升级,推动了城市整体节能减排工作的持续推进。

这样的例子委实太多,如金鱼集团在杭州经济技术开发区内的新工厂建设不仅结合了技术改造项目,还能在设备的取舍,新技术、新工艺的运用等具体实施过程中始终坚持节能减排原则,不仅通过实施整体易地搬迁进行了技术改造和产品升级,推进企业技术创新,提高了企业产品档次和核心竞争力,还有效地降低了废气排放,降低了水电气等能源耗费,经济效益和经营规模得到了提升和发展;杭州电化集团有限公司搬迁至临江工业园区后,特别注重在清洁生产技术上引入国内外先进设备和工艺,实现节能减排,在提高污水处理水平和降低固废排放方面成效显著……

2015 年 12 月 22 日，每年耗煤达 120 万吨的杭州钢铁集团正式关停，杭州最后一支大烟囱停止了喷吐烟雾。此举将使杭州一年减排二氧化硫 7000 吨、氮氧化物 3400 吨、烟尘 3000 吨。此为杭州工业企业外迁之余绪，也是最后一个高潮。

相关链接

杭州市区企业向外搬迁的环保成效明显。以工业企业较为集中的半山、北大桥等城北地区为例，从 2002 年起，随着近 150 家污染企业的陆续关停转迁，该区域工业污染总量显著下降，空气质量和河道水质提升明显。截至 2009 年，半山地区减少工业废水排放 67270 吨，北大桥地区削减工业废气排放 150 亿万标立方米，城北地区空气质量优良天数达到 301 天，优良率为 82.5%。区域内的杭钢河、沿山港河、下塘河等河道氨氮、总磷指标降幅达 10%—32%。杭州全市的工业废水、固废排放也得到了较好的控制和优化，市区空气质量优良天数也从 2002 年的 263 天提高到了 2009 年的 327 天，增加了 64 天。

公益林营建，让大地留住翠绿

在山上、在田边、在河滩、在道路两侧、在房前屋后……当能种树的地方都变得郁郁葱葱，该是多么美丽的景致！始于 2001 年的生态公益林建设工程，因为吸纳了社会各方的资源和力量，其推进速度和生态效益优于预期。

赖根文是遂昌县大拓镇梭溪桥村的护林员，一大早，他穿上了迷彩服，带上一把柴刀、一只电动喇叭就上了山。这天是他巡山的日子，他的任务是巡查村民花了 10 年育成的这数千亩生态公益林。

这片生态公益林的地理位置极为特殊而重要，瓯江和钱塘江两条大江的源头支流距此不远，所承担的涵养水源之重任不言而喻。这一带又有多处重要的农业园区，田畴和梯田镶嵌其间，固土保肥、固碳释氧的任务也需要森林来完成。

"对这片公益林，起初，村民们并没有太高的认识，只是觉得种上树木总是比荒着好，但现在，当地村民已越来越看重这片生态公益林了，绝不允许有人在此动斧头，因为它的好处实在说不完。"赖根文说，在山林蓄养期间，的确也不能进行砍伐。

护林员的任务，除了察看林木生长情况，便是保护它们不受伤害。

何谓生态公益林？即是非商业的，依靠公众无偿投入营造，却又能在保护生态、改善环境、建设秀美山川方面发挥巨大作用的林地。对生态公益林来说，2001 年是一个重要的年份。这一年，浙江省出台了《浙江省生态公益林建设规划纲要》，制定了 3000 万亩重点公益林建设方案，成立了省林业分类经营工作领导小组及办公室，全面组织开展公益林区划界定工作，此为生态公益林建设之始。

十年树木。生态公益林建设 10 年来，浙江全省森林覆盖率从 59.4% 提高到 60.92%，活立木总蓄积量从 1.38 亿立方米增加到 2.29 亿立方米，单位面积生物量更是由 2001 年的每公顷 62.69 吨增加到 2010 年的 95.59 吨。生态公益林在涵养水源、固土保肥、固碳释氧、净化大气、减轻灾害等方面所发挥的生态效益之巨，实在无法尽数。

为了发挥多方的积极性，2001—2003 年，浙江省财政每年安排 5000 万元专项建设资金，还专门实施了森林分类经营，并全面启动了森林生态效益补偿制度。也就是说，在生态公益林的种植和养护过程中，除了政府财政投入，还允许个人投资和经营，并以生态效益补偿的方法，让经营者获得实实在在的经济利益。

"全面启动实施森林生态效益补偿以来，补偿标准逐年提升，10 年来，从最初的每年每亩 8 元提高到了 20 元。全省 90 多万户农户、1.5 万余个村集体组织、231 个国有管护单位和 2.1 万名护林员从中受益。"时任浙江省林业厅厅长楼国华介绍。截至 2013 年，中央财政和省内各级财政累计投入公益林补偿资金 77.12 亿元，惠及 1.31 万个村级集体组织、103 万个农户个人账户、2.2 万个护林员和 300 余个国有管护单位，直接受益农户数 385.1 万户、人口 1300 余万人，受益人口占全省农业人口总数的 39.4%，其中欠发达地区的受益林农占比达 56.4%。

50 多岁的华启松是遂昌县云峰镇清水源村农民，经营公益林面积达 2391 亩，为省内个人拥有公益林经营面积最大的一户。以前，上山砍柴是他重要的收入来源，经营起生态公益林之后，斧头早已搁置在角落里。

作为山林经营者和护林员，华启松像爱护自己的眼睛那样悉心经营护理公益林。"在家巡山，光靠政府发的补偿金，就比外出打工挣得多，能不爱护么？"华启松坦言，林子大了，自然还要再雇几名护林员，但依然有可观的进账，"减去护林员的补贴这一块，2011 年之后，每年我还能领到近 4 万元的补偿款"。

1994 年，浙江省消灭了所有宜林荒山；2000 年，如期实现了"绿化浙江"的目标，全省森林覆盖率上升到了 59.4%，居全国前列。但由于长期以来森林的过量采伐，原生植被破坏严重，森林总体质量不高，林分质量差、林种树种结构不合理、水土流失较为严重的症结依然待解。

林木资源是人类赖以生存的重要基础资源，良好的生态环境，是实现自然生态系统和社会经济系统协调发展的重要纽带。

生态公益林大规模营建之始，即在 21 世纪初，"绿色浙江"建设全面推开之时。此项建设是浙江林业建设史上规模最大、投资最多、惠农最广、生态功能最全、持续时间最长的生态工程，如今仍在持续中。

"生态公益林建设的第一阶段，是从 2001 年到 2010 年，重点建设 200 万公顷，占全省林业用地面积的 30.5%，初步建立起比较完备的林业生态体系。花了 10 年时间,生态公益林建设取得了非常大的进展,全省 40% 的山林建成了生态公益林,总建成面积达 3910.48 万亩,超过了预期。"楼国华说。其间,浙江省为生态公益林配备了 2.1 万名专职护林员,如今,有 28 个县又建立了护林员野外巡查 GPS 考勤系统。

开化县目前已建成生态公益林达 110.14 万亩,在有效控制水土流失、显著提升水体与空气质量等方面功劳不小。根据开化县林业局王建平提供的检测数据显示,目前,位于该县境内的古田山自然保护区、钱江源国家森林公园和 100 个自然保护小区的空气质量达到了一级标准,城区和农村则优于二级标准,全年空气质量为"优"的天数达到 227 天,而出境水的水质也从 1997 年的劣 V 类提升到了目前的 II 类。

"大片生态公益林在全县生态环境建设中发挥了关键性作用。无法想象倘若当年没有下大力气营建,哪怕自然环境相对较好的开化,整体环境也没有现在这样理想。"王建平认为,如今,以钱江源、古田山等为代表的生态旅游业方兴未艾,是因为生态公益林建设打下了坚实基础。

值得一提的是,考虑到生态公益林的特性,在营造过程中,还得非常

遂昌县南尖岩附近的一处生态林

注意林种、树种结构的合理性，扩建自然保护区，创建一批自然保护小区，保护水资源环境，使山、林、水、田等资源得以综合保护。

"当时的生态公益林建设，还考虑到了沿已建铁路、高速公路、国道、省道和重要内河航道干线等，建成万里绿色通道；考虑到了在生态重要区的陡坡耕地实现退耕还林，以使生态脆弱区的水土流失得到控制。这说明当时对生态综合保护已经极其注重。"楼国华回忆道。

生态公益林建设在浙江省四处开花，这与浙江特殊的地理条件是分不开的。"七山一水两分田"的水土现状，大片延绵不断的低山丘陵组成了浙江省域陆地的主要征貌。这些已被消灭荒山的山丘，自然需要进一步提升其林木品质，而在所有能植树造林的平原田畴、江河岸滩以及城市近郊，乃至道路两侧，都应该使其浓荫密布。

如此美妙的设想，从21世纪初年开始，通过生态公益林建设，开始慢慢化为现实：

浙江东北部，包括太湖以南的杭州湾两岸，已建成浙东北平原绿化农田防护林区。这一区域以平原为主，地势低洼，水网密布，具有典型的江南水乡风貌。生态公益林建设以农田防护林网为主体，开展宅、村、路、水"四旁"植树和农林间作、成片造林，实行农田复合经营，构造带、网、片相结合的多功能、高效益的综合防护林体系，发挥综合防护作用，维持农区生态平衡。

浙江西北山区，已建成西北山地水源涵养林保护区。这一区域地貌以低山丘陵地段为主，水系发达，容易发生干旱和洪涝灾害。生态公益林建设以防治水害为中心，以水源涵养林建设为重点，进一步加强森林资源的培育和保护，将钱塘江、苕溪两大水系源头及一级支流和大中型水库的周围划为森林禁伐区，保护天然森林。

浙江中部、中东部腹地，已建成浙中丘陵盆地森林生态治理区。这一区域丘陵土壤以红壤为主，土壤结构差，抗蚀力弱，加上森林植被少和缺少水土保持措施，水土流失比较严重。生态公益林建设以治山为本，加大封山育林力度，搞好水土保持林建设，有计划地退耕还林、还草，控制水土流失。重点是治理钱塘江上游、曹娥江、浦阳江两岸的水土流失，加强森林植被保护。

浙江南部，即森林资源最多和商品材生产量最大的林区，已建成浙南山地森林生态保护恢复区。这一区域地貌以中低山为主，山地广阔。生态公益林建设主要是保护现有森林资源，禁止采伐天然林，特别是天然阔叶林，逐步降低商品材的生产量。扩大自然保护区的范围，加快森林植被的恢复进程。调整林业产业结构，使商品林与生态林协调发展。

浙江东部沿海，已建成浙东南沿海防护林体系建设区。这一区域依山面海，海岸线长而曲折，港湾和岛屿众多，地貌主要以低山、丘陵为主。生态公益林建设主要是加快沿海防护林体系建设，建立起一个以防护林为主的多林种、多层次、多功能的综合防护林体系，逐步改善和保护沿海地区的生态环境，提高抗御自然灾害的能力。

生态公益林建设仍在进行中。为推进此项工程，多年来从不间断的生态环境财政奖惩制度也一直在实行中，多项林业重要指标被纳入考核内容。淳安县和开化县作为浙江省重点生态功能区示范区建设试点，依据年度监测数据，森林覆盖率每超出全省平均水平的一个百分点奖励200万元，每低一个百分点倒扣200万元；林木蓄积量比上年每增加1万立方米，奖励50万元；比上年每减少1万立方米，倒扣50万元。此项制度已在浙江全省范围内推广。

按照浙江省生态公益林（2011—2020年）建设目标，到2020年，浙江全省还将建设生态公益林333.3万公顷，占全省林业用地面积的51%，基本建立起比较完备的林业生态体系。主要指标：133.3万公顷兼用林逐步转化为以发挥生态效益为主的公益林；重点生态公益林中阔叶林、混交林的比重达70%以上；建成以自然保护区为核心，保护小区为网络的生物多样性保护体系，使生物多样性得到有效保护。

山水本就连在一起，有青山才有绿水，而绿水会使青山更翠。树林，这个绿色的名词，于生态的重要性无须多说。

"新栽杨柳三千里，引得春风度玉关。"（清·左宗棠）"奉乞桃栽一百根，春前为送浣花村。"（唐·杜甫）读了这样的诗句，你对树林蓊郁的景色还不向往？让大地留住一片翠绿之心还不迫切么？

相关链接

在建设生态公益林的同时，浙江的生态服务业发展迅猛。生态服务业是生态循环经济的有机组成部分，包括绿色商业服务业、生态旅游业、现代物流业、绿色公共管理服务业等，是在充分合理开发、利用当地生态环境资源基础上发展的服务业。其发展在总体上有利于降低城市经济的资源和能源消耗强度，发展节约型社会，是整个循环经济正常运转的纽带和保障。浙江省生态服务业发展顺应了世界性趋势。1990—2003年，浙江服务业增加值年均增长14.7%，超过同期全省生产总值年均增长14.4%的速度。2003年，浙江服务业对全省生产总值增长的贡献率为37.9%，远远超过1990年7.4%的水平。

滕头村，凭什么在绿色道路上先行一步？

重点发展工业，不放弃农业，又发展三产，始终专注于"生态"两字，宁波滕头村综合运用生态发展的手段，显然更为从容、成熟。滕头村成为全球闻名生态村的秘诀，在于把整个乡村的协调发展寄于绿水青山之上。

没错，在全面做深做透"生态"这篇文章方面，宁波奉化市（现为宁波市奉化区）滕头村走得更早、更远。与杭州山一村相比，它的特色是提出"生态立村"口号，不放弃发展工业，却把一二三产业都纳入生态发展的大盘子，经济效益和生态效益极为显著。

20 世纪 80 年代之初，滕头村就瞄准了"生态"两字，生态发展之路一直走到现在，从未松懈，从未满足。

这个如今也只有 341 户人家、817 个村民的江南小村，10 多年前就是全国闻名的 4A 级景区，现在的年旅游综合经济收入超过亿元。2010 年上海世博会时，甚至还专门设立了生态"滕头馆"。"我觉得作为一个村，最主要的还是靠可持续的发展。牢牢抓住'生态'，这一点最重要。"滕头村党委书记傅企平一语道破个中奥秘。

走进滕头村，第一印象便是绿色。即使在万物凋零的冬天，村子里仍然绿意盎然，因为这里的绿化率超过了 67%。当然，这个比例还在上升。每当有领导、名流考察滕头，聪明的滕头人还请其种树，慢慢地形成景点，如"将军林"、"院士林"。

据村里老人回忆，这个种树的历史源于 1971 年。当年，为了增加集体收入，提高土地利用率，滕头村干部带领村民在田头种柑橘树。我国第一条柑橘观赏林就是这样形成的。尝到了种树的好处，滕头村就越来越热衷于此道。村里人乐于种树，客人来了，让他留下一棵树，这难道不是最高的接待礼仪？

20 世纪 80 年代滕头村刚起步时，一些地方还在温饱与环保之间纠结，滕头人却喊出了"既要金山银山，又要绿水青山"的响亮口号，义无反顾地选择了生态立村的发展之路，成为践行生态省建设的典范。

20 世纪 90 年代初，滕头村成立了全国最早的村级环保委员会，出台环保一票否决制，实行保护生态"二让路"、"二上路"，即为保护生态，经济效益再高也让路，GDP 再高也让路；不破坏生态的服装业等清洁产业可上路，有利于生态的，如园林可优先上路。任何进入滕头村的项目，如果在环保方面通不过审核，则实行"一票否决制"。

如此举动，与那些急功近利、不惜糟蹋大自然的疯狂做法相比，实在有着天壤之别！

　　"当各地拼尽全力发展经济而忽略生态环境的时候，滕头的发展崛起始终没有以牺牲环境为代价。"滕头村党委副书记刘松江回忆道，滕头村工业起步早、发展快、经济园区颇具规模，当时就吸引了许多企业前来投资办厂。其中，一些造纸、电镀企业也希望到滕头投资办厂，这些项目较高的经济利润确实极有诱惑力，但它们的高污染人尽皆知。当面临发展经济与保护环境两难选择时，村两委把这一问题交给广大村民和村干部集体讨论。经多次讨论后，村民们最后定下规矩：珍惜自己的绿色家园，绝不为一时利益破坏生态。

　　"但是，拒绝高污染产业项目进村，并不意味着不发展第一产业。恰恰相反，滕头村走的是三产并举之路，即重点发展工业，不放弃农业，又发展三产，但在发展进程中，始终专注于'生态'两字，这就是滕头的经验所在。"傅企平将此概括为：生态，是滕头村的血液，是滕头村的灵魂。

　　对生态放弃索取，改为蓄养，这便是滕头村在绿色发展道路上先行一步的最大法宝。

　　做精一产。滕头的绿色生态农业包含了科技、立体、高效等要素，借助高科技生态大棚、植物组培中心等载体，向有限的土地要更高的效益。滕头人重点发展园林绿化产业，在 20 世纪 90 年代花木业陷入低谷之时，凭借超前的意识和捕捉商机的敏锐性，他们逢低介入，很快使滕头园林成为全国同行中的佼佼者，获得了城市绿化一级资质和风景园林甲级资质，一度进入全国同行前十行列。据权威部门统计，滕头村近千亩耕地的综合效益，为传统农业的 150 多倍。

　　做强二产。滕头人深知"无工不富"的道理，其真正的发展也是仰赖于工业，所以不可能放弃，然而他们又深知工业可能带来的环境污染，因此，在 20 世纪 80 年代发展工业之初，滕头人便把发展的重点放在服装等清洁型工业上。"从十几个工人、几台缝纫机起步，我们办起了滕头服装厂，后来发展成爱伊美集团，是全国最大的羊绒服饰出口生产基地和全国服装销售、利税'双百强'企业，成为村级经济的主要来源之一。"滕头村党委副书记刘松江深有感触地说，办好一家龙头工业企业，还能带动全村的各个配套企业，整盘棋就活了。

做大三产。最大的亮点自然是生态旅游业。滕头村依托美丽的乡村风景和浓郁的乡村风情，开发农业观光、采摘等休闲旅游项目，建设农家乐园、将军林、明清石窗馆等几十处生态景点，推出民间杂耍、乡村大舞台等一系列民俗表演，不断吸引宁波及外省市游客前来休闲观光，不仅增加了旅游收入，还带动村民参与旅游产业发家致富。

特别要说一说的，当然是生态农业。村里的农作物采用喷滴、灌溉、均匀施肥等先进技术，每年节约用水 24 万多吨，高效用肥、用水促使农作物的高质、高产、高效，这也为农业现代化、农业生态化的建设提供了条件。滕头村的农民不再戴着草帽在田里耕种，而是穿着白大褂、把庄稼种在试管里。这些高科技的试管种苗远销法国、荷兰等国家。据介绍，早在 20 世纪 90 年代起，滕头村就开始实施"科教兴农"战略。

"我们觉得社会主义新农村，不仅是造几栋别墅，修几条路。我觉得有一种更深的内涵，一定是要有我们江南水乡特色的社会主义新农村。我们发展的方向还是农村，但觉得在农村一定要有农业，要有农村的特色。"傅企平把滕头村的主要做法，归纳为实施了"蓝天、碧水、绿色"三大工程。

正如能寄托乡愁的地方，才能叫做故乡；只有拥有满眼绿色的乡村和城市，才是最适合人类的居住之所。

绿树葱茏，百鸟和鸣，屋舍俨然，且有良田美池桑竹之属。是的，滕头村在建设"绿色浙江"进程中先行先试的典型实例，为发展生态产业提供了一份可贵的样本。

相关链接

完全依靠绿色生态农业起家的滕头村早已远近闻名。1993年，滕头村被评为"全球500佳"生态村之一。2007年，第七届全球论坛授予滕头村"世界十佳和谐乡村"称号。2008年，滕头村作为唯一乡村案例入选上海世博会。2011年，滕头村获得"中国人居环境范例奖"。滕头村还顺利通过了ISO14001国际环境管理体系认证，成为中国第一个通过ISO14001认证的行政村。

第四章

东海之滨，"生态省"是如何崛起的？

山越高越难爬，车越快越难开。

——习近平

如果世界人口、工业化、污染、粮食生产和资源消耗按现在的趋势发展下去的话，全球经济增长的极限将在今后100年中发生。

——罗马俱乐部 《增长的极限》

2003 年，浙江率先推进生态省建设，成为走在全国最前列的省份。浙江生态省的目标、任务和主攻方向也因此而明确。生态省建设何以成为 10 余年来乃至更长时期内浙江生态文明建设的基调和主旋律？强大的组织保障、科技创新和制度完善以及多方积极性的调动，都是不可或缺的关键。

　　既要看到浙江省经济快速发展带来的环境问题，又要看到浙江生态建设和环境保护的优势；既要建设生态省，又要推进经济、政治、社会、文化等诸个方面，生态省建设亮点纷呈，是因为遵循了经济增长规律、社会发展规律、自然生态规律，把准了可持续发展的强劲脉搏。

生态省建设，更响亮的号角被吹响

紧密结合浙江的实际情况，充分尊重全省广大干部群众的创造性实践，借鉴吸收国内外开展环境保护和生态建设的有益做法和经验，生态省建设在浙江全面展开，成为整体的、系统的、科学的、恒久的生态文明建设的关键一步。

这是 2006 年 8 月 1 日。时值盛夏，炎阳当空，热浪滚滚。在浙江最北部的太湖南岸，时任浙江省委书记的习近平久久静立水边，眺望汤汤湖面，细致观察水质，听取湖州市、长兴县等当地党委政府部门领导的汇报。他听得十分认真，不时还就一些关键性数据、治理工作细节反复询问、核实。由于天气炎热，在场者提议能否前往附近的会议室继续汇报，习近平却依然伫立着，显然对南太湖的水质现状和近年来的变化情况极为关切。

经过多年的整治，南太湖的水污染状况开始好转，但在面临新一轮经济发展的当口，如何在开发的同时加强治理和保护，如何实现科学用水治水节水，为经济快速增长提供有效的资源环境保障，仍是习近平最为关切的课题之一。

要用科学发展观的理念和方法来研究用水治水节水工作，认真抓好安全饮水、科学调水、有效节水、治理污水等"四水工程"建设，切实把开发治理南太湖作为全省各地推进科学发展的一项重点工作，作为建设环境友好型社会和资源节约型社会的一个突破口，作为树立正确的政绩观的一个重要方面。站在南太湖畔，习近平提出了上述要求，而这些要求对其他

清澈的慈溪市上林湖

地区无疑也有巨大的指导意义。

之所以重点考察南太湖的水污染治理情况，习近平自然有着其独到的眼光。南太湖的水污染问题很长时间都困扰着浙北地区，而浙北地区又是浙江经济发展的重地，蕴藏着巨大的发展后劲。倘若污染难题一直得不到解决，形成发展瓶颈是显而易见的。“把开发治理南太湖作为治本工程，着眼于用水治水节水的辩证统一，积极发展少污染、不污染的绿色产业，特别是少用水的节水产业，推进循环经济和服务业特别是旅游业的发展，树立一个循环经济发展样本，正是习近平特别关注这里的原因。”时任浙江省委办公厅副主任的舒国增回忆道。

紧密结合浙江实际，治水为本，生态为先，充分利用环境治理的“倒逼”效应，推动经济结构调整和增长方式的转变，这正是习近平提出生态省建设的本质指向。

时隔一月，习近平又从杭州出发，溯江而上，先后考察了钱塘江、富春江、新安江、衢江的水环境整治状况，在富阳市、建德市、衢江区等地考察了一些企业和污水处理厂，还在衢州主持召开钱塘江流域水污染整治工作座谈会，听取了杭州、金华、衢州等市和巨化集团、浙江省环境污染整治工作领导小组办公室的有关工作汇报。这是他又一次重要的生态治理的专项调研。

在杭州，习近平强调，钱塘江是浙江的母亲河，钱塘江流域的污染防治工作，不仅直接关系到流域内 1400 万人民群众的生产生活，也关系到浙江生态省建设的目标能否实现。钱塘江流域的污染防治工作，必须走在全省的前列。

在衢州，习近平指出，从欠发达地区本身来讲，至关重要的一个方面在于可持续发展，就是绝对不能再走资源消耗型、环境破坏型的传统工业化道路。要牢固确立新型工业化的理念，努力把生态优势转化为特色产业优势，依靠"绿水青山"求得"金山银山"。

在调研途中，习近平反复嘱咐，必须全力打好环境污染整治"攻坚战"，通过 3 年的努力，到 2007 年，争取使全省环境污染和生态破坏的趋势得到基本控制，环境污染防治能力明显增强，环境质量稳步改善，从而不断加快生态省建设步伐。

习近平指示，必须坚持保护优先、预防为主、防治结合，切实加强流域的生态功能保护，逐步恢复和重建退化的生态功能，最大限度地减轻人类活动对流域生态环境的影响。

如此密集的调研，如此缜密的思考，如此充满激情的蓝图描绘，都生动地说明了习近平对生态保护的极度关切和对生态文明建设的高度重视。

建设生态省，吹响了生态文明建设更为嘹亮的号角。它是"绿色浙江"建设的深化，是从简单的环境治理、初步的生态建设，转化为整体的、系统的、科学的、恒久的生态文明建设的关键一步。

2002 年，习近平来到浙江工作，担任省委书记一职。来到东海之滨这片富饶而美丽的土地上，他最关心、最重视的一个重要方面，便是生态文明建设。

在习近平的主持下，浙江省委、省政府一致认为，在经济增长方式尚未根本转变的情况下，环境恶化的趋势还没有得到有效遏制，环境形势依然严峻，可持续发展压力大，必须依法进行环境污染整治，从源头上解决这方面存在的突出问题。而从长远和本质来看，环境治理和保护的最终指向和根本方向，是生态文明建设。

2002年12月，在浙江省委十一届二次全体（扩大）会议上，习近平提出，必须"积极实施可持续发展战略，以建设'绿色浙江'为目标，以建设生态省为主要载体，努力保持人口、资源、环境与经济社会的协调发展"。当月，他还亲自主持召开了浙江省政府首次生态省建设工作协调会，会议确定由浙江省政府向国家环保总局正式申报，要求将浙江省列为国家生态省建设试点省份。

2003年1月，浙江成为全国第五个生态省建设试点省。这一年也成为浙江全面启动生态省建设的重要年份。

以此为契机，接下来，浙江推进生态省建设的动作极其迅猛，几乎没有停顿：

2003年3月，《浙江生态省建设规划纲要》通过专家论证，习近平出席会议并讲话。

2003年5月，浙江省委、省政府成立浙江省生态省建设工作领导小组，习近平亲自担任组长。同月，习近平主持召开省委常委会议，讨论并原则通过《浙江生态省建设规划纲要》。

2003年6月，浙江省人大常委会通过《关于生态省建设的决定》。

2003年7月，习近平在浙江省委十一届四次全会报告中，明确提出要进一步发挥八个方面的优势，推进八个方面的举措，其中一个重要方面就是，进一步发挥浙江的生态优势，创建生态省，打造"绿色浙江"。当月，浙江省委、省政府举行了"全省生态省建设动员大会"，习近平在会上作了题为《全面启动生态省建设，努力打造"绿色浙江"》的动员讲话。

2003年8月，指导浙江省生态省建设的纲领性文件——《浙江生态省建设规划纲要》正式下发。浙江生态省建设由此拉开大幕。

正是在习近平的重视、关心和指导下，2006年6月，湖州市安吉县创建了全国第一个生态县。这也是浙江迄今为止唯一一个国家生态县——这当然是后话了。

何谓生态省？生态省是指社会经济和生态环境协调发展，各个领域基本符合可持续发展的省级行政区域。通俗点说，生态省就是在一个省域范围内，以科学发展观和可持续发展战略、环境保护基本国策统揽经济建设和社会发展全局，转变经济增长方式，提高环境质量，同时遵循三大规律（经济增长规律、社会发展规律、自然生态规律），推动整个社会走上生产发展、生活富裕、生态良好的文明发展道路。

生态省建设战略目标的提出，具有下列几个显著特征：第一，辩证地看待浙江省情，既要看到浙江省经济快速发展所带来的一系列环境问题，又要看到浙江生态建设和环境保护的优势；第二，全面推进生态省建设，生态省建设比"绿色浙江"建设具有更大的包容性，涉及经济、政治、社会、文化、生态等各个方面；第三，生态省建设需要强大的组织保障，习近平亲自担任浙江省生态省建设工作领导小组组长，从而保障了各项工作的真正落实。

在生态省建设的环境整治活动中，习近平十分关注浙江的八大水系，多次下基层调研，并亲自进行整治工作的指导。

2003年6月，习近平先后到慈溪、上虞、海宁、德清等市（县）和杭州市余杭区检查工作和现场调研。他明确指出，水资源的保护和开发利用、水生态环境的治理和有效改善，始终是各级党委、政府的一项重大任务，是加快浙江全面建设小康社会、提前基本实现现代化的一个关键。

习近平认为，要把发展生态经济特别是循环经济摆上重要的位置，转变经济增长方式和发展模式，不断调整优化生产力布局，促进经济发展加快从先污染后治理、高消耗高污染型向资源节约型和环境友好型转变，这是奠定生态文明建设大厦的应有之义。要注重借鉴吸收国内外开展环境保护和生态建设的有益做法和经验，逐步形成具有浙江特色的生态建设理念。

在各种场合，习近平多次语重心长地提醒，治理污染既要还清"旧账"，又要不再产生"新债"，发展循环经济就成为最佳的选择。在习近平的倡导和组织下，浙江有序推进循环经济，并把它作为生态省建设的一个中心环节。2005年，浙江全面启动发展循环经济、建设节约型社会的工作。

2005年4月，习近平在浙江省生态省建设工作领导小组会议上强调，要加快发展循环经济，促进资源环境的可持续发展。5月，习近平主持省委财经领导小组会议，专题听取浙江发展循环经济的工作汇报。6月，省委、省政府专门召开全省循环经济工作会议，他在会上作了题为《大力发展循环经济，积极探索科学发展的新路子》的讲话。随后，浙江省委、省政府组建成立了以习近平为组长的浙江省发展循环经济建设节约型社会工作领导小组。8月，浙江省政府出台《浙江省循环经济发展纲要》，对浙江省同一个时期内发展循环经济的各项工作提出了明确的要求……

"顺风而呼者易为气，因时而行者易为力。"（汉·桓宽）以资源高效利用和循环利用为核心，以科技创新和制度创新为动力，加快形成节约能源资源和保护生态环境的产业结构、增长方式和消费模式，浙江特色的循环经济发展之路必将愈显宽广。

相关链接

生态省建设的学理解释：生态省建设是以省（自治区、直辖市）为单位开展生态环境保护的制度，是为解决生态环境的整体性与行政管理条块分割的矛盾而提出来的政策，是扭转"点上治理、面上破坏、整体恶化"趋势的战略思路。生态省建设的具体内涵是利用可持续发展理论和生态学、生态经济学原理，以促进经济增长方式的转变和改善环境质量为前提，抓住产业结构调整这一重要环节，充分发挥区域生态和资源优势，统筹规划和实施环境保护、社会发展与经济建设，基本实现区域社会经济的可持续发展。

千村示范、万村整治，让乡愁留住

望得见山，看得见水，记得起乡愁。以村庄整治为内容的美丽乡村建设，就肇始于 10 多年之前。因势利导，推动人与自然的和谐，使村庄形态与生态环境相得益彰。心有所归，梦可以寻，这何尝不是一种渴盼已久的优雅和文化？

"移舟泊烟渚，日暮客愁新。野旷天低树，江清月近人。"（唐·孟浩然）田畴之间，大山深处，有着无数流传了千百年的种种文化遗存，它是一种最根性的文化记忆，也是中国民间传统文化的珍贵资源。乡村、乡情、乡愁，这份渗透于绿水青山之间的美丽，同样是一座金山银山。

望得见山，看得见水，记得住乡愁。习近平曾用这句诗一样的语言，来描述中国乡村梦一般的景致。是的，挖掘乡野之上的文化资源，留住这份有着丰沛内涵的精神传统，也是生态文明建设的一个重要内容。

2003 年，浙江大地全面铺开"千村示范、万村整治"工程。是年，浙江省委不仅作出了实施"千村示范、万村整治"工程的重大决策，揭开了浙江美丽乡村建设的宏伟篇章，还把它作为全面推进生态文明建设的开篇之举。

10 多年过去了，美丽乡村建设已俨然成为浙江新农村建设的一张新名片。截至 2012 年底，浙江全省完成了 2.6 万个村的环境综合整治，培育美丽乡村创建先进县（市、区）24 个，全省村庄整治率达到 89%，农村生活垃圾集中收集处理行政村覆盖率达到 93%，生活污水治理行政村覆盖率达到 62.5%。这组数据已无可辩驳地证明，浙江农村已旧貌换新颜，早已不再是落后、贫穷、肮脏的代名词。

位于安吉县南端的报福镇上张村，在村庄整治的过程中，根据上张的传统特色，通过与县博物馆联系，利用本已废弃的老的大会堂，成立了上张村山民文化陈列馆。

走近这座山民文化陈列馆，但见白壁、黛瓦、马头墙、原木大院门，古色古香的徽派建筑，静立于一片民居之中，古朴、典雅、乡情浓郁。陈列馆共分山民文化展示区、山民文化体验区两部分。"修竹云雾里，风采上张坞"简单明了地概括了上张村的自然环境，也点明了陈列的主要内容。

在安吉，通过村庄整治和古迹修复，这样的非遗展示馆已达到 31 座。

不过，在上张村，村庄整治所带来的最大变化，是整体环境的改善。在这里，眼前所见皆为绿色，村庄周围的五支山峦自村南奔放而下，延伸

安吉县乡村一景

至村内，宛如五龙翔舞，气势磅礴。山上竹木茂密，蓊郁葱茏，景色优美。在这里漫步，任何一个角落都有可能给你带来惊喜，都能让你不由自主地按下相机快门，作为纪念。

浙江的农村面貌何以发生如此质的变化？坚持规划科学编制和切实执行相统一，科学绘就美好发展蓝图，这是一条首要原则。

据浙江省农办社会发展处负责人介绍，按照"不规划不设计、不设计不施工"的理念，工程初期用七分力量抓规划、三分力量搞建设，初步形成了以美丽乡村建设总体规划为龙头，县域村庄布局规划、村庄整治建设规划、中心村建设规划、历史文化村落保护利用规划等专项规划相互衔接的规划体系，保障了美丽乡村建设的有序推进。

"修复优雅传统建筑、弘扬悠久传统文化、打造优美人居环境、营造悠闲生活方式"，这是目标，也是方法。整治绝非丢却毁弃、推倒重来，保留、恢复、修旧，才是更合理、正确的做法。

截至 2006 年，浙江省 85% 的规划保留村、43 个历史文化村落保护利用重点村、217 个历史文化村落保护利用一般村、200 个中心镇、3468 个中心村完成了规划编制。在规划编制工作基本就绪之时，村庄整治工程随即全面实施。

"点上整治是基础，面上改观是目标，彰显美丽是方向"，这是浙江推进村庄整治工程的思路。这其中，环境整治无疑是重点。

环保、卫生、建设、农业、水利、交通、林业等部门都行动起来，整合相关资金，在市县村庄整治建设这一综合平台上统筹使用，逐村推进垃圾处理、污水治理、卫生改厕、村庄绿化、村道硬化这五大项目建设。

按照全省村庄整治规划，每年启动约 200 个乡镇的整乡整镇环境整治，将所有村庄一次性打包，开展村与村、村与镇、镇与镇之间等区域性路网、管网、林网、河网、垃圾处理网、污水治理网等一体化规划和建设，整体推进村庄的整治和沿线的整治改造，切实消除"走过几个垃圾村来到一个新农村"之难堪。

习近平指出:"新农村建设的具体规划,要按照统筹城乡发展的思路,对推进新型城市化和建设新农村进行统筹安排,对城市发展建设规划和新农村建设规划进行统筹考虑,特别是要充分体现出农村社区的区域特点、文化特征,形成特色、注重品位、突出魅力。"这些观点显然来源于深入细致的调研和认真的分析探讨。在村庄整治过程中,习近平甚至还直截了当地提醒道:"也要注意围绕特色做文章,杜绝盲目攀比,反对贪大求洋,防止照搬照抄,避免千村一面。"

各具特色的"四美三宜"美丽乡村群落开始在浙江涌现:以安吉为代表的浙北美丽乡村风光带,以千岛湖、富春江为代表的杭州西部美丽乡村风光带,以仙居、磐安为代表的浙中山区美丽乡村风光带,以及以衢州、丽水为代表的浙西南美丽乡村风光带和以舟山等沿海地区为代表的美丽渔村风光带……"千村示范、万村整治"工程实施以来,浙江省成功打造了24个美丽乡村创建先进县,规划建设了60多条景观带、240多个整乡整镇创建乡镇和180多个特色精品村落。

把县域建成美丽景区,把交通沿线建成风景长廊,把村庄建成特色景点,把农户庭院建成精致小品……点与点相连,面与面成片,整个浙江的生态环境面貌焕然一新。

众所周知,美丽乡村建设不仅要村美,更要民富,不仅要改善老百姓的居住环境和完善公共服务配套,更要实现村庄的自我造血功能,让百姓能在美丽中"掘金",实现村美民富。

于是,本着建设美丽乡村与推进新型城市化双轮驱动的理念,在优化城乡布局体系的同时,农村公共服务覆盖大大加快。全省行政村等级公路相继实现了"村村通",广播实现"村村响",用电实现了"户户通、城乡同价",安全饮用水覆盖率、农村有线电视入户率不断提升,便捷的农技服务圈、教育服务圈、卫生服务圈、文化服务圈开始形成。

消弭了城乡差别,乡村的劣势开始成为优势。

故事还没有完。2010年,浙江省委、省政府出台《关于加快培育建设中心村的若干意见》,旨在把中心村作为统筹城乡发展的基础节点和推进基本公共服务均等化的有效载体，引导城镇基础设施和农村公共服务设施向农村延伸、覆盖；发挥中心村这一中心点作用，辐射带动周边 3—5 个行政村，打造公交、医疗、卫生、教育、文化、社保等 30 分钟公共服务圈。

《关于加快培育建设中心村的若干意见》下发后，浙江省确立了重点建设中心村、全面整治保留村、科学保护特色村、控制搬迁小型村整治建设思路，形成了科学的整治建设次序，规划了 3468 个中心村，启动了 1500 个中心村的培育建设，规划保留村约 2 万个。

而这，分明是"千村示范、万村整治"工程的深化和延续。

浙江现存 1149 个古村落，数量分布主要集中在浙西、浙南、浙中的山区、丘陵地区。根据现存古村落形成年代的统计显示，早期的古村落可追溯至先秦时期，如嘉兴平湖鱼圻塘村，春秋战国时期就有先民在这里繁衍生息。形成于五代、唐代及以前的村落共 156 个，占总量的 15% 不到。现存古村落形成年代以宋代居多，约占 31.9%；明代其次，约占 25.3%；清代约占 20%。

循环经济就是把一切资源都用到极致

切肤之痛让人彻悟发展经济必须以保护生态环境为前提，循环经济之路由此起步。实现废物减量化、资源化和无害化，使经济系统和自然生态系统的物质和谐循环。从 2005 年起，浙江全面推进工业循环经济，其做法和成效，极大地丰富了资源利用方式和经济发展模式。

东海之滨，台州湾畔，出现了一座全新的城市，更准确点说，这是一座以生态建设为主旨、以发展循环经济为动能的产业集聚区。这里有中车集团、中交集团等知名央企项目，有南洋、海正等当地上市公司生产厂区，也有现代农业观光园、商业中心、旅游综合体等项目入驻。这里的生态环境也令人赏心怡情：绿草如茵、清水环绕的长浦河畔，城市广场公园、生态防护林以及沿路、沿河的生态绿带密匝分布，产业集聚区配套的精致住宅小区镶嵌其间。连土生土长的台州当地人来到这里，都会惊讶万分：以前的这里，不是一片白茫茫的滩涂么？

作为浙江省唯一一个以循环经济命名的集聚区，台州湾循环经济产业集聚区的最大特点，是区内所有项目必须符合生态发展理念的优势产业，能推进循环经济发展，能达到生态建设的相关要求。尤其是引进循环化产业改造项目，是一条不可更易的底线。

2015年，台州湾循环经济产业集聚区成功入选国家循环经济示范城市（县）建设地区，作为浙江省唯一一个参与创建的地级市，取得了全国东部组排名第一的佳绩。

由于产业发展目标明确，这里不仅拥有浙江唯一列入国家首批循环化改造示范试点园区的临海分区医化园区，台州市本级又成为浙江省内唯一的同时拥有两个（台州金属资源再生产业园区、台州化学原料药产业园区［临海区块］）受中央财政补助超亿元的国家级循环经济示范园区的地级市。

不能漏掉的一笔是，如同项目引进时的再三遴选，台州湾循环经济产业集聚区在基础设施建设和园区打造过程中，同样坚守"再减少、再利用、可再生、再循环"原则，非常讲求生态效能和生态再造。只要在区内走一走，稍加观察，即可发现这里的一切都有鲜明的循环生态的印记：漂亮的河道两侧，采用了大量废旧建材、老旧塘石等材料造景，可再生木栈道与廊架贯穿两岸，生态绿街游赏带上的卵石、贝壳等海滨特色材料如同颗颗明珠，废弃玻璃、废钢材等可再生材料都拿来搭建景观小品。产业集聚区所实施的"绿色平台提升计划"，还始终把植树造林作为发展循环经济、改善投资环境的基础性工程，已累计完成增绿面积达170万平方米。

走循环经济之路会不会让经济发展缩手缩脚？会不会导致高成本投资、低效益收入？这个产业集聚区的生动实践完全解除了这类顾虑。拓展经济发展空间、提升发展内涵、培育新的经济增长点，台州已在这一经济发展领域尝到了甜头。

台州大力发展循环经济，正是在2002年之后起步的。

废旧金属拆解、电子"洋垃圾"回收等废旧物资再利用，一度是台州人快捷的致富门径。赚到了钱，却破坏了生态环境，甚至毁坏了自己的身体，对此，台州人有过切肤之痛。2002年2月，台州海关查获了建关以来数量最大、性质最为严重的466吨"洋垃圾"入境案，而城乡各处遍布的废电脑、废电视机及显像管、废复印机等其他含有放射性物质的"洋垃圾"，实在让人忍无可忍。这一近乎恐怖的景况，前文已有描述。

没错，废旧物资的循环利用，原本不为过，台州当地作为产业发展，也不是毫无可取之处，只是不能以损害生态环境为代价，不能给大自然留下无法消弭的溃疡和伤痕。或许，正是从20世纪末至21世纪初，因废旧物资拆解带来的种种弊端，才让台州人彻悟发展经济必须以保护生态环境为前提的深刻道理，循环经济之路也由此起步。

2003年之后，台州民间主张发展循环经济的呼声愈高，政府给予了有力支持，循环经济项目开始萌芽，随后便如雨后春笋般呈兴旺之势。这一年，正是浙江省着力推出生态省建设，力争使生态省建设走在全国最前列之时。台州市循环经济的发展，与生态省建设实施进程完全合辙。

台州市五金制造产业群在全省处于领先地位，玉环的水道配件、阀门，路桥的电线、电缆、电机，温岭的空压机、水泵，黄岩、路桥、玉环的汽车摩托车配件……在浙江省乃至全国的产业版图中均居显赫位置。令人欣喜的是，不少五金制造企业的金属原料大多来自废金属再生资源。

面对环境污染的深刻教训，台州拆解业正在向高科技含量、高附加值方向悄然转型。"十一五"期间，台州还有针对性地延伸拆解产业链，对废金属进行深加工利用，以提高附加值，并以多种方式参与国外资源开发和国际化经营，在资源生产国或第三国建厂，利用国外的废旧有色金属资源，就地拆解和深加工。由此，台州市所提供的再生金属，价格比原生金属每吨便宜 2000—3000 元。

自 2005 年以来，台州市相关部门又有意识地引导拆旧行业的大中型企业向园区集中，建成了两个拆旧行业园区。不少拆旧企业的废品处理采取了物理工艺，不会产生新的污染物。过去需要焚烧处理的废品，现在通过机械分离；有些过去无法处理的，现在被粉碎成铜屑和塑料末，仍然可以卖钱；万不得已要焚化塑胶物品，则由符合欧洲排放标准的焚化炉进行两次焚烧。回收率高、能耗低、无污染，是这些企业追求的目标。

"2005 年台州海关征税 12 亿元，其中 10.4 亿元是从进口废旧五金中征收的，这说明台州的拆解业未曾衰减。但同时，污染矛盾呈明显的下降趋势，这表明在重视程度、环保技术应用和环保投入方面，都上了一个新台阶。"台州海关的一位负责人说。

因专门从事人口、经济、粮食、污染和资源等五个人类生存发展决定因素研究而闻名的国际性民间组织罗马俱乐部，是第一个深入研究资源环境和经济发展之间不可回避的矛盾的世界学术团体。他们早在 1972 年就发布了未来世界发展研究报告《增长的极限》。这份研究报告提醒人们，对于资源无节制的使用，已经导致了严重后果："地球的自然生态系统能支撑这种巨大污染的侵入吗？人类已经使环境退化，对大自然系统产生了不可逆转的损害。"

罗马俱乐部提出的上述观点未免悲观，这或许是因为在得出这一预言时，生态科技还没有发展到如今这般程度，或许因为他们的立论本身出现了偏差，对包括循环经济在内的资源利用方式和经济发展模式认识不足。事实上，当人们越来越重视生态环境保护、倡导走可持续发展道路之路时，"地球的末日"这一预言已显得站不住脚。

所谓循环经济，即在经济发展中，实现废物减量化、资源化和无害化，使经济系统和自然生态系统的物质和谐循环，维护自然生态平衡，以资源的高效利用和循环利用为核心，以"减量化、再利用、资源化"为原则，符合可持续发展理念的经济增长模式，是对"大量生产、大量消费、大量废弃"的传统增长模式的根本变革。

习近平对浙江发展循环经济非常重视。

"发展循环经济是走新型工业化道路的重要载体，也是从根本上转变经济增长方式的必然要求。""要抓试点示范和不同层面的有序推进，围绕减量化、再利用、资源化的基本原则，积极倡导清洁生产和绿色消费，形成企业间生产代谢和共生关系的生态产业链，在典型示范中引导公众参与建立循环型社会。"习近平的这段话精碎地指出发展循环经济的迫切性，以及探索切实可行的发展路径。

顺应生态省建设的必然要求，2005 年，浙江省政府以实施"4121"示范工程为切入点和抓手，全面推进全省工业循环经济的发展。"4121"示范工程的概念，就是在全省范围内确定 4 个市、10 个县（市、区）、20余个工业园区（块状经济）和 100 余家企业，作为工业循环经济的首批试点单位，通过试点示范，提供经验，以点带面，发挥工业循环经济的引领作用。

就在这一年，湖州、台州、嘉兴和绍兴 4 个试点市率先制定了工业循环经济规划和实施方案，紧跟其后的还有杭州、宁波、衢州等非试点市，再接着，全省各地都动起来了，纷纷编制完成

杭州市 LOFT49 创意产业园区

工业循环经济发展规划和实施方案，试点和示范工程陆续推出：杭州的"2632"循环经济试点示范工程，宁波的"2412"工程、嘉兴的"1221"工程、台州的"2525"工程、湖州的"3911"工程……

浙江省的循环经济发展重点，是在7个重点领域推进工业循环经济，重点培育300家工业循环经济示范企业与30个示范园区，力争在再生资源产业、再生能源产业、资源再生利用技术及装备业等产业形成产业集聚与提升发展。不消说，循环经济的重要形态是生态工业。浙江生态工业主要是通过模拟自然生态系统，建立工业系统"食物链"，即循环产业链，主要有企业内部、行业间和工业生态园区等3种产业链。

新安化工集团开发出氯甲烷回收净化工艺，回收的氯甲烷被成功用于公司有机硅单体的合成，回收率达98%以上。公司还对生产过程中产生的副产品稀盐酸实施净化、浓缩处理，使回收的盐酸产品含量达到31%以上，满足了草甘膦生产工艺的要求，回收后的盐酸全部用于草甘膦的合成。此为企业内部构造循环产业链。

永康市在五金、化工、建材行业中推行的产业链循环合作。如引导全市钢、铜、铝企业进行冷却水循环利用，冷却水重复利用率达到100%。将氢氟酸生产过程中产生的副产品磷石膏用于水泥生产的原料，将去氟后的废盐酸作为五金产品去锈原料，将煤渣用作制砖原料。饭店泔水再生化利用：全市油脂企业将回收的饭店泔水、动植物油进行蒸馏分离，产品分别用于造漆、铸造和替代柴油……此为行业间构建循环产业链。

位于镇海区的宁波化工园区，循环经济产业链以纵向、横向两条链推进。纵向链以炼油和乙烯为龙头，即上一个企业的产品作为下一个企业的原料，顺流而下构建石油化工产业链。横向链以大企业的"三废"为原料，生产市场需要的各类产品并向下游延伸。如利用炼化的脱硫硫磺生产硫酸，硫酸应用于钛白粉生产，废酸应用于磷肥生产，大乙烯的残渣焦油生产炭黑，炭黑供给橡胶厂作为原料等。此为园区内构建循环产业链。

类似变废为宝、变害为利的例子，在浙江省不胜枚举。改变"大量生产、大量消费、大量废弃"的传统增长模式，使有限的资源得到高效利用、循环利用，正成为浙江工业转变发展方式、进行产业升级的重要方向。

八仙过海，各显神通。在尝试探索之时，我们需要的不仅是方法，更需要勇气和信心。

　　循环经济的学理解释：循环经济是按照自然生态系统物质循环和能量流动规律重构经济系统，使经济系统和谐地纳入到自然生态系统的物质循环过程中，建立起一种新形态的经济。循环经济是在可持续发展的思想指导下，按照清洁生产的方式，对能源及其废弃物实行综合利用的生产活动过程。它要求把经济活动组成一个"资源—产品—再生资源"的反馈式流程；其特征是低开采，高利用，低排放。

生态补偿机制，你不能欠大自然太多

　　林木被砍伐，却不及时补种，昔日的森林变成了光秃秃的山头；地下水被大量抽取，却不予以回水补还，地面由此出现沉降……生态省建设中，作为生态保护重要手段之一的生态补偿机制，首次进入了人们视野，并开展了广泛的实践。

　　2004年6月24日，在杭州召开的"建立中国绿色国民经济核算体系国际研讨会"上，省政府负责人向中外专家宣布，浙江已在探索建立生态补偿机制，扎实推进全省经济社会和资源环境协调全面和可持续发展；浙江省将把万元产值主要原材料消耗、万元产值能源消耗、万元产值水资源消耗、万元产值"三废"排放总量等指标引入现有的统计指标体系，以全面评价区域可持续发展状况，全面考核干部政绩。

以最小的资源环境代价谋求经济、社会最大限度的发展，以最小的社会、经济成本保护资源和环境，走上一条科技先导型、资源节约型、生态保护型的经济发展之路，这正是时任浙江省委书记的习近平多次明确提出的。要创建生态省，就得充分发挥浙江的各种优势，这些优势，除了自然环境、经济实力，还有体制机制优势。

生态补偿机制由此引入人们的视野，并成为生态省建设的其中一环。

何谓生态补偿机制？生态补偿机制即生态保护补偿机制，它是指政府和有关部门，通过一定的政策手段，促使环境、资源、生态的受益方给予施益方以合理的补偿，实现索取与赋予的相对平衡，以达到社会经济可持续发展目标的制度和法规。由此可见，建立公平有效的生态补偿机制，不仅能直接受益于每个人，也是我们最终建立环境友好型社会的基础。

在现实生活中，很多人错误地认定环境资源是取之不尽、用之不竭的，生态环境会自动恢复，即使一时无法恢复，反正从中已经获利，也就没必要再予以关注和补偿。在浙江，不少市县个别领导片面追求 GDP，长期以来不惜以牺牲生态、环境、资源为代价，种种实例可见前文；而一些相对欠发达的地区，试图利用自身山水秀丽、环境宜人的优势，进行较大规模的旅游开发，却没有摆脱"靠山吃山、靠水吃水"的陋习，缺少科学管理经验，也由于传统的旅游方式有悖于自然环境保护的初衷，使得旅游开发往往建立在对环境资源掠夺性利用的方法之上，造成了令人心痛的恶果。

浙江经济发展结构优于大多数兄弟省份，但在发展进程中所遭遇的瓶颈，仍让人们警醒，并探索化解之道。数据显示，2003 年，浙江以 50%以上的投资率、38%的固定资产投资增幅、22%的用电增幅，支撑了 14%的经济增长。这种高投入、高消耗，必然带来污染物的高排放。对于浙江这样一个资源十分短缺、环境容量比较小的省份来说，长此以往，肯定难以为继。毫无疑问，建立生态补偿机制，不单是全省统筹区域协调发展的客观要求，也是浙江经济社会发展的现实需要。

"人们对于生态环境的肆意破坏，最根本的动因是急功近利。"时任国家环保总局副局长潘岳指出，若要真正贯彻实施可持续发展理念，就必须建立一整套包括生态补偿机制在内的可持续发展制度框架。除了 GDP 的统计体系，还应该建立有中国特色的绿色国内生产总值核算体系，计算出生产总值对环境、资源、生态的代价和影响，尽快建立生态补偿机制，全国通盘考虑，以避免脆弱的生态环境陷入难以恢复的恶性循环状态之中。

生态省建设突显"生态补偿机制"的作用，正是看准了这一点。

为了节约不可再生的资源要素，也是从这一年起，浙江推行资源有偿使用：全面征收矿产资源补偿费、水资源费，建立矿山自然生态环境治理备用金制度；严格实行排污收费制度。浙江省 2004 年征收水资源费 6000 多万元，征收排污费为 5.7 亿元。

在这一机制下，浙江还实行基本农田易地有偿代保政策，实施排污收费制度，每年收取的排污费主要用于重点污染源治理，区域性污染防治，污染防治新技术、新工艺的开发、示范和应用等。

与此同时，浙江省还对涉及生态保护和建设的"生态农业建设"、"生态公益林建设"、"万里清水河道建设"、"生态城镇建设"、"下山脱贫与帮扶致富"、"碧海生态建设"等系统工程中投入大量资金，"环境整治与保护补助专项资金"始终充足，且用在实处。

一汪碧水的台州市黄岩长潭水库，可称为台州人民的"大水缸"。它不仅是台州市区和温黄平原的主要饮用水源，还为这片区域提供农业灌溉用水。可想而知，这座水库水质的好坏，关系重大。但黄岩一带又是经济发达地区，即便是稍显偏僻的长潭水库，库体和周边的生态保护情况仍十分严峻。从 2004 年起，台州市设立长潭水库库区生态补偿专项资金，政府每年筹措不少于 1800 万元的专项资金，主要用于库区内生态建设、污染综合防治、生态补偿等，这汪碧水从此撑起了保护伞。

从 2005 年起，德清县在全省率先建立并实施区域内生态补偿机制，截至 2015 年已累计投入近 3 亿元。为了融得资金，德清县提高资源性收费中用于生态补偿的比重，建立了全县生态补偿基金，即先在县财政预算内安排 100 万元，从全县水资源费中提取 10%，从土地出让金县一级所得部分提取 1%，从排污费中提取 10%，从农业发展基金中提取 5%……把这些生态补偿金纳入县财政专户管理，专门用于该县西部地区环保基础设施建设、生态公益林的补偿和管护。对河口水库的水源保护是德清生态保护的重点项目，以前因为没有资金，"低、小、散"涉水排污企业无法外迁，周边林区的保护也显滞后。有了这一生态补偿机制，昔日让人挠头的难题已被破解。

探索生态补偿机制的市场化运作，也是重要一招。在此仍以水资源为例。东阳市把境内横锦水库 5000 万立方米水的永久使用权出让给下游的义乌市，义乌市则以支付资源使用费的方法予以补偿，以此推动上下游水资源的交易，体现水资源的非凡价值。

在嘉兴市秀洲区，区有关部门规定在总量控制的前提下，现有排污单位必须有偿使用目前占用的排污总量指标，新增水污染物排放量的新、改、扩建单位必须取得可转让的总量指标后，才能办理相应的环保审批手

碧波万顷的千岛湖

续。"全市参与排污权有偿使用与交易的企业已达2212家，涉及有偿使用和交易金额约12亿元。"这是嘉兴市在2016年初晒出的排污权交易的"成绩单"。

不过，在推行生态补偿机制方面，浙江省最大的动作，是强化钱塘江源头生态环境保护和建立相应的生态补偿机制。

千岛湖拥有"天下第一秀水"之美誉，它是浙江省最重要的饮用水水源，还是长三角区域的战略备用水源。但大自然的设计，让钱塘江重要源头新安江逶迤在安徽省的崇山峻岭之间，千岛湖一半以上的入湖水量、58%的集雨面积均落在该省境内。要保证钱塘江和千岛湖的水质，首要前提是上游新安江的生态环境保护。

2005年，浙皖两省着手建立新安江流域生态补偿机制的商谈，其核心任务是安徽省负责源头的生态保护和治理，牺牲一定的经济发展利益，而浙江省则必须根据对方的付出，给予专项补偿。

"这是一项造福两省人民的大好事，也是偿还多年来欠大自然的老债，从此也再不欠新债。"安徽省歙县深渡镇林场的一位负责人说。深渡地处茫茫千岛湖西侧，新安江入湖口。在这里，站在稍稍高一点的地方，就能俯瞰美丽的湖区。为了保护这片绿水青山，深渡已经放弃了许多工业项目。

2006年4月，浙江省政府印发了《钱塘江源头地区生态环境保护省级财政专项补助暂行办法》，率先开展省级财政生态环保专项补助试点工作。从2006年开始每年安排2亿元，用于钱塘江源头地区两省10个县（市、区）生态环境保护，发展生态公益林，调整产业结构，加强环保基础设施建设。其后，按照"谁保护，谁受益"、"权责利统一"、"突出重点，规范管理"和"试点先行，逐步推进"的原则，对钱塘江流域干流和流域面积100平方公里以上的一级支流源头所在的经济欠发达县（市、区），予以资金补偿。

2008年2月，水系源头生态补偿范围进一步拓展，浙江省境内八大水系干流和流域面积100平方公里以上的一级支流源头和流域面积较大的市、县（市），均纳入其中，成为全国第一个实施省内全流域生态补偿的省份。

积累了宝贵经验后，浙江又实施了全国首个跨省流域生态补偿机制试点。从 2011 年起，新安江流域水环境补偿资金为每年 5 亿元，其中 3 亿元由中央财政提供，用于补助上游黄山地区水环境治理投入，浙皖两省各出 1 亿元。以两省交界处水域为考核标准，上游安徽提供水质优于基本标准的，由下游浙江对安徽给予补偿；劣于基本标准的，由安徽对浙江给予补偿。这一跨省流域生态补偿试点的实施，表明浙江自 2003 年推出的生态补偿机制上了新的层面，且已全面深化。

自跨省试点以来，新安江流域的水质得到了有效改善，2011—2013 年新安江流域总体水质为优，跨省界断面水质达到地表水环境质量标准 Ⅰ—Ⅲ类。

实行生态补偿机制需要大量资金，仅依赖公共财政的话会陷入资金筹措渠道窄、总量少的困局。在多渠道筹集资金方面，浙江有效探索多元化筹资机制，通过财政资金的杠杆引导，吸引金融资本和社会资本广泛参与。至今，浙江全省已收到 20 亿元以上捐款。目前，浙江省所有市县都已实现了生态环保转移支付，转移支付额度从 2006 年的 2 亿元提高到了 2016 年的 18 亿元。

请注意以下这段文字：

"全面实施主要污染物的排放总量控制计划，切实加大超标排放处罚力度，处罚所得资金由各级财政充实环境污染整治专项资金。……因上游地区排污导致水质不达标，对下游地区造成重大污染的，上游地区应给予下游地区相应的经济赔偿。逐步探索建立其他生态环境因素破坏责任者经济赔偿制度，省有关部门要抓紧研究制定环境污染经济赔偿实施办法。"

这段已经载入 2005 年 8 月发布的《浙江省人民政府关于进一步完善生态补偿机制的若干意见》的文字，充分说明了其时控制环境污染已与生态保护补偿完全结合起来，说明了全国首个省级层面的生态补偿办法已开始系统、全面、整体地解决生态保护和治理问题，它具有现实性，也不乏前瞻性。

"浙江省按照'受益补偿、损害赔偿；统筹协调、共同发展；循序渐进、先易后难；多方并举、合理推进'的原则，以保障水资源安全为重点确定补偿地域范围，提出了生态转移支付、生态建设和污染控制的生态补偿措施，明确了受补偿市县的生态环境保护责任和考核方式，建立了通过财政资金的杠杆引导，吸引金融资本和社会资本广泛参与的多元化筹资机制，为完善国家层面生态补偿制度，有序推进省、市、县层面的生态补偿实践提供了有益借鉴。"中国科学院院士、中国科学院生态环境研究中心主任江桂斌指出。中国生态补偿制度建设的"先行者"，这一头衔，浙江省当之无愧！

相关链接

即便是长白山、卧龙、九寨沟、洞庭湖、青海湖鸟岛等已加入世界"人与生物圈"计划或国家重要湿地的重点自然保护区，也存在着严重的因旅游产业而破坏生态环境的现象。根据中国旅游协会《关于旅游业的21世纪议程》预测，21世纪我国的各类自然保护区将达1000处，面积在10万平方公里以上，旅游业也将有一个大发展。然而，如果没有正确处理好发展旅游与保护生态环境的矛盾，中国的自然环境将面临的威胁不堪设想。

异地扶贫、山海协作，共同走在大路上

金磐扶贫经济开发区22年的发展实践证明，山区贫困地区实施异地开发是山区转型发展的有效外部支持模式，对于促进山区生态环境的保护和支持山区经济的发展具有"双赢"的效果。这一做法在全省、全国都具有极其重要的借鉴意义。

磐安，是浙江省为数不多的经济欠发达县之一，位于浙江中部一片丘陵之上；金华市城区，则是改革开放以来浙江经济快速发展的重要区域，工业经济增长尤为明显。如何让经济欠发达县快快跟上来，如何让发展较快又遇到种种地域限制的区域甩开手脚？

实行异地开发，共同建立扶贫开发区，探索建立区域间生态补偿，这一做法骤然间打开了人们的思路。

1994 年 6 月，金华市人民政府在金华市经济技术开发区内，拿出了 3.8 平方公里的土地，设立了金磐扶贫经济开发区（以下简称"金磐开发区"）。1995 年 7 月，该开发区正式创园。如今，一、二期共完成了 2000 多亩土地的开发建设，上百家企业入驻，成了磐安县主要的工业基地和重要的经济支柱。据统计，该开发区的主要经济指标目前已占磐安县的 40% 以上。可想而知，它对磐安脱贫攻坚工作起到了何等巨大的推动作用。

磐安县是个"九山半水半分田"的山区小县，却是钱塘江、曹娥江、瓯江、灵江等四大水系的发源地之一。作为浙江省最重要的生态敏感区之一，磐安的水质影响着下游 400 多万人口的用水安全。缺乏人才、科技、资金等方面的优势，磐安的发展势必滞后，敏感而特殊的生态环境特点，又不宜让它走工业经济发展之路。"如何处理好扶贫开发、经济发展和生态保护的关系，是磐安县多年来致力解决的难题。随着各地对生态功能区和水源源头地区的生态保护日益关注，以扶贫为目的创立的异地开发模式有了更广阔的内涵。"金磐开发区党委书记陈平说。

金磐开发区的设立和建设，其益处多多。它能使磐安按照浙江省对生态功能区块规划的要求，划定工业控制区块和适度发展区块，顺利实施"国家生态示范区"建设。依托扶贫开发区的财力与劳动力安置能力，磐安生态环境得到明显改善，境内空气环境质量常年保持在国家一级标准，出境地表水基本上达到Ⅱ类以上水质标准，实现了"保浙江中部一方净土，送下游人民一江清水"的目标。几年来，磐安县接连成功创建了国家级卫生县城、国家级自然保护区、国家级生态示范区，"浙中承德"的美誉度不断提高。

而有了金磐开发区，也为金华市的经济发展注入了活力。近10多年来，开发区已向金华输送了皇冠集团、娅茜内衣、和勤通信、鹏孚隆科技、金磐机电、天丰化学等一批优质企业，这些企业大部分已发展成工业经济的重要基础和中坚力量，成了行业内有自主品牌的佼佼者。金磐开发区始终坚持引进和培育无污染、少污染、低投入、低消耗、科技含量高、效益好的生态型工业。开发区建立至今，没有接收一家高污染企业，没有发生一起重大环保事故，被有关专家誉为"工业净区"。

多年的发展，金磐开发区已完全融入了金华城市化建设进程之中，园区的总体规划与金华市区无缝接轨。开发区还带动了毗邻的董宅、王村等村庄的农村现代化建设。开发区还投入了数亿元，专门用于园区的绿化、亮化、硬化、洁化、美化等工程。2万名来自磐安等地的员工在金华工作，繁荣了金华的商业，使金华的人气更加旺盛。当然，开发区还为金华市本级增加了可观的税收……"一石多鸟"效应十分明显。

作为一种发展模式，"飞地经济"（enclave economy）是指两个互相独立、有一定经济落差的行政地区，打破原有行政区划限制，通过跨空间的行政管理和经济开发，实现两地资源互补、经济协调发展的一种区域经济合作模式。

从2002年起，浙江省全面实施"山海协作"、"欠发达乡镇奔小康"和"百亿帮扶致富"三大工程，以扶持欠发达地区经济发展的手段，促进欠发达地区的生态环境保护，也有效地增强了生态功能屏障作用。而异地建立发展园区，更是一种探索生态效益货币补偿之外拓展生态补偿的新形式。显然，生态补偿机制作为一种对欠发达地区的有力扶持，这又拓宽了"绿色浙江"的建设领域。金磐开发区的加快发展，也正是在2003年之后。

帮助贫困地区尽快脱贫，并解决源头地区因承担生态保护责任而造成的"福利受损"问题，从根本上改变欠发达地区的经济发展模式，变"输血式"扶贫为"造血式"扶贫，激活欠发达地区发展的内生动力，融"异地扶贫、山海协作和生态补偿"为一体的异地扶贫开发路子，显然是生态省建设的重要一环。

事实上，金磐开发区的成功并不限于促进生态环境保护、带动经济发展，在机制体制创新探索方面，金磐开发区也多有贡献。

金磐开发区深知，机制创新是优化投资环境的必然要求。他们在机制上求活，以不断谋得发展动力。如今，开发区的管理模式是"三独立、三接轨"。"三独立"，即开发区作为磐安县人民政府的派出机构，独立行使园区内的县级经济管理权；区内产生的产值和税收归磐安独有；园区内的建设管理由开发区管委会独立自行组织实施。"三接轨"，即园区规划与金华市区总体规划接轨；税收等经济政策与金华市区保持一致，避免产生不公平竞争；土地征用由金华市开发区统一组织实施。

无论是对于磐安，还是金华，飞地经济模式在当时都是一条"少有人走

金磐扶贫经济开发区全景（金磐扶贫经济开发区提供）

的路"，没有现成的模式可以参考，也没有成功的经验可供借鉴。但22年的边实践边摸索，已经探索出一套完善的经营方式、管理模式。

2007年国务院参事室专家组考察浙江生态省建设时，对金磐开发区的做法给予了充分的肯定。他们认为：金磐开发区异地开发，对流域上游和重要生态功能区因承担更大的保护责任和发展领域受限制而进行有效的开发性补偿创造了非常宝贵的经验，值得总结和推广。

金磐开发区的异地开发经验，对欠发达地区也具有示范作用。2008年，国家水利部、国家环保总局专门派员前来调查，总结金磐开发区生态补偿的成功经验。2011年8月和9月，日本一桥大学和东京经济大学等国外大学的一批经济学专家、学者专程来到金磐开发区调研生态补偿课题，对金磐开发区的政府异地扶贫和生态补偿模式都给予了高度的评价，并在日本多家媒体发表论文，开展了广泛的学术交流。

金磐开发区的经验很快辐射到浙江全省：

丽水市景宁县与宁波市鄞州区共同建立了"景鄞扶贫经济开发区"，实现了浙江省内跨市域的异地开发。

安吉、德清、宁海、临安等县（市）都出台了"异地开发生态补偿"政策，规定上游地区乡镇的招商引资项目进入县（市）开发区，产生的税利地方所得部分全部返还上游乡镇。

绍兴市新昌县属环境敏感区，随着经济的发展，结构性污染日益突出，对曹娥江下游地区造成了影响。为此，绍兴市在新昌县之外的绍兴袍江工业区设立新昌医药工业区，市政府给予政策优惠，将工业区内缴纳的增值税和所得税属市级财政分成所得部分的70%给新昌……

"责其所难，则其易者不劳而正；补其所短，则其长者不功而遂。"（宋·司马光）攻克难点，方能解决所有问题；取长补短，弥补了自己的短板，才能充分发挥自己的长处。富有浙江特色的异地扶贫、山海协作之路，其获得的生态和经济等方面的巨大综合效应，仍在浙江不断显现。

相关链接

　　山海协作工程，是浙江省委、省政府为了推动浙西南山区和舟山海岛为主的欠发达地区加快发展，实现全省区域协调发展而采取的一项重大战略举措。"山海协作"是一种形象化的提法，"山"主要指以浙西南山区和舟山海岛为主的欠发达地区，"海"主要指沿海发达地区和经济发达的县（市、区）。山海协作工程遵循的主要原则是"政府推动、企业主体、市场运作、互利双赢"，主要做法是以项目合作为中心，以产业梯度转移和要素合理配置为主线，通过发达地区产业向欠发达地区合理转移、欠发达地区剩余劳动力向发达地区有序流动，从而激发欠发达地区经济的活力，推动经济加快发展，提高人民生活水平。

第五章

"八八战略",
凸显优势才能走得更快

天下之事,因循则无一事可为;奋然为之,亦未必难。

　　　　　　　　　　——明代散文家　归有光

夫道有因有循,有革有化。因而循之,与道神之;革而化之,与时宜之。

　　　　　　　　　　——西汉·扬雄　《法言义疏》

21 世纪初，习近平在深入调查研究的基础上，全面系统地分析了浙江经济社会发展的长短优劣，明确提出要深入实施面向未来发展的"八八战略"，即立足浙江实际，进一步发挥八个方面的优势，推进八个方面的举措。"八八战略"的实施使浙江突破了环境资源的约束，经济社会发展走在了全国前列。

"八八战略"充分认识到浙江生态优势，把建设生态文明、提升城乡生产生活品质放到了更加重要的位置上。此后，浙江各地加快推进绿色发展、循环发展、低碳发展，进一步形成了节约资源和保护环境的空间格局、产业结构、生产方式和生活方式。

八个优势，八个举措，成熟的发展战略

"八八战略"的科学性就在于其全面系统地分析了浙江全省经济社会发展的各种优势条件，并有针对性地实施发展战略，同时提出了必须根据形势的变化具体分析优势与短板的转变，适时调整策略。

2003 年 7 月，在浙江省委第十一届四次全会上，习近平代表省委，在总结浙江多年来发展经验的基础上，全面系统地概括了浙江发展的八个优势，提出了指向未来的八个举措，即"八八战略"。"八八战略"揭示了浙江改革发展的规律和趋势，体现了科学执政的智慧理念。其中，创建生态省、打造"绿色浙江"作为"八八战略"的一项重要内容，开始全面实施。浙江从此开启了生态文明建设先行先试的新历程。

八个优势，八个举措，从高处着眼，从实际出发，其指向十分明确而具体：进一步发挥浙江的体制机制优势，大力推动以公有制为主体的多种所有制经济在市场竞争中相互促进、共同发展，不断完善社会主义市场经济体制和更具活力、更加开放的经济体系；进一步发挥浙江的区位优势，主动接轨上海、积极参与长江三角洲地区交流与合作，不断提高对内对外开放水平；进一步发挥浙江的块状特色产业优势，加快先进制造业基地建设，走新型工业化道路；进一步发挥浙江的城乡协调发展优势，统筹城乡经济社会发展，加快推进城乡一体化；进一步发挥浙江的生态优势，创建生态省，打造"绿色浙江"；进一步发挥浙江的山海资源优势，大力发展海洋经济，推动欠发达地区跨越式发展，努力使海洋经济和欠发达地区的发展成为浙江经济新的增长点；进一步发挥浙江的环境优势，积极推进以

"五大百亿"工程为主要内容的重点建设，切实加强法治建设、信用建设和机关效能建设；进一步发挥浙江的人文优势，积极推进依法治省、科教兴省、人才强省，加快建设文化大省。

显然，"八八战略"在充分看到浙江生态优势的前提下，把创建生态省、打造"绿色浙江"摆到了极其突出的位置。同样不能忽略的是，这一战略还与"大力发展海洋经济"、"加快推进城乡一体化"有着密切的关联。

为什么要加快改善生态环境？这是因为生态环境出了问题。自 20 世纪 90 年代以来，无论是黄河断流、长江洪水、淮河污染，还是沙尘暴频发、雾霾天连连，无不给我们发出了生态安全形势严峻的警告。资源、环境的约束已成为我国经济社会发展的短板、瓶颈，成为新的国情，对此绝不能掉以轻心，一定要有清醒的认识和充分的估计。

正是在这样的背景下，处于中国经济发展第一方阵的浙江，必须充分发挥生态优势，提升城乡生产生活品质，把生态文明建设放到更加重要的位置上，加快推进绿色发展、循环发展、低碳发展，唯其如此，才能形成节约资源和保护环境的空间格局、产业结构、生产方式和生活方式，才能使浙江社会经济发展继续走在前列。

面对"八八战略"，谁都能看出，强力推进生态环境保护、发挥浙江生态优势、建设生态省的任务贯串始终。

在《建设资源节约型社会是一场社会革命》一文中，习近平指出："人类追求发展的需求和地球资源的有限供给是一对永恒的矛盾。古人'天育物有时，地生财有限，而人之欲无极'的说法，从某种意义上反映了这一对矛盾。人类社会在生产力落后、物质生活贫困的时期，由于对生态系统没有大的破坏，人类社会延续了几千年。而从工业文明开始到现在仅三百多年，人类社会巨大的生产力创造了少数发达国家的西方式现代化，但已威胁到人类的生存和地球生物的延续。"

据此，习近平认为："必须在科学发展观指导下，探索一条可持续发展的现代化道路。这对于既是资源小省、又是经济大省的浙江来说，建设资源节约型社会显得更为迫切，这也是我们建设生态省的本义所在。"走生态绿色可持续发展道路，建设资源节约型社会是个关键。

习近平担任浙江省委书记期间，先后8次赴丽水调研，这是因为"中国生态第一市"丽水所坚守的，正是生态绿色发展这一根本。2002年11月，他来到景宁畲族自治县调研时，针对景宁的生态优势指出："你们这里生态优势很明显，丽水就是青山丽水的意思，风景秀丽的意思。"当他了解到部分同志存在对生态的短视、急于发展工业经济时，他语重心长地说："很多东西，眼前看是好的，今后看未必是好的；有些东西眼前看没有什么利用价值，但今后看可能就是无价之宝。我们的资源优势就是无价之宝。"

在丽水，习近平就如何把生态优势转变为经济优势提出了很多建设性意见："要依托这里的生态优势，大力发展绿色食品，有机、无公害农产品，全国提出5年内要避免餐桌污染，丽水这方面潜力很大，也有了一些品牌，要进一步发挥好后发优势和资源优势。"

2003年6月11日，习近平到金华东阳市花园村调研，对花园村在发展工业的同时致力于农村现代化建设的成功实践给予了充分肯定。花园村通过村庄合并和旧村改造，实现了城镇化转型。几个行政村合并成新的花园村后，首先制定了"合理布局、全面规划、整体拆建、分步实施"的建设方案，逐步做到道路硬化、路灯亮化、环境绿化、卫生洁化、饮水净化、村庄美化。人口的集聚、产业的集群和城镇的集约，同样是建设资源节约型社会的路径之一。

2004年3月，习近平专程来到嘉兴市蹲点调研，对嘉兴市城乡统筹发展的做法和成果很感兴趣。同时，他对嘉兴市大力发展高效生态农业的做法十分肯定，并强调指出："高效生态农业是以绿色消费需求为导向，以提高市场竞争力和可持续发展能力为核心，具有高投入、高产出、高效益与可持续发展的特性，集约化经营与生态化生产有机耦合的现代农业。"这一论述正是建立在大量而深入的调查研究之上的。

在"八八战略"提出和实施的过程中,"两山"重要思想也得到贯彻落实,生态文明思想更臻完善。

正是在这一思想框架下,"八八战略"正确处理了生态建设与其他方面建设的关系。

的确,浙江有着诸多得天独厚的生态优势,但发挥生态优势不能"坐、等、靠",而是要积极提升生态附加值。

依照"八八战略"路径,在目标导向上,要摒弃片面追求经济增长或生态保护的做法,而着力于将生态环境优势转化为生态经济、循环经济和低碳经济的发展优势;在战略规划上,要注重布局健康养生养老产业、保健医疗产业、生态创意农业、旅游休闲度假产业和文化产业等需求巨大的环境友好型产业;在机制设计和制度创新上,要强化约束性机制和激励性机制,促进发展方式的根本性转变,为城乡居民创造更加良好的生产生活环境。

与此同时,要进一步完善利益分配协调机制,建立生态价值评估体系,解决政府、居民、企业之间利益分配不均的问题,使生态发展成为共识,使生态保护和生态价值增长成为各地经济与社会发展的双重动力。要积极引入和培育第三方中介服务,在排污口关闭、生活污水污泥处理、垃圾分类处置、排污权和碳交易机制、绿色低碳消费等体制机制方面实现新的突破。

在推进生态社会化管理方面,要淡化 GDP 考核,强化生态考核,发挥社会力量,健全生态监督体系。政府部门应围绕生态制度建设,建立和完善生态资源与环境的评价、交易、使用、监管、监督政策体系,使生态监管、监督常态化。除执法部门外,还应吸纳社会团体和民间机构、居民和游客进行有效监督,从约束、处罚和激励角度,发挥社会力量的生态监督作用。

而在大力发展生态经济、不断优化生态环境之时,还必须高度重视生态文化建设,着力于完善体制机制,加快形成节约能源资源和保护生态环境的产业结构、增长方式和消费模式,打造"绿色浙江"、"美丽浙江",

实现经济社会的可持续发展。

"经济发展方式转变是一个复杂曲折的过程，需要不断通过技术的进步、科学的管理经验、资源的合理配置，实现以效率不断提高为前提的经济增长。但由于一个经济体不能跨越自身发展阶段而随意选择某种经济发展方式，在一定的时期内，由于粗放经济还有一定的获利空间，加上社会主义市场经济体制还不够完善，粗放式经济发展与环境污染还是相伴相生的。"杭州国际城市学研究中心研究员陶俊指出，从这一背景评价"八八战略"，其非凡的正确性、重要性和迫切性，怎样评说都不为过。

"八八战略"的科学性在哪里？专家认定，就在于其全面系统地分析了浙江全省经济社会发展的各种优势条件，并有针对性地实施发展战略，同时提出了必须根据形势的变化具体分析优势与短板的转变，适时调整策略。例如，块状经济与中小企业集群曾是浙江经济发展的大功臣，但在新常态下也容易产生"路径锁定"的问题，阻滞产业转型升级。这就需要挖掘潜力，转型提升。在工业化初中期，浙江多山少地，山区一度被视为"穷山恶水"，是不利于经济发展的"包袱"和短板。但在新阶段，"绿水青山就是金山银山"，绿水青山成了发展生态经济的独特优势。

"生态兴则文明兴，生态衰则文明衰。"这是习近平在强调生态建设意义时常说的一句话。他认为，高度重视可持续发展，重视资源和生态问

杭州郊外的一处宜居村落

题，打造生态省，这对于浙江来说，事关全局、事关未来、事关民生。

○相关链接

党的十八大报告把生态文明建设纳入中国特色社会主义事业"五位一体"的总体布局，报告首次提出必须树立尊重自然、顺应自然、保护自然的生态文明理念，大力推进绿色发展、循环发展、低碳发展，努力建设"美丽中国"，实现中华民族永续发展。报告明确提出了良好生态环境是人和社会持续发展的根本基础。要实施重大生态修复工程，增强生态产品生产能力，推进荒漠化、石漠化、水土流失综合治理，扩大森林、湖泊、湿地面积，保护生物多样性。这是党的报告首次把生态环境建设和保护作为生态产品生产行为。

放眼全国，浙江的生态优势在哪里？

在"八八战略"中，浙江的优势被归纳为八个方面。持续多年的经济快速增长、沿海开放的心态，赋予了浙江人超前的眼光。而在众多优势中，生态优势既是生态省建设的重要基础，又是浙江进一步发展的强大动力。

横越浙中山区的台缙高速公路上，全长1717米的塘头朱特大桥，为什么不是直线的？答案是：为了减少对山体的破坏，保护生物多样性，与自然环境协调统一。

浙江海洋渔业部门把数亿颗贝种放入了大海。这意味着：将来你在浙江沿海的沙滩上漫步，会越来越多地感受到这样的惊喜——美丽的贝壳。

浙江省政府常务会议 2006 年 2 月讨论通过《浙江省自然保护区管理办法》，规定"自然保护区的核心区和缓冲区内不得建设任何生产、经营设施"，"任何单位和个人不得擅自进入自然保护区的核心区和缓冲区"。

中国环境监测总站公布的 2005 年度《全国生态环境状况评价报告》显示，浙江的生态环境状况综合指数为 87.1，列全国第一。报告显示：浙江植被覆盖度高、生物多样性丰富、生态系统稳定，最适合人类生存。

2007 年，浙江成为全国 6 个生态状况评价优良的省份之一。

……

这些并非偶然的、零星的事件。

《全国生态环境状况评价报告》因为执行了 2006 年 5 月 1 日起试行的《生态环境状况评价技术规范》，不仅侧重于水、空气等单纯环境质量，还选取了生物丰度指数、植被覆盖指数、水网密度指数、土地退化指数和环境质量指数 5 项指标，对各指标分别赋予不同权重，最后计算出生态环境状况综合指数，并确定从优到差 5 个不同级别的生态环境状况。

"可以说，新的评价体系更全面、更综合地反映了一个区域（省）的生态环境状况。"浙江省环境监测中心的一位专家说，"一个地方水土、空气再好，但如果少有动植物分布，或者人类生存环境恶劣，那么按照新的评价体系，生态环境状况综合指数就降低了。"

令人欣喜的是，在 5 项指标评价中，浙江省的生物丰度和植被覆盖指数均列全国第一，这显然与近几年来各方在生态环保领域的努力有关。水网密度和环境质量指数也位列前茅。只是环境质量指数未进入全国前三，治污还任重道远。

"浙江是个资源小省，又是经济强省，生态环境是稀缺资源，更要优化配置。"浙江大学环境与资源学院副院长王珂这样表示。这再次说明，只有始终保持生态优势，才能保持经济发展的强劲势头。

浙江的生态优势究竟有哪些？它不仅在于良好的地理区位和优越的自然生态，在于千百年来对大自然的改造改良，还在于具有相对较强的生态文化意识和良好的制度创新优势。从古至今，浙江人的生态意识觉醒较早，对于大自然的开发利用，大体上遵循了生态规律。改革开放以来，在大力发展经济的进程中，面对日益繁重的生态保护任务，广大干部群众逐步确立了"既要金山银山，又要绿水青山"、"有了绿水青山，就有金山银山"甚或"宁要绿水青山，不要金山银山"的理念。无疑，这是建设生态省和在实施"八八战略"进程中进一步突显生态文明建设的基础和先导。

回顾 2002 年以来浙江生态建设的主要成就，正确的生态发展理念起了极大的作用。在生态省建设进程中，浙江始终围绕三个方面进行强攻：通过生态公益林建设、自然保护区建设等，生态功能明显加强；通过资源节约型社会建设，实现单位土地资源、能源资源、水资源产出水平的显著提高，处于全国领先水平，不遗余力地推进黑色发展向绿色发展的转变、线性发展向循环发展的转变、高碳发展向低碳发展的转变，发展方式的转变、产业结构的转型取得了阶段性成果；通过"811"环境保护行动计划和"811"生态文明推进行动计划等遏制了环境质量全面退化的趋势，呈现出逐步好转的局面。

而良好的制度创新优势，对浙江的生态文明建设助力巨大，这一点绝不可忽略。

众所周知，社会的变革从根本意义上说是由生产力的发展引起的，最终体现为一系列制度的变迁，即不断地由先进的制度替代落后的制度，形成系统完备、科学规范、运行有效的制度体系，使各方面制度更加成熟更加定型，同样是生态文明建设的一大任务和重要动力。

2002 年以来，在确立生态省建设和明确"八八战略"重大战略决策之后，浙江省委、省政府连续出台了诸如《浙江省人民政府关于全面推行清洁生产的实施意见》、《浙江省人民政府关于进一步加强环境污染整治工作的意见》、《中共浙江省委浙江省人民政府关于落实科学发展观加强环境保护的若干意见》等相关政策制度。省人大常委会和省政府也制定和修订了包括《浙江省大气污染防治条例》（2003）、《浙江省核电厂辐射环境保护条例》（2003）、《浙江省森林管理条例》（2004）、《浙江省陆生野生动物保护条例》（2004）、《浙江省海洋环境保护条例》（2004）、《浙江省自然保护区管理办法》（2006）在内的数十部地方性法规和规章，初步形成了与国家大政方针、生态法制体系相适应的地方性政策、法规体系，这在全国处于领先地位。

浙江农林大学生态文明研究中心执行主任任重认为，在生态省建设进程中，浙江还首创了空间、总量、项目"三位一体"的新型环境准入制度。这一制度能有效发挥环境保护参与宏观调控的先导功能和倒逼作用，作用不小，效果良好。

"浙江对11个设区市和所有县（市、区）全部编制实施了生态功能区规划，把国土空间划分为禁止准入、限制准入、重点准入和优化准入四类功能区域，并明确各区域生态环保目标。同时配套采取了一系列措施，作为环保部门参与党政综合决策的重要手段，并把相关内容写入《浙江省建设项目环境保护管理办法》，以政府规章的形式确定下来。"任重说。"三位一体"的环境准入制度和专家评价、公众评价"两评结合"的环境决策咨询机制，是浙江在生态文明制度建设上探索与创新的成果，对其他各省市有着不可多得的借鉴价值。

整治后的嘉兴市南湖

可以说，生态文明建设的制度创新，越来越成为浙江建设生态省的有力保障。事实上，在生态文明制度建设方面，发挥市场机制在生态环境资源配置方面的作用，这一点浙江也始终走在全国前列。诸如上文所述的全国最早实施的省级生态保护补偿机制、全国最早实施的排污权有偿使用制度等，即为此例。

习近平强调："通过深化改革和制度创新，把节约资源转化为发展的动力和内在的约束，使节约者在市场竞争中获得更多的利益和机会，使浪费者付出更大的成本和代价。"制度创新以及约束与推动，其目的正在于此。

宁波大学校长、浙江省生态文明研究中心主任沈满洪认为，生态省建设是先进的生态文化、发达的生态产业、绿色的消费模式、永续的资源保障、优美的生态环境、宜人的生态社区的和谐统一。建设生态省是塑造美丽心灵、打造美丽产业、促进美丽消费、开发美丽资源、创造美丽环境和造就美丽家园的一系列生动实践。实现这些目标必须以体制机制改革为保障。

而要实现这些目标，沈满洪认为，必须做到三点：一是推进生态省建设的体制改革。生态省建设的体制性障碍是，存在"条"与"条"的矛盾、"块"与"块"的矛盾、"条"与"块"的矛盾，因此，对于山水林田湖分管体制要进行整合，同时要加强环境保护的垂直监管功能，以防止地方保护主义。二是推进生态省建设的机制建设。在生态文明建设中，明显的问题是"政府办社会"、"政府代市场"问题，而面对资源环境的稀缺性大幅度上升、资源环境产权的界定成本大幅度下降的现状，市场机制完全有能力进行有效的配置。三是推进生态省建设的制度改革。未来浙江在生态文明制度建设方面，要做好顶层设计，对所有制度做出系统梳理，构建好生态省建设的三类制度：由空间管制、环境标准、总量控制等组成的管制性制度；由资源环境财税制度、资源环境产权制度构成的经济性制度；由环境教育制度、公众参与制度等构成的社会性制度。

"夫道有因有循，有革有化。因而循之，与道神之；革而化之，与时宜之。"（西汉·扬雄）在对规律和制度的探索和遵循方面，古人此言，亦为此意。

相关链接

环境保护制度中的非强制性制度安排，主要是指通过对社会公众的环境知识、法律知识教育，培养公众的环境价值观、道德观和良好的环境习惯，提高公众的环境保护意识的制度安排。合理的环境保护制度安排，能够促使人们认识到人类是自然的一部分，既不能超越自然，也不能与自然相分离，应当保持与自然环境平等相处的关系，应当按照发展绿色经济的法律和道德规范标准从事生产、流通和消费活动。

"两只鸟"，或涅槃重生，或来自远方

习近平曾用"腾笼换鸟、凤凰涅槃"八个字，形象地说明了"转方式、调结构"的重大意义和方向路径。"两只鸟论"的思想发端于浙江经济社会发展实践，却从一开始就具有全局意义。

一只"鸟"，即是"凤凰涅槃"。习近平解释说："所谓'凤凰涅槃'，就是要拿出壮士断腕的勇气，摆脱对粗放型增长的依赖，大力提高自主创新能力，建设科技强省和品牌大省，以信息化带动工业化，打造先进制造业基地，发展现代服务业，变制造为创造，变贴牌为创牌，实现产业和企业的浴火重生、脱胎换骨。"

习近平又曾用"三只猎犬"的故事，对"凤凰涅槃"现象予以生动解释。

他说，非洲猎犬个头小，但是群体狩猎，面对比自己大很多的斑马，三只猎犬精确分工，一只咬后腿，一只咬前腿，一只咬脖子，干掉了一匹斑马。猎犬式分工使得浙江众多中小企业有效降低了生产成本，制造出物美价廉的产品。但另一方面，企业想要多赚钱，却做不到"物美而价高"，究其原因就是没有自己的品牌。差不多质量的皮鞋，没有品牌就只卖二三十元钱，如果是国内驰名商标则可卖到几百、上千元，如果是国际名牌甚至可以卖到上万元。价格上升的空间是非常大的，这就是凤凰涅槃、脱胎换骨。

青田县千峡湖风光

另一只"鸟"，即谓"腾笼换鸟"。习近平说："所谓'腾笼换鸟'，就是要拿出浙江人勇闯天下的气概，跳出浙江发展浙江，按照统筹区域发展的要求，积极参与全国的区域合作和交流，为浙江的产业高度化腾出发展空间；并把'走出去'与'引进来'结合起来，引进优质的外资和内资，促进产业结构的调整，弥补产业链的短项，对接国际市场，从而培育和引进吃得少、产蛋多、飞得高的'俊鸟！'"

2004年5月11日，习近平在浙江省委十一届六次全会结束时讲话指出，一方面，要从长远来谋划，尽力为浙江省发展高附加值产业腾出空间，另一方面，要从全局来谋划，为中西部地区发展资源密集型、劳动密集型产业腾出空间，这也从另一个角度阐释了"腾笼换鸟"的方法和意义。

细品以上这些话，不难看出，"腾笼换鸟、凤凰涅槃"这一被习近平亲自冠之以"两只鸟论"的重要经济思想理论，实际上是"转方式、调结构"的一盘大棋，还是铸造"浙江精神"不可或缺的途径。习近平进而指出："实现'凤凰涅槃'和'腾笼换鸟'，是产业高度化发展的客观趋势和必然选择。这种对更高境界的不懈追求，也是'浙江精神'在新时期的生动体现。"

习近平在浙江工作之际，正值党中央提出科学发展观重要战略思想之时。从公开文献中可以看到，无论是在省委全会上做报告、在全省经济工作会议上讲话，还是在 2004 年 2 月参加省部级主要领导干部"树立和落实科学发展观"专题研究班上发言，"转方式、调结构"，始终是习近平施政浙江的一项重要内容。

2002 年 12 月 20 日，习近平到宁波考察调研，他对宁波大力发展开放型经济尤为关心。"从国际上看，宁波作为我国重要的沿海开放城市，发展制造业的条件很好，完全可以在全球性产业结构调整中获得较大的利益。"习近平敏锐地观察到国际资本投向和产业转移的规律和趋势，要求宁波市紧紧抓住发展机遇，利用外部资金和先进技术，突破性地实现宁波市产业结构的优化和外向型经济的升级。

习近平 2005 年 11 月 6 日在浙江省委十一届九次全会第二次会议上的讲话中指出："企业走出去，是产业结构升级的需要。'腾笼'才能'换鸟'，壮大可以反哺，这更有利于我们发展高新技术产业和新兴服务业，提高本土经济整体素质和区域竞争力。……同时，要进一步增强在外投资企业与浙江经济的联系，积极吸引在外浙商回乡投资创业，努力实现'低端产业出去、高端产业进来'的良性循环。"生态文明建设需从调整产业结构方面寻求本质性的突破，"腾笼换鸟"可谓抓住了要害。

改革开放以来，浙江的工业化从低门槛的家庭工业、轻小工业起步，能够发展到足以影响全国的较高规模水平，实属不易。但它也有结构层次比较低、经营方式比较粗放等先天不足。有先天不足就必然导致"成长的烦恼"。随着经济总量的不断扩大，浙江面临着资源要素的制约、生态环境的压力、内外市场的约束。

事实上，在浙江，转变经济增长方式这一命题，"九五"时期即已提出。而后，从"增长方式"到"发展方式"，"腾笼换鸟、凤凰涅槃"的紧迫性更加突出。从"九五"时期到"十二五"时期末，调整经济结构，转变发展方式，始终是改革发展中一道亟待破解的难题。

2006年1月，习近平在浙江省十届人大四次会议上参加绍兴代表团讨论时说，美国经济学家迈克尔·波特把经济发展划分为四个阶段，即生产要素驱动、投资驱动、创新驱动、财富驱动。习近平对浙江经济发展阶段的判断是，"大致处于从第二阶段向第三阶段过渡的时期"。虽说一省与一国的发展不能简单类比，但从认识论规律而言，相同或相近的实践基础，使得从实践中得来的思想理论具有互通性。

2006年10月，习近平在省委常委会上听取温州市工作报告后指出，要通过坚持改革创新，处理好开发利用硬资源与发挥软资源优势的关系。从长远看，土地等硬资源还是有限的，对它的高消耗和高依存，迟早会面临增长的极限。创新是温州发展的生命力所在，温州能否再创新的辉煌，取决于温州的不断改革和创新，取决于温州人精神的弘扬和发展。要充分发挥温州人的主观能动性，大胆改革，锐意创新，依靠发挥温州人精神、体制机制和技术创新等软资源优势，来突破资源要素瓶颈的制约，支撑温州今后的可持续发展。

的确，在发展速度换挡、发展方式转变、经济结构调整、增长动力转换的关键时期，"两只鸟论"为浙江找到发展新动力提供了重要理论依据。

那么，如何实现"两只鸟论"？概括地说，可以在深刻理解"改革"、"创新"、"舍得"、"统筹"四个关键词之后，结合实际，逐步推进。

关于"改革"与"创新"，更重要的是行动，而对于"舍得"与"统筹"，必须进行准确的把握和有效的实施。

事实上，所谓"腾笼换鸟"，正是对"舍"与"得"的辩证把握。"老鸟"不走，"新鸟"不来，所以必须学会舍弃，懂得割弃。而"新鸟"进笼，"老鸟"去哪？这就需要推动产业转型升级，需要以去产能等方式，为飞得更高减负。

而"统筹"，则是习近平治国理政思想的一个重要特色。习近平提出要坚持"走出去"和"引进来"相结合，立足浙江发展浙江和跳出浙江发展浙江并举，充分利用"两种资源、两个市场"，进一步拓展发展空间，这是他当年在浙江工作时就已提出的观点。高度重视国内国际两个市场、两个大局，把"鸟笼子"放在全球视野中去考察，寻求更为广阔的"腾挪空间"，是他站在更广阔领域、更高的层面上提出的统筹谋略。

我们的思路越发活跃而深邃，前方的道路愈显宽广而明晰。

相关链接

习近平"两只手"经济思想："深化市场取向的改革，关键是要处理好政府与市场的关系，即'看得见的手'与'看不见的手'这'两只手'之间的关系。在计划经济体制下起作用的只有政府这一只手，所以在改革初期重点是突出市场这只手，发挥市场配置资源的基础性作用。随着改革的不断深入，要切实转换政府这只手的职能，把政府职能切实转换到'经济调节、市场监管、社会管理、公共服务'上来，努力建设服务型政府、法治政府，发挥好、规范好、协调好这'两只手'的关系。"

"811"：一场强力推进的环境整治行动

持续不懈、全面深入的"811"行动，以系统治理的方式，迎头破解环保难题，以此促进环保大工程建设。工业领域一场接一场的环保之役，实现了生态文明的跨越式发展。

2004年10月至今，浙江省委、省政府相继部署实施了四轮"811"生态环保基础性、标志性专项行动。

何谓"811"？"811"中的"8"，是指全省八大水系及运河、平原河网，"11"既指 11 个设区市，也指 11 个省级环境保护重点监管区。11 个省级环境保护重点监管区是：椒江外沙、岩头化工医药基地，黄岩化工医药基地，临海水洋化工医药基地，上虞精细化工园区，东阳南江流域化工企业，新昌江流域新昌嵊州段，衢州沈家工业园区化工工业，萧山东片印染、染化行业，平阳水头制革基地，温州市电镀工业，长兴蓄电池工业。

"811"整治行动针对的重点行业包括化工、医药、制革、印染、味精、水泥、冶炼、造纸等 8 个重污染行业，重点企业中还包括 573 家省级环境保护重点监管企业以及 27 家钱塘江流域氨氮排放源重点企业。

其时，浙江省政府的目标是，通过三年第一轮的"811"整治，基本实现"两个基本、两个率先"的总体目标，即全省环境污染和生态破坏趋势基本得到控制，突出的环境污染问题基本得到解决，在全国率先全面建成县以上城市污水、生活垃圾集中处理设施，率先建成环境质量和重点污染源自动监控网络。

据此可知，浙江省由重点防治工业污染向全面防治工业、农业、生活污染转变，进一步提出"一个确保、一个基本、两个领先"的目标，即确保完成"十一五"环保规划确定的各项目标任务，基本解决各地突出存在的环境污染问题，继续保持环境保护能力全国领先、生态环境质量全国领先。

2004 年 10 月，省政府专门召开全省环境污染整治工作会议，全面部署"811"环境污染整治行动。一场声势浩大、持续不懈的环保大行动由此启幕。

为确保此项行动的实效，浙江省政府除了印发《浙江省人民政府关于进一步加强环境污染整治工作的意见》之外，《浙江省环境污染整治行动方案》、《浙江省环境污染整治三年工作计划》等也由省政府办公厅、省环保局等相关部门制定下发。各个设区市乃至各个县（市、区）都召开了环境整治工作会议，予以广泛动员。当然，更厉害的一招是专门建立了考核机制，层层分解各项整治任务，一经发现有麻痹、懈怠现象，重惩不贷。

环境污染整治的首要任务是水环境整治，当务之急是抓好全省八大水系及杭嘉湖、宁绍、温黄和温瑞平原河网等重点流域的水污染整治，一项最基本的要求是确保饮用水水源水质达标。因此，在加强水质监管的同时，浙江重点加强水资源环保基础设施建设，设区市界、县（市、区）界重点水域交界面都分别在 2005 年和 2007 年底前建成水质自动监测设施；城镇污水处理厂和省级环境保护重点监管企业都在 2005 年底前建成废水在线监测设施。省政府还要求，到 2007 年底，全省县以上城市和发达地区的中心镇基本建成污水处理企业。

在工业污染整治方面，对重点监管企业实行跟踪督查，对无法做到稳定达标排放、严重污染环境的企业，一律实行停产治理和强制性清洁生产审核，达标无望的要坚决予以关停。2007 年底之前，省级环境保护重点监管企业要建成废气在线监测设施，县以上城市要建成空气质量自动监测站。

在垃圾处理方面，2007 年底之前，全省县以上城市垃圾无害化处理率要达到 95％以上，农村生活垃圾收集率要达到 60％，无害化处理率达到 30％。

在农村面源污染整治方面，重点抓好养殖业污染治理。

……

重点突出，目标明确，堵塞源头，生态为上，这说明 "811" 整治是综合性治理，它鲜明地体现了有机、有序的系统性理念。

"用真金白银来还环境欠债。"这是习近平在此项行动开始时发出的号召。

慈溪、上虞、海宁、德清、余杭……在 "811" 整治行动中，习近平十分关注浙江的八大水系环境整治，仅 2003 年 6 月，就连续前往上述县（市、区），开展调查研究，现场具体指导。

习近平之所以把八大水系的整治放在首要位置，是因为他认为在浙江，水资源的保护是生态保护的基础和核心。他在检查指导工作时指出，水是生命之源，是人类生产和生活不可缺少的自然资源，是经济发展和社会进步的生命线。水利建设和防洪抗灾、水资源的保护和开发利用、水生态环境的治理和有效改善，始终是各级党委、政府的一项重大任务，是关系到加快浙江全面建设小康社会、提前基本实现现代化的一个关键问题。

努力终有成果。"811"环境污染整治行动得到了积极推进，并取得了阶段性成果。到2007年年底，首轮"811"行动全面完成，经综合评定，全省11个省级环保重点监管区和5个准重点监管区全部实现达标"摘帽"，浙江成为全国6个生态状况评价优良的省份之一。其中八大水系水环境质量取得了转折性改善：Ⅲ类以上水质监测断面比例达到73.3%；县级以上集中饮用水水源地水质达标率达85.7%。

截至2007年，浙江省县以上城市污水处理厂日处理能力达592万吨，污水处理率达59%，在全国率先实现了县以上城市都有污水处理厂。全省各级财政投入3.4亿元，建成65个行政交接断面地表水水质自动监测站和99个空气质量自动监测站，并投入运行；1452家重点排污企业安装了在线监控装置；省、市、县三级环保部门实现联网，环境质量和重点污染源在线监测监控系统基本形成。

2007年，全省城市环境空气质量总体良好，大部分城市环境空气质量达到国家二级标准。全省化学需氧量和二氧化硫的减排幅度分别为

一座正在建设中的污水处理泵站

4.89%和7.22%，超额完成了年初的预定目标，分列全国第三名和第四名。

以建德为例，通过"811"整治行动，建德全市共减少了污水排放量2000多吨，新安江也达到了Ⅱ类水质标准，建德的环境已经得到了全面的改善。

"通过三年'811'污染整治行动的开展，已基本上避免了由于环境问题出现的事故或者社会不稳定，包括人大代表们比较关心的问题也基本得到解决。所以'811'制定的目标我们已基本实现。"浙江省环境保护部门对三年来所开展的"811"污染整治行动给出了如此评价。

整治行动还让企业进一步明确了社会责任，这一点让众多企业家印象深刻。"在我们的观念没有转过来之前，'811'整治是一个很痛苦的过程，但是当逐渐认识到了环保的重要性，并体验到环境保护对于企业自身发展的良性作用后，我们逐渐承担起了环境保护的责任。"临海市江南药用化工有限公司总经理王福根坦言。企业观念的转变，是"811"污染整治行动的另一份收获。

首轮"811"生态治理环保三年行动，突出八大水系和11个设区市的11个环保重点监管区的治理，遏制了环境恶化的趋势；第二轮"811"新三年行动，基本解决了突出存在的环境污染问题；2011年开始的时长五年的第三轮"811"生态文明建设行动，推动了全省生态文明建设走在全国前列。

风劲潮涌，自当举帆破浪；任重道远，更需策马扬鞭。2016年7月，第四轮"811"行动八大目标确立，打造生态文明建设"浙江样本"的更大规模的污染整治行动拉开帷幕。

相关链接

2016年7月，浙江省出台《"811"美丽浙江建设行动方案》。新一轮"811"行动方案将在2016年至2020年实施，以11项专项行动，实现8

个方面的主要目标，即通过绿色经济培育、节能减排、"五水共治"、大气污染防治、土壤污染防治、"三改一拆"、深化美丽乡村建设、生态屏障建设、灾害防控、生态文化培育、制度创新11项专项行动，达到绿色经济培育、环境质量、节能减排、污染防治、生态保护、灾害防控、生态文化培育、制度创新8个方面的目标。这其中既延续了绿色发展的前进方向，又提出了更高标准、更严要求。

节能减排，为可持续发展增强动力

让空气清新，让水流更畅，让雨水不再酸苦，节能减排的前景非常被看好。建设资源节约型、环境友好型社会的重任不仅要放在工业化、现代化发展战略的突出位置，还将落实到每个单位、每个家庭。

2002年底，杭州市燃气（集团）有限公司确定了杭州市天然气利用工程"1218"建设目标，即建成1座高压气源输配站（含加气母站），建成星桥、下沙2个高中压调压计量站，建成18公里高压管线。由此，以天然气取代燃煤、人工煤气、液化气的实质性步伐正在加快。

2004年7月14日，来自新疆和四川的天然气由北门高压气源输配站进入城北拱康路、康桥路一带，开始向工业用户供气，恒基彩钢板厂成为杭城第一家使用天然气的工业用户。同日，城北德胜东村、长木新村、电信巷、东新路等地1700多户居民率先用上了天然气。上午10时28分，浙江省军区杭州第四干休所李文宽老先生家的厨房里，灶台上升起了美丽的蓝色火焰，从此，杭州燃料使用正式进入天然气时代。

天然气一旦成为杭州燃气的主供气源，便迅速地通往杭州主城区的各个区域。为适应新一轮杭州市城市总体规划和杭州市区燃气专项规划的要求，2006年年底，浙江省发改委下发《关于同意调整杭州市天然气利用工程部分初步设计内容的批复》，明确了杭州市天然气利用工程初步设计调整的具体内容，总投资约为17.76亿元的天然气利用项目全线上马。

大力推进天然气利用工程，调整杭州乃至浙江的能源结构，正是浙江节能减排工作的重要内容。

长期以来，包括浙江在内，中国能源结构都以煤炭为主，煤炭消费占总能的70%以上。但大量使用煤炭会带来环境污染、能源利用率低、热效率低等一系列问题，与环境保护及社会经济的快速发展不相协调。如与使用燃煤有关的酸雨现象，2000年浙江省酸雨覆盖面积达95%，其中杭州的酸雨率在50%以上。与之相反，天然气的主要化学成分是甲烷，几乎不含硫化氢，也不含二氧化碳、焦油、萘等杂质，属干性气体，腐蚀性极低，无须担忧管道等输配设备的使用期限。数据表明，一旦天然气利用工程建成，将使城区二氧化硫、总悬浮颗粒物、氮氧化物等污染物排放量分别下降42.27%、48.1%和40.8%。这将大大改善杭州市区的空气环境质量，特别是杭州老城区的大气环境。

自2002年起，浙江即着手开展较大规模的节能减排工作，并逐渐把它作为推进循环经济工作的一部分。2005年8月19日，浙江省政府出台《浙江省循环经济发展纲要》，明确把"推进节能和新能源开发，提高能源使用效率"作为其中一项重要内容。

同年11月，省政府办公厅下发了《浙江省发展循环经济"991行动计划"工作方案》，明确了发展循环经济的九大重点领域、9个一批示范工程及相应的责任部门，共选择125个项目，总投资372亿元。

而省级相关厅局牵头的节能减排重点项目也开始全面推进。如省水利厅组织开展节水型社会建设试点工作；省建设厅组织实施建筑节能示范工程；省科技厅组织实施发展循环经济科技示范工程等。

按照《浙江省循环经济发展纲要》，浙江实施大规模的节能降耗和污

杭燃集团天然气汽车加气站

染减排综合性工作的主要任务有十大方面，包括在 2010 年前，必须完成并达到如下目标：全省万元生产总值能耗由 2005 年的 0.9 吨标准煤下降到 0.72 吨标准煤，降低 20%；万元工业增加值取水量降低 30%；化学需氧量（COD）排放总量比 2005 年减少 15.1%；二氧化硫排放总量比 2005 年下降 15%；全省能源利用效率达到 40%；主要产品生产单位能耗总体达到或接近 20 世纪 90 年代中后期国际先进水平；太湖流域杭嘉湖地区化学需氧量排放总量在 2005 年的基础上削减 15.3%以上；全省建立起比较完善的节能减排法规标准体系、政策支撑体系、监督管理体系和技术服务体系……

而在所列举的节能减排重点工程中，其重中之重主要包含以下项目：

控制高耗能、高污染行业增长。严格行业准入标准，按照产业政策规定的技术、资金、资源能源消耗、土地和环保等方面的准入条件，严把市场准入关。

加快淘汰落后产能。认真贯彻落实国家产业结构调整指导目录，完善浙江省相关政策，定期公布高耗能高污染工艺、技术、设备淘汰目录，严格执行对高耗能高污染工艺、技术、设备及生产能力等的限期淘汰制度。

积极推进能源结构的调整优化。推进煤炭的清洁高效利用，充分利用现有资源，推动上大压小、中小机组油改气、12.5 万千瓦机组供热改造，以及中温中压机组改造为高温次高压机组的可行性研究和实施工作，提高能源利用效率。

加快核电发展，争取更多的天然气供应，提高核电和天然气等清洁能源在浙江省能源消费结构中的比重。大力开发利用新能源和可再生能源。加快建设风力发电，支持开发生产具有自主知识产权的风力发电设备，鼓励发展城市垃圾焚烧发电或热力利用；加快地热（水冷）资源的开发与利用；鼓励和引导既有建筑实施太阳能利用改造，积极推广太阳能热水器、太阳能光电技术等太阳能利用技术。

支持电力、印染、造纸、冶金、建材、石化等行业开展以余热余压利用、集中供热、燃煤工业锅炉（窑炉）、变频调速技术、系统能源优化、既有建筑等为主的节能技术改造。

推动燃煤锅炉二氧化硫治理。"十一五"期间重点实施 12.5 万千瓦及以上大型火力发电厂脱硫工程。到 2010 年底，全省所有现役燃煤火电机组完成脱硫改造，脱硫效率达到 90% 以上。新建和在建的燃煤电厂同步配套建设脱硫设施。

全面推进农村环境"五整治一提高"工程建设。加快治理农业农村面源污染，改善农村生态环境。因地制宜选择经济、简便、合理的处理工艺和技术，积极开展农村生活污水治理。

……

"事实上，在省委、省政府的倡导和推动下，只经过一年多的努力，全省资源节约和综合利用成效明显。节能方面，全省单位 GDP 能耗为 0.9 吨标煤／万元，为全国的 73.7%；节水方面，万元 GDP 用水量 159 吨，仅为全国平均水平的一半左右；节地方面，通过园区清理整顿，全省园区总数由 758 家减少到拟保留的 111 家，继续实现耕地总量的动态平衡和占补平衡；节材方面，积极推行'绿色制造'，促进了一批新材料的生产和应用。"回忆起当年全省节能减排工作的诸多成果，浙江省委党史研究室副主任王祖强如数家珍。

"环境保护和生态建设，早抓事半功倍，晚抓事倍功半，越晚越被动。"这是习近平在评判生态建设态度时常说的一句话。他始终强调，绝对不能允许那种只顾眼前、不顾长远，先污染后治理、先破坏后恢复的发展方式。加强节能降耗和污染减排综合性工作，正是对这些指示的具体贯彻落实。

相关链接

强化城市污水处理厂和垃圾处理设施运行管理及监督。严格实施城市排水许可证管理，所有纳入城市管网的排水户必须依法取得城市排水许可证。对城市污水处理设施建设严重滞后、不落实收费政策、污水处理厂建成后一年内实际处理水量达不到设计能力 60%的，以及已建成污水处理设施但无故不运行的地区，实行建设项目"区域限批"，并扣减省级有关专项资金补助。对超标排放、造成严重环境污染的污水处理厂，环保部门应责令其限期治理，限期治理期间，对纳管企业实施限产限排措施。

——摘自《浙江省节能减排综合性工作实施方案》

第六章

山水林田湖是
一个生命的共同体

人类是生物共同体的"普通公民",而不是大地的主宰和凌驾于其他所有物种之上的"大地主人"。

——美国新环境理论创始人　奥尔多·利奥波德

草长莺飞二月天,拂堤杨柳醉春烟。儿童散学归来早,忙趁东风放纸鸢。

——清·高鼎　《村居》

"山水林田湖生命共同体"理念把生态的各个要素看成了一个有机整体，把地球看成人类唯一的共同家园，强调了人与自然、与地球生命系统相互依存、生死与共的关系，是中国生态文化"天人合一、道法自然"的升华。地球是有生命的，自然生态是人类之母，地球的命脉就是人类的命脉。

　　坚持人与自然关系的总体性和统一性，是马克思主义生态观的一个重要内容。遵循这一正确的生态观，在生态省建设进程中，浙江农村加快绿色生态发展，生态农业发展如火如荼；而传统产业不断转型升级，新能源革命风起云涌。当然，更大的嬗变是在思想领域。我们居住的地球，我们享有的自然生态，应该是充满生命活力、充满诗意、充满无限希望的美丽家园。

人的命脉，依存于自然的命脉

"山水林田湖生命共同体"理念充分体现了生态系统、经济系统、生态经济系统的系统观、生命观、联系观和发展观。在对待自然生命共同体方面，我们有过很多错误的选择，现已到了重新确定人与自然万物关系之时。

"我们要认识到，山水林田湖是一个生命共同体，人的命脉在田，田的命脉在水，水的命脉在山，山的命脉在土，土的命脉在树。用途管制和生态修复必须遵循自然规律，如果种树的只管种树、治水的只管治水、护田的单纯护田，很容易顾此失彼，最终造成生态的系统性破坏。由一个部门负责领土范围内所有国土空间用途管制职责，对山水林田湖进行统一保护、统一修复是十分必要的。"

这是习近平在党的十八届三中全会上作关于《中共中央关于全面深化改革若干重大问题的决定》的说明时的一段重要论述。

这是何等精辟而智慧的话语！北京大学马克思主义学院郇庆治教授深有感悟地说，这一理念，"把人、田、水、山、土、树等因素作为一个有机整体来看待和论述，主张经济发展与生态文明建设中的资源用途管制和生态修复必须遵循自然规律"。

毫无疑问，这一论述是习近平长期体会和感悟山水林田湖相互联系的理论成果。早在福建工作时，他就深刻地体悟到山穷、水穷与人穷的关系。他之所以赞赏福建长汀、浙江安吉等地通过生态转型，实现"景美、户富、人和"的成就，就是因为这些地方遵循了这一自然规律，因而有其不可忽视的借鉴和推广价值。

时任慈溪市委书记徐明夫回忆，2003年习近平在慈溪调研，听取汇报后，习近平指示，慈溪的发展必须继续记住八个字：一是"大桥"，即建设好杭州湾新区，二是"围垦"，三是"引水"，四是"河道"。后三者的生态保护是一个有机体，漠视它们的重要性和相互之间的关系，开发区建设和经济发展也会成为空话。"他指示我们说，要打基础，立长远，前人栽树后人乘凉。他那个时候，就已把生态保护各个要素之间的关系，阐释得十分清楚。"徐明夫说。

宁波大学校长、浙江省生态文明研究中心主任沈满洪对这一论述进行了细致分析。他认为，"山水林田湖生命共同体"理念的提出，要求我们进一步关注这些自然资源的合理配置，科学设定资源利用强度，因地制宜管护资源，实现这一生命共同体的生态服务功能最大化，促进自然资源的永续利用与人地和谐。

自然资源的永续利用是生命共同体生生不息的基础。山水林田湖之间进行物质与能量交换，存在一定的条件，因此人类攫取或消耗的物质与能量也就存在一定的限度，如果超过这个限度，该共同体的运行就会发生重大的变异，甚至停链断歇。与此同时，山水田林湖又都有有形、有质的实体，由这些实体构成的生命共同体也必定具有因时、因地的差别。要管好、用好自然资源，它们与人存在极为密切的共生关系，可谓"相生相克"，共同组成了一个有机、有序的生命共同体。其中生态要素的合理配置，直接决定了这个生命共同体的兴旺、繁荣、健康和可持续程度。

对于"山水林田湖生命共同体"理念的感悟理解，值得进一步深入。可以说，这一理念是"两山"论断的升华，是习近平"两山"重要思想和生态文明思想的组成部分。它隐含着敬畏自然生命的现代环境伦理学新理论深生态学的思想，意味着对传统"物我一体"、"民胞物与"哲学思想的弘扬。南京林业大学曹顺仙教授说："面对工业革命以来，人类对自然的改造前所未有、社会生产力的发展前所未有、自然生态系统遭遇的问题前所未有等实际，人类需要重新认识自然，重新确定人与自然万物的关系。"

马克思在 1865 年致恩格斯的信中指出："不论我的著作有什么缺点，它们却有一个长处，即它们是一个艺术的整体；但是要达到这一点，只有用我的方法。"这里所说的"我的方法"，就是总体的方法，即要求把研究的对象物（人与人的世界）理解为总体，强调"个体"、"部分"只有存在于总的社会关系、历史过程之中才能获得其本质意义。

马克思还说："人直接地是自然存在物。"人是"生活在自然中"而不是凌驾于自然界之上或之外的。人的命脉，就在于自然的命脉；尊重自然生态，就是挽救人类自身。习近平"山水林田湖生命共同体"理念，充分体现了生态系统、经济系统、生态经济系统的系统观、生命观、联系观和发展观，可谓是马克思主义生态自然观的再发展、再丰富。

"我在钱塘拓湖渌，大堤士女急昌丰。六桥横绝天汉上，北山始与南屏通。"这首著名的西湖诗句，出自北宋大文豪苏东坡之手。当年任杭州知州的他亲自主持疏浚西湖，当治水的夙愿终于化为现实之时，他抑制不住狂喜的心情，纵情赋诗。

山海湖相融的海盐县南北湖

可见，古人对于环境的保护，对于大自然的治理，同样寄寓着真挚的情怀。

浙江素有"七山一水两分田"之称，山林面积占 65.6%，但山区经济发展一直相对缓慢，山区似乎成了制约全省经济社会发展的短板。但如果我们以"山水林田湖生命共同体"的理念来看待这个问题，就会发现，山区不仅不是浙江的累赘，反而是宝贵财富。通过统筹经营和合理开发，完全可以让山区为浙江整体发展作出更大贡献。

在对待自然生命共同体方面，我们曾经有过很多错误的选择，有过诸多深刻的教训。

丽水市庆元县拥有 800 余年的产菇史，改革开放以后，庆元香菇经济迅速发展，其销量在世界香菇市场都举足轻重，"中国香菇城"的美称也无可置疑地落到了庆元小县。然而，香菇是以木材为生产原料的，香菇的大量繁殖，大规模地消耗了木材，生命共同体的平衡被打破，庆元县的森林资源遭到了掠夺性的破坏。资料显示，该县森林积蓄量从 1976 年的 940 万立方米下降到了 1997 年的 478.3 万立方米，一半森林消失了，连树枝树苗都被用作原料，庆元的水土保持和野生动植物多样性也都遭受了严重破坏。之后，由政府介入，严格控制香菇生产规模方才渐渐扭转这一局面，但这一"杀鸡取卵"式的产业发展方式，给自然生态带来的巨大损害，需要很多年才可复原。

不考虑自然资源互相依存、互为因果的关系，以破坏生态为代价，一味地索取，遭受损害的自然界又会反过来损害人类，类似的例子可谓多矣。

"南太湖的开发问题一直是我脑子里装的一个问题，要利用好湖、开发好湖，做好南太湖综合治理开发的文章。"这是习近平 2006 年 8 月在湖州调研时作出的指示。这段话提醒当地干部群众，必须综合考虑湖州环境保护和经济建设中的各个生态因素，要在构建自然秀美的环境保护体系上下功夫。

遵循这一指示，湖州市统筹考虑生态环境的保护和治理，坚持保护优先、修复为主，着力构筑绿色生态屏障，形成环境友好的氛围和机制。如在修复重要河流水体生态环境方面，湖州市以苕溪清水入湖、太嘉河工程和扩大杭嘉湖南排等水利工程为重点，综合运用工程、技术和生态方法，实施立体化生态修复，确保太湖水在杭嘉湖东部平原"进得来、流得动、排得出"。同时，着力开展以工矿废弃地复垦利用为主要内容的工矿地质环境综合治理，着力开展水土流失综合治理，生态体系逐步改善。

"建设生态浙江，保护山川秀美的生态环境，关键是要深刻领会、贯彻落实'山水林田湖生命共同体'理念，吃透'生命共同体'一词，遵循共生共存、共促共进、共管共建、共治共理的路径。"在沈满洪看来，真正要把这一理念化为实践、落到实处，必须围绕"生命共同体"这一关键词，从树立理念、形成思路、寻求对策和健全机制四个方面，做深做透文章：

第一，在加强森林生态建设时，不忘水土保持，逐步把大江大河上游、重要水源地、自然保护区等重要区域纳入生态公益林范围，综合运用改坡、护岸、植草、退耕还林和建设水保林等工程和生物措施，大力推进小流域水土流失治理，即为"共生共存"。

第二，发展高效生态农业时，在水网平原地区可以重点发展以粮、畜、渔为基础，蔬菜、瓜果等经济作物相结合的生态农业；在丘陵盆地可以发展立体种植、农牧渔相结合的生态农业；在山地丘陵，可以着力发展以名茶、名果、笋竹、药材、高山蔬菜等作物立体种植为主体的生态农业；在沿海港湾平原可以重点发展以沿海种植业、滩涂养殖业为主的生态农业；在海洋岛屿地区可以大力发展以生态渔业和节水型种植业为主的生态农业，即为"共促共进"。

第三，致力于增强水源涵养、水土保持、生物多样性等提供生态产品的能力，积极保持生态系统的完整性。既推进天然林保护，治理土壤侵蚀，维护重建湿地、森林等生态系统，加强水源涵养，又大力推行节水灌溉，发展旱作节水农业，即为"共管共建"。

第四，一方面完善监管体制，统一行使所有国土空间用途管制职责，使国有自然资源资产所有权人与国家自然资源管理者之间既相互独立、相互监督，又相互配合、相互促进；另一方面探索建立统一权威的部门负责领土范围内所有国土空间用途管制职责，对山水林田湖进行统一保护与统一修复，即为"共治共理"。

显然，从以上四个方面去贯彻落实"山水林田湖生命共同体"理念，所运用和遵循的，正是生态学原理、系统工程方法和循环经济理念。

相关链接

马克思、恩格斯明确承认，无论人与自然的现实统一程度如何，"自然界的优先地位仍然会保持着"。"人并没有创造物质本身。甚至人创造物质的这种或那种生产能力，也只是在物质本身预先存在的条件下才能进行。"恩格斯的"自然辩证法"还强调了自然界相对于人类社会的根源性和整体性，认为人类不可以无视和践踏自然规律。马克思主义生态观以辩证与实践的自然观为基本认识，坚持唯物主义的基本立场，为人类社会的发展提供了一幅人、自然、社会和谐相处的美好蓝图，从而也为社会主义生态文明指明了理论方向。

天人合一，生态文化传承在浙江

千山万壑都蕴含着生态文化，浙江生态文化的基本精神与生态文明的内在要求高度一致，因而成为生态文明的率先响应和实践者。追寻浙江生态文化的形成和流变，更可感知良好的生态环境之极端重要性。

郭洞村是金华市武义县一座有 650 多年建村史的山区小村，居住在这里的何氏家族，祖上即有十分严厉的族规："上龙山砍柴拔指甲，砍一小树断一指，砍一大树断一臂，还要跪在祠堂前向祖宗请罪，立誓永不再犯。"

龙山是位于郭洞村东口的一座矮山，山上有一片茂密的森林，山下村口溪畔又有近百棵"水口树"，这些林木据称都是祖宗留下来的，向来被村人视为神圣而不可侵犯之物。他们认定，砍伐祖宗留下来的树即是对先人之大不敬，理应遭到全族人责骂。而一旦毁损了森林、砍了"水口树"，整个村有可能遭受灾祸。在村民看来，这个灾祸不仅是指遇到暴雨天，山上的泥石流将毫无阻挡地袭击村庄，导致村毁人亡，同时也指古树遭损，风水破坏，还会招来种种不祥之灾。

尽管这条规矩定下至今，据说已有数百年——据浙江农林大学生物专家考察，龙山森林和"水口树"的树龄确在300—600年之间，但从未听说有人触犯了这条族规，被砍了手指或者手臂，拔去指甲的事也闻所未闻。直至现在，郭洞村的村民从不去龙山拾柴砍树，从不毁损"水口树"，只去村庄西侧的山上砍柴。这几年，作为全国首批历史文化名村，郭洞村也开辟了乡村游项目，但郭洞村的村民未把龙山森林全部开放，只在半山坡上新辟了一段山道，让游人走上不长的一段，而山道的两个进出口均有专人看护，以免游客入林毁损。

"山环如郭，幽邃如洞"，是当地明末贡生何承钦对郭洞地理环境的描述。从地质地貌来看，郭洞的村址选择并非十分合适：与山形陡峭的龙山靠得太近，始终存在地质灾害隐患；村口狭窄且上游集雨面积大，有水患之忧。然据何氏宗谱记载，建村以来，这些灾害从未危及于人，就是因为有这片茂密的森林，在陡坡上形成一道绿色屏障；就是因为有这一片"水口树"的保护，村庄始终安然无虞，且成一处桃花源。

"水口"一词源自古代风水的说法，意指在村庄出口处山势（或地势）最狭窄的地方，加以修建设施用来营造风水，以期为村民们带来福祉，郭洞水口即为典型。据当地人介绍，古时的郭洞村人在选好的水口位置、石拱桥的东侧建造了回龙庵和凭虚阁，又在石拱桥和西山脚之间建造了河卵石城墙以及东西城门，且专门种植近百株"水口树"以遮蔽水口，这些做法不但美化了环境，更起到了防风固土、增加水口设施的耐用性能等效用。如今郭洞的"水口树"依然挺拔高耸、粗壮结实，裹在藤蔓中古老的堤塘、拱桥、城墙、庵阁也都完好如初，构成了一幅人与自然和谐相处的美丽画面，其生态环境之优越，令人艳羡。

敬畏自然、讲求"天人合一"、尊重自然生态法则，是世代郭洞人的一种坚守。如果没有森林、没有树木，郭洞什么都不会有，这是世代郭洞人一致的看法。从古至今，人与自然"唇齿相依、休戚与共"的理念，深植于郭洞人心中，从未更易。

遵循自然生态规律，留下宝贵生态实践经验的郭洞村，是源远流长的浙江生态文化的生动写照。打开浙江经济社会发展史，即可发现"道法自然、天人合一"的哲学思想，贯串于远古文化、传统产业发展、社会生活和政治法律各个方面，是浙江人文历史的一大特征。

浙江的山水自然环境优越，适宜人类居住。早在5万年前的旧石器时代，浙江就有原始人类"建德人"活动。观照距今约8000年的跨湖桥文化和距今约7000年的河姆渡文化，可知浙江远古人类在建筑、农耕、畜牧、渔业以及制陶、制作并改良生产工具等方面，都已在探索和实践生态文化，获得了无穷智慧的成果。

距今5000年的良渚文化，其主要特色是玉器、陶器的制作和应用，体现了人类对自然的崇尚，其玉器、陶器制造业可以说是浙江早期的生态工业。春秋、秦朝和三国时期，浙江均为中国农耕文化和桑蚕文化最发达的地区之一，春秋时代"劝农桑"被列为越王勾践的国策之一。至唐宋年间，绍兴越罗、尼罗、寺绫已驰名各地。说浙江的桑蚕文化是"最具中国特色的生态文化形态"，一点也不夸张。

古人虽无"生态"一词，亦无当代社会的生态保护形式，但对自然生态的敬重和对自然规律的遵循，却久已有之。我国传统文化所倡导的"天人合一"、"道法自然"、"仁民爱物"等思想就是生态文化精神。"天人合一"一词最早是战国时期哲学家庄子提出来的，后被汉代思想家董仲舒发展为一种思想体系，这种思想体系强调人与自然的统一、人的行为和自然的协调、道德理性与自然的一致，成为中国传统哲学文化的主流。

中国传统文化从哲学层面来思考人与自然关系的理论甚巨，其主流思想始终是"天人合一"。《易经》认为，人和万物一样，是秉受了天地之大德，因而天、人在本质上是一致的。人只有做到"与天地合其德，与日月合其明，与四时合其序"，才可以把握天道，达到自由。

在生态文化哲学学说方面，古代浙江人即有不可忽视的重要贡献。汉代思想家王充是会稽上虞人，他对天地的性质多有生态哲学意义上的诠释，"天地，含气之自然也"、"夫天者，体也，与地同"等论述，从根本上肯定了天地的自然物质属性。从天地的物质属性出发，王充阐发了天地自然无为的理论观点，他用气和气化说解释万物的生成变化，是对生态文化哲学思想较早的系统理论表述。

明代著名思想家王阳明是绍兴府余姚县人，曾筑室于会稽山阳明洞，对于提倡"知行合一，皈依自然"不遗余力。"古之君臣，必谨修其政令，以奉若夫天道；致察乎气运，以警惕夫人为。故至治之世，天无疾风盲雨之愆，而地无昆虫草木之孽。"这既是他的进言劝导，更是其生态文化理念的体现。作为明朝中晚期的主流学说之一，王阳明的"五经说"后传播至日本，对日本及东亚的生态文化形态都有较大影响。

宋代科学家沈括是浙江钱塘（今杭州）人，所著《梦溪笔谈》是我国古代科技史上的杰作，也是世界科技史上之瑰宝，书中对天文、地理、物理、数学、化学、气象、工程技术、生物和医学等各方面进行了记载和研究，集中展现了天、地、人、物之间的有机联系。他还提出了修改历法的主张，以 12 个节气定月份，大月 31 天，小月 30 天，大小月相间，这种历法显然有利于按自然节律安排农业生产。

"天人合一"思想必然见诸于种种生态实践。居住在太湖南岸的吴兴人，几百年前就摸索出顺应自然又利用自然、与大自然和谐相处，从而改变生存环境的做法，建造实用的小型堤坝之法即是一例。小型堤坝既能在洪水期起到蓄洪作用，平时又可用以灌溉，而因堤坝形制小巧，又对生态自然不造成破坏，极适合江南平原水乡。类似的充满智慧又符合自然特点的生态实践，自古以来在浙江大地比比皆是。

依山傍水的景宁畲族自治县英川镇黄谢圩村依然保持着原始面貌

浙江因其独特的地理位置、秀美的自然环境，古往今来，孕育出了别具一格的文化特质，体现了浙江人阴柔灵动、兼收并蓄、和谐进取的精神特点。近代以来，浙江生态文化在吴越文化与浙东学派精神的融合发展中，逐渐形成了独具特色的三大生态文化脉络。

海洋文化即为生态文化之一，这无疑与水有关。浙江地处中国大陆东部，由于地壳升降运动交替出现，西南部崛起绵延不断的峰峦，东北部沉积为与海连接的丘陵、平原与滩涂。由于沧桑变迁，浙江境内江河纵横，水网交错。先民与水共居，与潮共舞，海浸时退居浙西南山峦，海退时则迁居海边，在相当长的一段时间里过着两栖生活。

浙江境内千百条纵横交错的海塘，一条条向大海延伸，开辟出千百万顷良田。"精卫填海"的传说也许是先民筑塘围堰的最早记录。河姆渡出土文物中有不少飞鸟的图案，鸟生双翼能飞，可以说是舟船最初的参照物。其中最引人注目的是"双凤朝阳"图案，两只左右对称、向上飞舞的神鸟，拱卫一轮红日，周边的线条可以看作是波涛或太阳的强烈光芒。后来鸟又演变为鲲为鹏（既是鱼又是鸟），为船为龙（船又名木龙）。这种鸟图腾崇拜的风俗，为后世越人所传承。

浙江有文字记载的历史自大禹始，大禹治水是浙江海洋文化重彩浓墨的一页。相传帝尧之时，"洪水滔天，浩浩怀山襄陵"，帝尧命鲧治水，鲧用堙堵之法，九年未能平息水患，被舜殛于羽山。舜又命鲧之子禹继续治水，禹改用开山凿河的方法，自西向东把洪水从高处引向低处。禹三过家门而不入，殚精竭虑、栉风沐雨达十三年之久，终于治平水患。据《越绝书》记载："禹始也，忧民救水，到大越，上茅山，大会计，爵有德，封有功，更名茅山曰会稽。""会计"乃是禹在治水过程中计算土石方、奖励有功的办法。绍兴至今仍有禹陵、禹庙、禹祠、禹穴、禹山、大禹峰等文化故迹。及至唐代，浙江因境内钱塘江与上游新安江流域曲折成"之"字，故谐音为"浙"。

作为生态文化之二的江河文化，同样与水有关。

如上所言，"浙江"一名本为河流的名字，又称"渐河"、"折江"、"曲江"、"之江"，是曲折的河流之意，可见江河是浙江形象的突出代表。尤其是在浙东地区，江河文化表现得尤为突出，主要有以余姚江、奉化江、甬江为代表的江河文化。江河文化尚商，注重发展米市、田蚕，民风富于开拓创新精神。

作为生态文化之三的山川文化，与水的关系同样亲近，又兼及山、林、田乃至空气、阳光。浙江山川生态文化是以森林生态文化为引领的，浙江大部分区域群山怀抱，植被茂密，生态环境极为优异。如雁荡山，其盛名来自于其众多的峰嶂洞瀑，更来自于其悠远深厚的文化底蕴。读了"雁荡经行云漠漠，龙湫宴坐雨蒙蒙"（唐·贯休）的名句，即可知它的灵性究竟在何处。而以"天目千重秀，林木十里溪"为特征的天目山绿色文化，更是令人瞩目。天目山地处中亚热带北缘，由于独特的山体构造，加之林木茂密，溪水淙淙，由此形成了冬暖夏凉的小气候，年平均气温为 14℃。天目山空气中负离子含量达每立方厘米 10 万余个，居同类风景区之首。如此优美的生态环境，古往今来自然吸引了无数文人墨客的到来。

老子说："人法地，地法天，天法道，道法自然。"庄子说："天地与我并生，而万物与我为一。"人必须顺应自然，人的行为应当符合天道的要求，以实现天道为己任，体现宇宙大化之流行，最后达到天人和谐交融、物我两忘、浑然与物同体的天人合一境界。千百年来，一代代浙江人正确处理人与自然关系的智慧，生态文明在浙江的传承与弘扬，呈现了浙江生态文明扎实的思想和实践基础，也预示了浙江生态文明建设的美好前景。

相关链接

> 丝、茶、盐、瓷、航、钱是浙江历史上的六大传统产业，这六大产业都具有丰富的生态文化内涵。浙江的丝茶产业本身即为生态农业的衍生产业；煮海为盐乃出自浙江的天时地利；浙江的土壤条件适宜烧造瓷器，越窑为唐代六大青瓷产地之一；浙江还发展起了中国最早的钱业，这与包括航运在内的各个产业的兴盛有关；自杭州艮山门流出的上塘河，是江南运河的主航道，大运河是沟通杭州与宋都汴京、明清都城北京的大动脉，而作为古代"海上丝绸之路"南海航线三大主港和结节点之一的宁波，在世界航运史上也占据重要地位。运河航运和"海上丝绸之路"都是典型的具有生态文化理念的"绿色交通"。

地球是活着的，与人类同呼吸共命运

地球不是一个无机体，而是一个拥有生命的巨型系统。然而，作为孳生于这一生命母体的人类，其肆无忌惮的破坏行为，已让地球母亲艰于生存。当地球上已灭绝的物种名单正在不断加长时，我们究竟有多少恐惧感？什么时候轮到人类？

盖娅假说，是 20 世纪 60 年代末由英国大气科学家詹姆斯·拉夫洛克提出的。这个曾被不少人视为天方夜谭的神话，随着人类所面临的生态形势越来越严峻，而渐渐被人们所关注、所思索、所认可。盖娅（Gaia）是希腊神话中的一位女神，意谓地母，换成中文可以称之为后土，象征着可依存可期冀的生命母体。詹姆斯·拉夫洛克曾致力于研究火星上是否存在生命，而当他越来越深入地研究大气圈对生物圈的意义，以及生物圈对大气圈的作用等重要科学命题时，其注意力渐渐从火星转移回了地球，从而以创立盖娅假说的方式，对地球本身的生态系统进行全新的阐释。

"地球是活着的！"这是盖娅假说的核心思想。詹姆斯·拉夫洛克认为，地球是一个巨大的有机体或曰"巨生命系统"（Mega-life System），它具有自我调节的能力，这已经可以从地球曾经发生的三个大冰期和大冰期内的暖热期交替变化、地球对二氧化碳等温室气体的吸收等现象中得以证明。说地球拥有"生命"，并非是指通常意义上的代谢和繁殖，而是指它是一个能够进行能量与物质交流并使自身内部维持稳定的体系。

盖娅假说还把人类与大自然共同进化论向前推进了一大步，认为地球上的生命和其物质环境，包括大气、海洋和地表岩石是紧密联系在一起的进化系统，从而把地球看作一个生理的系统。如同生理学用整体性的观点看待植物、动物和微生物等生命有机体一样，詹姆斯·拉夫洛克所主张的地球生理学，是把地球看成一个活的系统的整体性科学。

盖娅假说作为一种新的地球系统观，其意义在于能帮助人们回答当今人类所面临的生态问题。它提醒人们，环境问题是涉及整个地球生态系统的问题，要解决这个问题，不仅需要用系统、整体的观点和方法来认识人类生产和生活方式对生态环境的影响，还需要人类共同行动。这一假说也从道义上启示人们，包括人类在内的所有生物都是地球母亲的后代，人类既不是地球的主人，也不是地球的管理者，只是地球母亲的后代之一。因此，人类应该热爱和保护地球母亲，并与其他生物和睦相处。

詹姆斯·拉夫洛克给出我们的一个警示是：人类是现今地球上最有创造力，也最有破坏力的生物，我们肆无忌惮的破坏速度，是大地之母——

盖娅无法赶上的。提出盖娅假说的目的，是给人类的所作所为提供一种反思，从而让人们合理地对待我们的环境，甚至期待人们可以将创造力用在帮助大地之母上，至少别再增加她的负担。

巴拿马金蛙灭绝了，美洲乳齿象消失了，与企鹅样貌相似的大海雀不见了踪影，新泽西盘船菊石再也不存……当地球上已灭绝的物种名单正在不断加长时，我们究竟有多少恐惧感？我们有没有预测过，按这样的速度，什么时候轮到人类？《大灭绝时代——一部反常的自然史》的作者、美国科普作家伊丽莎白·科尔伯特说："人类发现了地表之下蕴藏的能源之后，开始改变大气层的组成。结果是，气候以及海洋的化学组成也都发生了改变。有些植物与动物改换了生存地来适应这种变化：它们或是爬上高山，或是向着极地迁移。但是还有许多物种发现自己无处可逃——初时是数百种，然后是数千种，而最终可能是数百万种。"

1958年1月，美国海洋生物学家蕾切尔·卡逊接到她的一位朋友哈金斯女士的来信，信中说，去年夏天，州政府租用的一架飞机为消灭蚊子喷洒DDT农药，飞过她家所拥有的两英亩私人禽鸟保护区上空，次日，该私人禽鸟保护区的很多鸟儿死了。于是，哈金斯女士给《波士顿先驱报》写了一封长信，又请蕾切尔·卡逊设法为她提供帮助，请求不要再发生这类喷洒的事了。

这便是蕾切尔·卡逊决计撰写题为《寂静的春天》的警世之作的起因。在这部引起多方争议和巨大反响的学术专著中，蕾切尔·卡逊通过充分的科学论证，表明这种由杀虫剂所引发的可怕情况，将破坏从浮游生物到鱼类到鸟类直至人类的生物链，使人患上慢性白细胞增多症和各种癌症。"它们不应该叫做杀虫剂，而应称为杀生剂。"作者进而提出，所谓的"控制自然"，乃是一个愚蠢的提法，因为它实质上是毁坏自然、杀灭生命。蕾切尔·卡逊呼吁，设若人类进入一个没有鸟、蜜蜂和蝴蝶的春天，设若地球从此成为一个死寂了的世界，人类的生命还会在哪里？

"我们不要过分陶醉于我们对自然界的胜利。对于每一次这样的胜利，自然界都报复了我们。每一次胜利，在第一步都确实取得了我们预期的结果，但是在第二步和第三步却有了完全不同的、出乎预料的影响，常常把第一个结果又取消了。"在此不得不再次引用恩格斯的这段名言，是为了再次给自己敲响警钟：情势所逼，我们已经无路可退！

人类自诞生以来，就从自然界索取资源，享受生态系统的服务；当人类活动超过生态系统的承载能力时，甚至会导致文明的湮灭，这绝非危言耸听。国务院发展研究中心社会发展研究部主任周宏春对此举例说，复活节岛文明的消失，即是一个经典性案例。这座位于南美洲以西约 3500 公里，面积约 165 平方公里的小岛，曾有过高度发达的文明，而今只剩下一堆遭受不同程度破损的石像，诉说着一个文明因过度开发而消亡的悲剧。

那么，如今科技这么发达，人类能否造出一个适宜生存的空间？答案是否定的。美国科学家曾做过一项名为"生物圈 2 号"的计划，在亚利桑那州图森市北的沙漠中建了一座微型人工生态系统，最后由于二氧化碳升高等原因，科学家不得不走出实验室，宣告实验失败。然而，这失败的实验揭示了一个真理：在现有科技和经济条件下，人类还不能造出适宜自己生存的环境，人类必须保护地球——我们唯一的家园！

马克思在《1844 年经济学哲学手稿》中指出，自然是人的"无机的身体"，认为人类赖以生存的自然界同样拥有生命。而在另一个角度上说，人是自然界的一部分，人是靠自然而生活的。也就是说，人与自然都是一种生命存在，且"自在自然"和"人化自然"是统一的。缘于此，一旦人与自然的统一性被割裂，比如通过无限制压榨自然的方式来追求利润的极限，那么，这种"不以伟大的自然规律为依据的人类计划，只会带来灾难"。坚持人与自然关系的总体性和统一性，是马克思主义生态观的一个重要内容。

习近平指出："真正认识到生态问题无边界，认识到人类只有一个地球，地球是我们的共同家园，保护环境是全人类的共同责任，生态建设成为自觉行动。"

习近平强调，环顾世界，许多国家，包括一些发达国家，都经历了

"先污染后治理"的过程，在发展中把生态环境破坏了，搞了一堆没有价值甚至是破坏性的东西。再补回去，成本比当初创造的财富还要多。殷鉴不远，西方传统工业化的迅猛发展在创造巨大物质财富的同时，也付出了十分沉重的生态环境代价，教训极为深刻。中国是一个13亿多人口的大国，我们建设现代化国家，走欧美老路是走不通的。必须走出一条新的发展道路。而这条新路，在生态文明建设方面，便是"两山"之路。

"山水林田湖生命共同体"理念把生态的各个要素看成了一个有机整体，把地球看成人类唯一的共同家园，强调了人与自然、与地球生命系统相互依存、生死与共的关系，是中国生态文化"天人合一、道法自然"的升华。地球是有生命的，自然生态是人类之母，地球的命脉就是人类的命脉。没有切中肯綮的清醒认知，何以明晰人类在这茫茫时空中的位置?!

2017年3月21日，印度北部的北阿坎德邦高级法院裁定，流经此邦的印度两大标志性河流——恒河和亚穆纳河被赋予生命，"拥有法人身份，享有所有相应的权利、责任和义务"，这就意味着，若有人破坏或污染当中任何一条河流，将被视为在伤害人类。

事实上，这并非世界上第一个认为自然生态具有生命的法律裁定。在此裁定作出一周前，新西兰政府宣布，赋予旺格努伊河以生命，其享有完全的法律权利，从而使旺格努伊河成为世界上第一条具有合法生命体的河流。

河流有生命，山川有灵魂，地球是活着的，谁有权利、谁能忍心对她们肆意毁损、玷污?!

"能有机会看到大雁，要比看电视更为重要；能有机会看到一朵白头翁花，就如同自由地谈话一样，是一种不可剥夺的权利。"这是美国新环境理论的创始人、"生态伦理之父"奥尔多·利奥波德在其著作《沙乡年鉴》中的一段话。

《我们共同的未来》是世界环境与发展委员会关于人类未来的报告，1987年4月正式出版。报告以"持续发展"为基本纲领，以丰富的资料论述了当今世界环境与发展方面存在的问题，提出了处理这些问题的具体而现实的行动建议。报告分为"共同的关切"、"共同的挑战"和"共同的努力"三大部分。在集中分析了全球人口、粮食、物种及遗传资源、能源、工业和人类居住等方面的情况，系统探讨了人类面临的一系列重大经济、社会和环境问题后，报告鲜明地提出了三个观点：第一，环境危机、能源危机和发展危机不能分割；第二，地球的资源和能源远不能满足人类发展的需要；第三，必须为当代人和下代人的利益改变发展模式。

下姜村，腾飞的动力来自无穷的绿色

为什么只对自然环境做减法，一味地以粗陋、原始的方式索取，而不对自然环境做加法，在悉心保护之后再与它和谐相处？因为走上了一条正确的生态发展之路，小小的山村发生了惊人巨变。

杭州市淳安县枫树岭镇下姜村，卧于千岛湖一汪碧水之侧，群山怀拥，清溪环绕，白墙黛瓦，廊桥卧波，宛若仙境。走在这里，处处皆景，景景皆美，尤见草树茵茵，瓜果满枝，让人心旷神怡。全国生态家园建设先进村、省级文明村的声名显然不虚。

下姜村的发展，走的正是生态农业之路。

"土墙房，烧木炭，一年只有半年粮，有女莫嫁下姜郎。"这是20世纪 70 年代流传于当地村民的对下姜村昔时生活景况的描述。那时下姜村的贫穷是出了名的，全村没有一幢像样的房子，没有一条通往村外、可以行驶车辆的道路，大多数人连解决温饱都是奢望，哪怕是到了 2001 年，下姜村的年人均纯收入也只有 2154 元，每月不足 200 元。这样的贫困，难怪下姜人在外，都不愿说自己来自那个家底薄弱、资源贫瘠的落后小山村。

依着好山好水，为什么还是连在土里刨食都难以为继？下姜人在思索中，也不无迷惘。

"虽然当时整个淳安都在经济低水平线上徘徊，依靠最原始、最简单的农业过日子，思路没有打开，根本没想到走综合性的生态农业之路，相反，为了求得温饱，不少村民以砍树、挖石等方式为业，头脑稍微灵活一点的也只是养鸡养猪，但对环境的保护根本谈不上，养殖业所产生的污水、生活污水统统直接排入溪沟，排到湖里，整个村庄的生态环境很不理想。"说起下姜村昔时景况，当了 28 年村支书、2011 年才卸任的老支书姜银祥记忆犹新。

下姜村面貌的改变，是从 2002 年开始的。其时，生态省建设已经全面展开，"绿色"、"自然"、"生态"等词儿不时从各级干部口中传出，如何通过走生态保护、生态文明路子的方式改变面貌，渐渐成了下姜村全体村民最关切的事情。是的，为什么只对自然环境做减法，一味地以粗陋、原始的方式索取，而不对自然环境做加法，在悉心保护之后再与它和谐相处？

下姜村全村的布局形似游龙，也有人说有"太极八卦"之相，更有人说像一只昂首欲飞的凤凰。是啊，村民们祈愿：当它从沉睡中醒来，必然是生机勃勃的腾飞。

正是在生态省建设如火如荼、生态文明各项工程摆上议事日程之际，时任省委书记习近平在选择基层联系点时，看中了这座沉睡已久的小村庄。在浙江工作的 5 年间，习近平曾 4 次来到下姜村走访党员和农户，和干部群众拉家常、话发展，尤其是共同研究探讨生态农业发展的可行途径和具体方法。下姜村在绿色生态发展之路上走得更快了。

水墨下姜（程海波摄）

习近平离开浙江后，继任的省委书记赵洪祝、夏宝龙也都把下姜村作为自己的基层联系点，多次来村里蹲点调研，指导村两委进一步改变村庄面貌，贯彻生态文明发展战略，下姜村生态发展成果越来越显著。

下姜村的村口有一座"思源亭"，亭内的一块石碑，镌刻着习近平写给下姜村全村人的一封信，字字句句都是鼓励，希望下姜人始终坚守绿色生态发展的道路，把这片好山好水经营得更好。下姜村的村民们早已把这封信的内容倒背如流，因为正是这样的谆谆教导，才引导全体下姜人明晰思路，动手改变面貌，赢得了富足而幸福的生活。

改变"深居宝山不识宝"的理念和做法，保护好青山绿水，充分发挥自身的生态优势和山区的后发优势，这是习近平在下姜村蹲点调研时，对下姜人反复嘱咐的话语。下姜村的最大优势就是这片美丽山水，所有文章都要围绕这优越的生态条件做深、做透、做细，这才是正确的发展路径。

2006年5月，在与下姜村干部和村民代表座谈时，习近平特别强调：党员干部要做发展的带头人，引导群众进行产业结构调整，大力发展第二、三产业，做前人不敢做的事、前人没做成的事。

景点变产业，调优发展结构，便成了下姜村的工作重心。

思源亭边上有家"望溪农家乐"，这是全村第一家农家乐，村民姜祖海是它的主人。当年，他看准了绿色生态发展的势头，在全村人好奇而热切的眼光中，开起了这家简朴但颇富山乡风貌的农家乐。"放在以前，谁还会到我们这个山角落的小村庄里来？没想到，因为生态环境改善了，包括下姜村在内的千岛湖西的景色越来越美，这里也成了旅游热点。"姜祖海喜滋滋地说，如今，仅农家乐收入，一年就在 5 万元以上。

"下姜村的优势是什么？就是绿色、生态，就是空气好、水好、景色美。所以，从那个时候起，村里就开始改变思路，不再死抱住传统的农业生产，转而以有机农特产品为依托，全力打造'休闲下姜'、'度假下姜'。如今，光是村民办的民宿，就已有 10 多家，有近 300 个床位。"姜银祥说。下姜村的名声越来越响亮，每临长假，就有约莫 3000 位游客前来，在此欣赏山水风光，品尝地道的农家菜，玩得不亦乐乎，几家民宿也忙得团团转。

"与以前种稻谷、油菜相比，土地流转后，经济效益提高了近 10 倍！"在草莓种植基地，村民杨时洪喜滋滋地说。这几年，按照有关政策，村里实施了土地适度规模流转，建成了 220 亩的葡萄大观园、150 亩的草莓园等现代农业产业园，喷滴灌设备也已建成。村民每亩土地每年能拿到 1200 元的租金和分红，比原来自己的种植收入高了很多。

而为了推动乡村旅游发展，下姜村又着手五狼坞生态一条沟的建设，打算建成一处集登山、户外拓展、休闲旅游于一体的发展基地，以吸引更多都市人群。下姜村人知道，游客来此观光旅游，看到了这里的湖光山色，获得了完美的服务，不仅能推动民宿、餐饮、蔬果等产业的发展，还能产生必要的广告宣传效应，一传十，十传百，必然引来更多的观光客，所以，休闲旅游项目一定要丰富，服务水准一定要高。

不过，要大力发展乡村旅游业，必须有个好生态，生态文明基础建设绝对不能放松。

为彻底解决农村污水横流的老问题，下姜村已建设完成 3 个污水处理池，铺装了 5000 米长的排污管，实现了全村污水入管。同时大力推广沼气池建设与使用，结合集体生猪圈养基地建设，建成了一座 100 立方米厌氧反应罐和 40 立方米双膜贮气柜的一体化厌氧反应罐，日处理粪便污水 6 吨，日产沼气约 35 立方米。有了这些生态燃料，村民们不必再去山上砍柴，满山的翠绿更加沁人心脾。

下姜村村委会主任姜祖见介绍，为了有效改善下姜村的村容村貌，全村大部分建筑都已进行了整治改造，使建筑立面格调、色彩等保持协调一致，粉墙黛瓦的徽派建筑特色十分鲜明。与此同时，全村拆除了影响村庄布局规划及环境质量的违规建筑、破旧危房，收回了数千平方米的宅基地，这又为村庄内部发展腾挪了空间。而以"景观建筑、景观铺装、绿化种植、管网铺设"为内容的景观改造工程的实施，使思源亭、连心廊桥、宁静轩、惠民路、入村标志雕塑等景观小品陆续建成，整座山村的文化品位明显提升。

仅 224 户人家、754 位村民的小小下姜村，还编制完成了一整套完整的《村庄整治规划》、《农业产业规划》、《乡村旅游规划》三大规划，涉及 35 个大小项目，当地国土资源、规划、农业等部门也给予了大力帮助。下姜村党总支书杨红马介绍说，下姜村花大力气制定这些规划，目的是全力推进"美丽乡村"精品村的建设，促进城乡统筹，并为下姜村的下一步发展增添后劲。

"微雨众卉新，一雷惊蛰始。"（唐·韦应物）得益于可持续发展的生态文明建设思路，得益于绿色生态休闲农业，2016 年，下姜村年人均纯收入超过 2 万元，"最美下姜"已名副其实。一名近 20 年没来过此地的上海客人，乘着大巴车抵达下姜村时，一下子惊住了，怎么也不相信眼前这个村容整洁、瓜果飘香、山清水秀、游人如织的美丽山村就是先前那个毫不起眼的穷山村，兴奋地在村里到处逛。是的，因为走上了一条正确的发展之路，山村发生巨变，腾飞宛若游龙，万般惊讶不足为奇。

相关链接

生态农业，简称"ECO"，是按照生态学原理和经济学原理，运用现代科学技术成果和现代管理手段，以及传统农业的有效经验建立起来的，能获得较高的经济效益、生态效益和社会效益的现代化高效农业。它要求把发展粮食与多种经济作物生产，发展大田种植与林、牧、副、渔业，发展大农业与第二、三产业结合起来，利用传统农业精华和现代科技成果，通过人工设计生态工程，协调发展与环境之间、资源利用与保护之间的矛盾，形成生态与经济两个良性循环，实现经济、生态、社会三大效益的统一。

细算生态账，下好绿色转型这盘棋

以工业经济为支柱的长兴县，在蓄电池行业整治、废弃矿山复绿方面，连下了两步好棋，无疑是深刻领悟"山水林田湖生命共同体"理念、遵循自然生态系统规律的有益实践。

湖州市长兴县，是个有山有水的地方，濒临茫茫太湖，河网塘汊密布，而除了面朝太湖的这一侧，县域的其余三面均以丘陵为主。"三面环山，一臂挡湖"，是对长兴生态地理的准确概括。然而，由于历史的原因，长兴的经济发展一直以传统工业为主导，煤矿、石矿业和蓄电池业是多年来支撑长兴经济的主要业态。可想而知，这些业态使长兴生态环境保护面临巨大压力。

2005 年前后，全国各地大街小巷都是电动车，铅酸电池成为紧俏品。

蓄电池产业起步较早的长兴成了全国蓄电池的制造中心,除了天能和超威两家大型企业,上百家家庭作坊式小企业如雨后春笋般冒了出来,顿时,生态环境保护形势骤然变得更为严峻。

"在我们这镇上,差不多每家每户都能与蓄电池扯上关系,不是在企业上班,就是自己在家里搞个小作坊做。"煤山镇镇民王炳山说,"我以前在蓄电池大企业上班,因为一些订单赶时间,还会带回家做,妻子和家里的老人也利用闲暇时间,在家里做些简单的加工。"缺乏必备环保设备的蓄电池生产,哪怕只生产零部件,如今看来仍是不可思议的事。

王炳山说的"以前",指的是 2005 年之前。家庭作坊式的小企业无法采取必不可少的环保措施,每年都会排放大量的铅污染物,而长兴当时另一些支柱产业,如水泥、粉体、印染、工业炉等,也不可避免地需要排污,偷排一时成为见怪不怪的普遍现象。"当时好多人一提到长兴这一地名,就会自然而然地想到正在冒烟的成片烟囱。那个时候,这条河已经说不出是什么颜色了,可以说是黑的,也可以说是深紫色的,旁边山上的树表面都是一层灰色的土。"王炳山指着距家不远的一条河和屋背后的山,神情沉重。煤山镇当年是长兴"脏、乱、差"现象最突出的区域之一。

这样的局面自然不能任其继续。2003 年之后,建设生态省的号角吹响,包括环保、科技、工业在内的各个部门,纷纷把目光汇聚于这处浓烟弥漫的地方,与生态保护相关的种种措施,以前所未有的力度在长兴落地实施。

这场整改如同一场暴风雨,猛烈地冲洗着各个传统产业,尤其是高污染企业。这场堪称革命的环保大战打响不久,由于"关闭一批、规范一批、提升一批"这一强力措施发生作用,长兴的经济指数出现剧烈变化,个别受影响严重的乡镇次年的财政收入甚至出现了"断崖式跳水"的情况。

有人无法接受这样的事实,也有人采取消极抵制的做法,但更多的人开始意识到,付出如此沉重的代价,是在偿清旧账,是在找回绿水青山,是在为新的发展注入绿色动力。所有的付出乃至牺牲都是值得的。

蓄电池行业的整改是这轮环境整治的重点。起步于 20 世纪 70 年代、兴起于 21 世纪初的长兴县蓄电池产业，至 2004 年工厂发展到 175 家之多，由于初期走的是粗放式发展道路，污染现象严重。而这一回，长兴县对蓄电池生产严格划定了禁止区、限制区和集中整治区，不达标的一律关停。

在这场"革命"中，长兴蓄电池领军企业发挥了至关重要的作用，"低、小、散"企业的关停淘汰，也让领军企业获得了更大的发展空间。"就在 2005 年的那轮环保整治中，我们就专门购进了价值达 8000 万元的环保设备，之后一直请国内顶尖专家在生产环节上进行优化。"天能集团董事长张天任说，天能集团率先进行科技创新，转型升级，突出新能源电池生产、再生铅资源回收、循环利用等重点，形成符合绿色生态规律的，集新能源研发、生产、销售于一体的产业链。在全国布点，把废弃的电池重新回收利用，尽最大可能减少废弃电池对环境的污染，这也是该企业的一大项目。

而另一家蓄电池生产企业超威集团，从 2005 年起花了近 6 年时间，投入上亿元资金，进行综合性的技术研发，掌握并拥有了国际先进的"无镉内化成工艺"，实现生产全覆盖后，环境污染的难题得以逐步破解。

2005 年以来，一个又一个旨在规范和引导蓄电池产业走生态保护之路、引导蓄电池产业集群集聚发展的规章制度也相继出台：《长兴县蓄电池产业转型升级实施意见》、《铅酸蓄电池行业专项整治扶持政策》、《关于金融支持长兴县铅酸蓄电池企业专项整治和转型升级的指导意见》……

而最大的重头戏，当是长兴县政府投资了 7.39 亿元，规划了郎山和城南两大新能源高新园区，把符合产业发展条件、具有生态发展潜力的新能源企业原地提升或搬迁入园，且在税收、土地、规费、设备投入等方面予以扶持。政府为此花费颇高，却都花在了刀刃上。

"当然，进入新能源高新园区不是那么简单的，你得提升装备，你得加快产业转型，一旦不符合条件，要么退出来，要么咬紧牙关整改。已在新能源高新园区的企业同样要做筋骨，在实施'四减两提高'方面一点也不能马虎，否则很可能淘汰出局。"郎山新能源高新园区的一位负责人说，这就需要县政府有关部门和新能源高新园区管委会不留情面地加强监管、加强引导。

这位负责人所称的"四减两提高"，是指以"减员增效、减能增效、减污增效、减耗增效、提高劳动生产率、提高工业增加值率"为内容的专项技改行动。

的确，在长兴县郎山和城南两大新能源高新园区内，所有入园企业必须淘汰落后的称片、包片、铸焊、注酸、充放电等工艺装备，改用机械化、自动化装备，这是一条铁律。而针对国内电动车蓄电池自动化装备几乎空白的现状，园区内的企业还自主研发，自动称片机、自动包片机、自动铸焊机和包片、焊接一体的自动化生产线等一一研发并得以应用，填补了空白，提高了效益，尤其是确保了生态标准。

通过整治，截至 2016 年 8 月，与 2005 年相比，长兴县蓄电池行业产值增长 10.5 倍，其蓄电池生产形成了从电池研发、生产及组装、原辅材料加工、零配件制造、销售到废旧电池回收的完整产业链。长兴蓄电池企业由整治前"低、小、散"的 175 家，重组提升为 16 家现代化企业。

不仅仅是蓄电池行业，长兴曾经的工业支柱——水泥、粉体、印染、耐火砖、工业炉此后也都接受了转型升级的"洗礼"。对废弃矿山的生态环境治理，则是生态修复的一大动作。

自 2015 年起，长兴县对县域内的多处废弃矿山进行生态修复，其主要方式有边坡喷播、种植灌木等，并除去杂草，复绿建园。

20 世纪起，长兴县成了浙江省的矿业大县，县域内石矿、煤矿众多，矿业一度成为长兴县经济支柱产业，矿山最多时达四五百家。21 世纪初，矿产资源逐渐枯竭，尤其是因生态环境保护和经济转型之需，大部分矿山被关闭。然而，矿山关闭了，却留下了大量的废弃矿山。

这些废弃矿山有的是一座座秃山荒岭，有的是一处处山体凹坑，有的是地面上的一个个深坑，让人触目惊心。有的废弃矿山甚至至今还在流淌有毒废水，对生态环境造成极大破坏。为了恢复自然生态系统，长兴县决定从 2012 年起，花三年时间，全面实施生态修复工程，使所有废弃矿山恢复生机。

为废弃矿山这些"秃顶山"重新披上"绿衣服"并不容易。有的矿山坡面不明显，需要进行清坡，然后削坡至大约 45 度方能进行挂网喷播。而喷播则是将黄土、东北土、营养土、有机肥、黏合剂混合 16 种灌木种子搅拌后喷至光秃的山脊上。喷播当然不可能一次性完成，还需要一次次养护、一次次修复。不过，这种复绿方式非常适合于长兴的丘陵地貌。

陈湾石矿是一个关闭多年的废弃矿山，开矿遗留的深坑形成了一个大水面。在进行废弃矿山治理的过程中，当地政府因地制宜，除了复绿之外，还让矿坑成为周边在建酒店项目的配套景观湖，这一奇思妙想为其他废弃矿山复绿提供了有益的启示。

鑫茂石矿、诚信石料矿、青草坞砂石矿、石英石矿……截至 2016 年底，数十座废弃矿山上，刺槐、马棘等植物长势喜人，山花绽放，其景观已变得越来越赏心悦目。随着一座座废弃矿山的复绿工程陆续完成，长兴县整体生态环境面貌发生了极大改观。

为了让废弃矿山复绿，长兴县投入了 2.49 亿元专项资金，原有矿山开采收取的复绿备用金、每年收取采矿权交易价款的 25% 都已投入了进去，县级财政还得予以支持，资金投入的代价不可谓不小，但长兴县算的是生态账，它的投入虽然没有直接的经济效益，但所收获的将是比经济效益更为重要的生态效益。

"废弃矿山的治理，有利于预防地质隐患、次生灾害、水土流失和环境污染，更能还我'青山绿水'，对于生态环境、生态系统的恢复是根本性的。"长兴县国土资源局生态环境治理办公室顾成贤认为，能多为整体环境着想，多为子孙后代着想，这笔钱花得值得。

从 2005 年全面开展生态省建设以来，以工业为经济支柱的长兴县，在蓄电池行业整治、废弃矿山复绿方面，连下了两步好棋，无疑是深刻领悟"山水林田湖生命共同体"理念、遵循自然生态系统规律的有益实践。

如今，长兴县社会、经济、生态协调发展格局已经形成，循环经济加快发展，生态农业提效增速，第三产业异军突起，对山水的保护和利用走上了可持续发展的轨道。对此，一位曾是石矿员工的长兴居民由衷感叹："以前靠山吃山，是原始的；现在靠山吃山，是科学的。"

相关链接

生态修复是指通过各种保护(如禁伐、禁垦、禁牧，生物多样性保护)、保育和修复措施，达到生态系统的再植复原和恢复重建的目的。生态修复有五大措施：第一是生态红线的划定；第二是合理的区域发展格局(功能区划)规划；第三是区域土地利用方向和布局的调整，形成农、林、草、漠、泽、水与城市、交通、工矿之间的合理布局；第四是以保护优先，充分尊重自然规律，发挥自然恢复的潜力，封山育林、育沙育草、补水保湿；第五是自然恢复与人工修复相结合。

第七章

一张蓝图绘到底，
一任接着一任干

让全省人民呼吸上清新的空气、喝上干净的水、吃上放心的食品、拥有优美的自然景观和舒适的人居环境。

——赵洪祝

正月里，梅花阵阵香；二月里，杏花暖洋洋；三月里，桃花喷喷香；四月里，蔷薇都开放；五月里，石榴红似火；六月里，荷花开满塘。

——中国民谣

从坚持生态省建设方略、走生态立省之路，"物质富裕、精神富有"，"创业富民、创新强省"，到"建设美丽浙江、创造美好生活"，浙江省委统筹协调"五位一体"建设，始终坚持破除"短视眼"，倡导建设"积德工程"，从全面推进环境保护逐步转向立体推进生态文明建设。一张蓝图绘到底，一任接着一任干，循着深化改革与创新发展之路前行。

从"绿水青山"到"金山银山"究竟要迈过几道坎？"绿水青山"如何源源不断地带来"金山银山"？这是新常态下中国发展急需求解的方程式，而对于走在前列的浙江来说，必须通过思考和实践来解决这一发展中的课题。

生态立省，走"物质富裕、精神富有"之路

"生态立省"部署再次确立了建设现代化浙江的路径选择。"两富"目标的提出顺应了人民群众提升生活质量的新需求。在新一轮发展的关键节点上，一任接着一任干，走生态文明建设路子从无动摇。

从 2007 年 3 月起，赵洪祝担任浙江省委书记，浙江生态省建设进入了一个新的时期。

"良好的生态环境是生存之基、发展之本，是生产力的基本要素。"这是赵洪祝反复强调的论点。与前任书记们一样，他十分重视环境保护与生态建设。在坚持严格执法、强化环境法治建设方面，他明确指出："该硬的要硬起来，该严的要严起来。"

一张蓝图绘到底，一任接着一任干，步步为营、久久为功，保护绿水青山，使之成为金山银山，并以"两山"重要思想为指导推动总体性改革，这是历届浙江省委以"功成不必在我"的胸襟和"咬定青山不放松"的韧劲，始终坚持走"绿水青山就是金山银山"路子不动摇的生动体现。

2007 年 4 月，任浙江省委书记还不到半个月的赵洪祝以组长的身份，亲自主持了浙江省生态省建设工作领导小组全体会议。此后几年，他每年都亲自主持召开生态省建设工作领导小组全体会议，总结前一年的生态省建设工作，并对当年的生态省建设工作做出细致部署。

2007 年 6 月，在省第十二次党代会上，赵洪祝代表省委部署了全面建设惠及全省人民的小康社会的各项工作，提出"六个更加"的目标，其中之一就是"环境更加优美"。

加大江河水系源头地区和重要生态功能区生态保护和建设力度，这不仅在省第十二次党代会上被反复强调，还在日常工作中得到了体现。

每逢台风来袭，赵洪祝和省委领导们都要到省防汛防旱指挥部直接指挥并适时到灾区慰问指导工作。例如，2007年8月"圣帕"台风袭击浙江后，赵洪祝强调要实施"强塘固房"工程，并十分重视这方面工作的推进。2008年4月，他在省委十二届三次全会上再次强调，要以"强塘固房"为重点，进一步加强防灾减灾基础设施和避灾场所建设，提高抵御自然灾害的能力。

为了把生态文明建设的理念付诸行动，赵洪祝亲赴湖州市和绍兴市上虞、新昌以及宁波市奉化、余姚等市县调研考察。

赵洪祝还亲自主持"推进生态文明建设的对策和思路研究"重点课题调研，提议举办省委专题学习会，深入学习贯彻中央生态建设和生态文明的有关文件精神，着重在加快转变经济增长方式、推进经济转型升级上下功夫，提出新思路，推出新方法，尤其是认真研讨生态文明建设的总体要求、目标任务和保障措施。

这个阶段的浙江省委，继续高度重视和扎实推进发展循环经济工作，取得了新的进展。2007年12月，经国务院同意，浙江省被国家发改委列为第二批全国循环经济试点省。

2010年7月，浙江省委十二届七次全会专题研究生态文明建设，会议通过了《中共浙江省委关于推进生态文明建设的决定》。

这是一份浙江生态文明建设进程中的标志性文件。该决定提出，在下一个阶段，浙江将全面实施"八八战略"和"创业富民、创新强省"总战略，坚持生态省建设方略，走生态立省之路，大力发展生态经济，不断优化生态环境，注重建设生态文化，着力完善体制机制，加快形成节约能源资源和保护生态环境的产业结构、增长方式和消费模式，打造"富饶秀美、和谐安康"的生态浙江。

该决定的新意在于：一是在中央统一部署生态文明建设方略的形势下，首先完成了从综合的生态省建设到"生态浙江"建设的提升；二是在继续坚持生态省建设方略的前提下，提出了"生态立省"的论断，强化了生态文明建设的极端重要性；三是把生态文明建设与人民福祉紧密联系起来，强调建设"富饶秀美、和谐安康"生态浙江的目的是提高人民生活品质。

宁海县白溪水库

"物质富裕、精神富有"就是在这个背景和形势下适时提出的。物质富裕，指生产力发展到一定水准，老百姓生活富足；精神富有，指社会成员普遍受到良好的教育，具有较高的科学文化素养、民主法治素养、思想道德素养和生态文明素养，过上丰富的精神文化生活。

"两富"提出的大背景是，30多年的改革开放使浙江经济迅猛发展，截至2011年底，浙江人均GDP已达9083美元。随着经济快速发展和物质生活水平不断提高，人们自然对生活质量提出更高要求，对加快建设"生态浙江"进一步形成了高度共识。"因为良好的生态环境是现代化的重要标志。实现人与自然和谐相处的生态文明建设，是建设现代化浙江进程中尊重自然规律的起码要求。现代化建设越向前推进，经济社会发展与环境容量相对不足之间的矛盾就会越凸显，人民群众对环境保护的关注度也会越来越高。所以，省第十三次党代会报告明确提出，今后5年浙江生态环境质量要持续改善，继续保持全国领先。"浙江省委讲师团办公室一位专家说。

国务院2010年颁布的《长江三角洲地区区域规划》，对包括浙江在内的两省一市提出了阶段性发展目标，即：到2015年，率先实现全面建设小康社会的目标；到2020年，力争率先基本实现现代化。要达到这一目标，经济要上去，但光是经济增长显然是不够的。

村口是一个用石头雕凿出来的大月亮，这是庆元县举水乡月山村的标志。说起这个被人们诗意地描述为"月亮休息的地方"的村落，知名度最高的当属"月山春晚"。它是浙江所有村级春晚的起源地，每年必办，每办必红火。

事实上，距庆元县城53公里的这座大山小村，曾是个经济相对落后的地方，即便到了21世纪初，一说起月山村，人们也会把它与"贫穷"、"落后"联系在一起。但这几年来，月山村十分重视生态环境的保护，一草一木都不敢践踏，山水环境越来越美之后大做生态农业文章，有了资金后又开始在山乡文化上做文章，一方面满足村民的文化需求，一方面也创立了一个生态文化项目，借助"月山春晚"的品牌效应，吸引四方游客前来此地，生态文明建设由此进入了良性循环。

艺名为山妞的村民多年来担任"月山春晚"的总导演，其所能调遣的演员、工作人员也都来自"草根"。由于这台戏名气很大，山妞的名气自然也大了起来。于是，山妞牵头成立了"山妞果蔬专业合作社"，把月山村的小竹笋、高山锥栗等特色农产品推销到杭州等城市，带动上百户村民脱贫致富。

据山妞介绍，月山村户籍人口1800多人，登上"月山春晚"舞台的约有十分之一之多，参与面颇广，像舞蹈《龙腾狮舞》、歌曲连唱《月亮之歌》等，都是这几年长演不衰的节目。

"许多游客都是慕'月山春晚'的名而来。每年春节前后，我这家农家乐的所有房间预订一空，日接待游客近百人。"村民吴至安利用自己的农居开办了农家乐"月山人顶山庄"后，生意极好。他随即扩大规模，办成了月山村最大的一家农家乐。见农家乐效益不错，他有意识地打造"月山"农家乐产品，开发了十几种月山菜，米酒也命名为"月山红"。他还着手开发一种名为"月山人顶"的茶叶品牌，每斤的市场价超过千元。

逢源街是月山村的一条古街，现已修缮一新。古街上的百家宴，富有特色的红烧土猪肉、溪鱼、农家豆腐等美食让游客纷纷点赞。据了解，截至 2015 年，以"山妞果蔬专业合作社"为龙头的月山村生态农业企业，总产值已超过千万元。

这一切都得益于走对了生态文明建设这条路。据月山村党支部书记吴绍杞介绍，利用自身拥有的生态优势发展生态农业，月山村 20 多年前就开始了，但加快发展速度、形成生态农业的较大规模，却是在"十二五"期间，即"两富"战略实施之时。这是因为，其时生态发展理念日益深入人心，村里的生态农业也有了基础，更重要的是，村两委班子和广大村民明晰了"绿水青山就是金山银山"的道理，经济生产、公益事业发展、生活质量提升，都紧紧抓住生态经济这一"牛鼻子"不放。村民们尝到了越来越多的甜头，现在把山上、村中的每片树叶、每滴溪水都看得十分宝贵，搞生态经济的自觉性、积极性之高涨，前所未有。

建设资源节约型、环境友好型社会，让青山含笑、绿水含情；大力发展生态经济、建设生态文化，荡起浪漫的绿色情怀。"月山春晚"之所以长演不衰，就是因为"两富"战略引发了月山人的灵感和智慧，指明了月山发展的目标和路径。

相关链接

生态文明是一种强调人与自然协调发展的新的文化形态。它是继原始文明、农耕文明、工业文明之后一种新的文明形态，是对人类文明成果的继承与发扬。它摒弃了工业文明"人统治自然"的价值观，强调人类发展要服从生态规律，实现人与自然的和谐共生；它改变了"先污染后治理"的发展模式，强调坚持生态优先原则，促进经济社会发展与生态环境建设同步；它改变了"物质享乐主义"的生活方式，强调有节制地积累物质财富，崇尚适度消费和精神文化享受，追求既满足人类自身需要又不损害自然环境的生活方式。

"创业富民、创新强省"，谋求可持续的更快发展

我们的发展必须与自然相和谐，必须在提升生态品质的进程中来发展经济。"创业富民、创新强省"是浙江增创新优势、推动新发展、实现新跨越的必然选择，生态文明建设依然是核心。

2008 年 6 月 25 日，杭州市大学生创业园在杭州高新区（滨江）正式挂牌成立。园区提供了 3.1 万平方米标准厂房和 1.2 万平方米研发写字楼以及商务会议室等配套设施。高校毕业生在毕业两年内，只要所从事的是科技成果转化或研发项目，或是文化创意类项目，就具备入园的基本条件，还有可能获得来自政府的 2 万—10 万元不等的专项资助。

截至 2008 年年中，杭州高新区的留学人员创业园内，600 余名"海归"已创办了 350 余家企业。年轻的博士王健从美国硅谷回国创办了聚光科技（杭州）股份有限公司，这个主要由留学生组成的创业团队，研发了全国首创的半导体激光在线气体分析系统，不仅获得了国家科技进步二等奖，还让中国掌握了激光气体分析领域的国际话语权。

不光在杭州，各地的创业创新都在热潮涌动。

2008 年 2 月 24 日，国务院批准设立宁波梅山保税港区，使之成为继上海洋山、天津东疆、大连大窑湾、海南洋浦之后的全国第 5 个保税港区。昔日的渔村小岛，站到了改革开放的最前沿，成为浙江对外开放的重要平台。

2010 年 2 月 23 日，宁波杭州湾新区管委会正式挂牌成立。宁波杭州湾新区定位为国家统筹协调发展的先行区、长三角亚太国际门户的重要节

点区、浙江省现代产业基地和宁波大都市北部综合性新城区。这片 500 多平方公里的创业热土，很快成了宁波乃至浙江高端经济发展的新平台。

也是在这一年的 8 月，吉利集团在伦敦宣布完成对美国福特汽车公司旗下沃尔沃轿车公司的全部股权收购。与沃尔沃的联姻尘埃落定，使得吉利这家从乡间起步的民营企业成为国际汽车行业的一颗新星。

落户长兴的世界 500 强企业"江森自控"，不仅将最先进的混合动力电池生产线布点长兴，而且谋划设立研发机构。有了这条"鲇鱼"，长兴的蓄电池产业发展更加风生水起。

与"大平台、大产业、大项目、大企业"这"四大建设"不同，投身于"两创"的更多的是普通企业和普通人。

浙江德宏汽车电子电器股份有限公司与央企计华投资管理公司签约，共同投资 10 亿元，打造国内顶尖的大功率汽车发电机产业项目。"我们在商用车领域电动机产量已是全国第一，有了央企带动，6 年后产量有望达亚洲前列。"公司总经理施旻霞说。

以制鞋闻名的温岭市宝利特公司"爱上了"光伏产业；湖州的珍贝羊绒制品公司除了用牛奶、大豆开发动植物纤维与羊绒混纺产品之外，也投资光伏电池产业；从事道路交通建设的浙江振州建设公司，建起了药业园，专门从事生物医药的研发与生产。

30 岁出头的左淳莹每天都与美丽的萤石打交道。促成他"下海"的，是武义县举办的青年创业创新培训活动。2008 年创业初期，加工厂规模比较小，他整天忙碌于萤石的抛光、打磨、雕刻，忙着对石头收藏者来料进行打磨加工。可左淳莹觉得很充实，因为他从小就喜欢这个行业。他把"小而精"作为自己企业的基本定位，一年后，他的淳莹萤石工艺品商行便有了起色。

2010 年夏天，温州苍南县龙港镇方岩村农民办起了自己的 3D 电影院。新建的电影院全部安装数字放映设备，配置美国进口的大功率放映机、杜比服务器和韩国进口的蒙太奇 3D 镜头。温州雁荡电影院线有限公司总经理包哲说，这个农民剧院的 3D 设备，是温州地区最先进的。

……

"创业富民、创新强省"部署已搅得浙江大地风起云涌，"两创"这一名词很快成了热门词。

2007 年 6 月，浙江省委十二届二次全会通过《中共浙江省委关于认真贯彻党的十七大精神，扎实推进创业富民创新强省的决定》。这一重大决定是"八八战略"的深化，旨在全面推进个人、企业和其他各类组织的创业、再创业，全面推进理论创新、制度创新、科技创新、文化创新、社会管理创新、党建工作创新和其他各方面的创新，形成全民创业和全面创新的生动局面，其目的是使全省人民收入水平持续提高，家庭财产普遍增加，生活品质明显改善，走共同富裕道路；使全省综合实力、国际竞争力、可持续发展能力不断增强。

"两创"总战略直指加快经济发展这一目标，然而它并非与"生态"两字无关。事实上，全面加强资源节约和环境保护，正是"两创"战略的核心所在。

"发展观念得到了一个升华，我们的发展必须是与自然相和谐，必须是保护环境。我们必须是在提升生态品质的进程中来发展我们的经济。"中国社科院城市发展与环境研究所所长潘家华如是说。在实施"两创"总战略过程中，生态环境保护依然是不可或缺的任务内容，甚至可以说是关键所在。

浙江陆域面积不足 10.2 万平方公里，人均自然资源拥有量全国倒数第三，但截至 2007 年底，却实现了地区生产总值全国第四、人均 GDP 和城乡居民人均可支配收入长期位居各省区之首的辉煌成就。这其中，人才、科技、生态优势作用巨大，起到更关键作用的，还有浙江人骨子里那种敢为人先的勇气和无尽的创新意识。

"青蛙被公主吻后不外乎三种情况：有准备的青蛙变成王子；没准备好的青蛙，公主吻了是白搭；遇上假冒的公主，青蛙变成癞蛤蟆，损失惨重。"温州冠盛汽车零部件集团股份有限公司董事长周家儒感慨地说，"这高新技术就是公主。企业如果不提高自主创新能力，提升产品的高科技含量，是无法变成王子的。"

温州的正泰集团多年来坚持每年把销售额的 3% 投入自主研发。公司董事长南存辉说：创新，意味着风险；自主创新，意味着更大的风险。但是只有自主品牌和具有自主知识产权的创新产品，才能切入国际产业链上较高的增值环节。

"自主创新是浙江企业走向世界的唯一出路！"吉利集团董事长李书福认为，"自主创新这条路是逼出来的。改革开放初期，国内流行拿来主义；改革开放中期，国内流行站在巨人的肩膀上发展。而现在，现实再不容许，我们必须走自主创新之路。"

吉利集团新款轿车上市

"两创"总战略把坚持解放思想、改革开放作为动力源泉，把进一步解放和发展社会生产力作为主要手段，而其主攻方向则是转变经济发展方式，其基本途径是全面推进产业结构优化升级，促进经济又好又快发展。可见，建设资源节约型和环境友好型社会仍是根本。

欠发达地区的发展是浙江全面建设小康社会的重点和难点，也是发展潜力之所在。在"两创"总战略实施进程中，坚持生态发展，改变欠发达地区经济和社会面貌迫在眉睫。

温州泰顺县雅阳镇新联村是个名副其实的贫困村，人均可支配收入只有 1000 多元。后来，省里为村里下派了驻村指导员，促成企业与村扶贫结对，重在挖掘新联村的发展潜力，村民们的经济收入逐年提升。季雪影是该村党总支副书记。他介绍说，创新开拓了思路，创业让村民投身生态产业，如今，茶产业和养殖业成了全村的"聚宝盆"。村里 113 户人家，拥有近 300 亩茶叶地，一年可以为村民带来近 60 万元的收入。许多村民养鸡养鸭，一只本鸡的价格卖到了 15 元一斤，光养殖一项，一年就给农户增加 2000—3000 元的收入。

曾为生计发愁的丽水缙云县双溪口乡姓潘村村民杨淑丹，从一名农村妇女变成了"土经纪人"，她的方法是组织 200 多位村民，在各自的家里搞来料加工，产品原料大多出自本地，且与绿色生态有关。尽管每位村民所完成的产量并不大，但汇聚起来仍是一个不小的数字。"更重要的是，我们的'副业'灵活、持久，重生态、低成本，很适合在家的村民，所以很受大家欢迎。"杨淑丹说。"两创"与当地实际情况相结合，才会有实效。

仔细研究"两创"总战略的基本内容，其指导思想十分明确，全面加强资源节约和环境保护是前提：要以政策创新为先导，技术创新为支撑，制度创新为保障，更加注重节能减排工作，全面推进生态省建设，加快建设生态文明，基本形成节约能源资源和保护生态环境的产业结构、增长方式、消费模式；强化源头生态环境保护，加强林业、水利、湿地建设，促进生态建设，提高生态质量；深化节约能源的政策举措，依法淘汰技术落后的高能耗工艺装备，全面推广节能技术和装备，大力发展清洁能源和可再生能源；创新污染物减排的政策措施，建立健全相关体制机制，在不断深化重点流域、重点行业和重点企业的污染防治的同时，进一步加大面上企业污染整治和农村面源污染整治的力度；大力发展循环经济，不断提高资源综合利用水平……

"保护环境就是保护财富"，这是习近平在分析生态建设效益时常说的一句话。他认为，破坏生态环境就是破坏生产力，保护生态环境就是保护生产力，改善生态环境就是发展生产力。"两创"总战略结合浙江实情，科学地解决了创新、发展和保护三者的关系，从而能更务实、更有效地践行"八八战略"。

相关链接

农家乐是新兴的旅游休闲形式，是农民向城市现代人提供的一种回归自然，放松、愉悦精神的休闲旅游方式。农家乐周围一般都是美丽的自然或田园风光，空气清新，环境幽雅，能缓解现代人的精神压力。从2006年至2016年的10年间，浙江共创建了1100多个农家乐集中村和特色村，农家乐经营户达1.45万户，营业收入达175.36亿元，走出了一条浙江特色的农家乐发展之路。作为"美丽乡村"建设的一部分，浙江农家乐正在不断提升服务的过程中实现"美丽蝶变"。

绿色崛起，照着这条路走下去

天蓝、水清、山绿、地净，富饶秀美、和谐安康、人文昌盛、宜业宜居。"两美"新画卷，不变发展路。每一项任务，都是一个亮点，都是一声催人出征的嘹亮号角。

"阳春布德泽，万物生光辉。"（汉·无名氏）"八八战略"的全面实施，使得浙江突破了环境资源的约束，经济社会发展始终走在全国前列。

2011年之后，随着"十二五"发展期的来临，浙江进入工业化后期。按照经济发展规律，这一阶段是生产要素资源与环境压力陡升的时期，也是经济结构急剧转换的时期，经济增长面临很大的下行压力。同时，"十二五"时期浙江所面临的外部环境也错综复杂，困难与挑战前所未有。

从2012年起，夏宝龙担任浙江省委书记。2013年初，浙江省委、省政府根据形势变化，坚持以"八八战略"为总纲，在提出"物质富裕、精神富有"的"两富"目标和"建设美丽浙江、创造美好生活"的"两美"愿景之后，首先明确了"干好'一三五'、实现'四翻番'"的战略任务。具体说来，"一"是全力以赴做好 2013 年这一年的工作，稳中求进；"三"是在今后三年不折不扣实现省"十二五"规划；"五"是全面落实省第十三次党代会部署的今后五年的目标任务；"四翻番"是指到 2020年，全省生产总值、人均生产总值、城镇居民人均可支配收入、农村居民人均纯收入都比 2010 年翻一番，分别达到 55500 亿元、104000 元、55000 元、24000 元以上。

所有诱人的指标，都意味着向人民群众呈上的，将是一个个丰厚的福利红包。

是的，无论是"物质富裕、精神富有"目标，"建设美丽浙江、创造美好生活"愿景，还是"干好'一三五'、实现'四翻番'"，都以转变发展方式、推进转型升级为主线，都遵循着深化改革与创新发展之路而前行，

瓯江上游丽水段

统筹协调"五位一体"建设成为主题，而生态文明建设的位置更为显要。

有句话说得好："治好了地方环境，就是种好了梧桐树，不怕引不来金凤凰。"在全面深化生态文明建设、建设"美丽浙江"的进程中，唯有坚持环境整治与生态建设并举，加快转型升级，以整治倒逼转型，提升产业质量，方能推动经济良好发展；唯有既猛药去疴、对环境污染零容忍，又良药常补、不断提升环境容量，才能从根本上改善生活质量，更好地求得发展。

要不欠新账，多还旧账，算好总账，重视群众心里的账，这是2013年4月夏宝龙在浙江省第十次生态省建设工作领导小组全体会议上提出的要求，强调要把生态省建设推向新的高度势所必然、势在必取、势在必胜，但关键在于算好这"四笔账"。没有别的路子可走，只有持之以恒打好转型升级组合拳，依靠经济发展方式的转变解决环境问题，才能走向"绿水青山就是金山银山"的新境界。

就在第二年，在省委十三届五次全会上，省委又提出了一个新的战略部署："建设美丽浙江、创造美好生活"（简称建设"两美"浙江）。

2013年，已是浙江步入生态省建设的第11个年头。此时，浙江经济面临新旧动力转换、转型升级不进则退的关键当口，新情况新问题不断出现。想继续让浙江保持先发优势，一直走在前列，那就必须对以往的方向、目标、要求，对整体战略进行一次全面升级。"建设美丽浙江、创造美好生活"战略正是对"创业富民、创新强省"战略的深化和提升。

建设"两美"浙江，是在党的十八大提出"美丽中国"建设之后，浙江以实际行动展现出"干在实处、走在前列"的政治担当、历史担当和责任担当的表现。

"美丽浙江"中的"美丽"，与"美丽中国"中的"美丽"自然是同一个含义，甚至可以说，在很大程度上，前者与后者同义，它与自然生态美相涉，与生活环境美有关。把生态文明建设纳入到经济、政治、文化、社会建设的各个领域，纳入到"两富"浙江、"两美"浙江的建设中，这是浙江省委坚定不移的做法。

"浙江在这 10 年的过程中间，不仅仅是把'绿水青山就是金山银山'当作一个口号，而是将'绿水青山就是金山银山'这样一个理念，落实在经济决策，落实在地方发展、产业结构调整各个方面和全过程，所以浙江的生态文明建设的实践，确实在全国具有一种示范和引领意义。"中国社科院城市发展与环境研究所所长潘家华认为，实施"两美"浙江战略，以生态文明建设为手段，打通了一条"绿水青山"与"金山银山"之间的新通道。

建设"两美"浙江的总体要求十分清晰：深入实施"八八战略"，坚持生态省建设方略，把生态文明建设融入经济建设、政治建设、文化建设、社会建设各个方面和全过程；全面深化改革，加快经济转型升级，着力优化空间结构；改善生态人居环境，加强生态安全和资源安全；培育弘扬生态文化，强化法治制度保障；形成人口、资源、环境协调和可持续发展的空间格局、产业结构、生产方式、生活方式，努力实现天蓝、水清、山绿、地净，建设富饶秀美、和谐安康、人文昌盛、宜业宜居的"美丽浙江"。

"与环境整治和生态文明建设相关，优化完善实现永续发展的城乡区域空间布局，也在'两美'浙江建设中，有着诸多亮点。"浙江省社科院研究员杨建华认为，浙江已在思索的问题是，从"绿水青山"到"金山银山"究竟要迈过几道坎？"绿水青山"如何源源不断带来"金山银山"？

也是在 2013 年，浙江省委主要领导多次率有关方面负责同志，跋山涉水，深入乡镇、农村、企业、库区调研，直面问题和矛盾，探求思路办法。多次调研后，省委逐渐形成了以治水为突破口倒逼转型升级的战略思路：浙江是江南水乡，水污染关乎千家万户、千秋万代，水污染表象在水里，根子在岸上。抓住治水这个转型升级最关键的突破口，就能真正实现有质量、有效益的可持续发展。

而以治水为突破口，浙江打出了一套转型升级的组合拳。这套组合拳由浙商回归、"五水共治"、"三改一拆"、"四换三名"、"四边三化"、"一打三整治"、创新驱动、市场主体升级、小微企业三年成长计划、七大产业培育这十招"拳法"组成，突出问题导向和效果导向，坚持强优、挖潜、转劣一同实施，坚持引领、倒逼、助推一道发力，坚持制度、能力、作风一体建设，既是对"四个全面"战略布局的贯彻落实，也是对"八八战略"的传承和发扬。

从 2013 年开始，浙江从率先编制生态环境功能区规划到首创空间、总量、项目"三位一体"新型环境准入制度，从深化资源要素市场化配置改革到完善资源有偿使用和生态补偿制度，从创新基本财力增长到探索构建"绿色金融体系"，"生态保护"、"绿色发展"、"民生幸福"等，从未停歇。《新安江流域水环境补偿试点实施方案》正式实施，开化县、淳安县、浙南山地重点生态功能区入选国家主体功能区建设试点示范名单；建立环境损害责任终身追究制度以及环境损害惩治制度；省级以上生态公益林最低补偿标准提升至每亩 27 元（2014 年），为全国最高……一切都在说明，浙江人的发展观更"绿"了。

在丽水莲都区，"百兴菇业"从接种、栽培到下一轮繁殖全部采用纯生态标准，生产的有机杏鲍菇零售价 350 元 / 斤，相当于普通杏鲍菇售价的百倍之多；衢州地表水常年保持一级水质，是全省唯一连续多年保持出境水水质 100% 达标的区域，一江清水也给衢州人带来了生态红利，娃哈哈、伊利、康师傅等知名企业纷纷到衢州投资与水有关的产业……这说明浙江人的财富观更"新"了。

"绿色＋"与"互联网＋"相互促进，互联网金融、智慧物流、智能制造、健康养老、社交网络等新经济新业态破茧而出，成为新的重要经济增长点。"梦想小镇"等一批特色小镇引来海内外年轻创客，一大批"互联网＋"企业入驻新型"众创空间"和创业生态圈；蓬勃发展的农家乐和民宿成为农民增收的新引擎。新旧增长动力加快转换，依托绿水青山培育新的经济增长点……这又在说明，浙江人的创新观更"强"了。

这套组合拳帮助浙江打出一份"含金量"更高的发展"成绩单"。通过一年的努力，2014 年，全省生产总值突破 4 万亿元大关，同比增长

7.6%；城镇常住居民人均可支配收入和农村常住居民人均可支配收入分别达 40393 元和 19373 元，分别连续 14 年和 30 年居各省区首位。

更让人兴奋的数据是，截至 2014 年底，全省 37%的农村实现生活污水有效治理，97%的农村实现生活垃圾集中收集处理。这一年，浙江以全国不到 1%的土地、4%的人口，创造了占全国近 7%的生产总值。

沿着"绿水青山就是金山银山"的道路走下去，前方就将呈现更美的风景。当然，这条路很长，需要信心，需要激情，也需要毅力，需要面对困难和挫折的不竭勇气。

相关链接

党的十八大报告指出，建设中国特色社会主义，总体布局是经济建设、政治建设、文化建设、社会建设、生态文明建设"五位一体"。"五位一体"总体布局标志着我国社会主义现代化建设进入了新的历史阶段，体现了我们党对于中国特色社会主义的认识达到了新境界。"五位一体"总体布局把生态文明建设纳入其中，提出要从源头上扭转生态环境恶化的趋势，为人民创造良好的生产生活环境，努力建设"美丽中国"，实现中华民族永续发展，是我国社会主义现代化发展到一定阶段的必然选择。

全域景区化，一个县与一座国家公园

山是青的，溪是透明的，鸟叫悦耳动听，油菜田是迷人的粉黄。把整个县域都当成一个公园来打造，似乎是一个不无浪漫的梦想，在这里，却已是活生生的现实。

"又若两载以来，古城宝郡日新，风云并起。龙腾于渊，绿水青山列阵；凤鸣于阳，生态大旗独举……"这篇《开化国家公园赋》，以颇具诗意的语言，描述了这片绿水青山之美，记叙了开化国家公园的探索历程，抒发了尽享美景的愉悦之情。浙江母亲河钱塘江的源头之一，衢州市开化县，一座全域景区化、景区公园化、经济生态化、生态经济化的国家公园已显雏形。更重要的是，打造"生态立县"发展战略"升级版"的理念日臻成熟，实践样本得以树立。

2015年6月30日，全国优秀县委书记表彰大会在北京召开，浙江受表彰的三位县委书记中，其中有一位便是时任开化县委书记鲍秀英。

"习总书记和我握手的时候，我向他介绍了开化国家公园，欢迎他有机会来考察。习总书记微笑致意。"鲍秀英对习近平总书记亲切接见自己的场景记忆犹新，回到开化后经常念叨此事，激动万分。

鲍秀英之所以如此激动而自豪，首先当是因为习总书记的鼓励，同时也是因为这座全县域景区化的"开化国家公园"，凝聚着35万开化人多年来追逐"绿水青山就是金山银山"的生态梦想，凝聚着开化人走生态文明建设之路、改变先前经济落后面貌、获得跨越式发展的热切期望。

开化县的最大优势在于生态，尤其是森林，森林覆盖率达全县域的80.4%，人均水资源占有量为全国和全省人均占有量的近4倍，全年空气质量达到国家二级以上标准，被誉为"绿色明珠"、"天然氧吧"、"中国的亚马孙雨林"，全国有9个生态良好地区，开化名列其中。

虽然地处山区，与全省其他县市相比，开化的经济发展相对滞后，但它拥有得天独厚的区位地理优势，并非交通闭塞之地。倘若把黄山、三清山、婺源、千岛湖等著名旅游景区连结起来，其交通结点即在开化，加之距浙、皖、赣、闽四省交界处不远，杭新景高速公路、九景衢铁路等多条重要运输线陆续开通，物资、人员、信息流通迅捷，其非凡优势也不可忽略。这么一处地方，究竟该选择往哪个方向、依靠何种手段发展？

有人提议，索性直接搞工业经济，比如兴建几处工业园区，把开化的林木等资源化为产品，行销各地，见效必定很快；也有人主张搞商贸经济，你不是四省通衢么？不是有了多条交通大动脉么？别的地方，不出羊皮的办起了皮革城，不产参茸的搞起了全国首屈一指的参茸市场，与之相比，开化的自然物产还极为丰饶，预计也能赚到不少钱；当然还有人抱着劳务输出等主意不放，认为外出打工还能学到不少东西，返乡创业又能促进当地经济发展。

然而开化人经过深入思考、反复衡量，最终推出了一项大手笔战略：建设国家公园，把整个开化县域建成一个大景区，打造"生态立县"发展战略"升级版"，让生态来推动社会经济发展。

2013年6月，与启动建设"两美"浙江几乎同步，紧紧抓住国家、省级开展主体功能区建设的机遇，开化县喊出了"建设国家公园"的口号。

在超过90%的县域保护生态环境，提供更多生态产品，用不到10%的县域集聚20万人口和90%的经济总量，这是开化全域生态经济的空间布局。国家公园建设伊始，开化县立即着手开展国家公园课题研究，邀请国务院发展研究中心、国家发改委规划司等部门的10多位全国知名生态文明专家来现场考察，高起点、宽视野地编制了战略规划、标准体系和重点生态功能区规划，划定了生态保护空间、农业生产空间和城镇发展空间。

按照"生态立县"的战略思路，开化县围绕着生态保护、建设和发展，以重点生态功能区建设为契机，确立了以自然开化、休闲开化、人文开化、美丽开化为目标，全域景区化、景区公园化为主线，经济生态化、生态经济化为导向，探索出了一条既保上游"吃饭"，又保下游"喝水"，可传承、可复制的生态文明建设道路，并积极探索建立国家公园体制的有效路径。这一发展思路在开化得以充分实践，在全国也极有借鉴意义。

开化县马金镇姚家源村，宽阔澄澈的马金溪从风景如画的钱江源头白际山深处流出，在姚家源村西侧流出了一个柔美的大湾。这座千年古村可谓来头不小，据载，南宋时，大理学家朱熹曾来此讲学，距此不远的包山书院、崇化书院为明朝和清朝时的江南著名书院，堪与广信鹅湖书院、南康鹿洞书院、吾遂瀛山书院齐名。姚家源扛灯又名宫灯，是宫廷彩灯的一种，始于唐代，盛于宋元，已列入省级非物质文化遗产项目，是当地开展休闲旅游的一大亮点。

然而，或因地处马金溪河湾处，河滩上曾经漂满各类垃圾，有的是村民的生活垃圾，有的是游客留下的。生活污水全部直排马金溪中，当然还有田里的农业生产污水，也是马金溪的污染源。"开化要建成国家公园，对生态环境的要求很高，任何一片垃圾都让人觉得很刺眼。"姚家源党支部书记姚文军说。

姚文军与村两委班子把清除河滩上的垃圾作为"大干三个月，环境大提升"生态整治活动的头一役，村民们云集河滩，运用各种工具，多年淤积下来的垃圾都被挖了出来。一下子，不见垃圾踪影的河滩特别干净，干净到让任何人都不忍心再乱扔乱抛。

开化县马金溪

然后便是修整马金溪沿岸河滩，把它修缮为绿地公园、天然浴场、美术写生基地和婚纱摄影点。游步道修筑起来了，千层石和柳树点缀其间，水上娱乐场是利用河滩边的景观坝围出来的，还有一处让游客眼前一亮的天然游泳池——因为它的水实在太清澈了。姚家源村由此成为马金溪畔最靓的乡村游景点之一。

作为开化国家公园建设和"五水共治"以来开化县第一个开展河道整治的农村，姚家源村的行动得到肯定和推广。"我们的河滩整治，省里领导还专门表扬了我们，让村民们都觉得脸上有光。后来，附近的村和乡都跑来看我们的生态整治成果。"姚文军喜不自胜地说。水好了，姚家源出产的马金豆腐也更好吃了，有的游客就是冲着姚家源乡土美食而来的。

"人一之，我十之"，这是开化人在建设国家公园时立下的誓言之一。与姚家源村一样，克难攻坚精神、"不破法规破常规"的改革创新精神和"众人拾柴火焰高"的团队合作精神得以充分发扬，围绕国家公园建设的实质性措施接连出台：

围绕"三改一拆"、"五水共治"、"四边三化"、"六城联创"等环境美化活动，实施国家公园锦绣行动，完成绿化彩化 15000 余亩，林相改造 34000 亩，种植珍贵树种 60 万株，打造了三条景观大道，为国家公园布下了一个绿色银行。

组织十万妇女打响"垃圾革命"攻坚战，农村、集镇生活污水治理进入攻坚阶段，出台农民建房管控制度，加快推进无违建县创建。2014 年，开化荣获"美丽中国"示范县称号。

一大批"高污染、高耗能、高排放"企业被"关、停、并、转、破、调"；实施了最严格的《开化国家公园山水林田河管理办法》，139 家污染企业被关停，110 家木材加工厂、78 家制砂场被取缔，一下子，全县经济损失达 18.4 亿元，每年减少利税 3.67 亿元，却在所不惜。

明确工业产业发展目录，建立招商引资负面清单，提高准入门槛，对不符合生态环境功能区划、不符合产业政策等要求的项目一律禁批，严防严控环境污染。

编制《开化县重点生态功能区示范区建设规划》、《开化国家公园发展战略规划》，把整个县域科学划分成生态保护、生态农林、产业集聚三大区域，该保护的严格保护，该发展的充分发展；所起草的国家公园标准体系开了国家公园综合争先考核办法之先河。

编制完成全国首个县域创意农业发展规划，加快创意农业、家庭农场和"一村一品"建设，实现从传统的种作物、种庄稼向种创意、种风景的转变。油菜花、小麦套种出来的太极乐园、用 GPS 定位技术"写"好的"国家公园"等字样、桑园里寻宝似的桑果采摘……新奇的农业创意成为生态农业的一个亮点。

制定出台《县旅游发展三年行动计划（2014—2016)》，深入实施民宿"十百千万"工程、人气集聚"三五"工程。2013 年后的两年中，开化县拥有了全衢州唯一一家 5A 级景区、一家 4A 级景区、两家 3A 级景区等一批景区景点。开化乡村休闲旅游方兴未艾，大量闲置不用的农居房改建成了民宿，各路游客慕名而来。

……

所有实打实的努力都结出了果实。开化国家公园打造两年来，截至 2015 年底，全县森林覆盖率在高基数上增长 0.14 个百分点，达到80.54%；出境水质 100%保持I、II类水，空气质量指数（AQI）优良率为 99.3%，同比增长 10.9 个百分点，空气质量在全省县级以上城市中保持第一。

越来越多的农民吃上了"生态饭"，农民人均纯收入增长达 11.3%。2014 年游客达到 585.61 万人次，旅游总收入 35.99 亿元，同比均增长 30.3%，文化旅游成为社会竞相投资的热点，旅游业全年投资 13.43 亿元，创历史新高。

2015 年 6 月 8 日，经国家发改委等 13 个部门确定，北京、吉林、浙江、福建等 9 省市试点国家公园体制，试点时间为 3 年。开化县最终被确定为浙江省唯一一个国家公园体制试点地区。

同年 8 月，衢州市将开化国家公园建设列入"一城一区一园一村"发展战略。随后，开化又将国家主体功能区、国家生态公园、首批国家级生态保护与建设示范区和省级重点生态功能区示范区、首批省级特色小镇等10多项试点任务收入囊中，一一实施。

世界地掷球（塑质球女子团体）锦标赛、"夏避暑——万人畅游钱江源"、全国男子举重锦标赛、"开化油菜赛婺源"摄影赛……因为有了这么好的生态环境，因为有了国家公园，各种文体、休闲、旅游活动在此举行，是理所当然的；"全国魅力新农村十佳县市"、"绿色中国"特别贡献奖、首届"浙江最具魅力新水乡"等系列荣誉归了开化，也是理所当然的；根宫佛国文化旅游区、甲壳虫动漫未来音全息科技馆、五洲国际商贸城、钱江源花卉主题公园、泰康健康产业园、红木家具产业园等重大项目陆续在此落户，同样顺理成章。

"绿色发展兮潮流所向，公园芳华兮驰誉流芳。"如今，在开化国家公园的基础上，国家东部公园的概念也已形成，即以整个开化作为大公园、大景区来规划和建设，把开化打造成一个面向全国的生态休闲、养生的地方。

相关链接

国家森林公园是指森林景观特别优美，人文景物比较集中，观赏、科学、文化价值高，地理位置特殊，具有一定的代表性，旅游服务设施齐全，有较高的知名度，可供人们游览、休息或进行科学、文化、教育活动的场地，由国家林业局准予设立。浙江省现有千岛湖、大奇山、兰亭等41个国家森林公园。开化国家公园为国家森林公园的"升级版"，其设想是，以整个开化作为大公园、大景区来规划和建设，把开化打造成一个面向全国的生态休闲、养生的地方。在开化建设国家公园是创新发展、转型升级的重要载体，是生态旅游发展的深度探索，将对我国旅游业产生重要的影响力，并起到示范作用。

情势相逼，期望深重，我们必须经受考验

"多地市民邀请环保局长游泳"的舆论事件、多年未遇的大旱、因"菲特"强台风引发的洪涝灾害……现实时时警醒，期望愈见深重；坏事可以变成好事，唯有付诸行动。

2013年2月16日，杭州毛源昌眼镜有限公司董事长金增敏在微博上说，温州瑞安市仙降街道橡胶鞋厂基地的工业污染非常严重，污水直接排入河流，旁边居民癌症患者人数高得离谱，如果环保局长敢在这河里游泳20分钟他就拿出20万元。这条微博当然配有那条被污染河流的照片。

金增敏表示，自己就是瑞安市仙降街道金光村人，这张照片是他回老家时拍摄的，该河的位置在金光村与横街村的交界处。他回忆道，自己小时候经常在这条河里与伙伴游泳，那时候村民都是在河里洗衣洗菜的。当时公路还不十分发达，这条河还兼有交通功能，作为仙降一带交通出入的主要通道。

"这条河留有我很多的童年记忆，可现在只要一进入仙降街道，就闻到一股强烈的臭味。"金增敏说，自己在回老家时曾经找过几位橡胶鞋厂老板，老板们竟然并不讳言，橡胶鞋厂的污水确是直接排放到河里的，没有经过任何处理。

"这条河的确被污染了，河面上漂浮的还有大量生活垃圾。"瑞安市环保局长包振明表示，这条河流的污染，另一大原因是河流两侧人口过多，生活垃圾胡乱倾倒。仙降街道有本地人口4.4万人，外来人口8万人，人口总量早已远远超过当地环境的承载量。这条河又靠近橡胶鞋厂区，橡胶

鞋厂属劳动密集型企业，住在厂区里的工人朝河里乱排生活污水，也是此河被严重污染的一大原因。

金增敏出 20 万元喊瑞安市环保局长下河游泳的话音未落，19 日中午，又有网民"悬赏"30 万元请温州苍南县环保局长苏中杰下河游泳。

有网友在微博上发帖：据苍南县龙港镇广大居民反映，龙港镇内所有河道都是污水横流，臭气熏天，龙港居民的健康大受威胁。今天本人路过龙港龙跃路随手拍了几张照片以供全国网民一睹为快。特此本人决定：悬赏 30 万元人民币盛情邀请苍南县环保局长苏中杰抢先下河游泳 30 分钟。

温州各地"悬赏环保局长下河游泳"的呼声越来越多，从侧面反映了温州河流污染严重的现状。其时，在温州市环保局网站上，最新一期的环境公报还是 2011 年版，对于河流水质的总体情况，公报这样描述：平原河网水质较 2010 年无明显变化，水质以劣 V 类水为主，部分平原河段水质略有好转，总体污染仍然严重。

当然，河流污染并不仅限于温州，多个地方的民众也效仿温州市民邀请环保局长下河游泳。毫无疑问，网友喊话局长下河游泳的调侃，是对相关部门环保治理的极大失望。而保护好人们赖以生存的环境与水源，是关系千秋万代福祉的大事，也是环保部门应尽的责任，更是检验环保部门工作绩效的试金石和首要条件。

人民群众的呼声不能没有回应。"邀环保局长下河游泳"并非简单地让环保部门负责人接受"惩罚"，它反映的是民众期望政府部门重视治污的强烈心愿。可以说，从那时起，浙江所有环保部门负责人都有了摩拳擦掌之意，必须拿出百倍的决心和勇气，以治污实绩来改变现状，回应呼声，提升政府公信力。

一方要让环保局长下河游泳，一方已在回应愿意一试。同年 5 月 8 日，苍南县龙港镇人民政府官方微博写道，浙江省副省长在视察当地河道整治工作时表示，两年后将再到龙港，协同环保局长一同下河游泳。这是浙江迄今为止表态"下河游泳"的最高级别官员。

而在此之前，时任温州市委副书记、温州市市长陈金彪也表示在河道治理好后愿意下河游泳。4月17日下午，陈金彪在参加直播访谈时表示，有关部门已制定了塘河整治五年计划，承诺塘河治理好后会下河游泳。18日，温州市环保局对此回应，会严格按照既定计划对垃圾河、黑臭河进行整治。

民众的呼声终于得到了最好的回应。9月7日，在金华兰溪市举行的"保护母亲河，畅游兰江水"活动中，1000多名市民从兰溪市中洲公园阳光沙滩下水横渡兰江，和他们一同下水的，还有金华市副市长张伟亚、时任兰溪市委书记吴国成以及金华各县（市、区）、衢州市龙游县的环保局正副局长15人。

"为了让大家看看现在的兰江水有了很大的改善，也激发大家的环保意识。"兰溪市环保局长施廷涌说。经过几年的整治，兰江水域生态明显改善，"下河游泳有了底气"。

此前的8月3日，台州、丽水的环保局长也下河游泳，并倡议更多的人来保护我们的母亲河。

古语有云，"当官须为民"、"官民同心生合力"。环保部门负责人乃至党委、政府部门领导敢于下水游泳，这表明浙江各级部门负责人对民众意见不是置若罔闻，而是以"下水游泳，以身试污"的实际行动积极回应，是思想"洗洗澡"的转变。

"环保局长下河游泳"给了老百姓实质意义上的答复，也为其环保治理的成果锦上添花。环境污染，环保部门难逃对污染源的监管失察之责。"邀环保局长下河游泳"舆论事件之后，浙江全省普遍提高了治水意识，如浙江环保部门将钱塘江上游列为重点整治区后，关闭了一大批蓄电池、电镀、化工、印染、造纸工厂等污染"大户"，水质开始好转，逐渐实现了从IV类到III类的转变。从成效来看，兰溪市等地环境质量确实得到了好转。因此可以说，"邀环保局长下河游泳"及其回应，是浙江环保部门提高政府公信力和影响力的一次突破。

而在"邀环保局长下河游泳"渐成热词的同时，浙江又陷入了多年未遇的旱灾。旱区主要集中在浙中、浙西、浙东等山区、半山区和海岛。

高温不退，干旱不休。自 7 月 1 日出梅以来，高温天就没离开过浙江。受此影响，全省水库河网水位持续下降，相当于一天减少近 5 个西湖的蓄水量。8 月 11 日上午 10 时，伴随着旱情加剧，浙江将抗旱应急响应从原来的Ⅳ级提高至Ⅲ级。在江南水乡，启动抗旱Ⅲ级应急响应，在近 10 年来是第一次。

杭州茶叶被烤焦了 20 万亩，其中西湖龙井就有 2 万亩受灾；临安山核桃 70%因果实干瘪绝收；桐庐富春江的湖蟹晒瘦了一圈；余杭运河边的黑鱼塘里，400 吨黑鱼相继莫名死亡，渔农损失逾 800 万元……

浙江不少县市都出现了不同程度的干旱，其中衢州、丽水等地山垅田由于断水时间长，出现泥土发白、地表开裂的状况。

省水利厅、省防汛防旱指挥部努力做好浙东引水、舟山大陆引水、乌溪江引水、洞头大陆引水、乐清楠溪江引水等跨流域、跨区域调水协调工作。虽然全省主要供水水库一般能保证两个月左右的正常供水，但依靠小溪流或小水库、山塘供水的农民饮用水工程抗旱能力一般只有一个月左

正遭受洪水侵袭的城市

右，接下来再不下雨可能会无水可供。

向来并不缺水的浙江，因一场干旱而陷入如此狼狈的境地，这给了我们什么样的警示？

而到了 10 月，强台风"菲特"只是在浙江沿海掠过，竟然导致余姚城区 70% 的地区受淹。余姚全市 21 个乡镇均受灾，145 个行政村和社区被围，受灾人口 832870 人，房屋受损较严重的 25650 间，转移人口 61665 人。

这次台风来袭时，24 小时降雨量和余姚江水位均创下新中国成立以来最高纪录，主城区受淹，交通瘫痪，全线停水、停电。山区公路交通全部中断。山区溪道、电站、灌溉等设施受损严重，平原河网的姚东浦塘全线漫堤。据称，不只是余姚，这次台风前来，浙江因洪涝灾害造成直接经济损失 275.58 亿元！这又说明了什么？

"江南水乡"为何面临重重"水患"？"水多"，洪涝灾害频发；"水脏"，水污染严重；"水少"，水资源短缺……我们不能把简单地把"邀环保局长下河游泳"和"水困余姚"当成茶余饭后的一个谈资，一笑了之、一谈了之，必须通过治水牵一发动全身，推动全面深化改革。哪里是民生的广泛关切，哪里就是工作的着力点。决策者更应缘此关注环境治理的迫切性，从而加快生态文明建设的推进速度。

习近平曾反复强调，绝对不能允许那种只顾眼前、不顾长远，先污染后治理、先破坏后恢复的发展方式。

由此，从 2014 年起，浙江全面吹响了"五水共治"集结号，从浦阳江治污打响第一枪，到全省全面治污水、防洪水、排涝水、保供水、抓节水，全面铺开、步步深入，浙江站上了生态文明建设的新起点。

每一个举措和决定，都是充分发挥浙江天时、地利、人和的优势，积极回应人民群众的期待，有力推进生态省建设的重大步骤。

是的，直面现状，面对灾情，我们除了思考，除了讨论，唯有行动。

相关链接

　　环境保护制度中的强制性制度安排，是指采用法律、行政、经济等强制性手段来实现经济活动的绿色化的制度规则。其中法律手段主要表现为自然资源与环境保护立法、司法、守法和法律监督等方面的内容；行政手段主要表现为国家行政机关制定实施经济发展与环境保护相协调的环境保护政策，对环境保护产业的政策性引导、规划与监督；经济手段主要是指国家通过经济鼓励与经济抑制对环境利用的干预，如建立环境保护专项投入资金，对环境保护科研与教育的组织与投入，收取环境资源税费等内容。

第八章

铁腕治水：
意志的钢钉何惧顽石

　　我思古人，伊彼大禹，洪水滔天，神州无净土！左准绳，右规矩，声为律，身为度……薄衣食，卑宫宇，排淮泗，决汉汝……

——《大禹纪念歌》

　　吃了饭，去巡逻，我是河长陈根土。别笑河长不是官，管着门前一条沟。……别说我的权不大，村长这事得听我。谁要弄脏我的河，把谁名字挂墙头……

——衢州原创歌曲 《我是河长陈根土》

当水环境污染超过了极限之后，如果没有壮士断腕的决绝，没有铁腕治水的豪迈，没有置之死地而后生的勇气，怎么可能以力拔千钧之势，义无反顾地打响一场生态治理的生死之战？浦江县个性化的治水方法，不仅为浙江"五水共治"提供了不可多得的宝贵经验，也为全国水环境治理树立了样本。

　　朗如日月，清如水镜。水是生产之基、生态之要、生命之源。"五水共治"在浙江具有重要的经济、政治、文化、社会、生态意义，治水的过程，就是产业转型的过程，就是弘扬热爱水、珍惜水、节约水的文化的过程。按照"五水共治，治污先行"的思路，主要清理黑河、臭河、垃圾河，力争3年解决突出问题、5年基本解决问题、7年基本不出问题。与此同时，防洪水、排涝水、保供水、抓节水也要齐抓共治、协调并进。

污染了家园，哪怕是金碗也要把它砸了

浊水遍地，腥臭四溢，鱼虾尽丧，田畴污损，沟渠溪河都成了"牛奶河"……污染在水里，根子在岸上。水晶加工产业，是浦阳江的头号污染源。我们究竟还能忍多久？

2013 年，浙江省"五水共治"的第一枪，在地处钱塘江支流之一浦阳江畔的金华市浦江县打响。

浦阳江自浦江县天灵岩南麓而出，经诸暨、萧山，蜿蜒 150 公里后，汇入浙江母亲河钱塘江。在江河众多的浙江，浦阳江并不算很长，但却是一条有着深厚历史文化底蕴的河流：黄宅镇的上山文化遗址为中国稻作文明的发源地之一；郑宅镇的郑义门号称"江南第一家"，是中国儒家文化的实践地，其孝廉文化迄今已传扬了 900 年。

浦阳江又素有"浙江小黄河"之称，几千年来水患不绝。据《史记》相关记载和后人考证，为治理水患，大禹曾将浦阳江水经西小江引出萧绍平原注入大海。《尚书·禹贡》曰："三江既入，震泽底定。"三江，即松江、钱塘江和浦阳江。浦阳江的复杂地貌和其重要地位由此可知。

进入 21 世纪初，浦阳江以及浦江县进入了更多人的视野，一是因为它的污染，浑浊如牛奶的废水日夜流入浦阳江河道；二是因为在"五水共治"战役中，浦江铁腕治水、非赢不可的行动。一场真正的治水硬仗就在这里打响，足以载入浙江治水史册。

"雄心撼天地、勇气惊鬼神"，这是曾写在沪昆高速公路浦江出口那块巨大宣传牌上的句子，充满激情，也不乏悲壮。当你一点点了解浦江污水治理的具体过程和鲜活故事后，定会领悟这 10 个字的真正内涵，以及其中蕴含的巨大力量。

20 世纪 80 年代后期，水晶加工生产被引入浦江，因其工艺简便、生产成本低，很快就成为浦江特色产业，出现了家家户户磨水晶的景象。

所谓"水晶"，其实就是灯具玻璃饰片、装饰在衣服上的玻璃珠子和水晶贴片等，这些全是靠人工加工而成的。制作时，先使用硫酸等化学液体去除其杂质，再用抛光粉将其在抛光机上打磨成多角多棱状，从而可在光线下熠熠发光。

但是，在整个打磨加工过程中，必须一直用清水冲洗，导致用水量极大。这些冲洗过的废水含有玻璃粉末，化学酸洗过程中又因含有重金属而产生了对环境有极大污染的工业废水。由于这些废水呈奶白色，一旦排入河流中，好端端的溪河就会变成"牛奶河"、"牛奶溪"。而水晶贴片在加工时往往还用沥青等物质进行黏合，因此，冲洗过这类产品的废水呈黑褐色，原本清亮的河流由此又成了"墨河"、"黑水河"。最后，这些被污染的水体统统流入浦阳江，将这条钱塘江水系的重要支流染成了酱紫色。

没错，在人人期冀致富之时，水晶加工业的出现，宛若福星降临。没有复杂难学的技能，只要有两只手，一条板凳配上一张木案，一个电机带动一个转盘，设备投入只需几百元，就可以进行水晶加工；只要肯吃苦，就可以开水晶加工厂。因此，在极短时间内，水晶加工点遍布浦江城乡。

据统计，最发达兴旺之时，全浦江有水晶加工户 2.2 万余家，85%的行政村都有水晶加工户，绝大多数是家庭作坊；水晶产业产量占全国的80%以上，"水晶之都"的"美誉"非浦江莫属。水晶毫无异议地成为当地第一"富民产业"，甚至是远在广东的灯具市场，说起浦江水晶都无人不知，且从事水晶灯具销售的大多数人正是浦江人。

有一则传说在此值得一提：在市场销售行情最好的时候，有一个浦江水晶生产户拎着一麻袋水晶去广州，竟然换回来一麻袋人民币。这则近乎神话的真实致富故事刺激了无数人，促使更多的人投身其中，日夜磨研。

尽管水晶加工业属于"三高一低"（高污染、高耗能、高危险，低效益）产业，但由于上述原因，它在浦江急遽发展起来，且由水晶加工业引发，在浦江出现了一条产业链，从产品加工、原料设备供应到房屋租赁、商贸服务"三产"格局也已形成。据统计，当时全县 38 万户籍人口中有 20 万人与水晶产业链利益相关。

"刚开始加工水晶时，磨一颗八角水晶珠能卖 3 毛钱，利润有 1 毛多，而后来一颗售价才六七分，利润只有 1 分多。"一名水晶加工作坊主介绍，因人工费用不断上涨，卖方互相压价，产品利润下降，单家单户做水晶加工赚钱越来越难。为降低生产成本，不少老板雇用了外来打工者。

罗印田是云南镇雄人，是当初最早来到浦江做水晶加工的外来打工者之一。"我们在老家就听说，浦江的这一行易上手、工资高，就跟着别人来了。来到这里后，虽然干活辛苦，但钱确实要比老家来得快。"这些外来打工者在熟悉了生产流程和销售门道后，渐渐开始自己做老板，这些外地老板又招来了更多的外来打工者。

数据表明，从 20 世纪 90 年代起，有大量外来人口涌入浦江。在水晶生产高峰期的 2010 年，浦江的外来人口近 29 万人，相当于浦江户籍人口的 75%。无疑，外来人口的大量增加，又不可避免地给当地带来了环境卫生、人口管理等难题。

没有专门的生产场地，从不处理污水，逃避缴纳税费，有的还采用"开一枪换个地方"的掠夺性生产方式；发展无序、配套设施欠缺、管理失控、环保观念落后，当然还有过于追求经济利益的态度，也导致了污染的愈加深重。

浦江县环保局曾公布过一串不忍目睹的数字：水晶加工生产最发达、污染也最严重时，每年排放 490 万余吨水晶加工废水，县域内 577 条河流中的 90% 以上遭受了污染；每天产生的上千吨水晶废渣又都四处抛撒，河沟、溪流、荒地，乃至村庄旁、农田间，都成了废渣的堆放场。可想而知，一旦下雨，巨量的废渣水又流向溪河、流向田陌、流向村庄，使整个浦江都蒙上了一层可怕的灰白色。有人不禁发出一句沉痛戏言："白茫茫一片大地真污浊！"

白马镇塘里村 62 岁的邵锡荣曾把浦阳江水抽上来浇地，发现用这江里的水洗手，双手竟然都会发痒，吓得他再不敢用这水浇地了。有人去江边洗脚，结果脚因污水生了烂疮。

70 多岁的退休教师方银花，家住浦阳江翠湖段不远处，实在受不了江面的恶臭，多年来一直不敢开窗："因为一开窗，那臭气能熏得我不想吃饭！"

一个名叫徐建春的农妇，在浦阳江重要支流西溪畔已生活了 30 多年。西溪成了"牛奶溪"后，每天被臭气、脏水包围，让她连性情都变得暴躁了。她曾与邻居一起到县政府上访 10 余次。有一次，情绪失控的她差一点把随身拎着的一桶西溪臭水泼向接访的工作人员。

"村里人用不怕腐蚀的轮胎做容器，对水晶进行打磨抛光。而被废弃的大量旧轮胎，又对村庄环境造成很大破坏。"大畈乡清溪村村支书方东阳说。水晶加工业无序发展之时，污染不仅来自工业废水和各种废料废物，被污染的也不只是河水，像清溪村这样曾以风光秀丽著称的小村庄，整体环境都已面目全非。

浊水遍地，腥臭四溢，鱼虾尽丧，田畴污损……若要简述 2013 年以前浦江的水环境恶劣到什么程度，两个成语可以概括：触目惊心、危在旦夕。

"千家万户勤磨珠，不顾江河废水流"，这是另一句被改编的沉痛戏言。有人说，看了污染后的奶白色的溪河，看了废水大量流入的浦阳江，再说到"牛奶"两字，就会从心灵深处涌上一股难以名状的恐惧感。

2012 年初，因跨行政区域河流交接断面水质考核不合格，浦江县政府被省政府处以 200 万元罚款。

在外面，浦江人也因为水的问题抬不起头来。一名非水晶加工业人士曾向作者回忆，有一次他去杭州办事，与朋友闲谈之际，对方突然冒出一句："你知道为什么杭州人现在喝的水越来越差了么？是因为你们浦江人往浦阳江、钱塘江倒进了太多的'牛奶'!"话音刚落，一旁就有不少人附和。

尽管这样的话语不无情绪化，但因水体污染导致周边地区居民不满、对浦江人颇多怨言的情况的确存在。环保部门测定，浦阳江从浦江县城至出境断面，均为劣V类水质，是浙江省江河水质最差的河流之一。钱塘江污染物有相当一部分，确实是从浦阳江流入的。

这是一条已引起全省人民强烈关注的河流，这是一片已超出污染承受力的土地。

"再也不能坐在垃圾堆上数钱，躺在医院里花钱了。"面对越来越严重的污染，浦江人民整治水晶加工产业、还我绿水青山的愿望十分强烈。是的，再这样下去，不仅愧对先人，更愧对子孙。浦江人忍无可忍，已从"要我整治"变成"我要整治"。

事实上，浦江县领导对此并未熟视无睹，而且早有着手治理的计划和行动，毕竟这污染已极其严重。2006年和2011年，浦江县政府曾对这些高污染、乱排放的水晶加工企业和作坊发起两轮整治行动，试图阻止其发展甚或扭转愈演愈烈的污水之害的局面。

然而，在一个县域，对一个经济收益颇高的污染产业给出重拳，并非那么简单。水晶生产者人数众多，一旦予以关停整治，就将牵涉几十万人的利益调整，阻抗之势必然不小；水晶产业链较长，依附其上者甚多，有些还是当地颇有影响力的人物，其利益若有所损害，他们必定会动用自身力量阻击。更何况浦江水晶产业的环境污染问题沉疴已久，光靠几次突击性的整治，很难从根本上奏效。

果然，在政府部门发起治污行动后，众多水晶加工户把政府大楼包围了三天三夜，大有让政府退却、让治水歇手之意。当年参与过治污行动的政府工作人员向作者回忆，当政府相关部门人员动手拆除非法水晶加工作坊、没收和捣毁加工工具时，有的作坊主在地上打滚哭闹，有的作坊主扯着治污工作人员的衣服和身体，不顾一切地阻挠和抗拒，现场十分混乱。

有的作坊主还唆使打工者和不明真相的村民，把治污工作人员团团围住，意欲扣押。县政府采取了果断措施，方才把被围困的人员解救出来。

昔日的两次整治行动，其结果都是"高高举起，轻轻放下"，这是一种深深的无奈。出于社会稳定的考虑，政府相关部门只得妥协退让，原本大规模的整治计划不得不暂时中止。

政府部门的暂时让步，使得不少水晶加工户的非法排污更加肆无忌惮。

"全县409个村全部都有水晶污染，所有水晶固废没有一个妥善的出处，全都倒在江河、池塘里，整个浦江成为一个大垃圾场、废水池，很多人早已忘记以前生活的家园究竟是什么样子了。"浦江县委书记施振强沉痛地回忆道。

整治的中止，又引起了强烈要求治水的群众的不满。他们把一桶桶污水泼在了当地政府门口，还引来了众多媒体记者。浦江的对外形象受损，浦江人也因此而蒙羞。

那么，难道人们就任这"牛奶河"日夜流淌，忍心美丽的家园毁于污水吗？

不！当然不！"污染了家园，破坏了环境，哪怕是金碗，也要把它砸了！"痛定思痛，以施振强为县委书记的新一届浦江县委、县政府领导班子上任后意见高度一致，决心在承继政府先前治水设想的基础上，用意志的钢钉凿向顽石，以必胜的信念和勇往直前的干劲铁腕治水！

相关链接

截至2016年7月，根据监测结果，浦江县浦阳江51条支流中Ⅱ类水支流达到39条，Ⅲ类水支流为12条，全面消除Ⅲ类水以下支流，所有支流均达到"可游泳河段"标准。2016年1月至7月，浦阳江上仙屋断面水质21项监测指标均稳定达到地表水环境质量评价Ⅲ类水标准，交接断面考核为优秀。同时浦江县率先完成"清三河"工作，荣捧全省"五水共治"工作优秀县"大禹鼎"。2015 年 4 月，全县生态环境质量公众满意度已从以往的全省倒数第一跃升至全省第十八位。

像一名战士那样去战斗

"只要公开、公平、公正，就没有啃不下的硬骨头。正气加硬气，没有攻不克的堡垒。在战场上，没有朋友，只有战友！"一场大规模的污水整治行动如同一场风暴，迅速席卷无数违法水晶生产户，席卷每条污水河、每处排污口。

这一次抵达浦江采访，时间是在 2016 年 4 月 26 日。

恰逢江南盛春。自沪昆高速公路浦江出口下了高速，经过那块巨大宣传牌，沿 210 省道驶往浦江县城，窗外所见尽是齐整美观的村庄、宽敞平整的道路、碧草如茵的湿地、清水如许的河流……车行半小时，亲眼目睹的一切景致都可以用"洁净"、"美丽"来形容。几年没来这里，这番丽景显然又增添了几分。在旁的浦江同仁告诉我，就在前几天，全国水环境综合整治现场会就在浦江召开。

一次重要的全国性治水会议，一个肯定浙江治水之变、聚焦全国治水之难、探寻未来治水之道的会议，竟然放在一个小小的县城举行，毋庸置疑，其间必有重要缘故，那就是浦江的治水成果非同凡响，浦江的治水经验具备了在全国推广的价值和意义。

这次会议召开的前一天，全体参会人员走访了浦江县翠湖生态湿地公园、金狮湖和中部水晶集聚区等水污染综合治理成果点。身临治水现场者莫不赞叹和钦服，他们已经知悉，眼前的一切，即便是微小的成果，也需要极其艰苦的努力，付出极其沉重的代价。

在治理现场，环保部部长陈吉宁的赞赏溢于言表。他认为，浦江的做法，在思想观念上，从单纯追求 GDP 向主动践行"两山"理念转变；在战略目标上，从抓主要污染物减排向抓环境质量转变；在体制机制上，从环保部门单打独斗向党政同责、一岗双责转变；在推进方法上，从自上而下向自上而下和自下而上相结合转变。而且，浦江始终坚持质量导向、系统治理，水陆统筹、防治并举，党政同责、层层落实，建章立制、严格执法，市场导向、全面共治，这些个性化的治水方法，不仅为浙江"五水共治"提供了不可多得的宝贵经验，也为全国水环境治理树立了样本。

浦江水环境治理最大的特点，就是铁腕，就是"像一名战士那样去战斗"。

所谓铁腕，按照浦江县委书记施振强颇具感染力的话，就是要以铁石心肠、铁面无私的决心和手段，果断决策，全力出击，依法治水不手软。不管多么艰难，都要强力前行，哪怕一路骂声，一路瓦砾，照样勇往直前。要横下一条心，在工作中做到有文有武，拿出杀鸡用牛刀的决心，在

如今的浦江县翠湖公园已是一片澄澈

气势上压垮环境违法者，"宁听骂声，不听哭声"，"真理在大炮的射程之内"。只有这样，才能保护最广大人民群众的根本利益，才能上对得起祖先、下对得起子孙后代。

一句话，水环境污染到了触目惊心，乃至令人恐惧的程度，再不使出最强有力的手段，便只剩下坐以待毙——这绝非危言耸听。

推进经济结构的战略性调整和增长方式的根本性转变，就是要养好"两只鸟"：一个是"凤凰涅槃"，另一个是"腾笼换鸟"。所谓"凤凰涅槃"，就是要拿出壮士断腕的勇气，摆脱对粗放型增长的依赖。这是习近平在主政浙江期间再三强调的。

是的，当水环境污染超过了极限之后，如果没有壮士断腕的决绝，没有铁腕治水的豪迈，没有置之死地而后生的勇气，怎么可能以力拔千钧之势，义无反顾地打响一场生态治理的生死之战？唯有破釜沉舟，重拳出击，万众一心，才能浴火重生！

2013 年 4 月 25 日，顺应浦江百姓的强大民意，借着全省"五水共治"和"三改一拆"的有利形势，浦江县委、县政府再次打响了水晶产业整治战。

这是一场关系到浦江未来的生死之战，也是一场关系到每个浦江人的全民之战。

初春时节，一场大规模水晶产业污水整治行动，在浦江大地展开。如同一场风暴，迅速席卷无数违法水晶生产户，席卷每条污水河、每处排污口。

从 2013 年 4 月 25 日零时起，1000 多名县乡干部组成各种类别的工作组、巡查队、突击队，对全县所有无照经营户、违法经营户、污染物偷排经营户发起了一轮又一轮的整治。

河山村是这场水晶产业整治第一枪打响的地方。在这个只有 348 户人家的村庄里，居然聚集着 140 家水晶加工户。100 多名检查整治人员在此集中行动，1 个多小时的时间里，就查获 30 多家偷排漏排污水或无证生产的水晶加工户，其中 7 人涉嫌违法被警方带走。

检查整治行动队伍共有两支：一支由工商行政管理部门牵头，名为"金色阳光突击行动"队伍，主要是白天出动，专门查处无证无照的非法企业、作坊、加工点；一支由环保部门牵头，名为"清水治污零点行动"队伍，多为夜间行动，主要查处趁着夜幕偷排、漏排的企业和个人。

逢山开路、遇水搭桥，势不可挡。检查整治人员和执法人员实施突击检查，关停取缔偷排污水的水晶加工户，对偷排重金属超标的污水的作坊主予以立案侦查。拔掉一个个钉子户，摧毁一块块硬骨头。这样的突击行动反复进行，有时一天内出击三四次。

浦江县水晶整治办主任傅双庭介绍，从2013年4月25日至12月27日，全县开展"金色阳光突击行动"657次、"清水治污零点行动"485次；检查水晶加工户11200户次，553人被移送相关部门处理，其中治安拘留147人，追究刑事责任25人；依法拆除水晶违法加工场所共计64.7万平方米，减少水晶加工设备6.58万台。

另一组重要数据是，水晶行业整治攻坚战打响后的8个月中，浦江水晶加工户数就由15837家减至2507家，有7.7万外来人口陆续离开浦江。

同样是大规模整治，同样涉及一二十万人的利益大调整，其中大部分还是外来人口，可这次并未引发一起出县上访和群体性事件。对于前些年信访量一度高居全省榜首的浦江来说，这绝对是个奇迹。其原委究竟如何？

"这是因为这回动了真格！起初时大家还是观望的多，后来看到有人还因为违法排污被逮捕法办，就知道这回政府下了天大的决心。"云南籍打工者罗印田说。

上文已有所述，由于水晶产业链较长，各种利益关系盘根错节，即便是较为简陋的小企业、小作坊，其背后也存在着一定的社会背景。这也是前几次整治失利的原因之一。然而这一次，县委、县政府态度十分明确，不论本地人还是外乡人，违法必究，一视同仁。

2013年6月，在一次"清水治污零点行动"中，检查整治人员发现，在杭坪镇有家水晶加工厂竟还在顶风偷排污水！接下来的调查又发现，这家水晶小企业原来是县人大代表罗某家的。知道了自己家的企业成了整治对象，罗某当然想通过自己的影响"做些工作"，但他没想到此次整治无"下不为例"一说，光罚款是不够的，这家水晶加工厂被直接关停。

不仅是水晶产业污水整治，在其他领域，只要发现有人偷排污水，只要有人阻抗环境整治行动，无论他是什么身份，有多硬的后台，一律依法办理，按章办事。

2014 年 1 月，有人发现浦阳江支流义乌溪黄宅段水体出现大面积由白变红、由红变灰的污染现象。县领导得知后，即会同当地镇村干部和执法部门，马上部署开展全方位的调查。"哪怕是掘地三尺，也要找出祸水源头，给偷排污水的企业以重拳打击，让他付出沉重代价！"经查实，是黄宅镇百汇园区的一家羽毛企业在偷排污水。查实后，执法部门立即给予关停整顿处罚，而对于在此污染事件中失察的部门及其领导，也给予严厉的纪律整肃。

2014 年 3 月，仙华街道组织干部，对浦北村的一处违法建筑实施拆除行动时，竟遭到部分村民的暴力阻挠，场面一度失控，5 名干部受伤。"无论他的后台有多硬，他有多强悍，不获全胜，决不收兵！"县委领导得知这一消息后，即刻前往医院看望和慰问受伤人员，以示坚决态度，同时组织起强有力的干部队伍，连夜出击，决不退却。结果，一个晚上就把全村所有违法建筑全部拆除，不法分子再也嚣张不起来了。

"只要公开、公平、公正，就没有啃不下的硬骨头。正气加硬气，没有攻不克的堡垒。在战场上，没有朋友，只有战友！"这是浦江县委、县政府经常提醒检查整治人员和执法人员的话语。每当机关干部出征，施振强还常常勉励大家：所有人情、亲情、乡情、友情都不能阻碍前进的步伐！

作者本人在浦江县人民检察院采访时，听当时的办案检察官回忆了全省首例因环境污染而追究刑事责任的邓善飞一案始末。

来自广西壮族自治区灵川县的 35 岁打工者邓善飞，到浦江后在姐夫的小型磨盘加工厂打了一年工后，把姐夫的这家小厂转让到了自己名下，雇用了两名老乡，并把这家小厂从仙华街道后朗村迁移到了十里亭金冠样老小学的校舍内。与他的姐夫一样，他所生产的磨盘专门卖给制作水晶的小作坊。

磨盘生产是运用电解原理，在铁质的磨盘坯子上镀上金刚石、硫酸镍、氯化钠、高锰酸钾等物质，最后一道工序是用清水清洗磨盘。整个简陋的生产过程会产生大量含有重金属镍的废水，若不对废水进行必要的处理，任其排放，会对环境造成极大污染。但邓善飞为了攫取更大的利润，根本没有配备起码的废水处理设施。他也不舍得花钱，干脆在加工点的墙角凿了一个洞，把未经任何处理的重金属废水直接排入门口的小水沟，流入附近居民区的溪河中，再由此溪河汇入浦阳江。

邓善飞本以为这样做，只有天知地知我知，谁知在 2013 年 6 月 22 日，被浦江县环保执法人员逮了个正着。通过对加工点的排入环境口（地上）、排入沟的废水、废水排放口分别采样化验，执法人员发现这三个点的废水样本，其重金属含量已分别超过国家标准 10000 多倍、47 倍和1000 多倍。要知道，违法排放的废水中，重金属只要超标 3 倍以上，即构成严重污染环境罪！

2013 年 7 月 17 日，浦江县人民检察院以污染环境罪对犯罪嫌疑人邓善飞批准逮捕。

恰在此前，2013 年 6 月 18 日，最高人民法院、最高人民检察院发布了《关于办理环境污染刑事案件适用法律若干问题的解释》，而邓善飞的违法行为符合"两高"降低污染环境罪的定罪量刑标准的新规定，可以从重判处。

2013 年 11 月 19 日，浦江县人民法院以污染环境罪，依法判处邓善飞有期徒刑一年，并处罚金 3000 元。

严厉的法律手段很快起到了其应有的震慑作用。"整治开始时，我们进村检查至少要同时出动几十人，才能镇得住，但现在哪怕只有四五个人，也能顺利完成任务。"一名检查整治人员说。在整治中，由工商、环保、公安、城管等部门组成的联合执法组，早已把《治安管理处罚法》、《水污染防治法》、《物权法》、《无照经营查处取缔办法》等法律法规研究了个透，有效运用法律手段，使水晶产业整治有法可依，有序推进。

2013 年 6 月 26 日，距离浙江生态日还有 4 天时间，省委书记夏宝龙沿浦阳江一路考察、督办浦阳江水环境综合整治工作。他一下车，就对浦江县领导们说，听说你们整治决心很大，我给你们鼓劲加油来了。他强调："为什么抓浦阳江的治理？因为浦阳江在全省水系中的重要地理位置和水污染问题具有代表性。"的确，作为浙江省"五水共治"战役打响的第一枪，省委、省政府对浦江的水晶产业污水治理十分重视，不少实质性行动正是由省级层面或金华市层面部署实施的。

各级各方的高度重视，促使浦江在开展水晶行业污水整治的同时，迅速调整产业结构，按照"数量减少、主体升级、集聚入园、机器换人、规范治污、产业提升"的要求，引导水晶产业转型升级。

一大批简陋的水晶加工点消失了，企业主转而从事其他行业。一名原先做灯饰水晶球的企业主坦言，尽管以往从事水晶业，一年能赚 400 多万元，如今转行做服装生意，收益稍少了些，但如果算上环境账，"那就是赚的了"。

最早开展水晶加工的虞宅乡，曾经的水晶加工户虞丽元正在和乡邻们一起做土面。她认为，自己放弃水晶加工，仍然可以找到更为适合的致富门路。

据浦江县经济商务局提供的数据，2013 年 5 月至 11 月，全县用电量同比下降 15.6%。"在 60 年一遇的高温季节，全县没有因限电而拉闸一次，这在往年是不可想象的。"与此同时，2013 年上半年全县万元 GDP能耗同比下降了 11.7%。

"最根本的问题，是环境容量的问题。"曾任浦江县环保局长的副县长楼真安认为，浦江作为经济并不发达的山乡，水土资源紧缺，污水管网设施落后，无法承载这么多外来人口，把水晶产业作为主产业，显然是不妥当的，它只能是浦江产业结构的一个部分。

据了解，如今，浦江的传统产业如纴缝、葡萄种植、麦秆画制作等产业重现热闹景象，而以仙华山、郑义门等山水人文景点为代表的旅游业以及民宿、乡村游等，其发展壮大也极为迅猛。

为了更合理、更有序地扶持浦江水晶产业健康发展，在省有关部门支持下，浦江加紧建设东、西、南、中4个水晶产业集聚园区，总面积达1000亩。2015年上半年，4个水晶产业集聚园区全部建成，全县所有水晶企业都搬入园区，实行统一治污、统一管理、统一服务，其入园标准有12条，从注册资本、设备水平、环保处理等方面作出了严格限定。

浦江县水晶产业集聚园区内的污水处理厂

作者在浦江水晶产业园区参观，看到从园内各个企业排出的污水，统一进入巨型污水处理池中，经过几轮过滤，污染物被逐渐去除，直至成为清水。据园区负责人介绍，经过这套净化设施处理过的污水，其水质可以达到Ⅰ类，甚至可以直接饮用。

更让人高兴的是，在浦江县工业园区内，一家新型建材企业的两条生产线正在运行。从全县各地统一回收的水晶废渣，按比例与页岩、石灰石和其他建筑废料相混合，经融化碾压就变成了新型建材砖。这两条生产线完全投产后，每天可消耗水晶废渣600多吨。

"年前小别才三月，归燕悄然已报春。淡淡微风吹弱柳，绵绵小雨润烟村。已经治水惊天地，再使转型泣鬼神。大美小康如我待，此生欲作浦江人。"这是时任浙江省政协副主席、诗人陈加元为浦江之变写下的一首名为《又回浦江》的诗，治理前后的强烈对比，以及对如今浦江之美的深深爱恋，跃然纸上。

○相关链接

截至 2015 年 12 月，金华江水质稳定在Ⅳ类后，钱塘江流域已全面消除劣Ⅴ类和Ⅴ类水质。据浙江省环保厅 47 个省控断面的监测结果表明，钱塘江全流域水质已稳定保持在Ⅳ类水及以上，Ⅲ类水比例达 87.2%，是全省八大水系中第一个全面消除劣Ⅴ类和Ⅴ类水质的流域。钱塘江是浙江的母亲河，流域的面积、人口、GDP 均占全省的三分之一。两岸历史形成的产业布局不尽合理，有不少化工、造纸、印染、电镀等高污染企业。10 多年来，省委、省政府把钱塘江流域作为水环境治理重点，要求"治理目标高于其他流域、要求严于其他流域、进度快于其他流域、成效好于其他流域"。

古有大禹治水，今有"五水共治"

治污水、防洪水、排涝水、保供水、抓节水，"五水共治"每个环节都不能少，每滴水都不放过。作为大禹的故乡人，对于治水，浙江人从来不缺乏激情、勇气和智慧。

"我思古人，伊彼大禹，洪水滔天，神州无净土！左准绳，右规矩，声为律，身为度……薄衣食，卑宫宇，排淮泗，决汉汝……"这是一首名为《大禹纪念歌》的著名老歌，由阮璞作词、俞鹏作曲，创作于 1947 年。时年，中国工程师学会决定以农历六月初六大禹诞辰为工程师节，并向全国公开征集大禹纪念歌曲，此首名列第一。

2015 年 4 月 14 日，省委书记夏宝龙在绍兴市大禹陵景区视察，并观看所陈列的记载历代祭禹情况的《祀禹录》时，发现了这首凝聚中华民族千百年治水精神和治水文化的歌曲，当即指示，应将《大禹纪念歌》列入祭禹典礼议程，同时在中小学生中普及传唱这首歌曲。社会各界人士也纷纷通过各种途径，表达了希望在祭禹典礼上听到这首追思先贤、激励后人的宏丽乐章。典礼组委会当即决定，将颂唱《大禹纪念歌》列入当年的祭禹典礼议程。

《大禹纪念歌》再次唱起来了，不仅在绍兴，不仅在祭禹典礼上。作为大禹的故乡人，对于治水，浙江人从来不缺乏治水的激情、勇气和智慧。

"《大禹纪念歌》精准地传达出了大禹临危受命的担当精神，对推进当下的'五水共治'和浙江水利的改革发展很有意义。"浙江省水利厅厅长陈龙特意要求浙江水利水电学院、浙江同济科技职业学院等水利专业的青年学生要带头唱响这首歌，以弘扬和发展治水文化，传承大禹治水的伟大精神。

一首治水励志歌曲只是一声号角，咬定青山不放松，咬紧牙关不懈怠，坚定不移，义无反顾地将"五水共治"进行到底，才是这场浙江历史上前所未有的治水大战的根本任务。

背水之战，关乎生态，关乎民生，关乎未来。

的确，以 2013 年这个年份为起点，让全省上下投身于一场声势浩大的治水运动，不可阻挡，不惜代价，必然有其深刻原因。

《2013 年浙江省环境状况公报》显示，据全省 221 个省控断面监测结果统计，2013 年全省地表水环境质量总体良好，水质达到或优于III类的断面占 63.8%，与 2012 年的 64.3% 相比，下降了 0.5 个百分点。这说明即使经过多方努力，2013 年浙江水质依然在下降，很多支流的水质也在下降。

大部分地区的水质在提升，局部地区的水质仍令人担忧，而局部地区的水患会殃及近旁，乃至产生较大区域的水问题；治水理念虽已树立，但在与经济利益放在一起考量时，总免不了有意无意地"委屈"一汪清水。"总觉得河水终会自己干净的；总觉得河水是大家的，而钱是归自己的；

总觉得'先污染后治理'也是一条路子。"杭州市滨江区河道监管中心主任杨寿国目睹了辖区内水质从优到劣，再从劣到优的全过程，他认为水质恶劣问题是由诸多综合因素导致的，若没有一场根治式的治水运动，将无法使包括错误理念在内的现状得到根本性改观。

前文已有所述，2013年10月上旬，"菲特"强台风袭击浙江，"水困余姚"一度成为全国瞩目的焦点，教训十分深刻。这再次提醒人们，治水不仅包括治污水、保供水，还必须包括防洪水、排涝水、抓节水。

另一个不可忽略的原因是，历经数年、在全省范围内实施的"千村示范、万村整治"工程和推进"美丽乡村"建设，在治理农村生活污水方面成果卓著。然而人们也发现，相较于城市，农村生活污水点多量大、影响面广，治理条件复杂、基础薄弱，若不将其列入水环境综合治理的重点，下大力气整治，全省水环境质量仍无法得到本质性提高。"由于绝大部分村庄没有污水收集和处理系统，这些污水随意向环境排放，严重污染了水体环境。"浙江省环境保护科学设计研究院叶红玉介绍，据《2012年中国环境状况公报》，全国农村地表水和地下水超标率分别为13.4%和29.7%，Ⅳ类以下的水质断面占35.3%，浙江农村的情况基本类似。

我们有过收获，同时也欠下太多；我们感恩他者，同时也应弥补错失。享有始终与责任连在一起，而"我们的责任比我们想象的更为重大得多，因为它是与全人类都有关系的"（法国·萨特），它还与大自然、与人类的未来存在着荣与衰、生与死的重大关系。

2013年11月28日，浙江省委十三届四次全会举行，全会一项重要的内容，即提出要以"五水共治"——治污水、防洪水、排涝水、保供水、抓节水为突破口，倒逼转型升级。"五水共治"分3年、5年、7年三步，其中2014—2016年要解决突出问题，明显见效；2014—2018年要基本解决问题，全面改观；2014—2020年要基本不出问题，实现质变。

同年12月24日，浙江省委常委会召开会议，专题研究"五水共治"工作。会议强调，要在浦阳江流域治水先行探索和各地治水初步实践的基础上，着眼于巩固扩大成果，致力于深入推进转型升级，从2014年起全面开展"五水共治",以此为突破口,深化改革,促进转型,推动升级。

"五水共治"重大决策部署由此浮出水面,并付诸行动。

拿"轰轰烈烈"这四个字来描述浙江全省范围内的"五水共治"热潮,一点也不为过。如在 2013 年,全省各地大动作不断:

在丽水市莲都区古堰画乡,大港头镇在 43 天内关停 154 家"低、小、散"的木制品加工企业,关停 150 家养殖场。与此同时,投资达 19 亿元的一批文创项目陆续开建。

在温州市平阳县,所有向江河直排污水的制革企业全部被关停,原来 1057 家制革企业兼并重组为 8 家,新厂房占地不到原来一半,产值却成倍提升。

在湖州市吴兴区,面对遍销全国的童装砂洗印花产业"低、小、散"带来的环境污染之害,整治淘汰和提档升级双管齐下:新建的砂洗印花城一期以最快速度投入运行,19 家砂洗厂和 171 家印花企业搬迁入园,620 家非法印花企业被全部关停取缔。

在宁波市镇海区,入选"中国产业集群经济示范镇(街道)"的九龙湖镇曾凭小小的紧固件,托起 37 亿元的块状经济,但全镇 26 家酸洗企业也损害了周边水环境,不少企业把含有大量铁离子的废水直排入河,原本清澈的长应河水质沦为劣 V 类。实施"五水共治"后,企业一律推行清洁生产,淘汰落后的淬火、发黑、酸洗除锈等工艺,改用先进工艺和设备。改造后企业的劳动效率至少提高了 6 倍,废水排放量比原来减少了 80%以上。

在绍兴市越城区,原为袍江重污染工业集聚区的马海片区由于企业集聚、水体流动性较差、排污管网配套相对落后,大部分河道为典型的"黑臭河"、"化工河",20 多年来一直为劣 V 类水。"五水共治"大战打响后,绍兴市投资 8900 万元,实施排污管网及涉及泵站的升级改造工程。高强度的治理使得该区河道水质得到明显改善,当年即提升为 IV 类水质。

在金华永康市,按照"一年灭黑臭、两年提水质、三年可游泳"的要求，2013 年首先从小河小溪抓起，结合"双清"、"四边三化"行动，在全市范围内开展消灭黑河、臭河、垃圾河行动，采取镇村两级干部包、分地块包干等形式，层层推进。

在衢州市，率全省各地之先启用"智慧环保"项目，全市 233 家企业、1124 家生猪养殖场、38 家集镇污水处理厂的排放口监控录像和实时数据，70 家危废单位的运输轨迹不停地在屏幕上滚动。借助物联网和大数据，加之时时紧跟的治理措施，全市饮用水源地水质达标率和出境水质达标率不断提升。

在舟山市普陀区，启动覆盖城区、海岛的大排查，确定了垃圾河 43 条、黑臭河 33 条，自加压力投资千万元清理垃圾、淤泥。沈家门海洋生物园区等 4 个工业园区引进管道机器人技术对园区主排水管网进行排查和整改，还通过企业排污管网改造、划定家禽禁养区等方式杜绝污染源。朱家尖全岛被定为禽畜禁养区，岛上 36 家养猪场全部"清零"。东港、沈家门等地的禽畜禁养区也与养猪场说"拜拜"。海岛对治水缘何如此热衷？是因为岛上人明晓"河污则城黯，水清则城美"的道理。

……

除了农村治污，重头戏还是工业领域的水环境治理。"'五水共治'真正的攻坚不只在治水，而在坚定不移地淘汰重污染、高消耗、高排放的落后生产技术、工艺和产品，给吃得少、产蛋多、飞得远的好'鸟'腾地儿，腾出环境空间、腾出国土空间、腾出转型空间。"宁波大学校长、浙江省生态文明研究中心主任沈满洪指出，以治水为突破口倒逼转型升级，解决工业领域

嘉善县西塘古镇一景

的水环境重大难题，这是"五水共治"的重点难点，也是目的所在。

数据表明：在"五水共治"行动第三个年头的 2016 年，全省完成河道综合整治 2836 公里、河湖库塘清淤 1.37 亿立方米，建成城镇污水管网 3252 公里，完成 27 个城镇污水处理厂提标改造，完成 4173 个农村的生活污水治理设施建设。

在此，请允许作者先公布一下"五水共治"之战的成绩单：

全省水质不断提升，一年优于一年。最新的数据是：2016 年 7 月 17 日，国家环保部发布 2016 年上半年全国空气和地表水环境质量状况报告。通过对全国十大流域的 1900 多个地表水国控断面（点位）监测显示，与 2015 年全年水质相比，全国水质优良断面比例上升 3.2 个百分点。在十大流域中，浙闽片河流水质为优，而这已是浙闽片河流水质第二年达到"优"。据浙江省环保厅称，2016 年上半年浙江水质持续变好，1 月至 6 月，全省 221 个省控断面中，水质达到或优于地表水环境质量Ⅲ类标准的断面占 76.9%，其中，Ⅰ类 10.4%、Ⅱ类 36.6%、Ⅲ类 29.9%。钱塘江、苕溪、瓯江、飞云江和曹娥江等重点水系的Ⅰ类至Ⅲ类断面比例均达 100%。

数据无疑是简单的、枯燥的，然而，哪怕是某个数据微小的好转，都需付出难以想象的艰辛努力，背后都有说不尽的感人故事，令人感慨。

相关链接

2015 年 5 月 4 日，温州大学城市学院的学生对全省 90 条母亲河做了"体检"，检验"五水共治"成果。"体检"结果表明，全省水质情况大有改善，能游泳的河流增加到 54 条。出现了 6 个Ⅰ类水，这 6 个Ⅰ类水的水样分别取自永嘉县的楠溪江、青田县的瓯江上游、遂昌县的乌溪江、江山市的钱塘江上游、永康市的永康江、舟山市定海区的定海溪；Ⅱ类水的增长比例最大，从 2014 年的 8 个增长到 30 个。与 2014 年相比，全省共有 56 条河流水质好转，有 12 条河流连续 3 年水质好转。

三夺"大禹鼎"，不信清流唤不回

无人机巡航、管道机器人作业、大数据分析、淤泥填埋矿坑……"智慧治水"技术不断推广升级，"水陆空"一体化智能管护体系逐渐形成。三夺"大禹鼎"的德清人，谱写了今人治水的辉煌篇章，足以告慰对水兴叹的先祖先辈。

今德清县三合乡为中国上古时期神话传说人物防风氏的家乡，《国语·鲁语下》记载："昔禹致群神于会稽之山，防风氏后至，禹杀而戮之，其骨节专车。"《路史·国名纪》注引《吴兴记》："吴兴西有风山，古防风国也。下有风渚，今在武康（按：今浙江德清县域）东十八里。天宝改曰防风山，禺山在其东二百步。"

传说防风氏是古吴越一带亦神亦人的治水英雄，忠于职守，嫉恶如仇，帮助大禹扫除奸佞，当然其最大的功绩是协助大禹治水。大禹召集各路诸侯会盟会稽山，防风氏迟到了，犯了违命之罪，被禹所杀。春秋时期，吴国攻打越国，占领了都城会稽，得到了越国珍藏的一块大骨头，这块骨头竟要用车来装，后来方知这便是防风氏的遗骨，因为防风氏有三丈三尺高。这样的身胚，方能在治水时为大禹打头阵。

大禹杀防风氏的原因，一说是为了严肃风纪，不能容忍下属对命令有一丝半点的违逆，尤其是在治水的关键时刻；另一说是因有小人进谗言，诬陷防风氏有故意不听从大禹之意，让大禹怒杀之。但很快，大禹就弄清楚了事实，那天防风氏在路上正好遇到洪水，为了救助灾民才失期后至。大禹对自己的错杀十分后悔，不久便为他平反昭雪，并亲自拜祭。

上述传说流传久远。在德清三合乡防风冢、防风庙等处寻访古防风国遗迹时，作者从当地村民那儿听到的故事更为曲折，显然加入了后人的诸多想象和祈愿。在当地传说中，今德清一带为大片沼泽，一有雨水便是洪水泛滥，人尽为鱼鳖。所以，防风国又称"汪芒"或"汪罔"，如今当地仍有很多人姓汪。正是在防风氏的率领下，这片江南最大的湿地得以改造，雨水可以顺着河汉排走，湿地可以容纳从山上下来的洪水，而民众则可以居住在湿地环绕的高地之上，可保无虞。及至今日，当地百姓仍首先把防风氏视作古代治水英雄，因其治水的功劳方才使子子孙孙在此生息繁衍。

或许，正是因为防风氏的故事，在德清采访当代治水故事时，总会时不时地想起这位为了治水而献出生命的古代治水英雄。

也正是因为防风氏，当作者听说自"五水共治"战役打响后，德清县连续三年夺得"大禹鼎"、名列全省前茅的不凡业绩时，内心更添几分钦佩。

我们正在继承前人光荣而神圣的治水传统，我们正在缔造新时代的治水神话。

"吾邑四面有山，而为平原，苕水穿城而过，洵胜地也。"这是著名学者、一代红学大师俞平伯回忆家乡德清时所写下的赞美之言。

浙北德清素有"鱼米之乡、丝绸之府、竹茶之地、文化之邦"之美誉。它东部为水乡、西部为山区，拥有划分十分清晰的独特地貌，绿水青山向来为德清人民所追求。然而，多年来，在这片富饶的土地上，聚集了众多矿山、工业企业和养殖企业，导致生态环境压力一度颇为巨大。是啊，像德清这样的地方，一旦群山遭破坏，清水将无处可流，而一旦绿水不再，青山也将无以依存。

扛起"治县必须先治水"的责任使命，以"十大工程、百河示范、千河提升、万人联动"的"十百千万"治水大行动为起点，德清县的"五水共治"之战全面打响。而在战略布局上，治山是第一步，这山，首先指的是矿山。

洛舍镇东衡村上贾坞，绿油油的广袤农田沁人心脾，但你无法想象，

2013 年时，这里还是一个个巨大的废弃矿坑。此处原先是方山矿山区块所在地。开展"五水共治"以来，洛舍镇将矿区内剩余的小山包推填入矿坑内，平整场地，再用河道中清出来的淤泥填埋矿坑，增加土壤有机质含量，使之成为"田成方、路成条"的 400 余亩土地。这些复耕土地经环保部门检测后，完全合格。让废弃矿地"生出"优质水田，这是德清的一大创举。如今，这块复耕农田玉米亩产 400 多公斤、水稻亩产 500 多公斤。

让淤泥"变废为宝"，这方面德清下了不少功夫。据统计，截至 2016 年底，德清已对全县 1211 条河道累计清除淤泥约 2100 万立方米，这么大的清淤量，淤泥的去处也是一个问题。几年来，德清积极推进淤泥综合处置利用，采取填泥回矿、吹泥入堰、捻泥于田等多种方式，化腐成奇，资源化利用使多方共赢。

德清传统养殖业较为发达，鳖类养殖在全省首屈一指，但这类水产养殖使水环境控污工作面临难以想象的严峻考验。为了一汪清水，德清人下了决心，几项措施毫不留情地连续推出：温室鳖类实现全面取缔，关闭温室龟鳖养殖场 742 家，拆除面积共计 116 万平方米；重点发展仿野生生态甲鱼养殖、虾鳖鱼混养、茭鳖共生等一批生态循环农业模式，如浙江清溪鳖业有限公司的稻鳖共生模式，用水量同比节约 80%，吴越水产养殖有限公司利用水葫芦养殖甲鱼，售价比普通甲鱼高出近 2 倍。

为杜绝岸上垃圾对河道造成"二次污染"，德清还在全省率先开展"一把扫帚扫到底"城乡环卫管理一体化新模式，由城乡环卫发展公司对全县域内集镇、村庄、河道、道路及绿化，实行保洁、收集、清运、处理、养护"五统一"管理，城乡垃圾收集覆盖率和生活垃圾无害化处理率达 100%。"推行'一把扫帚扫到底'模式以来，全县范围内的 12 个集镇、151 个行政村、1211 条河道、1093 公里道路的环卫保洁、垃圾清运、公厕管理和 2193 万平方米的绿化养护管理，全部委托县城管部门统一保洁、统一收集、统一清运、统一处理、统一养护，城乡环境面貌焕然一新。"德清县城管执法局环卫处主任黄烨介绍说。

不仅是岸上垃圾，德清农村污水治理遵循的也是"五位一体"管理模式。为贯彻省委、省政府"以治水为突破口倒逼转型升级"的战略决策，德清县委托省环科院编制县域农村生活污水治理总体规划，积极探索县、乡镇、村、农户及第三方"五位一体"的农村生活污水治理长效运维管理模式。值得一提的是，这一模式实施后，第三方专业服务机构浙江商达环保有限公司发挥创新技术优势，依托 3G 技术和物联网技术，对污水站点建立物联监控网络，全县 200 多个农村污水处理站点建立起了电子档案，站点的水质、流量、设备、能耗、图像等都能在运维中心实时监控，维护人员使用手机终端进行日常巡检，这不仅大大提高了管理效率，更保证了污水治理效能。

一架无人机出现在雷甸镇塘北村桐树坝岸边，对河道进行全景拍摄、数据采集，河流表面的污染程度、河道两侧的排污口状况等一览无余，通过"无人机巡航"模式，这些即时而详实的数据，源源不绝地为河道治理提供重要依据。与此同时，雷甸镇已在 8 条河道上安装 11 个监控装置，实现 360 度无死角监管，并在全县率先购买便携式水质检测仪，设立水质检测实验室，委托当地中学化学老师，每月对全镇 64 条河道，尤其是 11

德清县新市古镇内的河道已渐显清澈

条生态示范河道的水样进行检测。

而从 2014 年起，德清县就利用 3S 新技术测绘河道情况，对全县 53 条黑河、臭河、垃圾河的污染源等进行了航拍，编制完成 53 张"五水共治"系列作战图，研发了"五水共治一张图"信息展示系统。另外，依靠大数据，德清又完成了对全县 1211 条河道、120 处湖漾、260 座山塘水库的全面梳理，建立了汇总各河道、城市管网、湖泊、水库的成分检测、清淤实施等情况的数据库，并依托数字城市地理空间框架建设成果，建立"五水共治"信息平台，运用大数据，来指导实施"五水共治"。

"杨柳堤岸翠含烟，碧湖涟漪荡香帆。"这一古人描述的江南田园胜景，千百年来一代代人为此孜孜以求。对此，以前人们或许只能以想象的方式寄寓期望，而现在已经化为现实。

2015 年 6 月 19 日，德清水文化馆正式落成开馆。这是德清县首个以水文化为主题的展示馆，在全省也属罕有。该馆以"上善若水，仁德清溪"为主题，分为"水文生态秀美"、"水乡文脉隽永"、"水利建设成就"、"水乡风貌变迁"四个展区，通过文字、新老照片、影像等形式，运用声、光、电等高科技多媒体手段，展示德清县自古至今的水生态、水文化，讲述治水故事，具有鲜明的科普性和观赏性。当然，防风氏的治水故事是必不可少的。

以水文化为引领，德清县已经形成"三馆一堂一园"：德清水文化馆——乾元镇联合村，全市首个以水文化为主题的展示馆；水源地主题文化馆——武康街道对河口村，展示对河口村及对河口水库历史变迁；桥文化馆——新安镇新桥村，展示德清古桥历史；雷甸镇雷甸村文化礼堂——展示水乡文化；水文化公园——钟管镇蠡山村，历史文化村落保护地。

而浓绿欲滴的座座青山，同样吸引了四面八方的人们。走进德清县后坞村这个普通的小山村，你会惊奇地发现这里竟然聚集着不少游客、艺术家、白领、摄影师、户外运动爱好者，高鼻深目的外国人也随处可见。因为有了优良的自然环境和厚重的江南文化底蕴，这里吸引了包括外籍人士在内的高端人士入住和旅游，俗称"洋家乐"。如今，这样的"洋家乐"

在环莫干山地区已有近百处，仅 2014 年，"洋家乐"就接待游客 23.6 万人次，实现直接营业收入 23.6 亿元，上缴税收约 1100 余万元，德清西部乡镇农民增收超过 2 亿元。可以说，"洋家乐"是德清在取得"五水共治"辉煌成果基础上打造"美丽经济"的有益尝试。在这里，人人乐于与自然和谐相处，大家都选择低碳环保的生活方式。

"县因溪而尚其清，溪亦因人而增其美，故号德清。"三夺"大禹鼎"的德清人，谱写了今人治水的辉煌篇章，足以告慰对水兴叹的先祖先辈。没错，翻篇归零再出发，新一轮治水的规划握于手中，相信宋代学者葛应龙在其《左顾亭记》一文中所描述的德清之美，将会以更美的姿容出现在我们面前。

相关链接

　　"大禹鼎"为浙江治水最高奖，其奖杯重 10 公斤，高半米，用现代工艺浇铸，2014 年 1 月开始颁发，到 2017 年 3 月共颁发 3 届，14 个（次）设区市和 69 个（次）县（市、区）获此殊荣。"大禹鼎"名单的确定主要根据其治水实绩及各方面因素，其评选有一套较为科学、完整的考核标准。考核分值由年底考核分、平时考核分、领导小组评价得分、群众满意度等几部分构成，按照一定比例权重计算得出。考虑到治水是一项长期工作，且年度治理过程中具有可变性和动态因素，"大禹鼎"也并非"一考定终生"，而是综合年终和平时、贯串全年累计得出最终结果。由于实行轮获制，"守鼎"和"夺鼎"活动成为各地进一步搞好"五水共治"工作的动力之一。

河长：河晏水清的守护人

人与河流结成了对子。从 2013 年 11 月起，河长制，这项颇具浙江特色的水环境治理责任制形式全面铺开，成为"五水共治"不可或缺的重要力量，无数河长忘我护水的感人故事，谁听了都会动容。

"每条河流要有'河长'了"，国家主席习近平 2017 年新年贺词中的这句话，让浙江人民颇感亲切、倍加振奋。"省长村长，都是河长"，这是流行于浙江的一句新民谚。而今，好消息已经传来，"河长制"这项颇具浙江特色的水环境治理责任制形式，将在全国全面推行。

2016 年 12 月，中共中央办公厅、国务院办公厅印发了《关于全面推行河长制的意见》，要求各地区、各部门结合实际，认真贯彻落实，到 2018 年底前全面建立河长制。从国家层面推动一项水环境治理的责任制形式，极为罕见。

对于浙江人，不可忽略的是这份文件中的一段原话："近年来，一些地区积极探索河长制，由党政领导担任河长，依法依规落实地方主体责任，协调整合各方力量，有力促进了水资源保护、水域岸线管理、水污染防治、水环境治理等工作。"无疑，这里所称的"一些地区"，浙江位列其中。

目前，已有北京、天津、江苏、浙江、安徽、福建、江西、海南 8 省市全境推行河长制，16 个省区市部分实行河长制。而作为全国先行先试的省份，浙江省自 2013 年全面推广河长制以来，成果最为突出，已经形成了一套以河长制为核心的治水长效机制和责任体系，凭着足以自豪的辉煌成果和极其丰富的实践经验，已经领跑全国。

河长制已经成为浙江省"五水共治"的一项基本制度。2017 年，浙江将全面落实中央《关于全面推行河长制的意见》，继续深化河长制，尤其是在任务目标、工作体系、考核奖惩等方面做进一步探索完善；河长的考核结果将成为领导干部综合考核评价的重要依据。对黑河、臭河、垃圾河、劣 V 类水质断面严重反弹或造成严重水生态环境损害的，将严格按照《浙江省党政领导干部生态环境损害责任追究实施细则（试行）》的规定追究责任。在突出河长防污、治污职责的同时，进一步解决"环保不下河，水利不上岸"的尴尬，更加完善河长在加强水资源保护、水域岸线管理保护等方面的职责和任务，使富有"浙江经验"的河长制继续走在全国前列。

聚集了 6 所高校的杭州滨江高教园区内，两年多前还有一条十分热闹的"垃圾街"。长达 1 公里的狭窄小街上，火锅店、理发店、眼镜店、美甲店、奶茶店……各类商铺林立，大小摊贩云集，尤其是晚上或双休日，这里更是加倍热闹拥挤。人气旺了，生意好了，可城乡接合部的城市基础设施尚未完善，"垃圾街"所产生的一部分生活垃圾和污水便排到了距小街仅 20 米的杨家墩河上，这河也就成了"垃圾河"。

在滨江土生土长的陈灿虎，是浦沿街道杨家墩社区居委会主任，兼杨家墩河社区河长。他不仅见证了滨江高教园区从无到有、从小到大，又目睹了杨家墩河由清变浊、由浊转黑，再到臭不可闻的全过程，对此不无痛心。社区居委会工作既杂又多，平时的他忙得不可开交，但当上级又给他添了个"社区河长"的头衔时，他竟十分高兴，说："这回我有了一个为这条河重归洁净效力的好机会。"

陈灿虎的"治水经"之一，就是摸透实情，各个击破。他本来就对整个社区的情况了如指掌，"垃圾街"上的外来商户，他也花时间去一户户排摸，一家家走访，尤其是把对方处理垃圾污水的习惯弄清楚。陈灿虎深有体会地说："先弄清了对方的具体原因和实际困难，你的方法手段才会用得恰到好处，特别是对沿河餐饮店铺这类排污重点户。"陈灿虎经常用很通俗、很幽默的语言和故事，逐门逐户宣讲水环境治理的"大道理"和"小道理"，沿街商户和沿河居民很爱听他这样"说大书"。

现身说法，是陈灿虎的第二条"治水经"。他了解到沿街商户和沿河居民之所以习惯往河里倾倒垃圾废水，之所以宁可关窗户也不愿买垃圾箱、埋污水管，是因为"怕烦"、"没时间"。于是，他便把自己平日里处理家庭生活垃圾、生活污水的小窍门、好做法教给他们。"光说治水对大家会有多少好处，这肯定还不够；劝导他们先从点点滴滴做起、轻轻松松做起，大家才会觉得这'五水共治'并不都是大工程，举手之劳也能做到为清污出大力。"

沟通为重，理解为先，是陈灿虎遇到难题时又一条常用的"治水经"。"2014年下半年重点进行河道清淤，没想到淤泥太厚了，泥浆泵的吸力又很大，河岸石驳出现了倾斜，河边一幢农居的主人生怕房子倒塌，气呼呼地前来论理。虽然这幢农居在建造时太靠近河岸，且还没出现明显的倾斜；河岸石驳也不属于他家，是社区在2011年砌驳的，但既然造成了房屋安全隐患，我们就不能坐视不管。"陈灿虎与区城管执法局的领导一起，在查原因、摆事实的前提下，先把社区这一方的责任揽过来。对方的情绪开始稳定，也不再推卸自己的责任。陈灿虎主动表示泥浆泵的操作将会更适度、更娴熟，对方便说河岸石驳加固时自己一定好好配合。此事的结局非常圆满。

陈灿虎只是活跃在浙江大地的无数位各级河长之一，他的故事，也是众多河长共同的故事。如今，浙江已经形成了由党政负责人牵头领衔、多部门联合作战、五级联动的河长制体系，截至2016年底，全省已有6名省级河长、199名市级河长、2688名县级河长、16417名乡镇级河长、42120名村级河长，还有人数众多的民间河长。浙江大地80000条大小河流中，每条河流都有一名护卫着它的河长。

河长制由江苏省无锡市首创。2007年，太湖蓝藻爆发，太湖畔的无锡市委、市政府自加压力，于8月23日下发《无锡市河（湖、库、荡、汊）断面水质控制目标及考核办法（试行）》，并确定无锡市党政主要负责人分别担任64条河流的河长，这被认为是河长制的起源。2008年，江苏省政府决定在太湖流域借鉴和推广这一制度，江苏全省15条主要入湖河流全面实行"双河长制"，即每条河由省、市两级领导共同担任河长，一些地方还设立了市、县、镇、村的四级河长管理体系。

2008年9月5日，同在太湖畔的浙江省湖州市长兴县出台文件，明确提出实行河长制，即由4名县领导任河长，牵头协调4条主要入湖河流（长兴港、合溪港、夹浦港、杨家浦港）的整治工作，成为浙江省内率先推行河长制的地方。

在经过了几年探索，并获得丰富实践经验之后，结合"五水共治"的全面展开，2013年11月，浙江省政府下发《关于全面实施"河长制"进一步加强水环境治理工作的意见》，即根据河道的等级性质，分别确定省级、市、县（市、区）、乡镇（街道）和村（社区）级责任河长。河长的职责是牵头调查包干河道水质和污染源现状，制定治水方案，落实治水工程，协调解决重点难点问题，尤其是做好日常监督检查。

正在巡查中的治水者

实行河长制，好处的确很多。《关于全面推行河长制的意见》概括为以下几点：党政一把手管河湖，能强化考核问责；坚持问题导向，因河施策，能对症下药；社会参与，共同保护，能拓展公众参与渠道，营造良好氛围；部门联防、区域共治，能协调解决重大问题；岸线有界，不得围湖，能恢复河湖水域岸线生态功能；综合防治，管住排污口，能加大黑臭水体治理力度；抓住重点生态保护区治理，能推进河湖生态修复保护。事实上，这些巨大优势正是推广这一责任制的本质动因。

早在 2011 年，嘉兴海宁市盐官镇就开始试点河长制，可以说也是这项制度的发源地之一。时任盐官镇分管农业水利的副镇长宋明良回忆，当时，盐官镇将辖区内河道划分为 100 段，选配全镇 104 名镇机关干部和 78 名村干部为河长，全面负责河道长效保洁治理。"当时，盐官镇就要求河长们每周对包干河道进行一次'体检'，检验指标包括河面漂浮物、河岸垃圾、畜禽养殖排污口、生活污水排污口等 8 个方面。同时，每次'体检'结束后，河长必须填写附带现场照片的'体检卡'，以避免走过场。"宋明良说，海宁的这些做法后来都成为各地河长制的常规做法，"虽然由于工作调整，我现在已经不当河长了，可对河的感情、对水质的关注没有丝毫改变。现在只要看到有人往河里扔垃圾，我就会上前劝阻，还会说上一句：'往河里扔垃圾，就是往我们的水杯里扔脏东西啊！'"

在衢州龙游县，有百名龙游商人回乡当上了河长。2014 年，龙游县召开第一届龙商大会，在全省大力推进"五水共治"之时，参会龙商当场表示要为家乡治水尽一份力。如琚献庚当即认领了 3 个河塘，成为村级河长。由他开始，到年底，有百名龙游商人成了河长。

塔石镇莲塘村以往垃圾遍布，河塘臭气熏天。有热心人担任河长后，大范围生猪养殖、生活污水无序排放等问题逐渐解决，符合生态保护的"三产"项目落户该村，水体环境一天好于一天。

"昨晚那场暴雨下了差不多 5 个小时，睡觉的时候我想着溪里估计会有情况。今天早上起床刷牙洗脸后，就决定先到连山桥那一段看看。……果然不出所料，连山桥下丁步坝附近的几个塑料袋，正随着溪水打转，红的、白的、非常刺眼……"这是台州临海市东塍镇岭根村党支部书记，当然也是村级河长的王同龙，所写的一篇《河长日记》。临海是台州市河流最多的县市，共有 2900 多条河流，现配有县级河长 36 名，镇级河长 523 名，村级河长 2300 多名，写《河长日记》既是临海市的统一要求，又是河长们的自觉行为。临海市治水办主任朱永军说，这是因为《河长日记》不仅内容针对性强，能提升河长们的工作积极性和责任心，还便于记录全年治水动态、建立治水档案。

杭州建德市李家镇曾聚集了很多生产灰钙的小作坊，白天不敢开工，但在夜深人静时却开动机器，导致粉尘在夜空中漫天飞扬，附近的山体和河流都被染成了一片白色。如今这半夜"机"叫的情况再也不会发生了。全市 60 多条主要河道、33 家重点管控企业、7 家露天矿山、18 家制砂厂已经实现了在线监管全覆盖。"一旦接到群众举报或是监控到异常，河长马上就会到现场。"邵卫明是石马溪河长，当他通过智慧河道管理系统得知石马溪管段水质出现了异常后，立即联合当地环保部门沿溪巡查，在上游一家石英建材企业里，发现了洗砂水外溢，立即要求企业整改后才能恢复生产。

在金华兰溪市赤溪街道，素有"兰溪第一塘"之称的常满塘，小塘连着大塘，水域面积达 500 亩。然而，20 世纪 80 年代末之后，常满塘由于被承包搞珍珠养殖，并在养殖过程中大量投入鸡粪、鸭粪，导致池塘水质恶化，常满塘成了臭水塘。常满塘河（塘）长徐志林介绍说，经过艰苦整治后，常满塘的塘水又渐渐变清，在 2015 年立夏节，还专门对常满塘进行了一次水质检测，结果已达到Ⅲ类水标准，村民们不仅又把它当成了饮用水源，还当成了夏天的天然泳场。"我每天傍晚都会来到常满塘边巡察，绕着池塘转上几圈，看看岸边有没有垃圾，塘面上有没有漂浮物，这是我的习惯，也是我的职责。如今，河长考核制度非常严，我们的常满塘绝对不能落后啊！"徐志林还经常蹲下身，凑近水面去细致观察。

2016 年 11 月前后，衢州市 5 个县（市、区）主要领导集中到任。他们上任后的第一件事情就是认河、巡河，签订河长履职承诺书，立下军令状，挑起河长的担子。常山县委书记叶美峰连续几次来到龙绕溪边，他希望能在最短的时间里认识、了解常山的水，当好常山的总河长。"常山是钱江源的第二道关，我们上游的干部群众应该有保证'一江清水送杭城'的政治自觉和生态自觉。"叶美峰为包括自己在内的常山河长们提出了新的治水要求：今后，常山要把治水从"大动脉"延伸到"毛细血管"，花更多精力在库塘沟渠等小水系的整治保洁和水质提升上。

在河长制管理信息系统试点推广点义乌，基层河长只要打开手机APP，后台的系统就会记录下河长巡查河道的轨迹，平均每3秒钟定位一次。不管是管着几公里河道的市级河长，还是管着一口小池塘的河道网格员、保洁员，每个人都安装了这一APP。有了这个"浙江省河长制管理信息系统"，巡查就有数据，考核就有依据。义乌市大陈镇出台了《河道网格员考核办法》、《河道保洁员考核办法》等，乡镇主要河道要求每日巡查，少一次扣3分；沿岸边有垃圾的，一处扣2分；河道问题整改时间超过2天的，扣5分；检查发现水质差（水发黑、异味重）的，扣10分……

按照规划，到2017年底，浙江省将实现河长制管理信息系统全覆盖，对各河长履职情况进行网上巡查、电子化考核。同时，河长制管理信息系统、河长APP将进一步完善，将包括信息查询、河长巡河、信访举报、政务公开、公众参与等功能，使河长APP成为一个活跃度高、覆盖面广的网上政务平台。

每一则河长治水故事都很感人，而这样的感人故事浩如烟海，怎么可能说得完？

"民间河长"是杭州城市河道创新管理、打造"贴心城管"的成功案例。在一场又一场"清三河"（清理整治黑河、臭河、垃圾河）的战役中，在维护清洁水源的日日夜夜里，民间河长同样付出了艰苦的劳动，发挥了不可替代的组织、协调作用，并涌现出不少令人钦佩的"最美河长"。

民间河长由热心市民自愿报名，企业主、律师、劳模、司机、修理工、普通居民等社会各界各业人士踊跃参加，经过几轮筛选方能获得"任命"。民间河长主要职责是协助责任河长开展"治水"工作，利用闲暇时间进行监督检查，并将相关情况反馈给责任河长或职能部门。到 2015 年底，杭州市区 470 条河道都已配备了民间河长。

家住西湖区山水人家小区的民间河长王大伯买菜回来，途经沿山河时发现有污水流入河道，立马用手机拍照并传到古荡街道河长微信群。1 分钟后，街道河长郑国槐就回复了，10 分钟之内就有区城管局执法人员到达现场，并根据王大伯指认的位置，实地勘查确认污水来源，第一时间进行了查处。

江干区丁兰街道二号港河的民间河长名叫张海清，已 64 岁，2014 年 4 月经个人强烈要求而当上了河长。不料，上任才一个月因喉癌手术，脖子一直戴着套管，无法开口讲话。尽管如此，他依然坚持每天巡河 1 小时。"我是在南星桥长大的，那时的水清，两米深的河，一眼就能望到底！2009 年因房屋拆迁，搬到这里后，就发现附近的二号港河又黑又臭，不管白天晚上，睡着都能被臭醒，而且水体几乎是静止的。"张海清用笔写字，"说"着自己的治水经历。从那时起，这个"爱管闲事"的水产店老板就为二号港河治污四处奔波，当听说二号港河要设民间河长，他认为非他莫属。

张海清这个河长当得不赖，不仅在二号港河发现了多处污染源，还提出河道整治等建议上百条。即使在不能开口说话的这两年，依然提出了近 20 个问题，其中包括水体流动性差、绿化受损、化肥农药入河等影响河道水质的关键性问题。2016 年，二号港河已经脱去"黑臭河"这顶帽子，水质大为改观。其实，他不仅关注二号港河，附近的东风港、大农港、一号港等河流的治污他也很上心，丁兰街道所有河道他都跑遍了。

下城区北景园物业公司内勤人员杨秋月自 2014 年 5 月成为北大河的民间河长后，原本从家里出发去单位只需步行 20 分钟，如今则需多花 15 分钟，因为她每天特意绕路上班，就为了去北大河看一看。北大河南起康家河，北至上塘河，全长 1.85 公里，沿途经过好几个居民小区，水环境保护十分重要，所以杨秋月对这条河的任何变化都盯得很紧。

杨秋月透露，自己在河边布了很多"眼线"，主要是周边社区常在河边晨练的大伯大妈，人数多达几十个。这些热心的大伯大妈一旦发现河水有一丁点异样，就会马上告诉杨秋月，然后杨秋月就会向河道管理部门报告，及时处置。

在杭州，如今除了责任河长、民间河长，还配备了河道警长、民间河道观察员、义务监督员等，其中河道警长由属地派出所负责人、民警担任，目的是加强河道及周边区域长效管护、治安综合治理，形成多元化的河道管理体系。采取齐抓共管的有效方法，是杭州水质不断向好的根本原因之一。

"正是因为民间河长制的成功，使得我们推出一系列新的制度，以进一步扩大公众对环境保护的参与面。"杭州市城管委主任翁文杰介绍，"2015 年 5 月，市城管委市政设施监管中心首次推出 18 条试点道路，面向社会招募'民间道长'，主要参与人行道和非机动车道的市政设施监管，担任义务监督员。上城区则出炉了 50 位'民间井长'，主要负责对城区内 156 口古井进行日常监督和保护。"翁文杰认为，民间力量参与环境保护和治理，这是一种社会进步，更预示着山更绿、水更清、城更美之梦将成为现实。

"吃了饭，去巡逻，我是河长陈根土。别笑河长不是官，管着门前一条沟。本家大叔赵家嫂，烂菜别往河里丢。前面马桶是谁的，拎回家去别闯祸。别说我的权不大，村长这事得听我。谁要弄脏我的河，把谁名字挂墙头……"这是传唱于衢州市城乡的原创歌曲《我是河长陈根土》的部分歌词。这首由作家周新华作词的歌曲，形象生动地刻画了一位民间河长悉心呵护门前一条小河的事迹，让人极感亲切。这首歌的广为传唱，无疑表达了全民治水的热情和决心。

如此汪洋大海式的"人民战争"，岂有不赢之理?!

相关链接

　　"清三河"是指治理黑河、臭河、垃圾河。根据浙江省委办公厅、省政府办公厅《关于进一步落实"河长制"完善"清三河"长效机制的若干意见》，强化治水责任，完善长效机制，巩固和发展清理整治黑河、臭河、垃圾河工作成果，持续改善全省水环境质量已成为主要工作内容。据此，各地在实施具体治水任务的同时，制定和执行相关规章制度，强化日常监督，落实整改措施，开展反弹隐患排查拉网专项行动，广泛开展自查、互查，使"清三河"长效机制得以逐步建立，也使得"清三河"考核验收、长效运维等工作有序、有效推进。

第九章

攻坚绿色经济，
生态文明建设再飞跃

求木之长者，必固其根本；欲流之远者，必浚其泉源。

——唐·魏徵　《谏太宗十思疏》

只有服从大自然，才能战胜大自然。

——英国生物学家　查尔斯·达尔文

发展绿色经济既是一场攻坚战，也是一场持久战。只有牢固树立绿色发展的理念，走科技先导型、资源节约型、清洁生产型、生态保护型、循环经济型的绿色发展之路，才能破解资源瓶颈难题，谋得先机。近年来，浙江不断加快探索和推广现代生态循环农业模式，大力发展无公害农产品、绿色食品和有机产品；发展现代林业经济，带动山区林农增收致富。

　　有老典型，有新典范；有传统手段，有新路子。在生态浙江建设中，各地积极探索多种模式，不仅大大推进了浙江生态省建设，更为新一轮中国乡村建设提供了诸多成功经验。

给经济欠发达县"摘帽"，不再考核 GDP

似乎只是取消一项考核，却关乎要金山银山还是绿水青山的重大抉择。生态产业势必会成为比 GDP 数据更具分量、更有价值的一笔财富，然而要改变若干根深蒂固的思想观念，仍然需要勇气。

2015 年 2 月 27 日，全省推进 26 县加快发展工作会议召开。会议宣布，浙江将正式给 26 个欠发达县"摘帽"，并不再考核 GDP 总量，转而着力考核生态保护、居民增收等。把 GDP 总量置于生态环境保护之后，对部分县（市、区）取消 GDP 考核，这在浙江尚属首次，在全国尤其是东部地区也是极罕见的。

一切都在昭示浙江对于生态文明建设的极端重视。

这 26 个原相对欠发达县（市、区）是：淳安县、永嘉县、文成县、平阳县、泰顺县、苍南县、武义县、磐安县、衢州市衢江区、衢州市柯城区、龙游县、江山市、常山县、开化县、天台县、仙居县、三门县、丽水市莲都区、龙泉市、青田县、云和县、庆元县、缙云县、遂昌县、松阳县、景宁畲族自治县。其中衢州、丽水等两个设区市所属辖区全都是相对欠发达县。

相关数据已经表明，目前这 26 个相对欠发达县的经济发展水平均已超过全国县域经济发展平均水平，部分县经济总量、财政收入等甚至已能赶超西部省区地级市。

事实上，取消经济 GDP，转而高度重视绿色 GDP，这一举措在浙江并非最早。早在 2003 年，湖州市委领导已深刻地意识到，以经济建设为中心，绝不能变成以 GDP 为中心，而应该考核包括生态环境保护在内的综合因素。同时，也为了让干部们对急功近利的政绩工程"死心"，当年的湖州市就从考评体系上下手，率先宣布取消对县区年度考核中的 GDP 指标。

已经考证过，湖州市此举在全国属于首次。要知道在 14 年前，在全国上下如火如荼搞经济建设的背景下，湖州市竟敢做出这样的选择，着实令人敬佩。

值得欣慰又值得关注的现象是，尽管湖州从此在考核中再没有突出 GDP，但并没有影响它的经济发展，2004 年以后，湖州市在全省的经济增长排序上始终处于靠前位置。从不少方面来看，这几年湖州市的社会经济发展，绿色 GDP 功劳不小，经济发展与生态建设之间的平衡态势也十分明显。可见，GDP 魔咒——经济 GDP 与绿色 GDP 不可能同时上升——在浙江已被粉碎。

继湖州市之后，杭州淳安县、衢州开化县以及温州的文成县、泰顺县也在 2010 年后相继取消了 GDP 的考核，将考核重点放在了生态保护之上。

紧依千岛湖的淳安县，为了保护这一面不可多得的澄碧湖水，多年来一直严格控制工业经济的增长，存在水土污染可能的企业一律不得入驻淳安。坚守这项措施自然需要付出代价，那就是它的经济发展指数一向滞后，成为杭州地区唯一的经济欠发达县。从 2013 年度起，作为"美丽杭州"唯一的实验区，杭州市把淳安县从其他县市区中单独列出来，实施单列考评，考核项目也从 127 项一下子简化到了 18 项，其中去掉了工业经济总量这一项，转而重点考核生态保护、生态经济、改善保障民生等内容。从此，一心一意搞生态，淳安被彻底解除了单纯追求经济效益的羁绊。

文成县、泰顺县是温州城的生态屏障和后花园，文成县珊溪水库是温州市区的"大水缸"。泰顺则是省内屈指可数的森林植物王国，被称作"生物种源基库"、"绿色生态博物馆"。这样的地方，若也去苛求其工业经济总量，确实太不相宜了。生态为先、民生为重的考核方法才是最恰当的，如是方能使其"绿色发展、生态富民、后发崛起"。

取消 GDP 考核的还有丽水市。2013 年，省内就提出对丽水不再考核 GDP 和工业总产值两项指标。也是从这一年起，丽水市对辖下绝大多数区县取消了 GDP 和工业考核，考核导向由注重经济总量、增长速度，转变为注重发展质量、生态环境和民生改善，生态建设和生态经济发展被置于首项。

"丽水发展生态产业有天然优势。我们有华东地区最好的自然生态环境，森林覆盖率、空气和水等各项指标位列浙江省第一，在全国排名也属前列。2006 年，习近平同志来丽水调研时要求我们坚守'绿水青山就是金山银山'这一发展方向，丽水在绿色生态发展道路上走得更快，休闲旅游、养老养生产业和生态高效农业等齐头并进。"时任丽水市委书记王永康说。然而松绑 GDP，意味着更严的"考核"，这个考核，便是必须更加注重生态保护、发展质量和民生改善等指标，强化差异化、特色化发展，实现治水、公共生态环境满意度、污染物减排、能耗、高新技术产业增长率、战略性新兴产业增长率等指标的上扬。

在浙江，丽水向来是个依凭生态经济发展的地区，9 个县市区均有其

天台琼台仙谷景区

鲜明的县域经济特色，如龙泉的青瓷和宝剑、青田的石雕、云和的木制玩具、松阳的田园风貌，都是不可替代的县域经济资源，且都与"生态"两字有关。把这些有着鲜明个性、非凡文化底蕴的生态资源充分利用起来，体现其强大的生态文明发展动力，是顺理成章的。

云和县即为蕴藏无穷生态优势和动力的地方。云和74%的人口、90%的企业、92%的学生均集中在县城，城市化率达64%，大片区域是覆盖着茂密森林的"无人区"，这样的人口布局和生态优势，显然有利于乡村生态环境的保护和利用，也有利于生态经济平衡持续发展。正是有了这样的生态环境和生态经济发展环境，才使得一批生态经济产业愈显壮大。

迄今，云和的木制玩具产业已经发展了近30年，不少企业积累了资金和资源。近几年来，云和木制玩具业走向产业上游，通过收购动漫公司和设计公司的方式，形成了上下游产业链几十亿元的产业规模，在制造业的基础上，向文化创意产业迅速转型，而其不可低估的发展潜力更令人瞩目。

GDP，即国内生产总值，是指一个国家或地区所有常驻单位在一定时期内生产的所有最终产品和劳务的市场价值，它是国民经济核算的核心指标，也是衡量一个国家或地区总体经济状况的重要指标。然而，GDP是一个市场价值概念，各种最终产品的市场价值是在市场上达成交换的价值，没有进入所谓市场，就无从体现其数值。可和煦的阳光、沁绿的山野、清冽的溪水、灿烂的笑容……怎么可能以市场来定价？怎么可能化为一个个抽象的数字？

不是不要GDP，而是不唯GDP论英雄。淡化考核的目的，在于纠偏过往错误的导向，让各地能够真正地结合自身发展定位和产业规划，因地制宜，构建适合当地的、科学的政绩评估体系。这一点，习近平已多次指出：不再简单以国内生产总值增长率论英雄，而是强调以提高经济增长质量和效益为立足点。老百姓也不是不想让钱袋子快速鼓起来，而是反感破坏生态、一味追求GDP增长的荒唐行为。

而从这一天起，浙江已把GDP放在了最合适的位置。

GDP 考核松绑之后，各地提振生态经济的好消息不时传来："千岛之湖"淳安县已投入 16 亿元，致力于打造环湖生态经济圈；丽水青田县否决了一项在瓯江江心驮滩岛投资 20 亿元建设大型不锈钢厂的提议，放弃投产后达百亿元的产值，转而在此规划生态旅游区；衢州江山市启动了砂石资源整规工作，数百处非法采砂场点被取缔，大批涉砂违法机械设备被拆除，整条江山港范围内，举目所及已找不出一个制砂点；开化国家公园建设步子加快，治水、造景、富民融合发展……

"经济越发展，越要重视环境保护和生态建设"，这是习近平在强化持续推进生态省建设各项工作时常说的一句话。他强调，不重视生态的政府是不清醒的政府，不重视生态的领导是不称职的领导，不重视生态的企业是没有希望的企业，不重视生态的公民不能算是具备现代文明意识的公民。在高度重视生态建设的当下，取消 GDP 考核正是题中应有之义。

《世界是平的》一书的作者、美国经济学家托马斯·弗里德曼兴奋地预言："当历史学家回顾 21 世纪头 10 年的时候，他们会认为最重要的事件不是经济衰退，而是中国的绿色跃进。"取消对欠发达县的 GDP 考核这一招，足以载入浙江生态文明发展史册。

相关链接

　　绿色 GDP 是指一个国家或地区在考虑了自然资源（主要包括土地、森林、矿产、水和海洋）与环境因素（包括生态环境、自然环境、人文环境等）影响之后经济活动的最终成果，即将经济活动中所付出的资源耗减成本和环境降级成本从 GDP 中予以扣除。改革现行的国民经济核算体系，对环境资源进行核算，从现行 GDP 中扣除环境资源成本和对环境资源的保护服务费用，其计算结果可称为"绿色 GDP"。绿色 GDP 这个指标，实质上代表了国民经济增长的净正效应。绿色 GDP 占 GDP 的比重越高，表明国民经济增长的正面效应越高，负面效应越低，反之亦然。

新一轮 "811"，强力整治行动也有升级版

绿色经济培育、节能减排、五水共治、大气污染防治、土壤污染防治、三改一拆、深化美丽乡村建设、生态屏障建设、灾害防控、生态文化培育……新一轮 "811" 行动引入 "两美" 理念，其行动本身已从当年的一个代号，进而成为推进浙江生态文明建设的有效载体。

2016 年 6 月 7 日，台州市环保局椒江环保分局执法人员对葭沚街道高坎村谢某某非法加工点进行现场检查，发现该加工点在生产过程中非法焚烧废塑料，产生的废气中含有大量的二噁英、一氧化碳、氯化氢等有毒有害物质。椒江环保分局依法将案件移送公安机关，公安机关随即立案调查。

2016 年 5 月 24 日，在杭州市拱墅区，杭州市环保局执法人员在对杭州某印务有限公司进行现场检查时，发现该公司生产时胶印车间工艺废气处理设施引风机未开启，而该公司环评中明确要求该车间工艺废气收集后必须经活性炭处理后排放。市环保局依法对该公司作出责令立即改正违法行为，罚款 5 万元的行政处罚。

2016 年 5 月 24 日，舟山市岱山县环保局对位于衢山镇的舟山市某能源有限公司油品储运项目实施检查。该项目正处于建设阶段，油罐区及附属收发油管道、锅炉房等厂区主体工程已基本建设完毕，但该公司油品储运项目未依法向环保部门报批建设项目环境影响评价文件。县环保局作出责令该公司油品储运项目停止建设、罚款 8.5 万元的行政处罚。

2016 年 5 月 11 日，在绍兴市越城区袍江工业区，绍兴市环保局执法

人员在绍兴某再生能源发展有限公司进行现场检查时，发现该企业竟通过在自动监控数据采集仪的信号分配器上装、拆电阻，以此方式改变输出电流大小，从而使自动监控数据与实际检测不符，之后为逃避检查又擅自删除中控室的历史数据记录，违法情节极其恶劣。市环保局依法对企业作出责令改正违法行为、罚款93万元的行政处罚，并将案件移送公安机关，行政拘留2人。

2016年5月11日，宁波市象山县环保局执法人员对宁波某模具有限公司进行检查，发现该公司在未取得环境影响评价及批准文件的情况下，擅自建设铝合金模具（熔化、浇铸）及模具毛坯精加工项目并投入生产，需要配套建设的废气处理设施未建成，在熔化生产过程中产生的废气未经处理直接排放环境。象山县环保局依法责令新建项目停止生产，并作出罚款16.4万元的决定。

2016年4月28日，金华市磐安县环保局在检查中发现浙江某矿业有限公司玄武石破碎生产线的粉尘处理设施不健全，造成大量粉尘，污染周围环境。县环保局依法对该公司作出责令停止违法行为、罚款5.6万元的行政处罚，并当场采取断电措施实施停产。

2016年4月，湖州市德清县环保局执法人员对某冶金粉末有限公司进行现场检查时发现，该企业生产过程中酸浸车间配套的酸雾吸收塔因喷淋吸收液水泵未开启而无法正常运行，酸雾废气得不到有效处理。县环保局依法对企业作出责令停产整治、罚款19.4万元的行政处罚，并将案件移送公安机关，公安机关随即立案调查。

2016年4月，嘉兴市环保局执法人员在对位于嘉兴乍浦经济开发区的嘉兴港区某化工有限责任公司实施现场检查时，对企业外排废气进行采样监测，结果显示该企业磺化车间废气处理设施排放口非甲烷总烃超标。5月13日，嘉兴市环保局将案件移交嘉兴港区环保局，嘉兴港区环保局对企业作出责令限期改正、罚款10万元的行政处罚。

......

这张单子可以一直拉下去，一时无法穷尽。而且，这仅是2016年4

月 25 日—6 月 19 日间，浙江省环保等部门实施"百日环保执法专项行动"时，所查处案例的一部分。有关部门权威数字显示，在这次行动中，全省环保部门共立案查处环境违法案件 4891 件，移送公安机关 268 件，同比分别增长了 162% 和 59%。

这一数字，并不是说明浙江的环保形势更显严峻，而是显现了浙江在保护环境上进一步加大了力度，不仅仅治水、拆违、护绿，还要治空气、治土壤、治大海……

"百日环保执法专项行动"鸣金收兵，2016 年 7 月，《"811"美丽浙江建设行动方案》出台，"811"这个简约而奇特的代号，再度出现在人们面前。

是的，"811"这一代号浙江人并不陌生。上溯 12 年前的 2004 年 10 月，一场席卷全省的环境污染整治大会战——"811"环境污染整治行动骤然在浙江打响。"811"行动并非闪电式的短期行为，而是一浪高过一浪的持续性行动。2004 年至 2016 年的 12 年中，共进行了三轮"811"行动，主要任务和战绩是：首轮"811"生态环保三年行动，突出八大水系和 11 个设区市的 11 个环保重点监管区的治理，遏制了环境恶化的趋势；第二轮"811"新三年行动，基本解决了突出存在的环境污染问题；2011 年开始的时长 5 年的第三轮"811"生态文明建设，推动了全省生态文明建设走在全国前列。

同为"811"，2016 年 7 月开始的新一轮行动，有着不一样的任务指向，有着不一般的目标追求。它已不再是单纯的环境污染整治行动，其内容甚至不限于生态文明建设，而是包含了与打造"美丽浙江"相关的更宏大空间、更深广领域。"811"这一代号所指代的含义已不同于以往。

新一轮"811"行动引入"建设美丽浙江、创造美好生活"的"两美"理念，首次提出"绿色经济"、"生态文化"和"制度创新"等新概念，使得这部绿色发展的指南书愈加厚重。

新一轮"811"行动的总体目标是，到 2020 年，构建较为完善的生态文明制度体系，形成人口、资源、环境协调可持续发展的空间格局、产业结构、生产方式、生活方式。以水、大气、土壤和森林绿化美化为主要标志的生态系统初步实现良性循环，突出的生态环境短板得到改善，全省生态环境面貌出现根本性改观，生态文明建设主要指标和各项工作走在全国前列，人民生活更加幸福安康，建成生态省，成为全国生态文明示范区和"美丽中国"先行区。

一处已被停产取缔的手工业作坊

新一轮 "811" 行动特点有三：

一是目标更高。"新一轮'811'基于以往经验和成果，总体上说内容更丰富、范围涵盖更广阔。"浙江省环保厅厅长方敏举例说明，如在"绿色经济培育"中，具体列出了促进产业结构和布局调整、大力发展绿色产业、强化创新驱动、大力发展循环经济这4个方面，较过去更全面地关注到了经济发展和环境资源之间的平衡点，多种方式指导破解发展瓶颈，实施转型升级。

二是措施更实。新一轮"811"时间跨度为5年，与"十三五"规划的时间相衔接，保证了各项工作能合力推进。考虑到水、气、土已成为全社会关注的焦点，新一轮"811"将治水、治气、治土单列，设置了"五水共治"、大气污染防治、土壤污染防治三个专项行动；根据"切实优化'诗画江南'人居环境"，设置了"三改一拆"行动和深化美丽乡村建设行动；根据"加快打造浙江经济升级版"，设置了绿色经济培育、节能减排行动；根据"弘扬具有浙江特色的人文精神"，设置了生态文化培育行动等。

三是特色更浓。新一轮"811"方案提出"生态文化培育"这一新概念。方敏介绍，"生态文化培育"这一目标，涵盖了深入挖掘生态人文资源、全面提升公民人文素养、大力弘扬生态文化、全面倡导绿色生活方式、深入推进生态示范创建五个方面。"我们希望通过享受保护环境带来的生态红利，环境保护能成为整个社会最大共识，成为千万群众的自觉行动。"

水更清，山更翠，天更蓝，这是人民群众的热切向往，也是生态文明建设的起码要求。何谓幸福指数？幸福指数的首要标准，是你是否能喝到洁净的水，看见绿意盎然的青山，呼吸到沁人心脾的空气。

每天一大早，嘉兴市绿能环保科技有限公司的司机就开着一辆白、绿色相间的餐厨废弃物收运车出发了。他的任务是负责收运近 20 家单位的餐厨废弃物。作为国家餐厨废弃物资源化利用和无害化处理的首批 33 个试点城市（区）之一的嘉兴，市区现有餐厨废弃物产生单位约 3000 家，每天产生约 85 吨餐厨废弃物。

在以往，处理这些东西可是一件挠头的事。往垃圾箱里一倒了之的话，垃圾箱很快就会满溢，对周边环境的影响可想而知；专门运往垃圾填埋场，非但这些单位无法自觉自愿地做到，垃圾填埋场的压力也会大增；而很多市民更为担心的是，餐厅饭店的店主们，因为难以处理这些东西，为了降低成本，会不会把剩菜剩饭以及从汤汤水水中提炼的地沟油重新搬上餐桌？如今，这一难题已有了破解之法，集中处理从源头上杜绝了上述种种隐患。

"把餐厨废弃物统一收集起来，再进行生物处理，使其成为清洁能源沼气和制作有机肥料、工业油脂的原材料，既做到了物尽其用，又避免了垃圾滋生，还消除了食品违法现象的可能性，实在是一石三鸟。"该环保科技有限公司的一名技术人员欣喜地说。

餐厨废弃物资源化利用和无害化处理，正是新一轮"811"行动的子项目之一。由于实效明显，2016 年，浙江很快又确定了湖州、丽水、温州等 8 个城市为第一批省级餐厨垃圾资源化综合利用和无害化处置试点城市。

不仅如此，在农业生产领域，在节能领域，在生态治理领域，在科研领域……"811"行动措施果断、步履坚实。2016 年，浙江"低、小、散"块状行业整治、提升"十百千万"计划均提前超额完成，淘汰落后和严重过剩产能任务提前超额完成，涉及企业 1011 家。绿色经济的强劲动力越发让人期待。

到 2016 年年底，浙江的生态环境现状又在不断好转：全省地表水水质Ⅲ类以上的比例达到了 77.4%，比上年上升 4.5%；县级以上集中式饮用水源地水质达标率为 91.1%，比上年上升 6.0%；县级以上城市日空气质量达标天数比例平均为 88.4%，比上年上升 3.4%；各类生态环境状况指数继续位居全国前列……这份让人服膺的成绩单中，自然少不了新一轮"811"行动的"贡献"。

一轮又一轮"811"行动，生动地显现了浙江人根治环境污染痼疾的决心。四轮"811"行动，在之江大地描绘出了一幅渐进发展的生态文明画卷。"811"行动本身，也已从当年的一个代号，发展成今天浙江省环保工作中一个响当当的"品牌"，进而成为推进浙江生态文明建设进程的一项有效载体。

马克思说："一个政党的正式纲领没有它的实际行动那样重要。"而法国思想家、作家伏尔泰则把这句话说得更艺术："人生来是为行动的，就像火总向上腾，石头总是下落。对人来说，一无行动，也就等于他并不存在。"

完美的方案自然是重要的，但对于生态环境保护和生态文明建设来说，面对一个始终处于动态的天地万物，面对瞬息万变的山川晴空，我们没有理由懈怠，没有时间空想，唯有行动。

相关链接

"五气共治"指的是在浙江省范围内，以治理燃煤烟气、工业废气、汽车尾气、扬尘污染、餐饮油烟等废气为主的环保行动。在杭州，为配合 G20 峰会环保要求，还开展了全力打造天蓝地净、山清水秀的"西湖蓝"的"五气共治"行动。在治理"燃煤烟气"方面，主要是强调优化能源结构，控制煤炭消费总量，全面开展高污染燃料锅炉整治；在治理"工业废气"方面，主要是优化调整产业结构，淘汰落后产能和重污染、高能耗企业，开展园区循环化改造，构建循环产业链；在治理"汽车尾气"方面，主要是控制车辆有序增长，完善步行、自行车交通系统；在治理"扬尘污染"方面，主要是加强建筑工地和拆迁拆房工地扬尘控制；在治理"餐饮油烟"方面，主要是强化餐饮废气治理，合理规划布局等。

"水十条"，对每一滴水你都有义务和责任

浙江"水十条"是今后一个时期水污染防治的任务书、时间表和路线图。这意味着浙江省铁腕治水将进入"新常态"。

2016 年 6 月，经群众举报，发现诸暨市某纺织轧染厂将生产废水排向枫桥江，对水域生态造成损害。在依法立案查处的同时，环保部门还对此次水污染事件启动环境损害赔偿程序。诸暨市环保局委托绍兴市环保科技服务中心进行鉴定评估，最终核定的生态环境损害赔偿金为 24.8 万元。

按照此时刚刚颁布的"水十条"精神，企业偷排废水、废气造成污染，自然要承担相应的责任，而不能让"企业污染、群众受害、政府埋单"的尴尬困局再延续。因此，该企业必须支付偷排废水赔偿环境损害金 24.8 万元，同时还得接受行政处罚。

据此，绍兴市环保局与诸暨该排污企业签订了生态环境损害赔偿协

议。当年 10 月，后者将 24.8 万元缴入绍兴市"生态环境损害赔偿金"专户，而这是绍兴市 2016 年首笔完全缴清的生态环境损害赔偿金。

生态环境损害赔偿金主要是指对造成污染的企业或个人追缴的赔偿金，包括企业造成的环境污染损失费用，以及监测、鉴定费用等。该制度是 2015 年年底开始在浙江、贵州等 7 省试点实施的。2016 年 7 月，绍兴市还开出了试点以来全国首张生态环境损害赔偿金罚单。

"以诸暨这起污染案为例，生产废水进入枫桥江后，因为不断混合、稀释，流入下游，造成的水污染已无法通过修复工程完全恢复。根据'替代修复'原则，这笔 24.8 万元赔偿金将纳入专用账户统一支配，用于其他可修复的污染项目或生态补偿、突发环境事件应急处置等。"绍兴市环保局法规处工作人员如是介绍。

与此同时，排污企业还将接受包括行政罚款在内的行政处罚。行政处罚的罚款，和赔偿金并不冲突。签署赔偿金协议的双方是对等的，而行政罚款是执法部门对违规企业的处罚。

除了严肃处罚，更重要的是严格监管。浙江省环保厅相关负责人告诉作者，在"水十条"中，已对工业集聚区的污水集中处理设施、在线监控设施和重点水污染行业废水深度处理作出了详细的要求。根据计划，2016 年年底前，全省工业集聚区应按规定建成污水集中处理设施，并安装自动在线监控装置；逾期未完成的，一律暂停审批和核准其增加水污染物排放的建设项目，并依照有关规定撤销其园区资格。

也是在这一时期，2016 年 7 月初，杭州市富阳区各个乡镇（街道）的主要负责人都在忙碌着。他们撰写的乡镇生态环境质量报告，必须全面而清晰地阐明所在乡镇（街道）半年来的生态建设和环境保护工作，且须有具体过程和数字，还得有自己的特点、亮点，不了解实情，不花点功夫，是绝对没法完成这份特殊报告的。

2015 年年底，富阳在全省范围内首创乡镇生态环境质量报告制度，乡镇政府（街道办事处）必须采用召开生态环境质量报告会的形式，作每年不少于两次的生态建设和环境保护专题报告，向社会通报环境质量和生态改善情况。而现在，随着"水十条"的颁布和实施，手里的这份报告中的评价和措施，又必须与之相符合。

7月5日，天气炎热，但渌渚镇政府4楼会议室的气氛更为热烈，渌渚镇上半年的生态环境质量专题报告会正在进行。镇负责人正在向村干部代表、属地"两代表一委员"、企业代表、村级代表共104人报告全镇这半年来的生态建设和环境保护工作，并以现场互动提问形式，主动接受群众监督。

"渌渚镇还存在几家养猪场？气味和排泄物问题如何解决？""怎么监控污染物排放企业？如果遇到环境问题，应该怎么反映？"果然，当渌渚镇镇长包莹莹长达7页的报告一读完，三名与会代表就开始积极提问。

据了解，会前发放征求意见表、会中代表互动提问、会后广泛收集民意，已成为富阳乡镇生态环境质量报告制度的三个必备环节。

渌渚镇是建材之乡，也是全区矿山、码头的主要分布地，产业结构给

富春江水域今貌

生态保护和环境整治带来的压力很大，道路脏、扬尘大，过去群众反映最集中的就是环境污染问题。为了更加明确担负的环保目标任务，2016年3月，渌渚镇梳理出镇、村、企业三级生态环保责任清单，并与全镇13个行政村、91家企业签订了生态环保目标责任书。

水环境治理不可能一蹴而就，也不可能一劳永逸。对污染严重、情况复杂的区域，治理还将是长期的任务。"病去如抽丝"，这是浙江省环科院工程研究中心副主任梅荣武对水环境治理的概括。他认为，浙江治水任务依然艰巨，一是从大环境来看，全国水污染严重的状况未得到根本性遏制；二是从浙江治水实情来看，虽然通过"五水共治"，浙江已消灭了5000公里以上的黑臭河，但仍面临黑臭河反弹、截污管网建设相对滞后、农村污水处理缺乏长效监管等压力，一点也松懈不得。

"浙江'水十条'为何要在浙江'十三五'环保目标'确保全面消除黑臭河和地表水劣Ⅴ类水、80%的地表水达到或优于Ⅲ类水质'的基础上，再次为治水'加码'？原因就在这里。"梅荣武说，浙江"水十条"突出保护"好水"，重点治理"差水"，注重让治理效果更加贴近百姓感受，"从水源地到水龙头，绝不失守"，这条路子日趋可取。

浙江"水十条"的另一个特色，就是与"五水共治"紧密结合，这显然与浙江治水历程和经验有关，如河长制、"清三河"长效机制、河湖库塘清淤等近年来治水的重点工作都成为"水十条"的"重头戏"，水环境治理的机制体制也日趋完善。

而充分体现"科技治水"、"生态治水"、"智慧治水"的先进理念，也是浙江"水十条"的特色之一。浙江省环保厅相关负责人回忆，2015年国家制定"水十条"，曾专门在浙江、江苏等省开展实地调研，在黑臭水体整治任务的设计上，参照了浙江的不少创新经验。而浙江"水十条"在制定过程中，还特意征集了各设区市政府、省级有关部门的创新做法，先后经过八次修订而成。可以想见，在浙江"水十条"中，类似的创新点还有不少。

任务如山，却没有退路。这份语调稳健、用词平实的文件，字里行间却蕴含着不容置疑、不可更改的力量。"为强化治水责任，在这份公开文件中，首次明确了牵头或者负责的责任单位，如84项举措后都用括号加注明确了牵头或者负责的责任单位，除了省环保厅，还涉及省发改委、省农业厅、省建设厅、省财政厅等多个单位。"浙江省环保厅负责人介绍，在"水十条"所含规划、指标、标准、要求诸方面，强化企事业为主体单位，尤其是对重点排污单位，突出强调了其应承担的主体责任，一旦疏忽或者懈怠，就将承担相应后果。

同时，按照"水十条"有关要求，浙江省政府将与各设区市政府签订水污染防治目标责任书，每年的考核结果作为对领导班子和领导干部综合考核评价的重要依据，同时通过约谈、挂牌督办、通报等方式，督促整改和落实；对工作不力、履职缺位造成水环境污染事件的，将依法依纪追究有关单位和人员责任。

"求木之长者，必固其根本；欲流之远者，必浚其泉源。"（唐·魏徵）浙江"水十条"旨在抓本治源、清淤治污，旨在实干见效、雷厉风行。它是一份沉甸甸的任务书，它是一份向污水打一场持久战的又一份宣言。

到2030年，全省水环境质量将总体改善，水生态系统功能基本恢复；到21世纪中叶，水环境质量将全面改善，水生态系统实现良性循环……我们行动着，我们期待着。

相关链接

2016年4月12日，浙江再添治水"利器"——《浙江省水污染防治行动计划》（简称浙江"水十条"）正式发布，明确提出水污染防治工作总体要求、重点任务和目标指标，为今后一个时期的水污染防治确定了任务书、时间表和路线图。这份行动计划的发布，恰好距国务院正式发布《水污染防治行动计划》（简称国家"水十条"）整一年。

之所以称它为"水十条"，是因为在这份行动计划共有10项重点工作任务，即保障水生态环境，狠抓工业污染防治，强化城镇生活污染治理，推进农业农村污染防治，加强船舶码头污染控制，推动经济结构转型升级，节约保护水资源，严格执法监督，加强制度机制建设，深入实施"河长制"。

什么样的企业才能称得上是生态文明绿色示范企业？按照浙江省环保厅起草的《浙江省生态文明绿色示范企业创建管理办法(试行)》，其基本标准是：过程依法、结果达标、管理规范、环境安全、行业领先。过程依法是指企业在建设过程中要严格执行环境影响评价、环保"三同时"验收和排污许可证制度；结果达标指企业在生产过程中，废水、废气、噪声必须达标排放，固废得到妥善处理，总量减排要求全面落实；管理规范是指有专门的环保机构和专职人员，在物料运输、生产管理、污染治理等全过程中有一套完整的环保管理制度；环境安全是指要加强企业周边环境质量的日常监控，将可能发生的污染事故对环境造成的影响减小到最低；行业领先则规定既然是生态文明示范企业，一定要在清洁生产、工艺装备、污染治理、物耗能耗、排污绩效等方面体现行业先进性。

查补生态环境短板，有力打好"组合拳"

按照"绝不把违法建筑、污泥浊水和脏乱差环境带入全面小康"的目标要求，尽力补上生态环境这块短板，满足人民群众对优美环境的需求。

"大家注意安全，加紧作业，务必要在今天把精馏塔的设备全部拆除！"2016年5月3日上午，位于湖州市南浔区旧馆镇三桥村的湖州珊虹塑化有限公司厂内，一辆大型吊车正在紧张作业，一只只精馏塔罐被卸下，装上一旁的重型卡车运走。这是湖州市南浔区对有机玻璃加工业开展淘汰转产及综合环境整治的场景之一。

"精馏塔是有机玻璃加工的最重要设备之一，它的拆除，意味着这家企业从此从这一行业退出。我们只花了一天时间，就把这套精馏塔设备全部拆除了。拆除一只这样的精馏塔罐，就意味着少一个污染源。"旧馆镇安监中心工作人员沈建国介绍，镇上的 9 家塑化企业已全部关停，涉及生产的 102 个裂解炉拆除完毕，17 套精馏塔也在两周内一律拆除。

如此大规模的"拆塔行动"，目的是消除困扰旧馆镇居民 40 多年的环境污染。"有机玻璃再生加工业的污染问题，一直是旧馆镇的环保短板。针对这一行业的环境污染问题、安全隐患问题，镇里采取过很多措施予以整治，尤其是近 10 年来，前后开展过 4 次大规模整治，行业规模也缩减到仅剩下珊虹塑化等 9 家企业。但因该行业先天不足，所固有的工艺简单、管理粗放的老毛病无法根治，废水废气始终'跑冒滴漏'，唯有彻底淘汰，才能解除环境压力。"沈建国说。这一回，在市、区两级政府的大力支持下，镇政府可谓下了天大的决心。

旧馆镇是湖州市"低、小、散"企业较为集中的区域，生态环境不佳成为当地社会经济发展和全面建成小康社会一块明显的"短板"。有所得必须有所弃，再也不能抱着所获不多的经济利益而影响生态环境了。全省范围内的"补短板、促均衡、增后劲"活动开展后，旧馆镇政府狠下决心，决定对有机玻璃再生加工业予以"全面淘汰落后产能，彻底关停转产"，开展"彻底整、整彻底"的整治行动。

为此，镇政府专门组成了 17 个整治小组，"一对一"地对 9 家塑化企业落实关停措施，同时进行综合环境整治工作，补齐这块生态短板。决心有了，行动有了，效果马上出来了。半个月后，塑化企业全部关停后，旧馆镇的水质和空气质量一下子好了不少。三桥村村民莫央毛高兴地赞叹，再也没了刺鼻味，可以大口大口呼吸了，实在爽快！而率先完成生产设备拆除的湖州珊虹塑化有限公司业主之一李金初表示："保护环境，人人有责。企业关停后，将尽快自谋出路、及时转产。"

在绍兴市，2016 年启动的为期一年的优化环境"八大行动"，行动内容也是查找生态短板，采取果断措施尽快补上。这"八大行动"包括违法建筑大整治行动、污泥浊水大整治行动、安全隐患大整治行动、经济秩序大整治行动、社会治安大整治行动、法治环境大提升行动、基层治理大提升行动、城乡面貌大整治行动，全方位优化环境，每一项都有具体内容和指标，都有时间进度和考核措施。

"绍兴的生态短板主要存在于印染、化工、医药、造纸、食品加工、珍珠养殖加工等重点行业的污水现象，以及由此带来的生态环境治理困境。积重难返，所以必须'重拳出击'，这'重拳'还必须是组合拳。2016 年绍兴提出'建设全省水环境监管执法最严格城市'目标，重点是严厉打击工业和养殖污水乱排放、饮食服务业污水乱排放等 9 项违法违规行为，就是想解决一批'老大难'。"绍兴市委书记彭佳学说，"加大执法督查力度，完善制度，严格执法，强化问责，敢于啃'硬骨头'，才能使补生态短板任务落到实处。"

按照绍兴市优化环境"八大行动"安排，将全面清除河湖库塘淤泥，加快建设一批镇村污水处理设施；将实现城镇截污纳管和农村生活污水处理全覆盖；将实施土壤污染防治行动计划，抓好农田土壤污染治理；还将实施"无违建创建三年行动计划"，到 2018 年，基本完成存量违建处置，拆后土地利用率超过 80%，各县（市、区）达到基本无违建县标准，率先基本建成"无违建市"。

一场补短板攻坚战已在浙江大地急遽铺开，一个又一个战役捷报频传。

2016 年 4 月 26 日至 27 日召开的浙江省第十三届委员会第九次全体会议，明确提出"拉高标杆，补齐短板，确保如期高水平全面建成小康社会"的目标和任务，专门研究并部署开展"补短板、促均衡、增后劲"活动。该次全会通过的《中共浙江省委关于补短板的若干意见》强调，要按照"十三五"规划目标任务要求，从全局高度、发展眼光，以更宽视野、更高标准，查补制约全面建成小康社会标杆省的根本性、引领性、关键性的短板，抓纲带目、精准施策、持续发力，重点补齐科技创新、交通基础设施、生态环境三大发展短板，补齐低收入农户增收致富、公共服务有效供给两大民生短板，补齐改革落地这一制度供给短板，为高水平全面建成小康社会提供强大动力和支撑。

在所列出的"六大短板"中，生态环境短板名列其中。这说明，在认可已有成绩的基础上，在生态文明建设方面，浙江省委能正视现实、承认缺陷、找准要害、寻求解决之道。

浙江是"绿水青山就是金山银山"这一重要思想的发源地，自2003年开展生态省建设以来，坚持一张蓝图绘到底，环保工作和生态文明建设一直走在全国前列。生态环境应该是浙江的一块"长板"，为何还是成为全省需要着重补齐的六块"短板"之一？

这是因为环境保护是一场持久战。虽然我们的环保工作取得了一些成绩，但没有任何理由小胜即欢、小进即安，而是要主动拉高标杆；生态环境是"易碎品"，污染容易治理难，稍不注意，就会反弹，这是一场输不起的战争。

"小康全面不全面，生态环境质量是关键。"这一短板的最主要原因，是环境质量离高水平全面小康和人民群众的期待还有差距。因此，浙江环保等部门及时研究制订了《生态环境领域补短板行动方案》和《关于进一步加强环境监管执法的意见》，将突出改善环境质量这一核心，紧扣治水、治气、治土三大战役，立足执法监管和制度建设两项保障，细化落实补齐短板的对策措施，远近结合，精准发力，务求实效。

"要正确处理好经济发展同生态环境保护的关系，牢固树立保护生态环境就是保护生产力、改善生态环境就是发展生产力的理念，更加自觉地推动绿色发展、循环发展、低碳发展，决不以牺牲环境为代价去换取一时的经济增长，决不走'先污染后治理'的路子。"这是习近平总书记2013年5月24日在党的十八届中央政治局第六次集体学习时强调的。从根本上说，补短板是浙江深入实施"八八战略"的题中之意，两者在内涵上具有契合性，在逻辑上具有一致性，在实践上具有连贯性。因为"八八战略"既着眼于发挥优势，扬长避短，又着眼于补齐短板，把劣势转化为优势，拓展发展空间，发挥发展后劲。

"认认真真找准短板、扎扎实实补好短板"，这既是中央的决策部署，又是浙江发展的需要。落实在环境整治和生态文明建设方面，必须深入践行"绿水青山就是金山银山"重要思想，着力打好"五水共治"、"三改一拆"等转型升级"组合拳"。

除了治水，在加强治气工作、改善空气质量方面，浙江还强力推进能源结构调整、机动车污染防治、工业污染治理、产业结构和布局调整、城市扬尘和烟尘整治、农村废气污染控制以及港口船舶污染防治的"6+1行动"，全面提高大气污染防治水平，推动 PM2.5 浓度持续下降，优良天数比例持续增加。

在治土方面，按照国家发布的"土十条"，突出抓好《浙江省土壤污染防治行动计划》编制工作；抓好危险废物全过程监管。如开展危险废物"存量清零"行动，到 2018 年，全省 11 个设区市分别形成危险废物"焚烧、填埋、物化"三位一体的处置能力，实现"自产自消"。同时，将抓紧重金属污染综合防治和重金属企业周边环境敏感点的环境质量监测，抓好土壤污染排查监控。

而在制定"十三五"发展规划中，为破解资源环境对经济社会发展的短板效应和瓶颈制约，改善生态环境质量，省政府及相关部门又着重提出了要在全省加快建设主体功能区、推进资源节约集约利用、加大环境综合治理力度、加强生态保护修复、积极应对全球气候变化、健全生态安全保障机制、发展绿色环保产业这七大任务。同时提出了包括耕地保有量、新增建设用地规模、万元 GDP 用水量、单位 GDP 能源消耗、非化石能源占一次能源消费比重、单位 GDP 二氧化碳排放量、森林发展、空气质量、地表水质量、主要污染物排放量这十大绿色发展的刚性指标，提出了一系列致力于绿色发展的重大工程。

水桶短板原理说的是由多块木板构成的水桶，其价值在于其盛水量的多少，但决定水桶盛水量多少的关键因素不是其最长的板块，而是其最短的板块。这就是说任何一个组织，可能面临的一个共同问题，即构成组织的各个部分往往是优劣不同的，而迫切需要做的，是及时消除已经存在的或有可能出现的劣势。

"出现短板，就意味着问题的存在，所以第一步必须认真查找问题，明白究竟'短'在哪里。"浙江省环保厅厅长方敏说。说干就干，全省环保系统迅速全面开展查补短板工作，共找出 38 块短板，提出 70 条对策措施。

这 38 块短板，归根结底就是优良生态环境供给不足、长效治理机制不完善——相比于末端治理，源头防范是短板；相比于主要污染物减排，多因子协同控制是短板；相比于解决突出环境问题，全领域污染防治是短板；相比于自然生态保护，人居环境建设是短板；相比于打击环境违法企业，全社会自觉守法、共担责任是短板；相比于环保业务推进，环保能力

燃气冷热电"三联供"项目正在实施中

建设和环保制度供给是短板。

全省性的环保督查工作拉开序幕，各个层面的督查人员分赴各地，对全省各县（市、区）和市开展多轮督查。在此基础上，各级环保部门还订立监管执法责任状，部署开展环保百日执法、"五水共治＋环境执法"行动，从重从快从严打击环境违法。仅2016年一季度，全省环境执法移送公安案件166件，行政拘留92人，刑事拘留103人。

而在接下来的日子里，监管执法会更严格，如加密执法稽查，对30%以上的市县开展稽查。一方面实行随机抽查和抽查督查制度，实现对国家和省重点监控企业现场抽查督查全覆盖；另一方面深化环保公检法联动执法，加大打击力度，建立全省企事业单位环境信息公开平台，实行失信黑名单制度。

"男儿志兮天下事，但有进兮不有止，言志已酬便无志。"（梁启超）永不满足，绝不懈怠，环境治理永远在路上，让我们从补短板这一点再次出发。

相关链接

继国家"土十条"之后，2016年12月26日，浙江省政府正式发布《浙江省土壤污染防治工作方案》，简称浙版"土十条"。浙版"土十条"提出明确目标：到2020年，全省土壤污染加重趋势得到初步遏制，受污染耕地安全利用率达到91%左右，污染地块安全利用率达到90%以上；到2030年，土壤环境质量稳中向好，受污染耕地安全利用率、污染地块安全利用率均达到95%以上。浙版"土十条"还分类列出了掌握土壤环境质量状况、实施农业用地分类管控、加强污染地块风险管控、加大未利用土地保护力度、深化污染源头综合防治、开展土壤污染治理修复、严格污染防治执法监管、健全污染防治政策保障、落实土壤污染防治责任等多项土壤污染防治重点任务。

潇洒桐庐郡，最美在富春

宁可发展速度慢一点，也要保护好山水，但这并不意味着只注重生态不发展经济。两者的相辅相成和互相促进，在富春江畔这座"中国最美县城"体现得特别明显。

我们顺钱塘江而下，去寻访"中国最美县城"桐庐。

钱塘江，浙江的母亲河。从徽南和浙西崇山峻岭间发源之后，自西向东汤汤流淌，汇集众多支流后水量逐渐丰沛，气势不凡。当它流过建德梅城之后，随着两岸青山翠谷连绵不绝，景色愈显旖旎，水势也越来越平缓舒展，让人流连忘返，这便是钱塘江水脉中最富诗意的富春江了。"潇洒桐庐郡，清潭百丈馀。钓翁应有道，所得是嘉鱼。"（北宋·范仲淹）如此美妙的所在，涌现神奇壮丽之物事，显然顺理成章。

自从三国吴黄武四年（225 年），析富春县桐溪乡置桐庐县以来，县域虽几经变化，然迄今总面积为 1825 平方公里的土地上，近两千年来，历史巨擘在此写下了无数鸿篇巨制，留下了大量人文历史的珍贵遗存，大多是对这片绿水青山的尽情讴歌。而如今，桐庐不仅已经斩获"中国最美县城"的称号，还把国际人居环境示范奖、国际花园城市、国家园林城市、全国文明县城、国家生态县、中国最美县、中国长寿之乡等近 30 项国家级以上荣誉揽入怀中。2016 年 5 月，中央农村工作领导小组办公室、住房和城乡建设部和浙江省政府共同实施的"中国（杭州）美丽城乡教育培训基地"项目，也在桐庐落户。

做精、做细绿色生态这篇文章，把绿水青山打造得更精致，桐庐的很

桐庐县江南街道环溪村周氏爱莲堂已成当地乡村文化游的重要景点

多做法的确令人眼前一亮。在这里，有可赏莲的环溪村、观百花的荻浦村、看百合的新龙村，以及杜鹃成海的合岭村、樱花满坡的双坞村、产蜜桃的阳山畈村、种蜜梨的大市村、品青笋干的怡合村、体验畲族文化的新丰民族村……这些村，无不是从做好、做透生态农业这一步启程，再向别的领域拓展，从而向整体环境治理推进的。

什么样的发展理念决定了什么样的发展路径，怎样的生态观决定了怎样的发展观。这一论断在富春江畔的桐庐得到了极好的印证。

"桐庐最大的优势是生态，宁可速度慢一点，也要保护好山水。"这一理念不仅被桐庐县委、县政府决策层所主张，每一个桐庐人，包括在桐庐创业、居住、旅游的人，也都高度认可。桐庐县委、县政府还把生态环境视为"奢侈品"与"易碎品"，因为他们已经明晓"美丽"的意义、"生态"的价值。

治水、治土、治气、治废、治违在内的"五治并举"，步步推进美丽桐庐的生态文明建设。在治水方面，以富春江、分水江两江水质保护为重点，全面开展"五水共治"，加快推进城镇污水管网等建设，强化行业污染整治；在治土方面，紧抓省级农业"两区"土壤污染防治试点县的机遇，突出土壤检测预警体系建设和重点区块整治，加强日常监管，防止污染土壤环境和地下水；在治气方面，大力实施能源结构调整、机动车污染防治、工业企业大气污染治理等六大治理工程，全面建成无燃煤区；在治废方面，在农村垃圾分类的基础上，突出农村垃圾减量化和资源利用成

271

效，建立健全机制，深入探索有机肥市场化运作模式，将垃圾变废为宝；在治违方面，深入开展"三改一拆"和"无违建县"创建活动，加大依法治违力度，建立健全违建防控和治理体系……

更让人折服的是，在实现"三个率先"（即率先实现农村生活污水处理设施行政村全覆盖，率先推行农村垃圾分类收集及资源综合化利用行政村全覆盖，率先实现县域主要河流"随处可游、随时能游"）的基础上，桐庐连续9年保持交界断面下游出境水质总体优于上游入境水质，全县境内83条主要河流全部达到Ⅲ类以上水质，其中Ⅰ—Ⅱ类水质河道占比基本稳定在70%以上。桐庐因此成为浙江省首批"清三河"达标县，荣获全省治水最高奖项"大禹鼎"，成功入围全国第一批河湖管护体制机制创新试点，治水经验被评为全国基层治水十大经验之一，入选"浙江最具魅力新水乡"。

"出淤泥而不染，濯清涟而不妖"，这是北宋文学家、哲学家周敦颐名篇《爱莲说》中的一句话，饱含着对纯洁莲花的赞美，对清澈之水的向往。桐庐县江南街道环溪村，至今仍聚居着一支周氏后人。多年来，他们在承继深厚绵长的人文传统的同时，倾力护住这片难得的好山好水，使这个人口不足2000人的小山村，以"生态环溪"而名扬四乡。

顺着村道走进环溪村，就可发现村道旁侧有一条清溪潺潺流淌，水草丰美，鲤鱼摆尾，还有一群群水鸭在水面上嬉戏。仔细端详溪水，发现眼光竟能直接触到水底，水底究竟有几块卵石，能看得清清楚楚。环溪村村委会主任周忠莲自豪地介绍说，环溪村的水质为什么会这么好，是因为在生态环境保护和整治过程中，始终结合本村实情，把治水放在首位，而在治水中，又将农村生活污水处理"置顶"。

"环溪村没有大工业企业，但水质一度仍不很理想，原因是什么？是因为存在着生活污水这块短板。"村干部周忠莲向我介绍。为此，环溪村采取清除淤泥、截污纳管、建造并使用污水处理池等方法，不惜血本，使每滴生活污水都不轻易流入环溪，也不流入村里的池塘、小河。"光是生活污水池就建造了9个，并以种植亲水性植物的方式，对污水进行生态处理，生活污水处理池本身也成了一个绿色景点。以前，村民一听自己家门口要建污水池，怎么也不肯，后来发现那简直像一个小花园，不仅不反对而且乐意让村里去建。"

补短板的过程中不能出现新的短板，治水的过程中不能产生新的污染，这样才是真正的补短板。为此，环溪村在部分生活污水处理池中，抽水需用动力采用了十分环保的太阳能供电。新能源的应用本身就是一种环保措施，会产生废气和噪音的柴油发电机之类，肯定不会去用了。

"香樟伫立，绿荫环抱，溪流清澈，鱼翔浅底，村民游客或聊天休憩，或淘米洗菜。"桐庐环溪村村民又回到了"小时候"的生活景象。由于治水成功、环境改善等因素推动，目前，环溪村已被列入省级历史文化保护区，被列入第三批国家级历史文化名村目录，还被国家住房和城乡建设部列入第一批建设美丽宜居小镇、美丽宜居村庄示范名单。

如今的环溪村，爱莲堂、尚志堂、安澜桥、保安桥等众多古建筑和村口的千年古银杏树旁游人如织，游客们不仅是来感受古朴村风，更是来呼吸新鲜空气、品尝生态土菜的。生态在环溪村已非短板，而是成为"长板"了。

在桐庐各处走访，你会强烈地感受到，在补生态短板时，桐庐人进一步学会了辩证法：宁可发展速度慢一点，也要保护好山水。因为一旦失去绿水青山，再快的发展也将归零，而重新恢复良好生态必将付出更大代价，这样的理念已有高度共识。

在这一理念推动下，桐庐人的防污治污目标明确，如对有较大污染可能的企业和行业予以严格整治，19家电镀企业现已关停6家，符合保留条件的9家独立电镀企业和4家县重点企业配套电镀车间也全部集聚在了工业区。此外，还对电镀工艺和治污设施进行全面提升改造，确保削减50%左右重金属污染物，取得了产业提升、排污削减、风险严控的明显实效。

又如在保护境内富春江、分水江的生态环境方面，桐庐秉着"以整治带保护、带建设、带开发、带旅游、带宜居"方针，深入开展水源水质保护、产业转型升级、基础设施完善、人文旅游开发、两岸环境整治、岸线生态修复 6 大类 25 项综合性工程。

正是有了这美丽动人的绿水青山，桐庐的经济发展势头才更为强劲。

近年来，桐庐在转型升级上下功夫，突出"三去一降一补"，优化调整产业结构成果卓著，其中最亮眼的便是建设"4＋X"产业发展平台，即富春江科技城（经济开发区）、富春山健康城、迎春商务区、富春江（芦茨）乡村慢生活体验区四大主平台，省级健康小镇和市级智慧安防小镇、妙笔小镇、慢生活小镇四大特色小镇，以及分水旅游度假区、江南古村落风景区、城镇工业集聚区和现代农业园区等。富春山健康城颐居养生园、江南养生文化村加快推进，健康小镇被列入省级首批特色小镇；迎春商务区企业入驻率达 68%；富春江（芦茨）乡村慢生活体验区先试先行走在前列，木舍人家等中高端民宿项目建成营业，青龙坞"创客村"等加快实施。

一切源于桐庐坚持生态建设与经济发展并重，把以人为本、环境保护与城镇化推进有机融合，积极探索城乡统筹、区域一体的生态发展模式，致力将生态优势转化为发展优势。只有把生态发展成果更好地用于促进经济发展水平，才真正领悟了"两山"重要思想的精要与意义。

相关链接

2016 年 4 月 21 日，国家环境保护部与浙江省政府签署了《关于共建"美丽中国"示范区的合作协议》。浙江成为全国首个部省共建"美丽中国"示范区，浙江的生态建设又更进一步、更快一步。按照这个协议，今后 5 年，浙江省政府与国家环境保护部将本着互惠共赢的原则，加强合作，共同推进浙江在生态环境空间管控、推动产业绿色转型、环境污染综合治理、农村环境综合整治、环保监测执法监管、环保体制机制创新、生态文明宣传教育这 7 个方面先行先试，不断提高环境管理的系统化、科学化、法治化、精细化和信息化水平，积极探索具有浙江特色的"美丽中国"建设新理念、新路径、新举措。

第十章

绿了万座山，
清了千河水，美了百座城

海客谈瀛洲，烟涛微茫信难求；越人语天姥，云霞明灭或
可睹。

——唐·李白 《梦游天姥吟留别》

这些石头既能缓冲山洪、保护生态，又是一道美丽的景观，
给再多的钱也不卖。

——杭州临安市村民的生态保护建议

打造绿水青山，必须提升档次、讲究规划，必须追求和谐生态美。因此，有的地方完全依凭生态保护和统筹规划来发展经济，有的村庄把废弃的牛栏猪舍改造成咖啡屋和民宿，有的乡镇以发展电商来"推销"生态资源，有的县市通过"绿色革命"使"经济洼地"转化为"生态宝地"。一切都在探索，一切探索都建立在悉心保护生态资源的基础之上。

　　"三改一拆"、"四边三化"、传统畜禽养殖业整治……在实施"五水共治"、"811"行动等活动的同时，各个环境整治专项行动从不停歇，成效迭现。提档升级、更上层次，走在前列、永无止境，是浙江在"两山"之路上越走越快的动力和目标。

统筹规划，多规合一，造就现代江南佳丽地

先解决什么、建设什么，再安排什么、发展什么；这块土地该种植庄稼还是花木，河滩边该建造怎样的长廊；农居房该有怎样的样式，道路两边该拥有怎样的绿化……凭一张蓝图可见统筹智慧，生态立村提升了现代生活档次。

怎么也想不到，在金华永康市江南街道园周村也有一条长城。这条长约 1400 米、用条石垒筑起来的仿古长城，蜿蜒于园周村南面的鸟坑山上。尽管没有中国北方那条真正的长城那样奇崛雄伟，那样曲折绵长，但这条"江南长城"自有它独特的味道：仰首可见蓝天白云，俯身可观永康江景色，周围绿树成荫，耳畔还有鸟鸣啁啾。这段长城的最高处是一处景点——滴水洞，传说轩辕黄帝曾到过那里，是一处能勾起众人远古遐思的好地方。

而距仿古长城的起点不远，则是颇有历史来头，近年来又被园周村陆续修整开发的映湖、金蟾岩、纱帽岩等景区，以及水上游乐场、盆景园等现代休闲旅游景点。特别值得一提的是周氏特祠。这座得以重新修整的祠堂，展示着世居于此的周氏家族史。一身清廉的明代监察御史周琪出生于这座村落里。他的治廉故事如今还在挖掘整理，将成为园周村文化旅游的一个重要内容。

此外，改造周期长达 10 余年的园周村农居房，也是该村的一大景点。300 幢新式多层农居房有序排列，在周围山水的映衬下颇有现代感，其宽大舒适程度为一般的城市居民小区所无法企及。园周村党支部书记周双政

永康市园周村里的江南艺术馆

向作者介绍，最新一批新农居在设计建造时还考虑到了防震需求，可谓极富"档次"。作者参观过不少新农村民居点，如此"豪奢"的却是头次见到。50年不落后，是园周村农居房改造的基本目标。

发展实力有目共睹，发展潜力不可限量。如此蓬蓬勃勃的局面，没有一定的经济基础是无法做到的。据悉，园周村的村级总资产已达20亿元，还不包括相当的资金积存。那么，对于这个2002年以前村级经济"一片空白"、还倒欠10多万元的四邻八乡公认的"穷村"，奇迹究竟缘何产生？

是不是像很多富裕村那样，以发展工业经济的方法致富？非也。走遍村子，没有发现一家工厂，甚至连小作坊都没发现。周双政也坦言，村里从未考虑过以发展工业的方式来振兴村级经济。"因为在我们这个地方，兴办一些能很快来钱的工业企业，很可能污染了这片好山水，而我们一直把这里的每寸土地、每条水流都看得十分金贵，不忍加以丝毫损坏，尤其是现在。我们发展的秘诀：一是靠生态，二是靠规划。有序、有规地对生态实施保护和利用，这既是我们的经验，也是今后持续不变的发展路子"。

2001年春天，周双政被党员们推选为村支部书记。土生土长的他对园周村实情十分了解，认定不能走他人走过的路子，而应该结合自身实际，探索新的发展途径。村"两委"经过反复研究，定下了"整合山水资源，挖掘民俗遗风，创特色旅游村"的发展思路。"当时我就提出，发展生态经济也不能操之过急、一哄而上。先解决什么、建设什么，再安排什么、发展什么，都应该有个次序、有个规划、有个统筹。"周双政认为，循序渐进、有条不紊，讲究规划、统筹解决，即是园周村蜕变之路的特色和法宝。

利用距永康市区不远、自然生态环境较佳等优势，园周村的第一步是与他人合作开办农家乐休闲旅游，同时发展生态农业种植，还利用新农村建设工程争取上级扶持资金。有了一部分集体经济积累后，园周村就开始较大规模的农房改造和村庄绿化等系列工程。"当时，村里有了一些积累，不少村民多次强烈要求，像别的村一样，把这部分钱完全分掉。我们反复说服村民，最后把这些钱用在了农房改造、村庄绿化以及休闲旅游基础设施建设上。"周双政认为，把仅有的集体经济积累分发给村民，这种杀鸡取卵式的做法，显然是无打算、无规划、无长远考虑的表现。

这一块土地该种植庄稼还是花木，河滩边该建造怎样的长廊；分三批改造的农居房该有怎样的样式，道路两边该拥有怎样的绿化；每一棵树都有它自己的位置，每个位置该有一棵什么样的树……在周双政看来，打造生态村的过程中，所谓统筹规划，就是充分发挥规划的作用，立足整体，注重细部，讲求实效，眼光放远。只要运用得当，统筹规划也能产生经济效应。

2006年，村"两委"决定实施第一批农房改造。起初很多村民不很理解：自家好好的房子为什么要拆掉？为什么非要集中连片居住？周双政自己带头，把房子拆了，把宅基地交给了村里，村"两委"大部分成员也这样做了。村民们将信将疑地拆了房、住进了舒适美观的新居，才知道宅基地腾出来之后，成了连片发展生态农业和休闲旅游用地，并由此带来了实实在在的经济收入。村民们恍然大悟，觉得此招实在高妙。

紧接着，村里把所有田地、林地、水面的使用权统一收归村里，由经济合作社依据规划调配。有的租赁给经营户发展生态农业，开办"农家乐"等休闲旅游项目，有的按照国家需要和相关政策予以统一出让，有的则作为储备用地。园周村的土地原本就不多，但经过科学统筹得以盘活后，村民们得到了实惠，村容村貌大为改观，村级经济有了来源，村级总资产滚雪球般越来越大。

经济活了，制度必须跟上。这几年，园周村花大力气制订了一整套涉及党务、村务、财务等方面的公开制度，要求每位党员和村干部严格执行，每件事情都做得很透明。村"两委"带头实行节俭之风，把每分钱都用在刀刃上。村民们不仅信任村干部们，还积极配合村里进行的每项活动，整个村形成了心往一处想、劲往一处使的良好氛围。

秉持"生态立村、环境兴村、旅游强村"发展思路，把整个村打造成为5A级风景区，这是园周村的终极目标。有了这个目标，所有规划、方案、进程、制度都有了方向。经过多年整治，如今整座村庄的生态环境发生巨变，村级经济"底子殷实"，村民们的生活质量"上了档次"，休闲旅游经济发展迅速。一年四季，前来参观的游客络绎不绝，仿古长城、映湖景区成了永康市最火爆的短线游景点之一，而村民们从中挖掘到了诸多商机，从事旅游商品经营、开发水上乐园、园艺园等项目，在家门口实现了创业。然而，这还只是生态村建设的第一步，4A级景区建设工程已近尾声，永康江支流楠溪江的"沿江景观带"工程也在有序推进。

"塘水清清叫映湖，人称永康小西湖。湖上有座白玉桥，晶莹洁白真美妙。过桥来到桃花岛，岛上树木长得好。岛的另端还有桥，摇摇晃晃叫吊桥。村子前面有座山，从前荒芜没人玩。如今种树建步道，游客登山兴致高。山顶建有一凉亭，能看园周全村景……"这是一位名叫周顺意的村民写下的质朴诗句，由衷赞美今日园周之美。的确，在如今的园周村，田园美、生态美、村庄美、文化美……不同种类的美交织在了一起，组成了一幅富有江南气质的现代画卷。

打造绿水青山的过程中，提升档次，讲究规划，追求和谐生态美的做法和实例，自然还有很多很多。

嘉善，是镶嵌在浙北平原上的一颗明珠，素有"鱼米之乡"的美名，富有浓郁的江南水乡气质。如何实现"人居、环境、经济、文化"四个方面和谐发展，让散落在不同区域的美丽乡村串联起来，全面统筹这些不同主体的元素，勾勒出彰显地域个性的"美丽乡村"盛景，嘉善人一直在思索中。如今，"规划布局科学引领，一张蓝图统筹设计"的核心思路已经形成，统筹规划成为实践"两山"重要思想的有效手段。

2014年，嘉善制订了《嘉善县"多规合一"工作方案》，将国民经济与社会发展规划、城乡建设规划、土地利用总体规划、生态功能区保护规划等纳入全盘统筹，形成了全县"一张蓝图"的规划格局。全县9个镇（街道）和104个行政村被划分为"一干、五枝、一冠三大功能区"和21个精品农业村、18个乡村旅游示范村、19个农村新社区，逐镇（街道）编制个性化建设规划。

"绿色田园风光线、蓝色水乡活力线、魅力村庄风情线、善佳文化古韵线"这四条美丽乡村精品线，正是结合实情，通过科学规划提炼出来的。它提炼并发挥的，正是乡村生态风情的最精粹部分。

在魏塘街道三里桥村，当地曾流传一个说法：两年前的三里桥村，"房子住别墅，出门是猪圈"。这是一个你不得不掩鼻而过的畜禽养殖大村。如今的三里桥村，房前绿树环绕，屋后碧水涟涟，猪圈消失了，代之以大片的水果种植园，乡村旅游已让村民们尝到了甜头。步步皆景，处处入画的景象，哪怕是细部也很美。

干窑镇范东村王家浜原先也是个畜禽养殖村。"以前家家户户养猪，猪粪都往河里排，别说是游泳，就算是洗件衣服都嫌脏。"说起以往，村民蒋春林感慨万端。如今，包括养殖业在内的所有农业业态都得以综合规划、统筹安排，村庄附近不可能再有污染源。

治出绿水青山，寻回记忆中的美丽乡愁，嘉善县按照"环境洁化、河道净化、道路硬化、村庄绿化和设施配套"的要求，以"治水"工作为切入口，对村容村貌来一次大修整。还重点围绕"三改一拆"、"四化三边"等活动，引导农户拆除鸡棚、鸭棚、猪棚，改建成小花园、小菜园、小果园等"微田园",组建本土民间专家指导队伍,为村民设计出各种低成本的优美庭院样本,倡导自然生态生活形式。看起来似乎很细微的事情,其实都依凭了整体规划和细部设计。

生态环境大变革带来了村庄美。姚庄镇北鹤村北姚浜的现代农房干净整齐、设施齐全,令人艳羡;大云镇缪家村、姚庄镇桃源新邨等城乡一体新社区水清岸绿、花团锦簇。2014年,凭借其卓越的生态环境,嘉善赢得了"国家级生态县"的荣誉称号。

相关链接

"多规合一"是指以国民经济和社会发展规划为依据,强化城乡建设、土地利用、环境保护、文物保护、林地保护、综合交通、水资源、文化旅游、社会事业等各类规划的高度衔接统一,确保"多规"确定的保护性空间、开发边界、城市规模等重要空间参数一致,并在统一的空间信息平台上建立控制线体系,以实现优化空间布局、有效配置土地资源、提高政府空间管控水平和治理能力的目标。党的十八届三中全会提出,要健全以国家发展战略和规划为导向的宏观调控体系,"多规合一"迎来了重大机遇。

大拆违,为治水再添一把劲

违章建筑拆了,污染源消失了,水质自然提升;水质提升了,空气清新了,整体环境自然不断向好。拆违大大促进了治水,还保住了治水的成果。站在绿水边上,眺望远山黛影,谁不痴恋这诗一般的风情呢?

"不拆违，难治水。"这句流传于浙江的新民谚说明，"拆违"与"治水"有着十分紧密的联系，拆违能有利于治水，而治水行动成功与否，又往往与拆违是否彻底有关。

地处瓯江上游的丽水市莲都区大港头镇，是个峰翠水碧的佳处。这里有建于公元 505 年的国家重点文物保护单位通济堰，有古街、古亭、古埠头、青瓷古窑址、大大小小的古村落和古樟树群。该区块拥有着真山真水、自然古朴的江南古镇的美丽风貌。由于引进了以"丽水巴比松画派"风格著称的多家绘画创作机构，这里渐渐成了颇有特色的"古堰画乡"。如今，这里建有丽水巴比松陈列馆、丽水油画院、古堰画乡展览馆、古堰画乡分校等，另有专业美术写生创作基地等，成为省内外颇有知名度的现代画乡。

2015 年 1 月，在同中央党校第一期县委书记研修班学员座谈时，习近平总书记饶有兴致地说起了风光秀丽、底蕴深厚的古堰画乡和丽水巴比松油画。同年 6 月，古堰画乡小镇入围首批省级特色小镇。

然而，这片难得的绿水青山，这个充满现代人文气息的休闲妙境，从某种程度上说，却是"拆"出来的。

事实上，早在 2005 年，丽水市委、市政府就提出创建古堰画乡。这里渐渐浓郁的画乡风味，吸引来不少乐山爱水者，包括绘画爱好者、摄影爱好者、普通游客、驴友等，不少人还在此驻扎下来。然而，就在已初步形成的古堰画乡不远，大港头镇的区域内，有一片占地面积达 23.36 万平方米的木制品加工点。这里有 154 家企业，2014 年平均每亩土地的产值却只有 36.53 万元，且没有一家企业开办注册手续是完备的。由于违法建筑多，安全、消防、环保隐患极大。

一方流淌着诗意的土地，竟然硬生生地嵌入了一片极不协调的违章建筑。多次想拆，却始终未能遂愿，它甚至已成了当地干部和村民的"痛点"。

"古堰画乡的水不能脏，岸边的'低、小、散'行业一定要下决心整治，违章建筑不拆，治水难成，转型无望！"顺应全省"三改一拆"行动，2015 年 5 月 15 日，大港头镇违章建筑整治工作拉开帷幕。众人的目标高度一致：此时不拆，更待何时？再难啃的骨头也要把它啃下来！

"何不借风雷，一回天地颜。"（清·魏源）有了信心，有了行动，什么事情办不成？仅花了 43 天时间，大港头镇共拆除违章建筑 8.2 万平方米，清理违法用地 22.52 万平方米，这片违章建筑终于消遁！

违章建筑拆了，污染源消失了，水质自然提升；水质提升了，空气清新了，整体环境自然不断向好。

拆除违章建筑后，大港头镇立马跟进环境治理和美化提升工作。在古堰画乡周边，大港头镇实施了 45.77 公里的河道治理，清淤 13.35 万立方米，大港头镇、碧湖镇区域内还关停了 150 家养殖场，建成了大港头镇自来水厂，并推进了村庄生活污水治理项目建设，使古堰画乡河道水质保持在 II 类以上。

拆违大大促进了治水，还保住了治水的成果。由于生态环境改善，一江碧水更加清澈，成为画乡、摄影之乡的"硬件"更加完美。

莲都人何剑曾在外地创业，家乡的变化吸引着他回归这片好山水，建起了他的"玩摄影"网络平台。在轿马郑村，他看中了 120 亩农田和 200 亩山林，认定如此纯美的风景正是他梦寐以求的桃源胜地。他把这片农田和山林打造成了"玩摄影"平台的重要摄影基地，通过与网络平台上十几万用户的互动，推出这片风景，使之成为全国"互联网＋摄影基地"的一个模板。瓯江上游这片风景的名声由此也越来越大。

拆违还拆出了新的发展空间。作为全省首批创建的 37 个特色小镇之一，古堰画乡在扩大后的 3.91 平方公里的核心规划区及其周边，投资建设了古堰画乡小镇文化产业基地、通济堰养生园、隐居画乡等一批文创项目，5D 梦幻油画馆、酒吧一条街、江滨休闲街区、乡愁艺术广场、集装箱精品酒店等一大批文创类和休闲旅游类项目也纷至沓来。据估测，到 2020 年，古堰画乡小镇将完成投资 57.59 亿元，重现"百业百态、百工百匠"的景象。

清水畅流，绿草如茵，鸬鹚低飞，白帆徐行。站在瓯江边上，眺望远山黛影，呼吸着带有一丝甜味的空气，谁不痴恋这诗一般的风景呢？

丽水市莲都区古堰画乡一角

大港头镇及古堰画乡通过拆违提升整体环境的故事，在丽水各县市并不鲜见。到 2016 年年底，丽水生态环境质量连续 13 年全省第一，生态环境质量公众满意度连续 9 年全省第一，农村居民人均可支配收入增幅连续 8 年全省第一，全市饮用水源地水质达标率、跨行政区域河流交接断面水质达标率均为 100%，全市已经基本消除了劣 V 类水。

以"三改一拆"为手段，大力治水、治环境的故事，同样涌现在浙西衢州市常山县。

彭川，常山县辉埠镇东北部的一个普通村庄。在"三改一拆"行动中，这个村交出了一份漂亮的答卷：在短短一个多月时间里，一举拆除涉及 465 家农户、共 2 万多平方米的违法建筑。

车近彭川村，一条堪与城市绿荫大道相媲美的双向车道迎你进村。这条宽敞道路的两侧是成排的绿树，中间是用各式乔木装点的绿化带，让你的心情一下子舒畅起来。

"这就是'三改一拆'时'拆'出来的。今后村里游客多了，也不用愁交通拥堵和没地方停车了！"村党支部书记江志耀欣喜地介绍，以前全村没有一条稍显宽阔的道路，进村的老路别说两车交会，有些地方连一辆车通过都困难。这是因为当时村道两侧多有违法建筑，特别是一些村民，总是把私宅的围墙往公用的道路挪，"逼"得村道越来越窄。群众对此强烈不满。

2013年年初，"三改一拆"行动在全省启幕。此时刚由3个村合并而成的彭川村，人口达3000多人，成了全镇最大的村。人多了，各种各样的阻力多了，需要拆除的违建也多，村"两委"实在穷于应付。所以，虽然起初有了一些拆违动作，但接下来的工作速度就缓慢下来，2015年7月至8月，彭川村的拆违工作连续两个月都没动静。

拆违工作没有动静，村民们的议论没有停歇。"有的拆了，有的没拆，这不公平。""没拆的又会成半拉子工程。"这些不满和担忧纷纷传到村干部的耳朵里，让村"两委"成员们坐立不安。的确，不能因为遭遇了困难而使拆违陷于停顿，再大的难事也得硬着头皮做下去。

村委会主任王治俊首先站出来，主动提出先拿自己的旧房开刀。他明白，老父亲对自己家的老房子感情很深，而且一下子很难做通思想工作。"索性先斩后奏！"王治俊暗中想了个"招数"，以老人身体情况不太好为由，劝说老父亲住进衢州市区的一家医院做检查，一待就是一个多月。没错，等老父亲回到家里，发现老房子已成平地，整个家都搬到了新地方。

村干部带了头，拆违的被动局面得以改变。2015年9月12日，彭川村召开新一轮"三改一拆"动员大会，132名到会的党员和村民代表中，有131人现场签下《"无违建"创建公开承诺书》，承诺主动配合村里工作，拆除涉及自家的违法建筑、一户多宅、危旧房（老房）、露天厕所和家禽圈、影响交通的围墙五类建筑，并对外公布，接受群众监督。

有了破釜沉舟的勇气，主动出击更显力度。拆违正式动工后，两台挖掘机从村口开拆，自外向内，势如破竹。短短一个多月时间，该村2万多平方米的五类建筑被顺利拆除，一举成为常山县的"无违建"村。

拆违只是第一步，还我绿水青山、提升整体环境水平才是根本。2016年年初，村里就邀请了浙江大学设计院、杭州南方设计院的专家，按照"留住乡愁"的主题，制定了村庄发展规划。按照规划，昔日的违建猪圈、牛棚和杂物房拆除后，建成了绿化带、文化广场、生态停车场，还建起一座设施齐备的居家养老中心；原本被违建围墙挤得只能容行人通过的羊肠小道，由村委会和村民一道出资修起了崭新的大马路，大、小车辆都能畅行；原先的一条条臭水沟，已成为两岸皆绿的清澈河道。而有了这么好的生态环境，投资1000万元的"川越观光旅游项目"随即上马……

数据表明，2013年年初至2016年3月，通过"三改一拆"行动，全省共拆除违法建筑4.7亿平方米，关停、整治、提升特色小行业企业3万多家、养殖场5万多个，城乡环境得到很大改观。

以上几则故事的叙述，已让我们知悉"三改一拆"的基本概念和主要内容。它是指自2013年至2015年在浙江省范围内深入开展的旧住宅区、旧厂区、城中村改造和拆除违法建筑（简称"三改一拆"）三年行动。"三改一拆"行动计划通过三年努力，旧住宅区、旧厂区和城中村改造全面推进，违法建筑拆除大见成效，违法建筑行为得到全面遏制。"三改一拆"行动处理的违法建筑主要为非法占用土地建设的建筑，未取得相关规划许可证或者未按照相关规划许可证的规定建设的建筑，以及违反公路、河道等有关法律、法规建设的建筑。

"'三改一拆'不是单纯的拆改，而是与治水治污、治城治乡等城乡环境综合整治结合起来，与'四边三化'行动相结合。按照要求，拆违现场还要即时清理，能垦种就垦种，能绿化就绿化。这样一来，城乡形象改变很大。"浙江省"三改一拆"行动办公室负责人如是说。的确，如同"五水共治"一样，"三改一拆"以及"四边三化"都是浙江的创造，几个方面的行动互为表里，互相促进，各有侧重，殊途同归。"负势竞上，互相轩邈"，全省范围内的大拆违为治水再添一把劲，绿水青山更显神采。

猪舍牛栏蜕变成咖啡屋的神奇故事

风景区里的一间民宿，每晚的价格竟达 1580 元！更让人吃惊的是，这间民宿是由猪舍改造而成。一座座"散、乱、脏"的养殖场不见了，一处处猪舍牛栏被改造成咖啡厅、茶吧、民宿，这是浙江畜牧业转型升级中发生的一桩新鲜事。

这是一家由真正的牛栏改建而成的咖啡屋，位于桐庐县江南街道荻浦村的一条小巷里。走进这间"牛栏咖啡"，你会被这里既富有异域风味，又带有中国乡野趣味的格调所吸引：石砌的外墙、低矮的屋檐，室内裸露的墙体以及不太平整的泥土地面，依然保留着昔日牛栏的格局；芦苇、野花等植物作为室内装饰物，粗笨的木头桌椅随意摆放，似在强调着素朴、原始的风格；墙上的黑白胶片摄影作品、飘逸浓香的现磨咖啡以及源自台湾的特色饮品，又分明显露出浪漫、时尚的气息。

"这是我感受到的最奇特、最大胆的创意了！"上海来的女生小莫惊叹道。与她一起来的还有众多年轻人，他们同样被这独特的咖啡屋所吸引，一边品尝咖啡，一边纷纷拿出手机拍下这里的每一个细部。大学生村官兼店员姚萍萍介绍，牛栏咖啡自 2013 年 9 月开张后"火爆到不行"，节假日时等候入内的队伍甚至排到店外面，店员不得不喊朋友来帮忙。消费者中，最多的是自驾游的年轻游客，他们来自全省各地以及邻近省市，原因是有不少消费者把牛栏咖啡的照片发到了微博、微信上，惹得众多年轻人趋之若鹜。一句"我们要跟牛抢位子了"的戏言，不料竟成了牛栏咖啡的广告词。

没错，这家咖啡屋共五间石墙石瓦的单体建筑原先确为牛棚。如今，耕地主要采用农用机械，耕牛已很少见。由于周围都是民居，若牛棚再设在这里，不仅常常满溢的污水会影响环境，牛棚特有的臭气也让人受不了。牛棚废弃后，一度成为一处无人理睬的空屋，有人还提议拆了它。"五水共治"、"三改一拆"行动开始后，它还被列入待拆除的旧房老屋之中。后来，主管村落改造的桐庐县江南街道党委副书记项芳农反复思量，最后觉得应该保留这些建筑，并对其进行改造利用。

该怎么利用？究竟是做农具展示，还是搞个荻浦村历史陈列馆？一个主意忽地浮现在项芳农脑海中：能不能干脆把它改成一间咖啡屋？让乡村"土得掉渣"的牛栏与最为时尚的"咖啡"来一次完美结合？这个大胆的设想很快在村落改造决策者中、在村民中引起了热议，有人觉得这样做很有冲击力，有人觉得这样的设想实在匪夷所思。不过，由于按照项芳农的设想，旧房改造成牛栏咖啡并不需要花多少钱，那就试一试吧。

"没想到这一尝试收到了很好的效果，可以说，连荻浦村这个国家级历史文化名村的知名度都大了许多。它的成功是因为一反传统农家乐式的做法，将文艺、小清新、小资这些属于城市人的品质带进了乡村，形成了独特的'乡土文艺范'，而这种文艺范儿恰恰符合现代年轻人的审美情趣。牛栏咖啡成功后，村民们有了信心，我的信心也更足了，所以，牛栏咖啡之后，我又搞了猪栏茶吧。"

桐庐县荻浦村牛栏咖啡内景 （赵志楠摄）

　　"猪栏茶吧"的"动作"更大了。它把原先位于村庄内的一处大型猪舍统统腾出来，改造成一家以供应西式茶点为主的时尚消费场所。

　　沿村庄主要巷道向前，拐入一条长20多米的小弄，当看到两侧低低的石墙石瓦时，便到了改造而成的"猪栏茶吧"了。它的规模还不小，分东、西两区，东区是主茶吧区，有两个大吧，总吧台也设在这一边；西区则有几个单间，包括情侣包座、小酒吧以及卫生间等。猪栏茶吧在室内装饰上更为精细，采用了许多中国传统文化的元素，如照明的灯具采用"黄鳝笼"、"泥鳅笼"、"鸡罩"等传统竹编工艺，各种摆件放置了从村民中征集来的如汤瓶、腰子桶、豆腐架、石磨盘、竹编篮等，当然还有猪食槽、猪食桶、瓢、稻草等体现猪圈原生态风貌的物品，比如猪食槽还被用来作洗手盆，让人颇觉新奇，也有强烈的农耕生活的亲切感。茶吧的旁侧原先是片菜园，也特意让它留着，使整个茶吧更富乡村氛围。

　　"牛栏咖啡和猪栏茶吧得到大批消费者的认可，村民们看到了老房子的'价值'，不再轻易要求拆除它们，而是自发地去考虑把它改成民宿、农家乐等，思路一下子拓展了，对村庄环境整治、污水治理、村庄绿化等也更配合支持了。"项芳农说。没错，把猪舍牛栏改造成咖啡屋、茶吧，为农村环境整治和生态经济发展提供了一条有益的思路，改变了农村旧房改造的观念，增加了乡村经济收入，也留住了一份乡愁。

把原先的猪舍牛栏改造成咖啡屋、茶吧、民宿，不单出现在桐庐。在湖州市德清县莫干山镇仙潭村，村庄尽头、绿林深处，有一处农家猪舍也被保留下来，改造成了"大乐之野"咖啡厅。这间配有咖啡机、空调、无线网络等设备的咖啡厅，是由五个上海小伙子在这里开设的。

"这里属于仙潭村尽头，当时除了养猪的农民，当地人也不会来这个臭烘烘的地方。"咖啡厅创办人唐国栋回忆，当时他们想在邻近上海的省份找一处类似"桃花源"的僻静幽雅之地开办民宿，给都市人提供一处能暂避喧嚣市声的地方，无意中来到这里，又无意中得知这处猪舍即将废弃，便租下了这个地方。

"大乐之野"，这个源自《山海经》的名字，本意是"被遗忘的美好之地"。然而，在唐国栋这群年轻人看来，都市人就需要"暂时被遗忘"。而来到这个村庄尽头的"大乐之野"，你可以在赏景时品尝正宗咖啡，可以在星空下安然入梦，甚至还能吃到沾着露水的新鲜蔬果，这是一份现代人的高级享受。

"大乐之野"的知名度大了，前来此地消费的人也多了起来。除了咖啡厅，唐国栋他们又租下了附近五栋废弃的农宅，把它改造成五栋民宿，并尽力保留老屋的原始风貌。

有了这处以咖啡厅为中心的民宿群，当地农民的生活也被改变了。目前在此担任保洁员的七位阿姨全是当地村民，就连几栋民宿的房东们也成了"大乐之野"的后勤人员。而当地农民自家种植的新鲜蔬菜瓜果也被"大乐之野"收购，成为佐餐水果和菜肴原料，村民们因此增收不少。

猪舍牛栏改造成咖啡屋、茶吧、民宿等，是一种典型的生态经济。在临安畲乡於潜镇铜山村，有一幢颇具畲乡风情的三层楼民宿，原先也是一座养猪场。原先的养殖户、如今的民宿女主人宋美琴说，夫妇俩曾经养了

30 年的猪，凭此致富。2001 年，夫妇俩在原有的猪舍后面建起了一幢大体量的三层楼，集养猪、饲料加工于一身，然而，在村民聚居的村子里养猪，且紧邻天目溪，毕竟不够生态环保。2014 年"五水共治"热潮中，临安市开展农村畜禽养殖生态化治理，这处养猪场被关停。

养猪场被关停了，三层楼的房子还在。宋美琴夫妇俩商量后，决定把养猪场改造成民宿。"铜山村有着独特的畲乡风情，又紧挨着桐千线，搞民宿应该会有前途。"宋美琴说。她与丈夫到处学习民宿的设计理念和经营之道，对房子进行了局部拆建改造。2016 年"三月三"的畲乡传统节日"乌米节"这一天，这家畲乡风情浓郁的民宿开张，很快引来了临安市区和杭州城里的游客。

莫干山风景区内一处名为"法国山居"的民宿，同样是由废弃猪舍改成的民宿，每晚的价格竟达 1580 元！而即便这样高的房价，若不提前预订还常常住不进去。与很多国内游客一样，不少外籍人士还特别喜欢住在这里，因为这样的房子才是真正的原生态。

而在风景如画的淳安县枫树岭镇下姜村，一条由村委会发布的微信公众号信息引起了各方关注：为了进一步改善村庄环境，欲将村内公共猪圈（约 1000 平方米）改建成旅游经营业态，如特色酒吧、茶吧、精品民宿等商业形式，向社会公开招商。显然，牛栏咖啡和猪栏茶吧还将在浙江乡村不断涌现。

2016 年 4 月，舟山市岱山县岱东镇何家岙猪场超标污水直排问题被曝光，舟山市渔农委、环保局分管领导被行政警告处分；岱东镇党委书记、镇长、分管副镇长均被免除职务，岱山县综合行政执法局（环保局）、县农林水利围垦局相关 4 名负责人被行政记过处分。

同年 5 月 19 日，因生猪养殖排污事件，衢州市问责多名干部，衢江区高家镇党委书记和镇长均被免职。

这就像刮起一场场风暴，从 2014 年起，浙江全省范围内开展了一轮又一轮传统畜禽养殖业的整治改造，尤其是大批散、乱、脏的传统养殖场纷纷被关闭。正是因为这类小型养殖场的场所陆续被腾空和废弃，才有了把牛栏猪舍改造成咖啡屋、茶吧、民宿的故事。

传统畜禽养殖业的转型升级，在浙江有一条十分清晰的推进轨迹：

2013 年年初，发生了"黄浦江死猪事件"。5 月，浙江省人大、省委、省政府接连召开了三次常委会，就畜牧业转型升级排兵布阵，作出重大决策部署。同年 9 月，省政府发布关于加快畜牧业转型升级的意见，从布局规划入手，争取用 5 年左右时间，调减生猪饲养量 400 万头。各县市被要求于 2014 年 3 月底前，必须重新划定禁养、限养区，并向社会公布。

2014 年上半年，浙江 77 个县（市、区）重新调整划定畜禽养殖禁限养区，关停搬迁禁养区内养殖场。统计数据显示，2015 年浙江生猪年末存栏 730 万头，年内出栏 1316 万头，分别比上年下降 24.3% 和 23.7%，远超《浙江省畜牧业区域布局调整优化方案》中提出的到 2015 年，全省生猪饲养量减少 400 万头的目标。

按照 2016 年 4 月 12 日颁布的《浙江省水污染防治行动计划》（即浙江"水十条"），在农村生活污水治理上，2016 年年底前，将依法关闭或搬迁禁养区内的畜禽养殖场（小区）。对 1000 头以上的规模化养殖场进行标准化改造，加强病死动物无害化处理，建立死猪保险联动机制和集中处理机制。

2016 年 4 月 11 日，浙江农业水环境治理视频会议召开，要求在当年 6 月底前，完成全省范围内仅剩的嘉兴市 15 家规模养殖场的关停工作；同时，全面开展生猪散养户整治，完成生猪存栏 50 头以下养殖场户整治。第二轮养猪场拆迁潮由此开始，重点整治散户。

2016 年 4 月，嘉兴市在全市范围内开展"两推一打"（推进生猪散养户全面退养，推进生猪规模养殖场全面提升，打击养殖污染环境等违法违规行为）促进生猪产业转型发展联合行动，6 月底前全面清退剩余的 6000 户散养户。

金华市从 2016 年 5 月起开始为期一个月的全市畜禽养殖专项整治执法行动，切实做到"凡是禁养区内的养殖场一律关停，凡是不能按时完成整治的养殖场一律关停，凡是限期整治不达标的养殖场一律关停，凡是违规超量养殖的养殖场一律关停"。

舟山市在 2016 年前关闭所有生猪散养场，全市仅保留 36 家生猪养殖场。岱山本岛将不再养猪。

温州市永嘉县环保局对桥下镇一家存栏在 750 头左右的养猪场违规排放污水作出处罚 6 万元并责令停止生产的决定。

金华义乌市 7 家生猪养殖场因涉嫌违法排污被立案调查，4 家养殖场因涉嫌通过暗管等规避监管的方式排放养殖废水被环保部门现场查处，负责人被公安部门传唤接受调查……

传统的畜禽养殖业经受了这场史无前例的整治拆迁，"阵痛"过后自然是蜕变。

走进金华美保龙种猪育种公司，可见依山傍水的欧式建筑错落有致地分布在大园林中，360 亩牧场划分为办公区、生产区、科研中心，其中 65% 以上面积是绿化，目光所及，满眼皆绿。"在这里，员工根本接触不到猪。"公司运营经理陈立平介绍，"公司采用了最先进的'全程环保控制'的新型畜禽养殖技术，从规划设计、生产工艺、污水处理、循环利用四个维度着手，努力达到节能减排和生态循环。如今，公司已成为国家生猪标准化养殖示范场。"

美保龙公司污水处理中心位于一幢白色建筑的二楼露天平台上。这里网格状分布着 20 余个水池，这些水池分别为均质调节池、一沉池、二沉池等，养殖产生的黑色污水经过一道又一道工序处理后变得清澈。

"为确保猪的排泄物达标排放，公司采用农业结合工业的处理模式，对污水进行综合处理。公司投资 1000 万元购置环保设施，将经过处理的水循环用于猪栏冲洗、苗木灌溉和水产养殖，生产用水做到完全自我循环。所回收的沼气每天可发电 1200 千瓦，基本满足养殖场污水处理用电。"陈立平自豪地说。

衢州江山市是传统养猪大县，全市曾有 8600 多家养殖场，生猪年饲养量 200 万头，猪比人多了好几倍，挤占了宝贵的生态空间，而养猪带来的污水等给生态环境造成较大破坏。经江山市环保局测算发现，江山港水体污染因子中 70% 来自于生猪养殖排泄物。

"必须下大力气保护水环境！"江山市首先将现有生猪存栏量削减到 35 万头，仅对符合生态要求、可以进行生态化改造的养猪场予以保留，保留率仅为 3%。对这些保留下来的养猪场，一律要求做到生猪养殖污染"零排放"，确保养殖污染不入河。

如今，江山市的每座养殖场入口处都有"规模养殖场污染防治监督"公示牌，明确每家养殖场的镇村两级监管（巡查）责任人来当"猪长"，监管防治养殖污染。在江山市所有养猪场的污水排放口，现在都安装了在线监控。只要下载一个 APP，猪场污水处理情况就一目了然。猪少了，河水中氨氮、总磷浓度明显下降，江山港上那股特有的臭气再也闻不到了。

龙泉市兰巨现代农业园通过秉持"种养结合、资源循环利用"理念，在园区内配套建成生态养殖小区，在竹园、茶园、果园等生猪分泌物消纳能力强的地方，分别建成 13 个养殖场，又在各养殖场中心位置建有机肥加工厂，形成大、中、小三级循环。园区内的浙江绿峰农林科技有限公司共饲养了 3000 头猪，同时又种植了 2000 亩苗木，园区统一监管，沼气综合利用、苗木滴管灌溉。循环利用模式产生了极大的经济效益，仅苗木一项，年收入就突破 3000 万元。

宁波市奉化区裘村镇严格落实禁养区关闭和非禁养区提升行动，全力做好禁养区及主要河道边畜禽规模养殖场关闭工作。养殖户俞佩忠最多时养有 2000 多只鸭子、数百只鸡，在 3 亩土地上自建鸡舍 5 间和多间辅助房，为当地养殖大户。起初，镇村干部多次上门，要他拆除自建的鸭棚鸡舍，俞佩忠怎么也不肯。"我好不容易创业成功，养殖刚形成一定规模，一旦拆了鸭棚鸡舍，我没有别的特长，以后做什么？"他说。但后来觉得自己是一名党员，应该损小利、为大家，为裘村的绿水青山和"五水共治"尽一点职责和义务："人不能先往自己的利益上想，应考虑到整体、现实和将来，更何况自身以后转型升级、改行转产也会得到政府的扶持。"

的确，在拆除鸭棚鸡舍之后，裘村镇很快落实了补助政策，规定每头公猪的补偿单价为 2000 元，每头母猪为 1300 元，每头肉猪为 200 元，每头仔猪为 100 元；每只 40 日龄以上产蛋鸭的补偿单价为 20 元，每只 40 日龄以上肉（青年）鸭为 10—15 元，每只 40 日龄以下鸭为 10 元等。对这样的补偿政策，俞佩忠和村民们都觉得满意，也对日后的改行转产充满了信心。

在俞佩忠等村民的带动下，养殖户们纷纷拆除了畜禽养殖场。"政府关闭禁养区内的畜禽养殖场，我举双手赞成。"一位签下《裘村镇畜禽场关闭协议书》的养殖户说。按照这份协议，以后倘若要在禁养区和镇环境治理重点区域以外从事畜牧养殖，必须依法向国土、农林、环保等部门申报办理相关手续，具备养殖许可条件后方可从事养殖。这个政策清晰明确，有利于畜禽养殖行业合理发展。是的，水清了、空气洁净了、村容村貌更美了，村民们普遍拥护。可以说，畜禽养殖污染规范治理让养殖户们守住了金山银山，也给村民们留下了绿水青山。

一座座"散、乱、脏"的养殖场不见了，一处处猪舍牛栏被改造成咖啡厅、茶吧、民宿，这是浙江畜牧业转型升级中发生的一桩新鲜事。全面贯彻"两山"重要思想，实施"八八战略"以来，尤其是"五水共治"行动在全省铺开之后，倒逼浙江畜牧业转型升级。传统而落后的养殖方式逐渐消失，村民家中、村庄里的猪舍牛栏被废弃，一批符合生态标准、拥有先进技术的生态牧场悄然崛起。

○相关链接

作为全国首个现代生态循环农业发展试点省份，浙江日益重视生猪养殖与环境污染的关系问题，并在推动生猪养殖转型升级的道路上越走越好。2015 年 7 月 1 日，《浙江省畜禽养殖污染防治办法》施行，明确未按照规定落实禁止养殖，限制养殖区域制度，依法应当作出停业、关闭的决定而未作出的，发现违法行为或者接到对违法行为的举报后不予查处的市、县（市、区）人民政府及其环境保护、农业等行政主管部门直接负责的主管人员和其他直接责任人员将依法给予行政处分。

一石一木皆为大自然所赐，岂能毁弃

不动山、不填塘、不搬运河石、不乱砍树、不拆有历史价值的房屋，最大限度地保留乡土气息。真正的生态经济是什么？是把在这片山水中生长的产品卖出去，而洁净美丽的山水永远属于自己。

从 2014 年开始，每逢周末，总有一群杭州人驱车数十公里，像串门一样，赶到杭州临安市西部太阳镇的一个山谷中。他们以"太阳公社社员"的名义，见证了当地村民如何用原生态的办法，种出蔬菜和粮食。

杭徽高速，临安太阳镇出口，一块别致的招牌，指引着游客们向山谷而行。进入山谷之后，你可见有几百只刚孵出的小鸭子正在草丛中漫步，它们是在捉吃小虫；而在半山腰，有一群群黑羽鸡正在振翅欲飞地自由奔跑；山脚下则有几头黑毛猪，在造型讲究的猪厩里倾听音乐，一边还舒服地哼哼。

没错，这里就是大名鼎鼎的太阳公社，一个纯生态的农庄。

2013 年，来自杭州城里的陈卫偶然间来到这里，一下子认定这里是杭州郊区生态最好的地方。充满理想主义色彩的有机农业计划一直是他的梦想，时时撺掇着他，这下子终于找到了化梦为实的"出口"。通过与太阳镇双庙村的洽谈，他以每亩 600 元的年租金，首期集体流转村内 300 多亩田地，再反包给入社村民种植有机稻米和蔬菜瓜果。当然，他有一个不可更易的条件：必须以原生态方式种植。

"年收入比以前净增 1 万至 1.5 万元。"一位流转了土地的村民说。太阳公社所要求的原生态种植方式并不难，无非是禁用农药、施有机肥、采用生态良种等。对于村民来说，种植手艺是现成的，收入却高了不少，他希望太阳公社的规模继续扩大。

不求产量，只求生态；不给大自然做减法，只对生态环境做加法，这是太阳公社的运作宗旨。这一宗旨显然极其迎合当今都市人的追求。

太阳公社越做越大，村民们把老旧拖拉机、黛色砖块、农耕工具等也都贡献出来，集中陈列在一处，展现原汁原味的乡村风情，这里的原生态味儿更足了。

随着交通条件的不断改善，临安早已处在杭州都市圈半小时路径之内，成了距杭州市区最近的山区县，可谓"都市里的绿水青山"。这一被彻底改变的交通和地理格局，让临安真正成了杭州的后花园，越来越多的人把目光投向了这片美丽而沉静的山水。

太阳公社只是正在打造的绿色乡村精品线上的一个亮点。2014 年夏天，结合农村环境综合整治和美丽乡村建设，临安市提出了市域景区化的目标，着手打造总长 345 公里的"一廊十线"，即在杭徽高速沿线和 10 条市域主要交通干线两侧，打造 10 条乡村旅游精品线，培育新的乡村游业态与增长点。

值得着重一提的是，在"一廊十线"推进过程中，人们看到了更高标准的生态坚守：全面开展城乡环境整治，最大限度保留乡土气息，不动山、不填塘、不搬运河石、不乱砍树、不拆有历史价值的房屋……

临安清凉峰下，成千上万块巨石散落于整个百丈村，不少外地商人出高价购买，都被村民们婉言谢绝。"这些石头既能缓冲山洪、保护生态，又是一道美丽的景观，给再多的钱也不卖。"一位村民如是说。现在，这些山石一年能吸引至少 3 万名中外游客前来参观，带动了当地餐饮、住宿和

临安市西天目山景区

农产品销售。

在践行"绿水青山就是金山银山"的过程中，临安人越来越意识到，所谓生态优势，指的就是大自然馈赠给人类的优良生态环境，破坏它就是做减法，把已有的优势都消耗了、消灭了，而一旦丧失，往往就无法追回；而珍惜它、保护它，就是在做加法，就是扩大和发挥它的优势。临安紧邻杭州都市区，又是杭州西湖连接安徽黄山这一黄金旅游带的中心，离上海、苏州和南京都不远，区位优势明显。人们看中临安，首先就是看中这里的自然山水。保护好绿水青山的前提，就是珍惜已有的一山一石、一草一木，而不是任意地改动它、损害它。

正是秉承这样的保护理念，"一廊十线"打开了临安旅游的新空间。该市对全市具有民宿开发价值的老房子进行调查摸底、联合评定，不再轻易拆除，改造也要谨慎细致。同时组建一个民宿联盟，为发展民宿经济提供信息和服务平台。如今，在太湖源美丽乡村精品线上，一座座民宿游客盈门、生机勃勃；在浙西民俗风情精品线上，"放排人家"、"狮舞迎丰"、"馒头迎客"等民俗节目让人流连忘返。"争取到2017年打造10个民宿村落、20个民宿部落、30个民宿院落，全面打响临安民宿区域品牌。"临安市旅游局负责人说。

悉心保护已有生态资源的同时，临安人绝不因循守旧。如何发挥生态资源的优势，互联网又给了临安生态经济发展新的机遇。

深绿、浅绿、蓝绿、翠绿……从临安城区出发，沿杭徽高速一路向西，仿佛被各种绿色轮番包围，直到遇上另外一种更为醒目的色彩：橙色。在一座宁静的村庄里，幢幢楼房的外墙，画满了橙色吉祥物，还有"让天下没有难做的生意"、"只挣信誉钱"等橙色标语。这里便是国内著名的"淘宝村"——临安市昌化镇白牛村了。

把临安的绿水青山"推销"出去，这是临安发展生态经济的又一招。

白牛村虽然只有 551 户农户，却有 68 户淘宝掌柜，其中年销售额 500 万元以上的电商户有 12 户，销售额 3000 万元以上的 1 家，2000 万元以上的 3 家。电商使得白牛成了"金牛"。2016 年 1—9 月，该村实现网销额 2.2 亿元，同比增长 25%，占临安全市农村电商网销额的 10%，预计全年网销额可达 3.5 亿元。"生意好的时候，一天下来用掉的物流胶带可以绕 400 米田径场好几圈。"一位年轻的客服人员说。2014 年，白牛电商村还迎来了国务院副总理汪洋的亲临视察。

1988 年出生的"新农哥"老板余益峰，脑海里生出一个为买家服务的新计划：在临安建一个农场，引入自然农法理念，作物不施农药、不除杂草，果实自然落网，种子自给自足。"喜欢户外、亲子活动的，就请你来农场，参观山核桃加工基地。喜欢高科技的，在核桃树上装监控探头，直接把临安的四季美景发到手机上。"

余益峰这样想，也这样做了。通过互联网，临安的生鲜农产品一夜成了"网红"：於潜、天目山的小香薯，太湖源的鲜雷笋，高虹的高山蔬菜……争相成为网购族的新宠，网销量爆发性增长。曾经以每公斤 2 元贱卖的小香薯，被炒到了每公斤 10 元，还"一薯难求"。2016 年，临安生鲜农产品的网销额预期将达 5 亿元。

一根网线，把一座座小山村与整个世界连接在一起。2016 年 11 月，在江苏沭阳举行的第四届中国淘宝村高峰论坛上，阿里研究院揭晓 2016 年度中国淘宝镇、淘宝村最新名单，临安市共有 6 个淘宝镇、22 个淘宝村榜上有名，淘宝镇、村数量继续高居杭州地区首位。

一头是独特的生态资源，一头是旺盛的都市需求，互联网搭建了连接的桥梁。真正的生态经济是什么？绝对不是挖掉祖宗留下来的石头、卖掉大自然恩赐的山水来换取银子，而是在保护好自然环境的基础上，把在这片山水中生长的产品卖出去，而洁净美丽的山水永远属于自己。

临安人在尝到甜头之后，环境保护意识和绿色发展意识还在一天天强化。正是因为形成了强烈的生态环境保护意识，保护好这里的一石一木，成为无数临安人的自觉行动。临安市已专门成立临安市生态文明先行区建设委员会，下设生态社会、生态文化、生态经济、生态环境4个专委会，努力实现经济高品质增长、自然资源低消耗、污染物低排放。

这种生态环境保护意识甚至还在包括电商业主在内的公众群体中生根发芽，他们还把这种意识传播到各地。一些电商业主在快件包裹里放上浅黄色的果壳袋和印有自己店名与商标的湿纸巾，目的是为了让顾客吃完擦手以及垃圾入袋。

"天目三千丈，东南第一峰。瀑来飞万马，石削起双龙。白日江花乱，青氛海气重。行歌秋更好，散发弄芙蓉。"（明·祁彪佳）如此美不胜收之地，能不好好珍惜吗？

相关链接

农业产业园是指现代农业在空间地域上的聚集区。它是在具有一定资源、产业和区位等优势的农区内，划定相对较大的地域范围优先发展现代农业，由政府引导、企业运作，用工业园区的理念来建设和管理，以推进农业现代化进程、增加农民收入为目标，以现代科技和物质装备为基础，实施集约化生产和企业化经管，集农业生产、科技、生态、观光等多种功能为一体的综合性示范园区，是农业示范区的高级形态。

经济不发达县凭什么在全国"显山露水"

生态种植、拆违补绿、人畜分离、绿道建设、免票旅游……一个典型的经济不发达县，因为执着于绿色发展之路，使得"经济洼地"的劣势转化为"生态宝地"的优势，成为生态文明的先行区、绿色发展的样板区。

2016 年 7 月 8 日晚，北京，"2014—2015 绿色中国年度人物"揭晓。时任台州市仙居县县长林虹站上了颁奖台，受到隆重表彰，成为浙江获此殊荣的第一人，也是全国首位获此殊荣的县长。

林虹凭什么获奖？按授奖词所言，林虹于 2011 年赴任仙居县委副书记、县长之后，与仙居县的党政团队秉持"生态立县、绿色发展"执政理念，做细"环境治理"功课，实施"人畜分离"、"拆违补绿"等工程，使城乡面貌大变样，仙居荣获"国家级生态县"称号；同时做足"显山露水"文章，大力发展生态产业，使仙居成功晋级国家 5A 级景区，80 多公里永安溪绿道入选中国人居范例奖；仙居杨梅红遍大江南北，成为生态富民、生态惠民的典范。

仙居又是一个什么地方？拥有美妙地名的仙居县，历史上确是一个神山仙水之地。"唐诗之路"在此经过；"海客谈瀛洲，烟涛微茫信难求；越人语天姥，云霞明灭或可睹"，李白的那首《梦游天姥吟留别》诗中所描述的不少意境，其灵感正是来自今仙居一带奇谲壮伟的自然景致。

然而长期以来，这里又是一个典型的经济不发达地区，区域内"七山一水两分田"，也无大型或重要的企业，位列浙江 26 个欠发达县之一。尽管仙居早早打出"神仙居住的地方"这一响亮的宣传口号，多年来却一直乏人关注，地处高山旮旯深处的它一度似乎被人遗忘了。正是"两山"重要思想的扎实践行，使得这一"经济洼地"充分发挥了"生态宝地"的优势，成为生态文明的先行区、绿色发展的样板区，连续 7 年获台州市综合目标考核第一，不少指标在强手如林的浙江也名列前茅。

林虹认为，她个人能获此殊荣，"这一切皆缘于仙居人对绿色发展之路的执着坚守和开拓创新"，"这份荣誉不仅仅属于我个人，更属于信任支持我的 50 万仙居人民，属于坚定不移走绿色发展之路的仙居党政团队"。

仙居的成功做法，最本质的一条，是把自身优势发挥到极致。

浙江多地产杨梅，且各具风味，唯独仙居拿下了"中国杨梅之乡"的称号。这是因为仙居十分重视这一特产的品种改良，执着于这一地方农副产品的品牌宣传。

史书记载，仙居产杨梅已有 1000 多年。近年来，仙居注重生态栽培、绿色防控，如提倡果园生草，套种绿肥，改善生态环境，培养利用天敌控制病虫；大力推广使用杀虫灯诱杀害虫、黄板黏杀害虫、糖酒醋诱杀害虫等物理防治措施。这些既符合种植传统又大胆创新的种植方法，改善了仙居杨梅的品种，提高了仙居杨梅的品位，也扩大了杨梅的种植规模。

值得一提的是，为保证仙居杨梅的高品质，仙居还出了一个狠招：一旦发现某处杨梅出现农药残留超标等问题，会有"竹竿队"抽检员立即阻止该处的杨梅采摘，并将果子用竹竿全部打掉，以避免它流入市场。

如此爱护仙居杨梅的品牌，怪不得仙居杨梅的食品安全受到消费者普遍肯定。2015 年，仙居被评为全国绿色食品原料（杨梅）标准化生产基地，农产品质量安全合格率达 99.8%。

品种优良、食用安全，加之大力推广，仙居杨梅的市场知名度越来越高。从 1993 年起，仙居每年都举办隆重的杨梅节，迄今从未间断，前来订购者、品尝者云集山区小县。而包括县长林虹在内的仙居各界人士，凡逢合适机会，都会为仙居杨梅义务吆喝。林虹甚至在"绿色中国年度人物"的领奖台上，还在为仙居杨梅、绿色仙居"打广告"。

2015 年 8 月，仙居县被省政府确定为全省县域绿色化发展改革试点县，这是全省乃至全国唯一一个绿色化改革试点。这份殊荣降临仙居，显然有着它充足的理由。

流经仙居的最主要河流是永安溪，全长116公里，为灵江的上流。灵江自浙中大山深处发源，经临海、黄岩等市、区，最后在台州市椒江区注入东海。永安溪两岸自然保护情况较好，拥有25000亩天然滩林，是目前华东地区保留最完好的原生态河道，可以说是仙居的一道最美的风景线。

最美的风景应该让它发挥最美的效用。2011年，有人提出，能否在永安溪畔建一条漂亮的绿道，如同一座沿溪的公园，让居民可以沿着这片美丽风景徜徉、奔跑？

这个提议很快引起了林虹等仙居县政府领导的关注，林虹向县委主要领导谈及这个设想，获得了支持。接下来，便是出方案、做设计。其时，永安溪的城区支流盂溪两侧，正在进行防洪堤坝景观带改造，绿道建设若能与此结合起来，能大大减少资金投入的压力。这一比较"靠谱"的做法让很多人拊掌赞同。

可是，也有人对此表示怀疑乃至坚决反对。绿道建设刚启动，仙居党

流经仙居县城的永安溪

政领导就收到很多封匿名信，质疑这项工程的必要性：在经济并不发达的仙居，把财力和精力投在城郊的一条河边小道建设上，真的有必要吗？而有人执意要上马这项工程，图的究竟是什么？

在巨大的压力下，永安溪绿道工程如期上马。身正不怕影子歪，何况图的就是绘出更美的绿水青山，还怕什么？

为了把绿道建得更好，林虹率县建设、国土、水利、旅游等部门及沿线乡镇街道的人员，赴广东省广州市的有关县市学习考察，获得启示和灵感，回来后又沿着永安溪两岸钻草丛、穿滩林、翻岩背、蹚溪水，把永安溪的各个细部都搞得清清楚楚，绿道建设的基本线路渐渐形成。而在工程实施过程中，林虹等县领导又多次赴现场，督促相关部门治理污水、禁倒垃圾、拆除沿溪作坊、打击滥挖砂石，永安溪的容貌因此焕然一新。

2013 年上半年，永安溪绿道一期改造工程完工，很快获得了美名。不到两个月，接待游客 35.6 万人次，游客中既有本地人，也有外地客。其实，来到永安溪畔更多的是普通居民，他们在绿道上散步、慢跑、骑行。他们欣赏风景，而自己也成了风景的一部分。

到 2016 年，仙居绿道已建成 76 公里，被誉为"中国最美绿道"，成为免门票的国家 4A 级旅游景区，并获得"2015 年中国人居环境范例奖"，永安溪也入选浙江"颜值"最高的河流。永安溪嬗变的故事，便是仙居对已有的绿水青山"精耕细作"，以"绿色"立县的生动故事之一。

而在仙居农村，一场"人畜分离"的绿色整治工程，正在不断改变着当地的生态环境。

仙居是个农业县，县域内几无重工业，轻工业大多也与当地的农副产业密切相关。农林畜牧业生产同样存在污染的难题，多少年来一直如此。仙居农家有一句古已有之的俗语："家里不养头猪，儿子都不回家。"意为对仙居人来说，如果家里连一头猪都没有养，外出的儿子在过年时不肯回来。养猪是千百年来亘古未变的习俗，可按传统而原始的养法，每家都各自养一两头，非但产出低，更是不卫生。你再怎么打扫，猪舍猪圈本身的异味、脏水，绕着猪舍猪圈乱飞的苍蝇蚊子，还是免不了，这一点，连农户自己也颇为烦恼。

从 2014 年起，仙居实施"人畜分离"工程，统一拆除农村房前屋后的猪舍，建设农村畜牧生态养殖集中点，把生活居住区和养殖区分隔开来。想养猪的农户，统一到养殖区内饲养，并实行排泄物资源化利用，规范生产设施和疫病防控设施。

白塔镇上横街村通过村民会议讨论决定，村里推出了"人畜分离"的集中养猪法。他们除了拆除原先散、乱、脏的小猪舍，在村外集中建造一处大型猪舍之外，还配套建立治污设施，把沼液肥料用来种菜。村民们还给这猪舍取了个好听的名字——"仙猪公寓"，"仙"字撷自仙居地名，又有这样养的猪特别鲜美之意。

"仙猪公寓"坐落在环境优美的山坡绿树边，一片白墙黑瓦，白墙上还有生动的彩绘，粗看上去真的有点儿"公寓"之感。如今，"仙猪公寓"里一共住着 30 多头猪，是村里各家各户凑在一起养的，一户人家一两头。

上横街村"仙猪公寓"的做法在全省属于首创，且效果不错。仙居县政府以此为范例，在全县推广，并按照每平方米 400 元的标准补助各村建立猪舍。统计显示，2014 年至 2015 年两年中，仙居县为此共投入 3000 多万元，拆除 6 万多个散养猪舍，建成 240 多座"仙猪公寓"，而新的一批"仙猪公寓"还将陆续建造。

迄今，仙居县 20 个乡镇拆除农村养殖栏舍 6 万多个，共建成养殖小区 247 个，1.5 万个散养户的 2.4 万头猪全部转入农村养殖小区养殖。从此，仙居农村一改脏、乱、差面貌，房前屋后成了花园。

仙人居住的地方，自然充满传奇。

"我真诚邀请大家到我们壮美的神仙居，也就是李白梦中神游的天姥山，来游仙山，玩仙水，品仙果，做神仙！"林虹的这句话并非客套。一个原本并不十分知名的山区小区，几年中，能从成功创建国家级生态县到成为全国首批国家公园试点县、国家首批全域旅游示范区，从创建中国慈孝文化之乡到成为中国长寿之乡、美丽中国"十佳旅游县"、中国休闲农业与乡村旅游示范县，其中一次又一次的绿色跨越，必然有其成功秘诀，

必然有其借鉴价值。因此，去一趟仙居，亲身感受一番、领悟若干，确实
会不虚此行。

"3＋X"新型农业服务体系："3"即农业技术推广、动植物疫病防控、
农产品质量安全监管等"三位一体"农业公共服务，"X"即根据各地和
农民实际需要，选择相应的社会化服务，实现公益性服务和社会化服务
的有效连接。这一体系以"三位一体"的基层农业公共服务中心为依托，
建立园区、村级等服务工作站，培育服务型合作社、龙头企业，实施公
益服务和社会化服务有效衔接的服务模式；同时突出农民需求，拓展
"3＋X"新型农业服务内容，完善责任、考评和保障等机制，确保农业服
务的长效规范运行，促进传统农业向现代农业转型，促进农村生态环境
保护。

第十一章

做精做细，
齐心打造"美丽中国"示范区

新筑场泥镜面平，家家打稻趁霜晴。笑歌声里轻雷动，一
夜连枷响到明。

——南宋·范成大 《四时田园杂兴》

对于亚当而言，天堂是他的家；然而对于亚当的后裔而言，
家是他们的天堂。

——法国思想家、作家 伏尔泰

握住已有的瞩目成果，但我们还不能停留前行的脚步。"深耕细作"这片绿水青山，进一步发挥绿色优势，这是进入经济建设新常态、坚持以提高发展质量和效益为中心的新阶段之后，生态文明建设的题中应有之义。结合"五水共治"和新农村建设，庭院整治、农村改厕、园林绿化、垃圾分类、畜禽圈养等活动，已在浙江全省各个乡村深入展开。以建设健康城市为目标，一条条河畔绿道成了市民运动和休憩的最佳去处，"五治并举"让城市的天更蓝、水更清。全域旅游的概念拓展了生态保护和利用的空间，"绿色中国年度人物"、"最美中国县城"等荣誉绝对不是虚的。

把生态环境视为"奢侈品"与"易碎品"，因为我们已经明晓"美丽"的意义、"生态"的价值。以保障人民群众身体健康为出发点，以提高水环境质量为核心，坚持问题导向、治本导向、需求导向，实施全过程监管、全体系治理，不断改善水环境质量，我们永远在路上。

村在林中，屋在树中，人在画中

生态共建，对于广大村民来说是一个陌生的词，但生活空间渐渐变得洁净，生活质量在日益提高，生态意识在不断自主地增长，却是一个令人欣喜而自豪的事实。谁都向往桃花源，这个村庄的人们，正在一步步朝前行走，现代桃花源已经不远。

自龙游县城出发，沿灵山港南行，经溪口镇后东拐，即进入山清水秀的大街乡地界。这里地处仙霞岭余脉，海拔高过千米的严家山耸立南方，贺田村就位于潼溪边。不论是谁，只要走进贺田村，首先就会被这里异常整洁、干净的环境所震撼：见不到生活垃圾，哪怕是一张小小的废纸；见不到污水，凡是池塘、溪沟、小河，都是一汪能见到水底的清水；每幢农居都安排有序、错落有致，每条道路都宽敞平整、两旁没有任何堆积物；见不到农村常见的狗、乱窜的鸡、飞舞的苍蝇……如此整洁的农家村落，该不是画作，该不是梦境？

贺田村党支部书记劳光荣介绍，2008 年以来，由于探索并实施了以"垃圾源头分类可追溯，减量处理再利用"保洁机制为内容的村庄整治模式，通过建立长效的村庄保洁机制，配备生活污水、垃圾处理设施，完成道路硬化、绿化、亮化，打造无蝇、无狗、无违建的"三无"村……贺田村不但已成为"国家级生态村"、"浙江省绿化示范村"、"浙江省卫生村"，其农村生态共建的"贺田模式"还在各个乡村推广，劳光荣本人在2015 年也被授予"浙江省道德模范"，并获得了"全国道德模范"提名奖。

说起劳光荣带领贺田村村民打造绿水青山的生动故事，保护竹园山林是村民们必讲的一则。

过去龙游南片山区民间盗伐林木成风，后果十分严重，村民们都没有心思再经营山林，不少人产生了也去盗伐一把的念头。刚当上村支书的劳光荣所做的第一件事就是召开全村党员大会，让大家讨论该怎样遏止这股歪风。在他的提议下，一份禁止偷盗山林的村规民约被很快制订出来，最大亮点就是对盗伐林木的行为予以重罚，不论是谁，一旦被发现，该村民就必须自己掏钱，给每位村民分 1 斤馒头，为村里放映 12 场电影，接受处罚者需付出折合现金 3000 多元的代价！

这份村规民约施行后，村民中先后有 5 人次受到了这样的处罚，每次处罚都绝不含糊。盗伐歪风慢慢被刹住，到了 1999 年再也没有发生过这类事件。从此，村民们管理竹园山林的积极性重新焕发出来，立竹量高达每亩 160—180 根，山林业还由副业变成了村民的主业之一。

"重典治乱"的效果十分明显。在阻止滥施农药、保护水土的过程中，禁止在竹园山林使用草甘膦等农药，并逐步禁止化肥的"禁令"也得以严格执行。倘若村民有具体的违反行为，他就要为全村 1116 名村民每人分一斤猪肉，而举报者可获 800 元奖励。

红提种植发展起来了，葡萄、毛竹、茶叶、板栗、高山蔬菜等种植面积连年扩大，村级经济开始富足，可村容村貌的脏、乱、差之沉疴一直未除。2008 年 3 月，劳光荣在村"两委"会上提出，要把贺田村建设成文明、整洁、环保的美丽山乡，尤其是卫生整洁程度，要敢于与城市媲美！

应者寥寥无几，大部分班子成员保持沉默，小部分则紧皱眉头，意即劳光荣的脑筋搭错了。谁不愿意让自己的村庄变得环境优美、干净整洁？可钱从哪里来？

解释、分析、说理、鼓劲……反复地磨嘴皮子，晓之以理，动之以情，村"两委"班子成员们的疑虑渐渐被打消，通过几轮讨论、商议，贺田村"村庄整治三部曲"的大致方向和思路被确定：首先是村"两委"班子认识高度统一，着手村庄整治的过程中重点增加一些必要的硬件设施；

创造了"贺田模式"的衢州市龙游县大街乡贺田村党支部书记劳光荣

其次是出台奖惩细则，呼吁大家从小事做起，克服陋习，以逐步提高村民的环保意识；再次是加强乡村文化建设，推出村民喜闻乐见的文娱活动，达到物质富裕、精神富有。

村庄整治是从捕狗行动开始的。新制定的一份村规民约明确规定，凡在贺田村范围内四处蹿奔、随处大小便的狗，村民都有权利进行捕杀。杀狗的村民不仅可以把狗作为菜肴，村里还每条补贴 100 元黄酒钱作为奖励。没过多久，随着全村 112 条家犬被捕杀，贺田村的狗就已销声匿迹。

劳光荣介绍到这里时，作者忽地插嘴问道："养狗不是为了看门吗？没了狗，小偷来了怎么办？"

"我们这儿民风不错，偷盗之事本来就少。曾经来过一个流窜犯，撬开了一户农户的家门，但很快被人发觉了，没偷什么就逃了。狗的确能看门，但遇上了贼，狗又容易被药死，最终还是起不了太大的看门作用。"劳光荣说完，作者本人也释然了。

狗的问题解决了，接着要解决的是更令人头疼的露天粪坑。贺田村370 多户人家，几乎每家都有一处露天粪坑，其弊处无须再饶舌，可要把他家的粪坑填了，谁都不愿意，还找出五花八门的理由：我家的粪坑刚刚整修过，填了拆了太可惜；我家的粪坑可已是传了五代以上了，这么多年都保留下来了，为什么要在现在填？

劳光荣一马当先，首先带头敲掉自家的粪坑。然后带着村"两委"班子成员，一户一户地走访，劝说大家以村庄环境整治大局为重，并一再申明村里如此作为，不是不让大家用厕所，而是把传统而原始的粪坑改为城里人的那种卫生厕所，由此产生的一切费用全部由村里补贴。为此，村里还特意建起了三座公共厕所，免费供村民使用。

听懂了，用过了，村民终于明白了，这可是一件旷世未有的大好事：洁净的如厕设施确实比臭东西好啊！一旦观念改变了，改厕工程的推进便势如破竹，贺田村所有露天粪坑消失不见了，代之以美观、方便、卫生的农家小厕。不少村民每上一次厕所都会开心一次。

2010年初，劳光荣又瞄上了村里随处可见的生活垃圾。他发现，村里只有3个垃圾堆放点，由于没有统一管理，每个垃圾堆放点周围都脏乱不堪、臭气熏天；而每家每户门口都有一个垃圾堆，总是苍蝇蚊子满天飞。

经过长时间思考和反复商议，全村被划为5个卫生责任区，每个责任区都有相应的村民代表和小组长来负责；全村共设24个垃圾投放点，所有生活垃圾都必须投放在这24个点内。村民投放垃圾的时间统一为早上8点钟之前和下午5点钟之后，其余时间一概不许投放，若村民错过投放时间，对不起，你只能等到第二天早上再把生活垃圾投放出去。

村规民约还规定，投放垃圾之前，村民必须先把垃圾做一个简单的分类，主要分成四类：有机垃圾、建筑垃圾、可回收垃圾、不可回收垃圾。有机垃圾主要是一些菜叶帮子、残羹剩饭，这些有机垃圾可还山还田，是一种极好的肥料；建筑垃圾可用于填坑铺路；可回收垃圾指的是纸板箱、易拉罐等，村里集中统一分类，到达一定量时，一并拉到废品回收站去换钱，钱都将留在村委作为公益金；不可回收垃圾则是指有害物质，比如电池、农药罐等，通常由垃圾车每天运走，在乡环卫站统一协调下焚烧填埋。

为了让全体村民都能依以上各项要求做，每个月的10日，村里统一发给村民垃圾袋。垃圾袋分两种，一种黑色、一种黄色。黑色垃圾袋用于投放不可回收垃圾，黄色垃圾袋用于可回收垃圾。每只垃圾袋上还印有与每家农户相对应的固定代码，一级代码表示所在责任区区域，二级代码表示户主代码，像是给每袋垃圾注明了"身份证"。此法能起到见袋知人的效果，一旦违反规定，很快就能查个水落石出，村民们的自觉性和主动性，想不提高都难。

"'垃圾源头分类可追溯，减量处理再利用'，这是我们这套生活垃圾处理机制的核心，即是把垃圾处理工作的重点，从以往的终端处理，转移到农户源头上来，并要求农户把垃圾细分类别，从而把垃圾量减到最低。"劳光荣描述，以前一到夏天，贺田村小店里最好卖的就是黏苍蝇的纸，有时不用这种纸，连吃一餐饭都吃不太平。如今苍蝇蚊子基本绝迹，店老板早已不愿再进苍蝇黏纸这一货品了。

与此同时，村里还推出了一套十分具体的卫生考评机制，每个月都组织专人进行全村清洁大检查：检查室内整洁干净、庭院绿化、家禽家畜、门前屋后道路清洁。检查情况都要评分上报、上墙公布。每到这个时候，公布栏前就会聚集大批村民观看议论。得分高的用户非但能获得奖品，还有希望被评为年度"卫生示范户"。村民们十分看重自己家的得分，哪怕只有零点几分的得分差距、一两位的排名落差，都让村民们关注并设法改变。据说，有的农户因妻子投身于清洁工程，而丈夫稍显懒散，即引起了夫妻纠纷，直到村"两委"出面摆平。而当92岁高龄的林日如老人被评为绿化示范户，得到奖品时，全村为之羡慕，为之感叹……

"新筑场泥镜面平，家家打稻趁霜晴。笑歌声里轻雷动，一夜连枷响到明。"（南宋·范成大）现代乡村虽然已少了农耕时代的原始场景，然而桃花源式的浪漫神韵依然留存，与自然山水的相依之情更甚。

拥有了绿水青山这一"资本"，贺田村的乡村旅游经济开始起步。从2011年起步至今，村里已开办了6家"农家乐"，还被评为衢州市"农家乐特色村"。生意最好的一天，来村里游玩的游客达350多人。村里每年过年还都搞一场"乡村春晚"，早已远近闻名，四面八方的村民和游客都会涌来观看。虽然贺田村的乡村旅游经济仍处于起步阶段，但其发展方向显然是对路的……

○相关链接

杭州市于 2000 年被当时的建设部列入全国垃圾分类试点城市之一。2016 年 3 月，杭州市环境集团推出"垃圾快递"服务，手机下单，"垃圾快递员"即上门收垃圾。该服务试行以来已有近万名居民参与体验，且居民通过"清洁直分"APP，还能变废为"钱"，在手机上购买土鸡蛋、丝巾、盆栽等产品，这与之前在桐庐推出的"垃圾进超市"异曲同工。垃圾不再是难以处理的废料，而成了"会生蛋的母鸡"。

打造生活天堂，细节决定成败

忽视环境细节，不愿小处着眼，在环保和生态领域，"失分"的往往是这样的一些细节。一场场围绕庭院整治、农村改厕、垃圾分类等为目标的活动在浙江各地展开。我们正在打造生活天堂，而天堂容不得一丁点的污浊。

与贺田村一样，这几年来，结合"五水共治"和新农村建设，垃圾分类、庭院整治、农村改厕、园林绿化、畜禽圈养等活动，已在浙江全省各个乡村展开。

金华市金东区澧浦镇。2016 年 5 月 14 日至 15 日，由国务院发展研究中心资源与环境政策研究所等单位组成的国内顶尖专家，在这里进行了一次农村垃圾分类处理的专项调查。专家们认为，以澧浦镇为代表的金东区"垃圾分类县域全覆盖"工程，以有效的机制，具有中国特色的做法，填补了"美丽中国"建设的农村短板，其做法已走在了全国前列。

专家们把金东区的先进做法概括为以下几条：一是"接地气"，如把所有垃圾分成极易分辨的"可烂"和"不可烂"两大类，农户一看就明白，能自觉动手对垃圾进行一次分类，保洁员则负责二次分拣，可堆肥的就地处理，不可堆肥的集中外运；二是"重参与"，连家庭妇女、少年儿童群体都发动起来，以庭院环境美、家居人文美、勤劳致富美、邻里和睦美、爱心奉献美为内容的"美丽家庭"创建活动搞得有声有色，当然生活垃圾分类处理始终是基本功；三是"强考核"，像考核经济指标那样，实行区对镇、镇对村、村对保洁员的垃圾分类处理层层考核，出台全国首个农村生活垃圾分类管理标准《农村生活垃圾分类管理规范》，设立荣辱榜，强化监督、奖惩等环节。

如今，在金东区，越来越多的"八无"村（无暴露垃圾、无乱搭乱建、无乱堆乱放、无乱贴乱画、无水面漂浮物、无散养家禽、无污水横流、绿化空地无杂草）涌现出来，又从"八无"村扩大为"八无"乡镇，老百姓"点赞"愈来愈多。迄今，金东区的农村生活垃圾分类处理的做法已被命名为"金东实践"，已有全国 31 个省（市、区）700 多批次考察团近 3 万人前来考察学习。

余姚市马渚镇沿山村。从 2003 年开始，该村就制定了村庄整体建设规划和村庄整治改造实施方案，确立了"村在林中，屋在树中，人在画中"的村庄建设目标，通过村庄绿化、道路硬化、路灯亮化、村道美化和提高村民素质，全村形成了"路面无垃圾、村内无粪缸、河面无漂浮物"以及"全年常绿、泥不露天、四季有花、路村一体、花木配套、红绿点缀"的新格局，庭院整治成效非凡。

沿山村庭院整治的特色是十分注重长效管理，不断巩固庭院整治已有成果。在这里，每家每户的庭院内外都栽满了树木花草，连小小的窗台上都摆放了鲜花盆栽。人们走进这个村子，宛若走进了大花园。沿山村是余姚市首批 11 个"庭院整治合格村"之一，而这样的村子，在余姚市比比

杭州市转塘街道外桐坞村远眺

皆是。

西湖区转塘街道。这里位于杭州西南大门。街道辖区有中国美术学院、浙江音乐学院、浙江工业大学之江学院等多所高校，也是杭州市乃至浙江省多个公共文化场馆的所在地。走进这里，可见绿树成荫的大道，清澈畅流的河道，漂亮整齐的村舍，当然还有遍布各个屋角地边的鲜花绿草。转塘街道的"庭院整治"工程以提升农村家庭品质生活为主题，并作为争创"全区最具魅力街道"的主要抓手，各项活动搞得有声有色，万余居民高度配合。

"在我们街道，已经组建了由164人组成的'巾帼清洁志愿队'、82人组成的'庭院环境监督队'和99人组成的'庭院环境评比委员会'，落实了41人组成的区、街两级村社义务监督员。他们是搞好庭院整治各项活动的生力军。"转塘街道城建办负责人介绍说，从2008年开始，街道首先确立了以缪家村为"庭院整治"样板村，充分发挥其示范作用，接着便以此为模式，结合各村社特点，一一"复制"。

向样板看齐，既是要求，又是各村社的自觉行动。"6·5"世界环境日、中秋、国庆等节庆及各个风俗传统节日，街道都组织开展"家庭环保日"、"洁家园、迎佳节"等整治和清扫活动；街道还重点落实了"垃圾户投"工作，建立了每季一次"两院"的交叉检查、暗访等示范家庭和合格家庭的评比制度，推出了出租户房东与出租户签订清洁目标责任书的措施；而对于困难户和孤寡老人，则以一对一清洁包干的形式，由各村社妇代会予以落实，不留下任何死角。

"天下大事，必作于细。"（春秋·老子）此话从成就事业的角度，强调了细节之关键。"泰山不让土壤，故能成其大；河海不择细流，故能就其深。"（战国·李斯）这是从自然规律着眼，渲染了重视细节和恒久坚守的必然收获。环境保护和生态文明建设进程中，我们似乎经常是在为细节而战，而细节的发现、研判、调适和改变，如同砌上块块砖石，成为筑造生活天堂时从无松懈的努力。

上厕所，在不少国人眼里，似乎理所当然是臭的，甚至认为不肮脏的厕所非但不存在，还违背了某种规律。对天经地义肮脏的物事，有必要加以理会、加以改变吗？如今，这种落后粗鄙的观念越来越受到众人的否定，渴望舒适如厕、厕所整洁是大势所趋。2013 年 7 月 24 日，第 67 届联合国大会通过决议，将每年的 11 月 19 日设立为"世界厕所日"，以此推动安全饮用水和基本卫生设施的建设。这说明，倡导人人享有清洁、舒适及卫生的环境，已是全球性的共同心愿。

嘉兴桐乡的乌镇可是个赫赫有名的地方：江南古镇游重点景区、现代文学家茅盾故乡、一年一度中国互联网大会的永久举办地……在这里，还有一项亮点工程其实也不能忽略，那就是成功实现了农村改厕。

乌镇白马墩村即是被列为农村改厕项目实施村的行政村。2013 年年底，该村第一批 100 户农户的无害化卫生厕所改建完成，迄今，所有农户都拥有了标准的卫生厕所。这种农厕主要采用三格化粪池形式，经过处理再进污水管网。虽然每户农户改造要多出数百元的费用，但通过前期宣传、陆续推广，农村卫生改厕的必要性及改厕带来的好处已经深入人心，村民都很支持。"改造后可以减少疾病，而且村里的环境也会更干净，空气更好，这样我们农民的生活才会更健康。"白马墩村一位村民说起此事，连连称赞。

2016 年年初，丽水市青田县石溪乡金泉村 45 户农家通过农村改厕项目考评验收，至此，石溪乡 8 个行政村 209 户农家已全面完成户厕改造，村民不仅有了自己的化粪池，还新建、改建了厕所，告别了以往"脏、乱、差"、臭气熏天的农村老式茅厕，用上了干净方便、又符合农村特点的卫生间。

与别的地方一样，以前，金泉村许多农户家里从不建设化粪池，厕所设施十分简陋，尤其是一些露天厕所，日晒雨淋后臭不可闻，炎炎夏日更是令人掩鼻而过，那蝇蛆成群的景象还叫人恶心。由于村民家里普遍没有建设化粪池，无法与农村生活污水管网对接，便只能通过倾倒的方式处理污水，由此一来，污水乱倒现象严重，村道、河道环境深受污染。

"现在好了，村民家里改成了水冲式无害化卫生厕所，干净、卫生，用起来也方便。"说起新建厕所的好处，金泉村党支部负责人赞不绝口。他说，以前一谈到农村，许多城里人感觉最不舒服的就是"茅厕"。有的城里人以往到了农村闻"厕"色变，甚至因此而不敢来农村观光、采摘、走亲戚。

在石溪乡，农村改厕项目遍及所有行政村，涉及 8 个村 209 户农家。为了把好事办好，2015 年以来，乡党委、政府把农村改厕工作作为民生实事来抓，与乡村规划建设、发展生态旅游和农村环境整治紧密结合，走村入户、广泛宣传，农村改厕工作的意义和作用一旦深入人心，群众改厕的积极性和能动性就会大大被激发。"提高大家的认识，变'要我改厕'为'我要改厕'的方法之一，是让群众真真切切地了解农村改厕后的使用效果。"一名乡干部说，在改厕的过程中，乡政府特意建立健全管理和考核机制，验收和跟踪、督查户厕，确保建好一个、管好一个、用好一个。

"农村改厕不但改变了农村群众的卫生习惯，也极大地改善了卫生环境，从根本上解决村民如厕难和污水横流现象，实现无害化卫生户厕全覆盖。"截至 2016 年上半年，石溪乡已全面完成农村改厕项目，209 户改厕户与改厕验收花名册登记符合率100%，三格化粪池建造规格标准合格率100%。

数字表明，自开展"万村整治"活动以来，全省各地按照"改厕、改圈（舍）、改灶、改院、治弃、治污、治建、治古"建设要求，深入开展"三清三有"、"四化四改"活动，集中治理农村垃圾污水乱排、柴草乱堆、尾菜乱弃和乱搭乱建现象，全面整治农村人居环境，共建成"万村整洁"村1714个，极大地改善了农村人居环境。2017年年初，浙江省政府有关部门专门组成考核组，对2016年确定的200个省级"千村美丽"示范村的6个方面、64项指标，逐村逐项逐条考核打分、综合评定，有198个村达到了标准，比例极高。

鸟自爱巢人爱家。高品质生活的一个重要表征，是你是否拥有一个美丽温馨的家。法国思想家、作家伏尔泰有一句名言："对于亚当而言，天堂是他的家；然而对于亚当的后裔而言，家是他们的天堂。"理解了这句话，也就理解了打造美丽温馨家园的重要意义。

而倘若需要拥有这样的一个家，环境细节绝对不可忽视。从细节抓起，正是浙江生态文明建设具体进程的一个突破口。

相关链接

2015年8月，浙江省质监局正式批准发布《农村厕所建设和服务规范》地方标准。该标准分三部分，分别为"农村改厕管理规范"、"农村三格式卫生户厕技术规范"、"农村公共厕所服务管理规范"。该标准对农村改厕、三格式卫生户厕和公共厕所的选址、内部设计、使用管理等都做了系统、全面的要求。它的实施将有助于提升浙江农村厕所建设和服务水平，对于培养村民良好卫生习惯，改善农村环境卫生状况，推动美丽乡村建设具有重要意义。

科技发力，环境治理难题正在加速破解

千万不要低估科技的力量。治水的关键在于对体量巨大的传统产业进行产能压缩、技术改造和产业升级，这一切需要科技助威。环境治理一旦插上科技的翅膀，将飞上更加蔚蓝的天空。

周立武，杭州兴源过滤科技股份有限公司董事长，50岁挂零的壮实汉子，2004年成为兴源公司（以下简称"兴源"）的董事长后，开始涉足环境治理领域，原本以压滤机生产为主业的企业，渐渐成了一家生态环保企业。一方面，各种子公司建立起来，大多与环保业有关；另一方面，所涉环保领域不断扩大：农村污水治理、大气治理、污泥无害化处理、固废处理甚至土壤修复……现今，在好多人心目中，"兴源"两字已与"环境"结合在一起，仿佛它本来就是干这个的。

2016年初，兴源发布了新产品——"中国绿"污泥无害化处置一体机和解决方案。只要在污泥里加一些白色粉末状的专利药剂，几分钟之后水变得清澈透明，而污泥却成了蛋花状，滤出的污泥也没有任何气味。

毫无疑问，这在业界引起了不小的轰动。看起来简单的处理技术，实际上技术含量并不一般。这是兴源团队花了10多年研究出来的新技术。通过药剂把泥水中的大分子团分解为小分子，整个处理技术比传统的处理技术节约能耗70%以上，而且解决了二次污染问题，经过处理的污泥无毒无害，大量的污泥还可以做肥料、做碳棒、做建筑用砖等。这项处于国际领先水平的技术已经投入使用。

然而，周立武和兴源更被人们津津乐道的话题，是发起成立了"五水共治"技术支撑联盟。

2013 年"五水共治"刚刚提出之时，不少环保企业尚在"学习"这是一个什么样的契机，兴源却已牵头发起了"浙江省'五水共治'技术支撑联盟"，联合了 20 多家企业，分别拿出自己的科技成果，用于"五水共治"之战。

"环保企业是一颗颗小珍珠，需要串联起来。兴源就是想搭建一个平台，通过资源整合，将小珍珠串成珍珠项链。因为环保这个行业有自身的特质，那么多地域的环境问题不可能相同，所以企业想'一招鲜'打遍天下几乎不可能，只有整合多方实力，取长补短，或者强强联合，才能在这个行业里走得更远。"周立武说，这便是他的"珍珠理论"，而"浙江省'五水共治'技术支撑联盟"就是串起珍珠的那条金线。

能吃 PPP 项目这只"螃蟹"的民企不多，需要实力和勇气。而兴源光是 2016 年上半年就在省内签下了湖州市吴兴区和嘉兴市海盐县污水治理的两个 PPP 项目，更大规模的 PPP 项目也在陆续签下。

周立武和兴源积极涉足环保产业领域，只是"五水共治"过程中各界重视科技力量、多渠道运用科研手段实施治水的缩影罢了。在浙江，随着水环境治理的热潮不断掀起，向科研要技术、以科技促实效已成为一种顺理成章的选择。

黑色的沼液，沿着五个种植着狐尾藻的净化池缓缓流淌，渐渐地，竟然变成了接近透明的清流！污水缘何变清？在生猪存栏量 3600 头的嘉兴市南湖区新丰镇镇北村的五丰牧业有限公司，这神奇的一幕吸引了无数眼球，更引发了众人热切的好奇心。

沼液缘何能变成清流？这是因为应用了中科院的高密度养殖区废弃物污染减控技术：利用狐尾藻强大的繁殖和净化能力，使牧场沼液污水全部成了清水，而净化沼液后的狐尾藻还可以作猪饲料，从根本上减少了污染物和废弃物，真可谓环保又增效。

嘉兴是畜禽养殖的重点地区，污染治理向来为该地重点。依托科研院所和高校加强治水科研攻关，推广最新治水技术，积极探索科技治水新路径，正是"五水共治"过程中的重要举措。"为了解决畜禽养殖水污染难题，地处嘉兴市南湖区的浙江中科院应用技术研究院向全国的中科院系统发布了治水技术征集令。中科院全国范围内有 15 个研究所，积极参与南湖区的'五水共治'。五丰牧业的这项治水新技术就是由位于湖南长沙的中科院亚热带农业生态研究所牵头研发的。"嘉兴市南湖区治水办负责人介绍。

印染废水治理也是一大难题。位于凤桥镇的嘉兴市雄达染织有限公司主动与中科院嘉兴材料与化工技术工程中心合作。该中心组织科研骨干集中攻关，以章俭博士为首的团队驻扎治理现场，用最新科技手段进行印染废水治理。"还是科技力量大！成本低、效果好，还很环保。"企业负责人陈创松感叹。

在嘉兴，利用生物科研技术治理污水的探索和实践，自"五水共治"战役打响之后一直没有停歇过。由于产业结构、地质地貌等各种复杂原因，嘉兴的水环境污染问题向来突出。当年在嘉兴乡村走访，被污染河流的惨相实在不忍直视：河水黑臭，透明度不足 10 厘米，水面上大量翻腾的气泡看了都恶心，而两岸养猪沼液、生活废水以及工业污水在不断排入，严重的富营养化似乎已积重难返。

"这样的状况确实曾被很多人视为畏途。已经污染成这样了，怎么可能重回清澈？但科技之力能够起到特有的治理效果。"浙江中科院应用技术研究院院长陈秋荣向作者强调科技治水的重要性和迫切性，"尽管让水变清的方法途径有很多，比如反复疏浚、挖掘河泥等，但简单的、重复性的清淤费时、费力，往往还不能治本。治理污染河流的主要任务是要降低河水中氮、磷的含量，并降低化学需氧量（COD）。这方面，科技应该发挥其强项，达到快速、生态并且节约成本的治理效果。"

在嘉兴，来自中科院亚热带农业生态研究所、土壤研究所、地理与湖泊研究所等机构的专家先在河床上洒下一层 1 厘米厚的砂层，这些砂子里面生活着反硝化细菌，能分解水体中的营养物质，尤其能大量降低氮的含量。通过在河床表层"种植"这种细菌，科学家们不用开挖河泥，而是逐步改造河床基底，使之朝生态健康的方向发展，就像用疗效显著的药物代替手术一样。

随后，专家们又在水面上种植粉绿狐尾藻。粉绿狐尾藻能大量吸收水中的氮和磷，自身也会飞快生长，其数量一周内就能翻一番。"水体的富营养化越严重，粉绿狐尾藻就生长得越好。等水质转好后，因为失去营养来源，它又会自然枯萎，不留下生态后遗症。"陈秋荣介绍，在试验的多条河道上，粉绿狐尾藻种植后不到一个月，水体的总磷、总氮和COD下降了95%以上，水体透明度增加到了1米多。"更重要的是，沉底水生植物拥有了进行光合作用不断生长的环境，使河道重新获得生态自净功能。"

科研专家们还在嘉兴建立了一处"五水共治"示范区，示范区内共有50条河道，合计总长约100公里，还有1万户左右分散居住的农户。在示范区里，养殖污水治理、生活污水治理、工业污水治理、河道水质改善、污泥等废弃物处理等各项技术都将在此集成治理。如多年前建成的老小区，雨污水是经过同一条管道排入河中的，而专家们在管道口附近搭建了一个微型生态绿场，用植物来吸收污水中的营养物质，如此一个小小改良，却起到了明显的缓释作用，入河污水由此大大减少。

经过生态治理后已经达标的杭州市东新河

东新河，全长 4250 米，是一条沟通杭州北部上塘河、备塘河等主干河流，斜贯下城区北部的重要河道。长期以来，河边居民和商家存在乱扔垃圾、乱排生活污水、乱倒剩余食物、擅自种菜的陋习，有人还习惯在河道里洗拖把、用河水冲洗私家车，阳台洗衣水与雨水混排入河。这些行为很容易造成这条河流的氨氮指标恶化。

不消说，这也是城市河道的通病之一。

科技手段的运用使这一难题的破解有了希望。为重点降低氨氮含量，杭州市下城区以政府购买服务的方式，与浙江省环科院紧密合作，河道曝气复氧技术、固化微生物缓释降解污染物技术、NES 纳米高分子生态基材料抗菌除藻技术、PHOSLOCK 锁磷剂固磷技术这 4 项生态修复关键技术正在得以应用，氨、氮、磷污染物明显呈下降趋势。

同样的行动也在慈溪市观海卫镇实施着。观海卫镇是慈溪的一个大镇，属典型的江南水乡，但人口和企业众多带来了水环境保护的巨大压力，氨氮指标超高后"黑臭河"随处可见，甚至已影响了该镇的稳步发展。

浙江大学宁波理工学院等单位与观海卫镇共同实施的"浙东平原村镇河流生态功能协同恢复整装技术研究与综合示范"项目，正是为了破解这一难题所设立，很快被列入宁波市科技惠民领域的首个"科技治水"项目。

2014 年 8 月，观海卫镇"黑臭河"治理生态工程启动，项目组集成开发了"生物扩充培养器＋污染源快速净化箱＋河床生态构建"整装工艺，并在 400 米试验河道完成设备安装工作。通过两个月的试运行，水体的氨氮、高锰酸钾指数和总磷三项检测指标均由原先的劣 V 类上升为 V 类，其中氨氮含量从 6.2mg/L 降低到 1.5mg/L 左右，高锰酸钾、总磷指数也分别降低了 75%、56%。

据浙江省科技厅介绍，按照进度，预计到 2017 年，该项目将建成污水分散处理示范工程和水体修复综合示范工程各 2 项，示范水域面积 2 万平方米，水质功能提高 1—2 级，有望成为宁波村镇河道修复和治理的科技示范工程。

在金华东阳市虎鹿镇坞葛村，人们看见清澈见底的溪水会不禁发问：为何这里的水特别干净？村民葛江成揭穿了谜底。他指着屋外一小块绿地说："这底下藏着宝贝哩，每天的生活污水在这里转一圈，就变成了清澈的活水。"

这个"宝贝"即是埋于地下的净化槽。它是东阳市在农村生活污水治理上的一大法宝。坞葛村的特点是村民分散居住，地形比较复杂，生活污水集中处理较难做到。而这种投资小、安装快、效果好的净化槽技术，能把农村生活污水净化处理成一级B类无害化清水，可直接渗滤或排入农田灌溉，因而已在东阳虎鹿、三单等乡镇的多个行政村推广应用。

东阳是赫赫有名的"博士之乡"，人才优势明显。因此，东阳市专门建立了"东阳籍治水人才库"，开展"治水人才家乡行"等活动，并举办治水护水主题论坛，组建治水专家服务团，到重点村、重点项目开展巡回服务。这一利用自身优势"借智"的方法，大大提升了东阳科技治水的层次和效果。

针对印染行业污水排放严重的现状，东阳市与环保科技公司合作进行技术攻关，实现了印染废水稳定达标，使印染废水治理中污泥排放量减少80%以上。

"五水共治"还促进了东阳一系列科研成果的转化应用，如页岩配置污泥烧结制砖技术使该市污水处理厂每年产生的1.5万吨污泥由一家建材企业即可全部消纳，河道清淤产生的部分淤泥也可用于制砖；如重点污染源在线监控监测和"刷卡排污"系统的建设，实现了对企业环境监管从浓度控制向浓度、总量双控制转变的点源管理制度；又如人工湿地净水技术引进并运用后，可每年减少化学需氧量排放876吨，氨氮排放2290.4吨。

与常见的养猪场相比，丽水和丰苑农业科技有限公司的养猪场很是特别，这里的猪居然是"住楼房"的，即养猪场建筑共有两层，一层空置着，只在二层养猪。原来他们采用了"非接触式发酵床"技术，空置的这层安放混有益生菌的发酵床，动物排泄物通过镂空的地板排到一层的发酵床，经机械装置自动翻耙，使排泄物与发酵垫料均匀混合，且由益生菌消化排泄物，能达到无污染、零排放之效果。

而在温州瓯海区、湖州长兴县、嘉兴嘉善县、舟山定海区、金华东阳市、衢州开化县……浙江大多数县域都已采用了无人机实施治水：无人机巡河、无人机拍摄污染实况、无人机收集信息、无人机考核治水实效……一架架应用了多项科技成果的无人机为浙江的环境治理插上了翅膀，这类实例数不胜数。正是因为无人机对生态环境整治有着不可替代的独特作用，浙江省水利厅还专门进行了"五水共治"典型水利项目无人机航摄招标，而对它的全面应用，如今还只是一个开头。

相关链接

何为生态治水？就是通过水系的生态恢复提升水系的生态服务功能，实现雨洪控制、水质净化、水源涵养、地下水回补、生物多样性维护等目标。如湿地即是天然的过滤器，它有助于减缓水流的速度，当含有有毒物和杂质（农药、生活污水和工业排放物）的流水经过湿地时，流速减慢有利于毒物和杂质的沉淀和排除。一些湿地植物能有效地吸收水中的有毒物质，净化水质，因此湿地也被人们喻为"地球之肾"。又如森林能减少水土流失，并净化水体中的农药、化肥等污染物质。水源涵养林的地位已经在世界范围内被广泛认知，我国也非常注重水源涵养林的建设和保护。

生态特色小镇，绿水青山间的璀璨明珠

杭州西湖云栖小镇、西湖龙坞茶镇、桐庐健康小镇、宁波奉化滨海养生小镇……生态特色小镇集产、城、人、文、生态于一体，是推动城乡贸

易、发展生态产业的重要桥梁。越来越多的生态特色小镇在浙江大地出现，成为绿水青山之上的璀璨明珠。

2015年5月25日，习近平总书记在浙江舟山考察时，专门来到定海区南洞艺谷。在这里，一幅幅色彩斑斓、充满生活气息的渔民画和一件件精美实用的手工艺品吸引着总书记。得知这些工艺美术作品已经有了较好的市场，增加了村民收入时，习总书记很高兴。

"开轩面场圃，品茶话桑麻。"坐在农家乐庭院里，习近平总书记与村民们促膝交谈。村民们你一言我一语地告诉总书记："我们这里空气好啊，老人都长寿。""城里人来这里把水带回去泡茶喝。""青山绿水可以发财。""以前我们穷，现在办农家乐致了富，盖新房、买了车。"

习总书记听了，高兴地说："这里是一个天然大氧吧，是'美丽经济'，印证了'绿水青山就是金山银山'的道理。"村民们一片掌声。

习总书记指出，全国很多地方都在建设美丽乡村，一部分是吸收了浙江的经验。浙江山明水秀，当年开展"千村示范、万村整治"确实抓得早，有前瞻性。希望浙江再接再厉，继续走在前面。当听说这里正在规划建设绿色生态旅游景区时，他说："这很好。我在浙江工作时说'绿水青山就是金山银山'，这话是大实话，现在越来越多的人理解了这个观点，这就是科学发展、可持续发展，我们就要奔着这个做。"

总书记十分关心和高度肯定的南洞艺谷，究竟是个什么地方？

南洞艺谷，地名颇有个性，却是一个风景旖旎、环境清幽的所在。它位于舟山市定海区干览镇新建社区内，是一处典型的文化旅游创意小镇。它居山坳腹地，三面环山。因处于干览镇的最南边，故早有"南洞"之称，而被称为"艺谷"，却是近几年才开始的。如今，南洞艺谷年旅游人数已超30万人次，高峰期游客日接待量超过3000人。

一座昔日偏僻落后的小山村，何以成为一处远近闻名的乡村休闲文化旅游胜地，它究竟走过了一条怎样的路子？

2012年，南洞村聘请美术家创办群众艺术创作中心，依托海洋文化资源优势，积极打造集创作、研发、展示、培训等于一体的渔民画原生态基地。中心成立以后，免费培训班办起来了，喜好绘画的村民在此进行渔民画、刻纸、手工布艺、石头画等技艺培训，"艺谷"由此渐渐形成。

如今，南洞村形成了有 100 余人参加的民间艺术创作团队，100 平方米的群众艺术创作中心里挂满了村民创作的渔民画。这些渔民画，少则可卖四五百元，多则可卖上千元。创作绘画成了南洞村富民增收的新路子，让村民在家门口就能赚钱。而以画画为起始，村民们又着力培育发展乡土文化产业，成功开发了靠垫、坐盘、丝巾等文化旅游商品，在深圳、义乌文博会等全国性展会上受到广泛关注，打响了南洞渔民画的文化品牌。

69 岁的村民邵亚琴戴着老花眼镜，手拿画笔蘸上一团颜料，全神贯注地在画纸上涂色，河边洗衣的妇女、河上悠闲的鸭子、河岸边张望的小猫……都是她最喜欢画的内容。邵亚琴告诉作者，自从在培训班里学起了画画，生活就变得越来越充实，学到了构图、调色等绘画知识，还由此找到了全新的创收途径。"没想到我的画还可以赚钱，挂在创作中心的第一幅画就卖给了香港商会的客商，卖了 2500 元钱呢！"

南洞村生意最好的农家乐名叫"画春园"，其主人是 68 岁的村民袁其忠，老伴庄丽琴，以及袁善娟等能干的四兄妹。"南洞村成了乡土文化中心，生态环境更好了，游客也越来越多，有人问我们能不能烧桌农家菜，我想，那就试试看吧。"袁其忠说，经全家人合计，"画春园"便搞起来了，儿媳妇王娜动了不少脑筋来吸引游客，还设置了一处"自然观景台"，站在这里，海天一色的美妙景致尽收眼底。

好景引来无数游客，村级经济发展也进入了良性循环。从 2009 年开始，新建社区南洞艺谷陆续建起了壁画村、明清老街、火车广场、群岛美术馆等旅游项目，使得这个曾经偏僻的小乡村名气越来越大，当地的农家乐也越发红火。依托项目建设，南洞对农居进行了仿古式建筑改造，积极发展农家乐产业，开办农家乐 30 余家，接待各地游客入住。

2015 年 5 月，干览镇新建社区南洞艺谷被列为浙江省首批 8 个文化创意小镇之一。同月，定海区政府与浙江艺术职业学院战略合作签约，院地双方将重点在海洋文化传承弘扬、文化艺术人才培养、文化旅游规划设计、文艺精品选题创作、文化产品创意研发等方面加强合作交流，实现互惠共赢。

围绕"文化创意小镇"建设，南洞艺谷将在今后吸引更多文化艺术家落户南洞，进一步推广海洋文化产业、打造文化创意基地和文化艺术影视基地。此外，南洞还计划打造舟山最大规模的民俗壁画村，开展规模性壁画大赛，以丰富南洞艺谷文化内涵，带动文化旅游业发展。

这个原本偏僻的小山坳，如今，正在演绎让绿水青山带来金山银山的生动实践。

杭州西湖云栖小镇、西湖龙坞茶镇、余杭艺尚小镇、桐庐健康小镇、宁波奉化滨海养生小镇、温州平阳宠物小镇、金华武义温泉小镇、衢州常山赏石小镇、衢州开化根缘小镇、台州仙居神仙氧吧小镇、丽水莲都古堰画乡小镇、丽水龙泉青瓷小镇、丽水磐安江南药镇、舟山定海远洋渔业小镇……在浙江，冠之以"特色"两字的"小镇"已经成为热词，而在众多特色小镇中，以生态、环保、休闲、旅游等与生态经济相关的占据相当部分。

特色小镇，非镇非区，它不是行政区划单元上的一个镇，也不是产业园区的一个区。确切地说，它是一个平台，一个按照创新、协调、绿色、开放、共享发展理念，聚集浙江信息经济、生态环保、健康、旅游、时尚、金融、高端装备7大新兴产业，融合产业、文化、旅游、社区功能的创新创业发展平台。

2015年6月4日，第一批浙江省省级特色小镇创建名单正式公布，全省10个设区市的37个小镇列入首批创建名单。2016年1月29日，第二批浙江省省级特色小镇创建名单再次推出；同年5月26日，10个特色小镇成为浙江省省级示范特色小镇。而在全国首批认定的127个中国特色小镇中，桐庐县分水镇等8个小镇入围。

特色小镇建设是浙江引领经济新常态的新探索和新实践。放眼全国，浙江的山水资源、历史人文、信息经济、块状经济资源的优势十分明显。

如何进一步发挥这些优势，让这些优势成为新的经济增长点，显然是经济新常态下的全新课题。特色小镇建设正是从正面回答了这一课题。它的不断涌现，既是破解浙江有效供给不足、高端要素聚合度不够这些难题的突破口，又是一个契合创业生态规律、孵化创新企业的新手段，还是融合浙江城乡二元结构、改善人居环境的新探索。

位于衢州市龙游县湖镇镇曹垄村的龙游红木小镇，即浙江省 10 个省级示范特色小镇之一。这个小镇跻身 2015 年度国家旅游局优秀旅游项目，获得旅游产业融合创新奖。这个特色小镇的一大特点，即为依托山水资源，发展生态经济，打造生态型产业示范基地。

龙游县红木小镇

龙游红木小镇重点之一的木都商贸区，位于该特色小镇的西侧，街区依托水系呈环形分布，以商业休闲为主要功能，对接红木文化和龙游文化，丰富了游客休闲体验和夜间娱乐，还将导入民俗观光、美食品尝等休闲活动。无疑，建成后的这处小镇将既有公共服务、生态居住、创新制造等主体产业，又有休闲旅游、民俗文化、时尚娱乐等特色业态。

"红木小镇是此次'优等生'行列中，唯一处于欠发达地区，且由民企投资创建的特色小镇。它的创建之所以顺风顺水，一是因为龙游作为浙江省文化旅游融合试点县，向来重视文化旅游建设，红木小镇的发展理念正符合文化旅游建设的要求；二是因为湖镇镇曹垅村是个'环境好、风水好'的宝地，吸引了企业家在此落地生根。"龙游县委负责人认为，一个本身不产红木的县域能建设这么一座小镇，与浙江省发展特色小镇的规划不谋而合，还与龙游当地的生态环境、与商帮文化和山水共色的和谐氛围分不开。

与扎根于山清水秀之地的龙游红木小镇相类似，位于景宁畲族自治县梧桐乡的景宁畲乡小镇显然更有赖于生态优势。

景宁畲乡小镇是唯一一个以少数民族命名的特色小镇。它以畲族文化元素为特色，以千峡湖等丰富的山水资源为倚靠，着重打造滨水运动休闲景观带、休闲养生（养老）区等设施，构建"一核一带一湖"空间发展布局。在这里，清清绿水穿街而过，倒映着两边的仿古建筑。江南水乡是它最浓重的韵味。

当然，作为畲乡特色小镇，民族风味是不可或缺的。"立足优质的生态资源、浓厚的畲族文化、独特的民族品牌，'民族特色'是小镇的核心元素。"景宁畲族自治县领导告诉作者，畲乡特色小镇建设将以旅游服务产业、文化创意产业、民族总部经济、生态特色农业这4大产业为重点，形成以旅游业为主导的多产业联动发展格局，但其首要前提，是这片得天独厚的优良的山水自然环境。

天台山和合小镇完全隐没在一片如画的自然风景之中。出天台县城向北行驶，距天台山风景名胜区不远，一条名为赭溪的清澈小溪旁，便是这座人文气息浓郁的特色小镇。小镇周围，低丘浅谷交错，植被郁郁葱葱，溪壑深邃，水流湍急，宛若仙境。

未来规划中的和合小镇采用"动静分区、有机融合"的方式，组织和合小镇各类功能要素的空间布局，总体上形成"一核两翼"的布局结构。"一核"即和合文化中心区，重点发展"和合文化"的研究、展示、体验、交流、传播等文化功能，成为展示和合小镇特色风貌的"小镇客厅"。"西翼"即天台门户旅游区，将打造成为天台山和合小镇与天台山风景名胜区的重点门户旅游景区。"东翼"即和合天堂养心谷，分为南、北两个谷地，南谷以"慢生活"为主题，依托峧头村打造"慢生活"区，安排精品民宿、特色旅舍、农家乐等多种业态；北谷以"禅修养生"为主题，并开辟生态休闲农场。

"天台山儒、释、道三教共生共荣，被誉为中华三教第一山。唐代寒山子隐居天台 70 余年，与国清寺高僧拾得结成深厚友谊，两人纵情山水，诗歌唱和，融入自然，天人合一，达到了'人与自然和合、人与人和合、人与社会和合'的境界，故天台山被称为和合文化发祥地。天台山和合小镇建设的目的，就是希望在锦绣山水之间打造一处中华和合文化的标志地，创建一个讲中国故事的小镇。"天台山某文化产业公司负责人说。

而在杭州市郊，一处名为龙坞茶镇的好地方，正吸引了越来越多的游客和茶人。

沿西湖往西行，经外桐坞、上城埭、龙门坎、何家村……沿着村道一路往前，很快便会到达高低起伏的万亩茶园。这一带历来都为茶乡，拥有近五成的西湖龙井茶保护基地。当这里建成龙坞茶镇，且列入浙江省省级首批特色小镇创建名单之后，会使我们涌起新的憧憬。

按照规划，龙坞茶镇的面积约为 3 平方公里，以原龙坞镇所在地葛衙庄社区为中心，辐射周边 10 个村社。启动龙坞茶产业小镇建设后，这里将被打造成一个风景优美、底蕴深厚、国际知名的茶乡特色小镇。

"除了已有的热点区块外，整个茶镇将规划形成茶园风光观赏区、茶叶交易集散区、茶文化体验区、茶乡民俗体验区、文创艺术集聚区、户外运动休闲区、养生健身度假区七大功能区块。游客到了龙坞，不仅可以喝茶、买茶，也可以了解茶文化、体验茶农的作息，还可以住下来细细品味茶乡风情。"转塘街道主要负责人说，不远的将来，还将在集镇建设国际茶博城，改造龙坞茶叶交易市场，打造龙坞茶文化特色街，环光明寺水库建设 5.5 公里的茶园山地自行车基地，实施龙门坎美丽乡村精品村、何家村运动休闲特色村、桐坞村美丽乡村、葛衙庄集镇整治和慈母桥美丽乡村重点村的打造。

龙坞茶镇，一代代茶人在这里种茶、炒茶、品茶，创造属于自己的茶道，也为寻茶而至的外来人，提供了一个健康养生的"世外桃源"，健康养生项目在千年茶镇陆续落地。这里是一个茶镇，更是一个天然氧吧，以茶之名，禅茶、香道、瑜伽等主题活动成为龙坞的特色。

山水环抱、森林葱郁、茶园连绵、民风淳朴，钱塘与西山将之拥抱，龙坞茶镇，处处呈现出原生态的江南农耕之特色。杭州城郊的这片茶园，是距离闹市最近的天然氧吧。

镇小能量大，创新故事多；镇小梦想大，引领新常态。在城市与乡村之间建设特色小镇，实现生产、生活、生态相融合，既云集市场主体，又强化生活功能配套与自然环境美化，这符合现代都市人的生产生活追求。高质量推进特色小镇建设，是浙江省委、省政府贯彻"八八战略"，坚持走"两山"之路，推进经济转型升级和城乡统筹发展大局而作出的一项重大决策，是浙江创新发展的一次战略选择。这一着，再次让浙江走在了全国前列。

相关链接

生态特色小镇是聚焦生态产业，融地方特色、产业孵化、城乡贸易、旅游接待、区域引擎和社区服务于一体的创新创业发展平台，具有空间规模"小而美"、区域文化"特而专"、产业发展"特而强"等特点。生态特色小镇是基层生态治理的重要抓手，是生态公民建设的基地。通过小镇孵化生态产业链，特别是小产业链，可直接带动原产地种植养殖业和生态服务业发展。目前，浙江省已有特色小镇 79 个，其中相当一部分为生态特色小镇。

与国际接轨，成为全球农村治水典范

争取世界银行贷款等资金支持，为"五水共治"注入一股国际化的金融能量，并引入先进的水环境治理国际化理念，这是浙江人治水的又一亮点。富阳、天台、安吉、龙泉……治好农村生活污水，完善饮水工程系统，成为全球农村治水样板并不遥远。

"要让富春江水Ⅱ类水进，Ⅱ类水出。"这是富阳对杭州的承诺，也是富阳治水的一个标准。据紧紧盯着富春江水质的环保部门测定，到2015年年底，富阳与西湖两区交接断面（渔山断面）水质，评价结果为良好。当然更重要的是，富阳辖境内的小流域水体有了极大改观：壶源溪中的石斑鱼多起来了，里山溪成了红尾水鸲的乐园，湘溪边重现淘米洗菜的场景。

治水需要资金，而且往往还是大笔资金。筹措资金，除了国家财政、地方财政的支持，还有没有别的途径？

争取世界银行贷款是一件比较"靠谱"的事。2012年10月，在省市有关部门支持下，富阳专门成立了富阳农村污水处理系统示范工程项目（世界银行贷款项目）推进工作领导小组，全面统筹项目推进工作。经过近两年的努力，终于顺利通过世界银行的重重考核，项目于2014年9月开工。为此，富阳水务有限公司专门成立了世界银行工程项目部，负责项目建设，并承担项目后期的具体运营。

富阳农村污水处理系统示范工程项目（世界银行贷款项目）包括：富阳区域内的城区污水处理四期工程，新登、大源、场口3个集镇农村联片给排水设施完善工程，龙羊（含万市、洞桥）污水处理工程，分散农村污水处理系统示范工程（第一批、第二批），农村生活污水截污纳管示范工程（第一批、第二批）等，共涵盖 9 个子项目，涉及 84 个村，总投资估算 8.3 亿元，其中利用世界银行贷款资金约 6000 万美元。

位于富阳区山乡小镇的古银杏文化保护主题公园

世界银行（World Bank）是世界银行集团的简称，由国际复兴开发银行、国际开发协会、国际金融公司、多边投资担保机构和国际投资争端解决中心 5 个成员机构组成。世界银行的宗旨是通过对生产事业的投资，协助成员国经济的复兴与建设，鼓励不发达国家对资源的开发；鼓励国际投资，协助成员国提高生产能力，促进成员国国际贸易的平衡发展和国际收支状况的改善等。近年来，世界银行向发展中国家提供中长期贷款与投资，促进发展中国家经济和社会发展。作为世界上提供发展援助最多的机构之一，世界银行支持发展中国家政府建造学校和医院、供水供电、防病治病和保护环境的各项努力。

但世界银行贷款项目涉及流程复杂，要求比较严格，贷款前期不仅要走大量的国内审批程序，同时还必须完成世界银行审查程序。但富阳方面按照国际惯例和相关要求，严谨细致地完成了从立项、工程环境影响评价、项目用地审查、水土保持评价、地质灾害风险性评估以及初步设计等程序，并在采购、招标等方面符合世界银行的要求。经过努力，双方的合作越来越顺畅，富阳方面也积累了与世界银行等国际组织合作的丰富经验。

"为了能更完美地符合相关要求，我们邀请有世界银行项目经验的代理公司相关人员，举办了项目一线管理人员培训班，全面掌握世界银行项目与国内项目管理、工程变更、资金支付等方面的差异，使项目始终按照合同和相关约定，高质量地实施。"富阳水务有限公司世界银行工程项目部负责人说，该项工程的实施，也为形成"地域特色＋世行风格"的创新经验和成熟模式，提供了不可多得的探索机会。

让项目施工信息更加透明化，使相关管理部门及时了解施工进度、计划、相关问题的处理，这是世界银行所要求的，也是富阳方面所强调的。富阳水务有限公司特意推出"每月工作简报"，把它直接报送到区项目办，以及项目所在的各乡镇、街道和相关单位。在简报上，"工程质量"、"存在的问题"、"合同及其他事项处理情况"、"工程款支付情况"、"下个月计划"等信息均一目了然，为各部门共同参与世界银行治水项目提供了第一手详细资料。

污水处理项目有其特殊性，在实施过程中，免不了有人产生顾虑。比如在污水处理厂选址征地过程中，一些附近的居民心存疑虑，生怕污水处理项目影响周边环境。对此，项目相关人员通过宣传小册子普及污水处理的科学知识，邀请村民代表到水务公司正在运行的类似处理厂参观，项目所在地的村委则指派有威望的村民，不定时到项目现场进行质量监督，严格保障规范施工，以增强村民参与项目的"主人翁"之感；而相关乡镇街道也全力协助，指派专人作为项目宣传、事务协调、政策处理联络人，灵活机动地配合项目全程，使项目实施过程中不应有的障碍得以排除。

美国诗人亨利·沃兹沃斯·朗费罗说过："如果你想射中靶心，你就必须瞄得稍稍高一些。"在项目论证、研究、评估阶段，世界银行和富阳市政府双方都站在高起点，以高要求对该项目提出方案和建议，选择和制订最终的目标内容。

在浙江，世界银行贷款项目受惠县市不只是钱塘江流域杭州上游的富阳，还有浙西北太湖流域西苕溪上游的安吉县、浙中山区椒江流域上游的天台县、浙南山区瓯江上游的龙泉市，这4个流域都是浙江重点流域。建设内容包括20余个集镇、700多个自然村的农村供排水设施建设，受益人口达170多万人。项目于2012年被列入《国家发改委、财政部关于利用世界银行贷款2013—2015财年备选项目规划》，实施期为2014年至2017年，贷款总额为2亿美元，使用期限为25年左右。

这是浙江10年来获得额度最大的一笔国际金融组织贷款，开创了浙江利用世界银行资金参与"五水共治"的先河。它的重要意义是，为浙江"五水共治"事业注入了一股国际化的金融能量。

"该项目定位为全国性的示范工程。针对农村生活污水处理的难点，世界银行对资产的运行维护、农村生活污水排放限值及污水管接户等方面特别关注。在项目设计中，4个项目县（市）的5家国有水务公司负责村庄生活污水设施的运行及维护。将农村污水设施管理纳入县（市）政水务公司，这是一大创新。"国家发改委有关负责人表示，这个创新有望在其他省份加以推广。

显然，在利用世界银行等国际组织贷款，以加快生态环境治理方面，浙江又在全国先行一步。

2014年8月，天台获得4500万美元世界银行贷款，用于改善农村生活用水和污水处理，项目内容主要包括农村给水排水系统改善工程、辖区内乡镇街道的污水收集管网建设、各村庄的水环境治理工程，以及新建设计规模0.5万吨／日的苍山污水处理厂一期工程。预计到2020年，全县超过90%的生活污水、污染物将得到有效处理，6万多户人家、21万余居民，加上污水主管网沿线惠及的居民，近30万人由此受益。

治水工程开始后，南屏乡东畚村养殖户汤智壮一直担心自己的猪棚会被拆除，没想到，他很快得到了一笔补贴，同时要求在猪圈旁建起一座混凝土浇筑的肥水窖。这一小型截污项目，能让他的猪棚所产生的污水得以处理，并形成种养结合的生态循环模式。这样一来，他的养殖项目得以保留，污水难题得以消除，又多了贮肥等生态利用项目，增加了一笔收入。

治水工程项目的实施，确保优质是个重点。根据专门编制的村级监督员手册、施工关键节点视频，对工程关键节点如砂回填、闭水试验、混凝土构筑物现浇等做到旁站监督，确保工程施工时监理、村级监督员、业主代表三方同时到位，隐蔽工程资料做到现场签字等，是天台县世界银行项目办的一贯做法。由于强化了施工现场监管，所有工程施工关键节点都未见明显的质量瑕疵。

天台县世界银行项目办还运用"互联网＋"创新管控和宣传方式，对每个合同包分别建立微信群，将业主代表、监理在实施中发现的问题进行及时通报与解决。

安吉县共获得5500万美元的专项世界银行贷款。在世界银行贷款项目受惠的4个县市中，安吉县首先拉开农村生活污水处理系统及饮水工程项目建设的序幕。安吉项目实施的时间为2014—2017年，主要结合农村污水处理项目规划，突出安吉县教科文新区、省际承接产业转移示范区、省级服务业集聚区、天二电站等重大项目的集中供水、污水处理配套服务项目。

"有了世界银行的资金，安吉将有实力采取更简便易行、经济有效、工艺可靠的污水处理技术。"安吉县相关部门人员介绍，有了这笔世界银行贷款，一些农家乐集聚区、乡镇污水厂（站）将得以完善提升，做到达标排放，并建成培训展示系统、长效管理体系等。数据表明，到2016年年底，生活污水处理设施完成了所有行政村全覆盖。

在实施项目的过程中，安吉项目的亮点之一，是充分利用原有设施。在工程实际推进中，项目方因地制宜，旧管新用，在保障工程质量和进度的同时，节约了项目投资成本。

在此试举一例：按照原图纸设计，天荒坪集镇项目某区段需新埋设约

1公里长 D400 污水主管道，因埋设位置位于老 205 省道西侧，周边商铺和农户多、地下管线多，且开挖工作面又小，一旦按图施工，不仅伤筋动骨，其施工成本也较大。经过现场实地线路踏勘和与当地政府对接，项目管理人员发现该区段的一段老污水管道可以利用，只是管道标高与设计新建管道要求存在差异。于是，设计单位很快提出了优化方案，对老管道和村庄支管进行局部调整，问题很快解决，项目节约下来的费用约 30 万元。

龙泉市利用世界银行贷款为 4000 万美元，一定程度上缓解了龙泉治水资金紧缺的问题。项目涉及 19 个乡镇街道，规划服务人口达 20 多万人，分两个阶段实施：一期包括市城区供排水设施完善工程、小梅镇农村联片给排水设施完善工程、安仁镇农村联片给排水基础设施提升工程、八都镇农村联片给排水基础设施提升工程等 7 个分散农村污水处理工程；二期包括查田镇农村联片给排水设施完善工程、兰巨乡农村联片给排水设施完善工程和 47 个分散农村污水处理工程。

在项目实施过程中，龙泉市从规划、设计阶段开始，即融入城乡供排水一体化思路，以缩小城乡差别，提高城乡供排水的系统性、协调性、共享性与经济性，提升龙泉整体的"五水共治"水平。如以南大洋水厂改造工程为核心，通过改造原供水厂再扩建至规模为 5 万 m^3/d 的现代化供水厂，覆盖城区范围并辐射至周边村镇的供水；通过城区供排水完善工程（主管网改造）及里弄小巷提升工程（支管接户及截污纳管），提高城区供水保证率；加大污水收集率，最终将污水通过市政管网排入已建成的污水处理厂进行处理。而在远离城区的集镇，即以集镇为中心，辐射周边村庄。

与此同时，龙泉项目的实施还与多项民生和扶贫项目结合起来，与旧城改造和美化村镇环境结合起来，令瓯江上游的这片美丽山水更为迷人。

这是一个开放和共享的时代。全球化趋势的加快，使关注和解决环境问题不再是一个区域或组织独自面对的事务。对于秉承"通过提供资源、共享知识、能力建设以及在与公共与私营部门之间建立伙伴关系等渠道，帮助受援者实现自我发展，并不断改善生存环境"理念的世界银行来说，浙江对绿色发展的尊崇和革新部署，与世界银行的发展使命相契合，双方的合作因此而顺理成章。

"他山之石，可以攻玉。"不可忽略的是，与这一笔国际化贷款项目一起扎根浙江大地的，还有先进的水环境治理国际化理念，这方面的影响或许更为深远。

相关链接

　　"浙江农村生活污水处理系统及饮水工程建设项目"实施以来，世界银行密切关注推进情况，及时跟踪、总结、提炼其中的先进经验和做法，以应对全球农村供水服务面临的挑战。在 2015 年泰国曼谷举行的"泛亚和太平洋地区农村供水可持续发展"研讨会上，世界银行特邀浙江作为世界银行贷款项目中农村治水的典型示范，向 16 个亚洲和太平洋地区的政府代表及水务领域专家做了专题报告。这意味着世界银行贷款浙江农村生活污水处理系统及饮水工程项目不仅仅是农村治水的全国示范，还已成为世界银行在全球范围内的优秀项目样板。

第十二章

久久为功，
建设一个清洁美丽的新世界

我们既要GDP，又要绿色GDP。……我们要牢固树立科学发展观，既着眼当前，更考虑长远，承担起积极推进全面、协调、可持续发展的重任。

——习近平

万树江边杏，新开一夜风。满园深浅色，照在绿波中。

——唐·王涯《春游曲》

创新、协调、绿色、开放、共享，这是党的十八届五中全会提出的新发展理念。绿色发展作为新发展理念之一，其应当追求的是人与自然的生态和谐。构筑尊崇自然、绿色发展的生态体系，才能有效减轻这个资源日益匮乏的拥挤星球的压力，实现人与自然的和谐相处、世界的可持续发展和人类的永续进步。构建人类命运共同体，建设一个清洁美丽的世界，首先应该充分认识生态环境保护、生态文明建设的重要价值和非凡作用。

　　绿水青山就是金山银山。我们应该遵循天人合一、道法自然的理念，寻求永续发展之路。面对新的发展机遇，浙江人付诸坚决行动，在绿色生态发展和生态文明建设的伟大工程中，为"中国的明天"提供更多的浙江经验、浙江元素和浙江方案。

新一轮发展，每寸山海皆有传奇

生态文明助推经济转型升级，再创发展优势，新一轮发展的亮点连成一片。你只有身临其境，才能细细体悟到它嬗变过程中的奥妙。

举世瞩目的二十国集团杭州峰会开幕前夕，2016 年 6 月 18 日至 19 日，二十国集团智库会议（T20）在安吉县举行。国际峰会来临，在杭州尚未"热"起来之前，安吉先"热"，小城的魅力可见一斑。

遵循"两山"重要思想，2008 年，安吉县提出以 10 年努力，打造"村村优美、家家创业、处处和谐、人人幸福"的"中国美丽乡村"，这一目标渐趋实现。由安吉作为第一起草单位制定的美丽乡村建设国家标准于 2015 年 6 月 1 日实施，这是我国首个以村为单位的国标指导，显然，安吉是"两山"思想忠实而成功的实践者。

如今的安吉，与 10 年前习近平在余村发表"两山"重要思想之时相比，又有了新的面貌、新的气象。已建成通车的杭长高速公路，将安吉纳入了杭州半小时交通圈，极大地拉近了与杭州的空间距离，促进了两地产业、民生等的融合交流，安吉成了"西湖边的大竹海"。通过全面打响"国际乡村生活首选地"、"中国亲子旅游第一县"两大品牌，全力争创国家级旅游度假区，安吉的全域旅游建设和健康休闲产业发展如火如荼。

自 2001 年确立生态立县战略以来，安吉打造"富裕安吉、美丽安吉、幸福安吉"的进程在不断加快，主题鲜明、示范有为、支撑有效、体系健全的"安吉模式"逐渐形成。目前，"优雅竹城—风情小镇—美丽乡村"这城、镇、村深度融合发展的格局正在成型，安吉城乡众星捧月、日月交辉的整体发展态势极为强劲。

安吉"两山"创客小镇是眼下安吉新一轮发展的亮点之一。依托良好的互联网创业基因和氛围，结合蓬勃发展的休闲旅游业，综合运用"生态＋"、"互联网＋"、"金融＋"等模式，安吉重点培育美丽乡村智慧应用、能源资源转化、循环经济发展等方面的新兴产业，助推经济转型升级，再创发展优势，打造赤金足银的"两山"互动新标杆。

富有活力、怀揣梦想的创客们来了，互联网金融企业蚂蚁金服也来了。安吉县与蚂蚁金服开展战略合作，率先开启一项农村互联网金融服务计划——千县万亿计划，建设智慧体验中心——支付宝未来智慧城、经典1958体验街，探索一个创业孵化机制——引入创投基金支持。迄今，创客小镇已招引了35个优质项目。

当然，紧扣充分发挥绿水青山这一优势，仍是一个不变的主题。

"房屋散乱搭，道路拧麻花，污水靠蒸发，垃圾靠风刮"等陋习或陋相，在农村时常可见。如何消除这类弊端，真正实现"生态文明"，除了宣传教育、综合整治，走规范化、法制化的管控治理之路，显然属于良策。近几年，安吉对此进行了一系列有益探索，效果不错。

安吉的小学生进校门后，乡土教材的第一课就是水土保护。这是从小培养孩子守法护绿观念的重要一步。安吉教育部门已将《生态文明地方课程》作为必修课，共10个课时。"生态县，人人建，爱环境，洁家园"，48字的《生态安吉县民守则》，如同易学易懂的《三字经》，孩子们都能倒背如流。

每月一次的"生态日"，每月一次的环境综合整治，在安吉早已成为惯例。每当开展环保活动，总是应者云集。如今，全县行政村农村生活污水处理覆盖率已达100%，《浙江省农村生活污水技术规范》、《浙江省生态村建设规范》这新近出台的两个地方标准均出自安吉。

从毛竹的竹梢、竹根、竹叶到竹竿，安吉人对毛竹做到了物尽其用，毛竹的"身价"翻了不止10倍。到2016年年底，全县有竹产品企业2000余家，从事与竹子相关产业的达11万人，竹产业成了当地经济收入的第一大来源，竹产品从以竹纤维加工的内衣内裤、提炼的饮料，到以竹为原料加工的绿色家居，无所不及。

安吉的另外一株"摇钱树"，就是安吉白茶。安吉白茶闻名天下，自然有人想着扩大种植面积，可县里早已划定白茶禁垦区，10 万亩成为种植面积上限，严禁毁山种茶。在安吉捕鱼，要根据水面限量领证，绝不可滥捕。2013 年，安吉又发出"禁药令"，草甘膦等高毒、高残留农药不准进入安吉销售使用。

竹和茶不仅是农业产品，在安吉，它们更是旅游产品，"安吉竹海"、"安吉白茶园"已成为当地著名的观光项目，使安吉每年的游客接待量冲上了 1500 万人次大关。

"安且吉兮"，出自《诗经·唐风》的这四个字，当年被习近平反复提及，赞扬的是安吉人民全力护住了这片沁绿，安吉成为吉祥幸福之地。当年的谆谆教导犹在耳畔，多年来始终遵循。随着"两山"重要思想的忠实践行，安吉已逐渐成为生态建设的国家级样板。

2016 年 6 月 5 日，世界环境日，首届中国生态文明奖在北京揭晓。安吉县生态县建设工作领导小组是浙江省唯一获此殊荣的先进集体。该奖是中国生态建设中唯一的政府奖，面向生态文明建设基层一线，每三年评选一次。

2016 年 8 月，在中国生态文化协会公布的"全国生态文化村"入选名单中，安吉县上墅乡龙王村榜上有名。全省共有 6 个村获选，龙王村是湖州市唯一的一个。

"联合国人居奖"、全国首批美丽乡村创建先进县、全国首批生态文明建设试点地区、中国首个生态县、全国首批休闲农业与乡村旅游示范县、全省 4A 级景区数最多的县……殊荣接连降临，但安吉人不会满足于此。余村是安吉的缩影，但并不是安吉的全部，只有整个区域都成了宛若天堂的绿水青山，才是真正的成功。"安吉已经制定了《安吉县国家生态文明建设示范县工作方案》，明确了总体要求、工作目标和主要任务等，力争到 2018 年全县 80%的乡镇（街道）创建成为国家生态文明建设示范乡镇。"安吉县环保局主要负责人表示，到 2019 年，确保安吉全县 100% 的乡镇（街道）通过国家生态文明建设示范乡镇验收。

2016 年 9 月 30 日，国家环保部决定在全国授予 40 个市、县、区"国家生态市、县、区"称号，至此，浙江已有 36 个市、县、区获此殊荣，位居全国前列。其中，包括安吉县在内的湖州市，成为全国唯一一个国家生态县区全覆盖的地级市。

从 2017 年起，浙江省"千村示范、万村整治"工作协调小组办公室将出台相关实施意见，全力支持安吉县打造中国美丽乡村"标杆县"。潜心打造美丽乡村升级版，已成为安吉县委、县政府下一阶段的工作重心。

"万树江边杏，新开一夜风。满园深浅色，照在绿波中。"（唐·王涯）对于铭记着"照着这条路走下去"的安吉人民，现今的一切仍只是起步，更美的风景永远在前头。

2016 年 11 月，浙江省统计局、浙江省环保厅公布《2015 年浙江生态文明建设评价结果》，丽水市的景宁、龙泉、庆元、云和、遂昌 5 个县（市）生态文明建设评价总指数均位列全省前 10 位，其中景宁畲族自治县生态文明建设评价总指数为 111.41，为全省第一；龙泉市为全省第二名；庆元、云和、遂昌分别位列全省第四、第五、第八位。丽水市已成为浙江省生态保护和生态文明建设走在最前列的地级市。

田边杂草作饲料喂牛，牛粪作原料生沼气，沼渣、沼液作肥料种植高山蔬菜……在云和县黄源乡叶垟村，有 108 户农户在传统种养业中构筑起一条绿色生态的经济产业链。

把生态放在第一位，爱护山野之间的一草一木、一溪一石，爱护每一缕吹拂而来的风、每一朵飘过的云彩。云和人早已深悟，只有把生态保护这篇文章做深、做透、做活，才能发挥自身优势，开拓出一条可持续发展的康庄大道。依着这条思路，云和县因地制宜，细致研究、不断探求科学合理的生态经济模式，35 个生态村各具特色：依托原有的特色产业优势，将朱村乡联合村打造成生态茶叶村，将赤石乡临海洋村打造成生态苗木基地；依靠丰富的山林资源和优良的生态环境，在黄源乡集中打造香菇、高山蔬菜、高山竹笋和养牛等优势产业集群；结合红色文化和瓯江水域资源，在云坛乡梅湾村、石塘镇小顺村和大源乡大牛村等地大力发展生态旅游业……各种生态产业齐头并进，生态产业网络化发展局面由此形成。

胡焕宗是云和县紧水滩镇梓坊村村委主任，对满山遍野的翠竹绿树有着深厚的感情。根据当地生态环境特点，在创办私营企业时，他特意选择了云和县得天独厚、发展基础扎实的竹木玩具产业，创办了一家玩具半成品加工厂，让可再生资源发挥最大的经济效能，30多名村民被招入企业工作，也避免了村民原本粗放、破坏性的生产。这几年，梓坊村民已在县城内外办起了玩具厂4家、电脑雕刻店3家、木料加工厂1家，进行竹木资源的深度利用，获得了越来越高的经济收益，反过来又保护了环境，并使村民们倍加珍惜生态资源。

夏履镇是绍兴市柯桥区一座历史悠久的小镇，位于会稽山西北部，森林覆盖率高达83.1%，负氧离子的含量达现代城市的200—400倍，是真正的杭绍绿心。公元前21世纪，大禹治水途经此地，"冠挂不顾，履遗不蹑"，后人感念其功，建桥以志，命名"夏履桥"；越王勾践"十年生聚，十年教训"，也曾在此练兵教战，留有越王峥等古迹。

夏履镇在生态环境整治方面的最大亮点，是追求自身应有的生态氛围和环境气质。"银杏是一种名贵树种，与很多历史传说有关，也很符合我们夏履的气质。因此，镇里当初就决定投入127万元在主干道种植直径15厘米的银杏树500棵，让银杏来烘托夏履的历史，展示厚重感。"夏履镇党委书记王峻峰介绍说。

栽"十里银杏大道"仅仅是夏履镇打造平原绿化精品、提升森林城镇品质的措施之一。该镇按照"绿化提档，生态提质，向空间要生态，栽十里银杏大道，建百里生态长廊"的目标，已投入1000余万元，全镇新增平原绿化面积597亩。而在绿化品种多样性方面，在工业园内，除了道路两侧植满银杏、香樟，还间隔种植铁树，以形成绿化层次感。

夏履镇向来重视生态环境保护与建设。早在1982年，夏履镇工业经济刚刚起步之时，为了保护环境就关闭了两家造纸厂，就此镇上立下了一个"铁规矩"，凡是污染企业项目一律亮红灯。他们认为，经济效益固然重要，但综合提高村民的生活质量才是根本。他们深入开展"五改"（殡改、厕改、坟改、路改、水改），还投资1000多万元建设了镇社区卫生医疗服务中心及三个社区卫生服务站，让农民也和城里人一样有医疗保险制度的保障。"这样一来，生活在山区的农民也一样能享受现代城市文明。"

"我们企业排放的工业废水能更好地得到处理。"当地一位企业主介绍，镇上所有的工业废水管道都能接进镇里的工业废水总管。这意味着该镇所有企业的工业废水在经过中水回用后剩下的少量"残渣"将被交由指定单位安全处理。据介绍，前几年，有个别纺织企业主想把自己的剑杆织机升级成喷水织机，但是一直过不了镇里环评这一关。"上马喷水织机，企业需要有一定的污水处理能力，但这些企业还达不到标准。"镇里的一位工作人员告诉作者，对于一些战略性新兴产业，他们则很支持。比如4家装饰建材有限公司，为新型建材产业和住宅产业的代表，不但环保而且有很高的发展潜力，它们也是镇里通过招商引资选出来的"绿色"产业。

在浙江，与舟山群岛相比，位于浙南海域碧波万顷之上的温州市洞头区，似乎更安静、更闲适。作为拥有"中国羊栖菜之乡"、浙江第二大渔场和"浙江省紫菜之乡"等名号的国家级生态县（区），很多人正是为这片"特别原生态"的海天而来。

来到洞头，第一个深刻印象就是洞头的整洁。在"两美"建设、"无违建县"创建活动的推动下，洞头已在整个温州市率先消灭垃圾河、黑臭河。南塘河是洞头的一条主要河道，在这里，因为建起了由2闸、2泵、4河组成的城南片排涝体系，现已达到20年一遇的排涝标准。要知道在台风频频光临的海岛，达到这一标准是一件极不容易的事。

建设"海上花园"，是洞头建设发展的目标。按照"北生产、中生活、南生态"的发展格局，除了在北部地区建设海洋经济示范区、中部地区建设环海西湖城市核心区之外，着力推出的，是在南部地区建设国家海洋公园。国家海洋公园是洞头的独特品牌，规划陆海面积311平方公里，涵盖全县三分之一以上的岛屿、岛礁。在此，将建设集滨海休闲度假、海岛体验、海洋运动、海洋特产购物等生态旅游功能为一体的海洋公园，如今，该海洋公园总体规划在全国率先通过评审。

洞头大沙岙海滨浴场

登上著名的洞头望海楼，整个洞头主岛景色尽收眼底。数十年前的沿海经济不发达县域，眼下正在缔造一则则发展传奇，你只有身临其境，才能细细体悟到它嬗变过程中的奥妙。

60多年前，洞头先锋女子民兵连为守护海疆作出了独特贡献，声名赫赫。现今，洞头的生态建设和旅游发展依然大打"海霞"牌。现今，省级红色旅游经典景区海霞红色文化旅游已被列入浙江省重要的红色旅游线路，洞头成为全国唯一一处以县域命名的国家4A级旅游景区。先锋女子民兵连成立的6月20日，也已被确定为"海霞旅游·生态消费"日。建设半屏山景区提升工程、仙叠岩景区提升工程和连港蓝色海岸带亮丽工程，着力发展海霞红色旅游，强化城市品牌营销……新一轮的建设正热火朝天地进行着，但其真正指归的是一座宜居、宜游、宜业的精致岛城。

"海上花园"功成日，岂非"海霞精神"最美时?!

相关链接

"全国生态文化村"创建活动每年组织一次，是由各省市推荐符合申报条件的村庄，通过中国生态文化协会组织专家考核评审和网上公示后产生的。2016年的榜单上，除了湖州市安吉县上墅乡龙王村，还有宁波市北仑区柴桥街道瑞岩社区、绍兴市嵊州市通源乡白雁坑村、舟山市定海区干览镇新建社区等。"全国生态文化村"的遴选命名，旨在推动全国生态文明和美丽乡村建设，树立农村生态文化建设的先进典型示范，发掘和保护民间生态文化资源，传承和弘扬具有区域及民族特色的生态文化传统，从而不断丰富生态文化的时代内涵。浙江省在此项工作中走在前列。

优化需要行动，嬗变何惧阵痛

当巨大的烟囱訇然倒下时，有留恋更有憧憬，有失去更有所得。创建清洁能源示范省，去产能和转型升级是必经之路。环保事业是民生事业，环保产业是朝阳产业，新的动人景象正在孕育。

2015年3月3日，浙江省委、省政府果断作出了关停杭州钢铁集团半山钢铁基地的决定，比原定计划提前两年完成。

2015年12月23日，随着当班的工人用完最后一批坯料、结束了流水线上最后的一道工序之后，建厂59年的杭州钢铁集团位于杭州半山的钢铁基地生产线全线关停。这是为确保"西湖蓝"，进一步提升杭城大气质量的一大举措。据悉，杭钢集团半山基地关停后，一年将减排二氧化硫7000吨、氮氧化物3400吨、烟尘3000吨。

2016 年 6 月 14 日，随着一声巨响，具有标志性意义的杭钢集团 60 米高老一号高炉烟囱爆破后訇然倒下，意味着杭钢集团半山基地的拆除整改进入实质性阶段。在由杭州市政府公布的《杭州市大气污染防治行动计划（2014—2017 年）》中，已经明确杭州大气治污的"十项重点措施表"，其中杭钢集团被要求 2017 年前完成搬迁工作。

而在杭钢集团半山基地正在紧张拆除整改之时，10 月 10 日，由杭钢全资组建、承载着杭钢人转型升级期望的浙江省环保集团有限公司挂牌成立。

刚上任的浙江省环保集团总经理吴黎明介绍，不再炼钢的杭钢集团已经制定了节能环保产业的发展规划，该规划不但涵盖"五水共治"，还包括清淤土、治渣土、消毒土、除弃土、利废土的"五土整治"，以及控烟气、降废气、除臭气、减尾气、消浊气的"五气合治"。

除了组建浙江省环保集团，杭钢还成立了浙江节能环保产业基金，组建浙江省节能环保技术研究院、浙江省节能环保产业学院、节能环保装备制造公司，建设智慧节能环保信息平台，设立环保医院等。浙江省环保集团要成为浙江省经营规模最大、竞争力最强、经济效益最好、品牌价值最高的国际性综合节能环保服务商。

事实上，早在 2000 年，浙江富春紫光环保股份有限公司已经悄然成立。这家由杭钢联手"清华紫光"成立的环保企业，主营城市污水处理业务。经过 10 多年的发展，目前富春紫光在全国各地运营着 30 家污水处理厂，是浙江最大的污水处理企业，其中包括浙江第一个污水处理 BOT 项目临海城市污水处理厂、第一个污水处理 PPP 项目常山天马污水处理厂，以及亚洲最大半地下式污水处理项目温州市中心片污水处理厂。杭钢集团旗下的新世纪再生资源公司拥有浙北最大的废旧汽车绿色拆解回收中心。其下属的浙江省工业设计院、冶金研究院等科研院所也长期从事环保技术研发。从 2005 年开始，杭钢的非钢产业利润就连年超过钢铁主业。2015 年，杭钢环保产业板块实现营业收入 49.13 亿元、利润 1.9 亿元，总资产达 34.4 亿元。

多年的生产营运实践，让杭钢积累了环保技术和市场资源，为组建环保集团打下坚实基础。在 10 月 10 日的成立仪式上，中国节能环保集团公司、浙江省环科院、同济大学、浙江大学等大企名校纷纷与浙江省环保集团签约合作。

"冶金运输在钢厂是个极专业的部门，当时让我去搞污水处理，的确有些意外。但几年做下来，我不但自己实现了转型，更看到了环保产业的巨大前景。"吴黎明充满信心地说，在新编修的"十三五"规划中，杭钢提出构建"2+2"产业架构：主攻节能环保产业、做强做优钢铁制造及金属贸易产业，培育智能健康、检验检测两大产业。

同时，以半山基地 1700 多亩自留土地为基础，按照"创新、高端、绿色、特色"的理念，杭钢集团将通过引进创业团队和大项目、大公司等途径，把这里建设成以快乐健康、智能环保产业为主导，产城融合的创新基地，努力打造全国城市钢厂关停实施转型升级的样板、全省国有企业转型升级的示范、杭州北部城区经济发展的新亮点。据悉，目前已有 5 个项目正在实施中，正在洽谈的重大项目还有 15 个。

"'十三五'期间，杭钢集团还将组建 100 亿元环保产业基金，完成 100 亿元环保投资，实现 100 亿元环保年销售收入。可以说，以污水处理领衔的环保产业蓬勃发展，让杭钢集团明确了未来发展的方向。"杭钢集团董事长陈月亮说，环保事业是民生事业，环保产业是朝阳产业，杭钢将继续推进供给侧结构性改革，践行绿色发展理念，坚持走转型升级的路子。

截至杭钢集团半山基地关停，浙江已提前完成"十三五"钢铁产能压减计划，其中杭钢关停半山钢铁基地作出了近一半的贡献。

创建清洁能源示范省，去产能和转型升级是必经之路，这已在实践中被反复证明。

2016 年 6 月，浙江省人民政府办公厅印发《浙江省创建国家清洁能源示范省行动计划（2016—2017 年）》（以下简称"行动计划"），要求切实落实大型燃煤机组清洁排放实施计划，推进地方燃煤热点行业综合改造，加快自备电厂整治提升，推进煤电节能改造。通过推进能源消费革命、供给革命、技术革命与体制革命，创建国家清洁能源示范省。

行动计划提出了总体发展目标，其中一项是 2017 年，全省煤炭消费总量控制在 2.2 亿吨标准煤以内，非化石能源比重提高至 18%，主要污染物排放力争在 2016 年基础上再削减 20%，电煤占比力争提升至 80%，清洁煤电占比提升至 85%，煤炭消费占比下降到 55% 以下。

尽管这是一份充满枯燥数据的计划，但其中所传递出来的丰富信息，着实令人关注。

高效利用清洁燃煤，实现燃煤热电机组超低排放，加快散煤治理，禁止新建高污染燃料锅（窑）炉，禁止审批城市禁燃区上马燃煤项目，禁止新建项目配套建设自备燃煤电站，关停省内 30 万千瓦以下纯凝发电机组……提升煤电高效清洁发展水平，发展节能环保产业的最终目的，是为了让天空更澄碧，让大地更洁净。杭钢半山基地的被关停，确实把准了时机。

"创建清洁能源示范省，是稳增长、调结构的重要抓手，是优化能源结构、打造国内能源升级版的战略举措，是推动能源生产和消费革命的重要探索，是统筹经济建设和生态文明建设，营造山清水秀、蓝天白云的民心工程。"时任国家发改委副主任、能源局局长吴新雄表示，国家能源局将全力支持浙江创建工作，主要包括：加强简政放权，支持煤电节能改造行动计划在浙江先行先试；支持优化能源结构，扩大清洁能源高效发展和利用；支持非化石能源发展，建设外供能源基地，安全发展核电；支持"新城镇、新能源、新生活"行动示范；支持能源装备制造业、节能环保产业发展；支持能源体制机制创新，努力推动浙江能源清洁化水平再上新台阶。

值得一提的是，在杭钢集团半山基地关停过程中，不仅做到了在 150 天内圆满完成同类型企业 5 年左右才能完成的 1.2 万名人员分流安置和生产线关停工作，还实现了无一人到省、市政府上访，无一人到集团恶性闹访，无一起安全事故，创造了城市钢铁厂关停的奇迹。

作出关停半山基地决策的初期，许多职工一时迷惘，各种情绪蔓延；

涉及 2 万人次的 19 个历史遗留问题集中爆发；作为安置工作中坚依靠力量的科级干部和班组长等本身也面临分流，整体工作指挥和落实系统面临失灵风险；设备陈旧、跑冒滴漏严重、隐患众多，随时可能发生安全生产事故……

有序关停，更要真情安置，这是省委、省政府的明确部署。既依法依规，又合情合理，这是杭钢集团在职工分流安置过程中的指导原则。杭钢集团先后召开 57 次会议，听取各方意见，并依法依规通过了职工分流安置方案。按照这一方案，每位分流职工都有 12 个安置选项，或选择服务输出，或选择有 6 年过渡期的自主创业；各类员工群体之间做到了相对平衡、公平；工龄补助标准在省属国企及全国同行业中领先；针对 700 多名 45 岁至 49 岁从事高温等艰苦岗位特殊工种累计满 9 年的职工，还有特殊政策。

思想政治和纪律检查工作随即跟上。杭钢集团纪委对苗头性、倾向性问题及时约谈提醒、批评、纠正，对在 QQ 群、微信群发表不当言论的多名党员进行了 50 余人次的约谈，有效制止了各种不良倾向。

万登峰是杭钢小轧公司维修青工，分流后选择了自主创业，投入 2 万多元在长兴承包了 10 亩地，种下了中药覆盆子，还在网上卖土鸡。"杭钢给分流员工自主创业有 6 年的过渡期，'五险一金'公司帮着交，趁现在年轻正好闯一闯。"他对未来抱有极大的信心。

46 岁的杨杭明是杭钢一号高炉值班工长，他与杭钢人力资源开发服务有限公司签下了一份劳务派遣合同，将赴上海一家民营装修企业从事人事管理工作。

马为卿曾在杭钢炼铁分厂干了 20 年的自动化，听说要转岗分流，起初不免有些迷茫，尔后积极参与富春紫光在厂内的招聘，多年的自动化工作经验让她成功应聘。"'五水共治'后，农村建污水厂的多了，但缺乏运营维护人员，这是个广阔的大市场，我的自动化专业也大有用武之地。"马为卿说。

从黑色金属冶炼业迈向绿色节能环保产业，杭钢集团的成功转型提供了诸多有益启示。业内人士称它为"城市钢厂去产能的样板"，而其更大的意义，在于以壮士断腕、凤凰涅槃的勇气和信心，为生态文明建设体现了自己的历史担当。

不仅是杭钢集团，杭钢集团地处的杭州市拱墅区是个典型的老工业区，其转型升级和绿色蝶变过程，也是一份极其珍贵的范例。

地处千年古运河最南端的拱墅区，一直是杭州市乃至浙江省的重要工业基地。在那个烟囱林立的年代，灰色成了拱墅区的底色。数据显示，2007 年，拱墅区废水、废气排放量占杭州市区七成以上，空气优良天数在主城区最少。

历史时刻，拱墅区壮士断腕，实行"退二进三"、"腾笼换鸟"战略。时任拱墅区区委书记许明感慨地说，2007 年以来，拱墅区一直在取与舍、进与退、快与慢中艰难抉择，每一步都走得小心翼翼，"遇到困难和分歧时，就多想想，什么才是绿色发展"。

近 10 年间，拱墅区累计搬走 516 家工业企业，仅迁走赛诺菲、默沙东两家药企，就减少税收 14 亿元，占全区财政收入的 15%，但区里的决心始终未变。拱墅区还投入 1600 多亿元，实施秀美拱墅和运河综保、半山地区环境综合整治等工程。拱墅区还整治了 62 条河道，全面消除黑臭河，夺得浙江治水的"大禹鼎"奖杯。

污水直排"归零"、工业燃煤基本"归零"。按照许明的话说，"这两个'归零'标志着我们彻底找回了绿色发展的生态底色"。

30 年前的一座简陋的社区公园半山公园，2007 年开始扩建，经多轮建设，如今已拥有半山、龙山、虎山三大公园，总面积达 172 公顷。公园内森林覆盖率达 90.1%，空气中负氧离子含量平均每立方厘米 4000 个，成为半山国家森林公园。

从 2016 年起，拱墅区将花 5 年时间，打通运河边游步道的"断点"，建成 6 条总长 105 公里的生态廊道，半山氧吧生态廊道也将纳入其中。

而在各个已被关停的老工业厂房中，文创产业正在旺盛生长。昔日的老化纤厂化身为文创基地 LOFT49，长征化工厂的旧址上崛起了西岸国际艺术区，与北京南新仓并称为"天下粮仓"的富义仓则变身文创园，进驻 10 余家文化创意企业。拱墅区文创产业已发展为"一园十三区"，近 5 年来，主营业务收入年均增长 20%。

经历了又一次修整的杭州城北主干道莫干山路，因两侧少了很多工业企业而变得更为安谧怡人。在一处 30 米宽的开放式绿道中，安置着 10 多组充满创意的工业遗存景观小品，其中一把富有象征意味的巨型张小泉剪刀，似乎正把昔日裁开，又裁下一片崭新的时空。过去和未来交织交替，新的动人景象在此孕育生长。

相关链接

《2015 年浙江省能源与利用状况》(白皮书) 显示，"十二五"以来，浙江能源利用效率持续提升，能效水平位居全国前列，能源消费结构趋低碳化。"十三五"期间，浙江将坚持走节能、低碳、循环、绿色发展之路，把节能降耗作为调整经济结构、加快转变经济发展方式的重要抓手和突破口，切实强化能源"双控"工作，着力加快产业结构调整优化，有效推动制造业优化升级，着力加强能源消费需求侧管理，深入实施燃煤电厂能效提升、窑炉改造、余热余压利用、电机和变压器能效提升、绿色照明和绿色数据中心六大节能工程。

打赢劣 V 类水剿灭战，浙江在行动

"剿劣"，一个颇为新鲜的名词，其实是一个词组的缩写，即在全省范围内消除劣 V 类水质断面的治水行动。路线图有了，治水工程开工了……

全民治水的浩大声势预示了它的完美结局：把完成任务的期限提前了整整3年。这是实践"两山"重要思想的最新行动。

2016年年底，杭州市剿灭劣Ⅴ类水工作路线图已经确定：2017年6月底前消除9个劣Ⅴ类水质断面（含省控劣Ⅴ类断面2个、市控劣Ⅴ类断面1个、县控劣Ⅴ类断面6个）；其余1256个劣Ⅴ类小微水体也将在年底前全面完成整治。

"具体说来，治理之后的河道，必须达到'一是河道（湖）水体不黑不臭（无异味、颜色无明显异常），二是河底无明显淤泥或垃圾淤积，三是沿岸无污口直排口'等三个定性指标，满足'高锰酸盐指数小于15mg/L或化学需氧量小于40mg/L、pH值6—9、透明度大于25厘米'的定量要求，水体基本做到不黑不臭，基本没有感官异常。"有关怎样才算真正符合水质"剿劣"标准，杭州市治水办常务副主任胡伟如此详细解释。

宁波市剿灭劣Ⅴ类水攻坚行动同样目标明确：2017年7月底前消除市控劣Ⅴ类水断面；10月底前消除县控劣Ⅴ类水断面；年底前全面消除劣Ⅴ类水体；2020年全市基本建成"污水零直排区"。到2016年年底，宁波已安排"剿劣"工程项目达1553个，总投资221亿元，并在全省率先启动"污水零直排区"建设。

绍兴市十分细致而合理地公布了"剿劣"作战图，定下"灭Ⅴ减Ⅳ增Ⅲ"的目标：2017年，绍兴市不仅要彻底剿灭劣Ⅴ类水，还将把80%的市控断面水质提升到Ⅲ类以上。

瑞安市塘下镇是温州市剿灭劣Ⅴ类水的重点、难点战场。浙江省共有6个省控劣Ⅴ类水质断面，其中温州唯一的省控劣Ⅴ类水站就在温瑞塘河塘下镇陈宅村段。自2016年下半年以来，塘下镇启动"剿灭劣Ⅴ类水"百日攻坚大会战，展开截污纳管工程建设、排污口整治、河道清淤、工业污染整治、农业面源污染整治、服务业整治、涉水拆违、生态调水与修复等八大攻坚行动，吹响治水冲锋号。

在台州市椒江区，32名新任河长、百余名治水志愿者聚集在海门街道岩头闸、葭沚街道栅浦闸，开展出征巡河、护水植树活动。该区"五水共治"办负责人表示，2017年上半年，椒江区将以省控岩头闸、栅浦闸消劣断面为重点，上马19项大工程，设置184个水质监测点，实现各辖区网格化水质监测全覆盖。与此同时，椒江区还将全面推进污水处理设施、管网、泵站建设和排污口接管，落实长效管理机制，实现全区截污纳管全覆盖。

在丽水市遂昌县云峰街道，近百名身着红马甲，拿着扫帚、铁钳、垃圾桶等工具的"护水娘子军"在各村庄的池塘沟渠边忙碌。她们正在利用周末时间，动手清理隐藏在草丛中以及漂浮在小沟小溪上的塑料袋、易拉罐等垃圾。自从2016年年底剿灭劣Ⅴ类水攻坚战在全省打响后，50多支巾帼志愿者服务队、2000余名志愿者十分积极，她们积极清理河道上的漂浮物和河边的垃圾，碰见村民在河埠头洗菜、洗衣时，也会好言劝导。

"连广场舞都顾不上跳了，因为大家都在忙着治水，自家门口的沟渠小溪越来越干净了，找不到一片垃圾。"云峰街道东姑村村民吴小妹说，"剿劣"期间，通过"护水娘子军"的努力，村民们保水、护水意识已大大加强。

以上仅是自2016年年底开始，浙江开展"剿灭劣Ⅴ类水"专项行动以来的若干场景。此时此刻，在浙江大地，到处可以看到以上这类形式各异、不乏气势的治水场面。毫不夸张地说，"剿劣"是浙江大规模开展"五水共治"行动以来，发动面最广、参与度最高、影响力最大的全民战争，这场"五水共治"的收山之战，将在2017年掀起前所未有的高潮。

"坚持以人民为中心，坚定不移走'绿水青山就是金山银山'之路，紧紧围绕打造"美丽中国"建设的浙江样本，深入实施'五水共治'，以提高水环境质量为核心，以河长制为抓手，全面推进'六大工程'，持续改善水环境质量。到2017年底，全省消除劣Ⅴ类水质断面，提前3年完成《浙江省水污染防治目标责任书》中的劣Ⅴ类水质断面消除任务。巩固提升'清三河'成效，保持河流、湖泊、池塘、沟渠等各类水域水体洁净，实现环境整洁优美、水清岸绿。"2016 年 12 月 5 日，浙江省政府常务会议审议通过了《浙江省劣 V 类水剿灭行动方案》。按照这一方案要求，至 2017 年底，对照全国"水十条"的任务和目标，全省要全面消除劣 V 类水质断面，城市建成区全面消除黑臭水体。这比当年"五水共治"行动起始之时制定的 2020 年完成消劣任务的目标，整整提前了 3 年!

"决不把污泥浊水带入全面小康"，这是全面"剿劣"的任务指向，是"五水共治"向纵深推进的必然要求；坚决扛起习近平总书记赋予浙江的新使命、新要求，全省动员、全民参与，以舍我其谁的责任担当，坚决干净彻底地剿灭劣 V 类水，坚决打赢劣 V 类水剿灭战，坚定不移将"五水共治"推向纵深，以实际行动打造"美丽中国"的浙江样本，这是浙江人民展现共治共享的主人翁意识，也是打造"美丽中国"浙江样本的实际行动。

这已不是简单的治水了，它已把包括治水在内的生态环境治理，提高到了责任担当、时代使命、社会进步、人类命运的高度。

事实上，经过浙江全省上下同欲、苦干实干，连续 3 年的"五水共治"行动取得了堪称辉煌的业绩。在国家环保部发布的全国空气和地表水环境质量状况报告中，2015、2016 年浙江省连续两年被评为"水质为优"。据浙江省环保厅公布的数据，到 2016 年 6 月，全省 221 个省控断面中，水质达到或优于地表水 III 类标准的断面占 76.9%。到 2016 年年底，浙江省已经基本消灭黑臭河、垃圾河，省控劣 V 类水质断面已由 2014 年的 25 个减少至 6 个，跨行政区域河流交接断面考核全部达到优秀，达到 III 类水质标准。

清波碧水，山翠峰青。"五水共治"带来了小河净、大河清，换来了人民群众的称道点赞，也为提前 3 年在全省范围内全面消除劣 V 类水打下了扎实基础。

"提前 3 年完成任务，并不是不可能的。"浙江省治水办相关负责人介绍，怎样真正完成"剿劣"任务，省政府已经出台了详细的作战方案，针对各省级水质断面消除劣 V 类水质的病灶，开出了药方。各地也在结合实际提出具体办法，重点放在定量削减各河道断面氨氮、总磷等污染物，全面提升水质上。"做到了目标量化，任务细化，跳一跳够得着。"他自信地说，只要看一看眼下齐心合力、声势浩然的治水态势，感受一下各界群众迎难而上、攻城拔寨的冲天劲头，就已能预知它的完美结局。

按照《浙江省劣Ⅴ类水剿灭行动方案》，除了已经明确的 2017 年"剿劣"目标，到 2020 年，全省地表水省控断面达到或优于Ⅲ类水水质比例还将达到 80%以上，基本建成河湖健康保障体系，实现河湖不萎缩、功能不衰减、生态不退化。保持河流、湖泊、池塘、沟渠等各类水域水体洁净，真正实现环境整体优美、水清岸绿。

上塘河是杭州历史上第一条人工河，最早于秦朝开凿，俗称秦河，由海宁、余杭流经江干、下城、拱墅，最后注入京杭运河。历史上的上塘河，曾是漕纲运输的主要通道。"烟雨桃花夹岸栽，低低浑欲傍船来"（南宋·范成大），"记取五更霜显白，桂芳桥买小鱼鲜"（元·方回），所描绘的即是当年胜景。上塘河的被污染，是在人口趋于稠密、城北渐渐成为工业区的近几十年间。

半山桥处于拱墅区与下城区的交界处，桥畔的上塘河断面是必须着力

杭州市滨江区重点治理河道高教河

消除的 6 个省控劣 V 类水质断面之一。这里是工业区、居民区交集之处，水质向来欠佳。住在附近的很多市民反映，这几年，河道两岸早已绿树成荫，周边环境比以前美丽多了，可就是这条河，臭得让人不敢靠近，饭后散步都要避开这个地方。经过连续几年的治理，上塘河的整体水质已比以前大大提升，最新的测量数据表明，半山桥上塘河省控断面水质氨氮浓度为 2.12 毫克 / 升，略微超过 2 毫克 / 升的 V 类水标准。

"要把上塘河的水质再提升一步，仍是要在降低氨氮含量上下功夫。半山桥断面存在截污纳管不彻底、生活污水混流直排河道的问题。上塘河河道较长，但生态补水不足，自净消纳能力较弱，城乡接合部的各类污水源又较多，这些都是老问题。在黑臭水体消除之后，氨氮浓度在小数点后再降低一点点，都是很难的事，一旦工业、农业污染源整治不彻底，偷排、漏排污染现象不根除，或者说只要有一个环节的进度没有跟上，这污染物浓度就降不下来。"杭州市治水办负责人说。所以接下来，将采取综合整治的手段，从截污纳管、河道清淤、工业整治、农业农村面源治理、排放口整治、生态配水与修复等多个方面入手，一点一点地解决氨氮超标的问题。

"按照目前的治理进度，不用到年底，上塘河就将成为一条洁净、超美的河！"附近的市民听闻上塘河综合治理再次拉开了架势，不由得竖起了大拇指，纷纷表示，将以改变个人生活习惯、积极参与清理河道活动等方式，自觉维护河道洁净。清水涟涟、鱼翔浅底的日子很快就将到来。

台州市椒江区栅浦闸位于永宁河、海门河、三丈六河交汇处，也是 2017 年必须完成"剿劣"任务的省控断面之一。这一断面目前的症结所在，主要是流域内截污纳管率不高、污水处理率偏低的问题，沿河的各座村庄也存在生活污水处理不到位的现象。解开这一症结，首先是要完成截污纳管工程，全面提高污水收集和处理率。

"这项工程已经展开。2016 年下半年，对症下药的台州市水处理发展有限公司污水三期（规模 10 万吨 / 日）建设全面启动，还将建设配套管网 17 公里，以精细化截污的方式将沿岸生活污水纳入管网处理，进一步提高区域污水集中处理率，给栅浦闸、岩头闸所在的永宁江金清水系减负。"台州市治水办负责人介绍。与此同时，还将借助科技的力量，请浙江省环保厅、浙江省科技厅专家把脉问诊、开具药方，重点解决治水中的技术难题。

同样位于台州市椒江区的岩头闸河道，也是需完成"剿劣"的省控劣V类水质断面之一。虽有6条河道在此交汇，却位于水系末端之末、流域面广，流域所涉及的5个街道内，还有岩头医化工业区、太和工业园区的众多工业区，水质提升的难度更大。对此，椒江区和海门街道首先采取疏浚清淤的办法，至2016年年底，即在岩头闸流域完成河道清淤44.6公里，同时实施河道常态化保洁，并扩面提升至河岸10米内，组织实行10小时动态保洁，以保障全流域河面无漂浮物、河岸无垃圾、周边无畜禽散养。另外，还实施了环枫山、环太和山雨水收集，为河道注入清流，荡涤污浊。

如今，站在岩头闸附近的桥上俯视河水，已是附近市民的乐事之一。站在这里，只见河岸边的两个出水口，源源不断的清水正通过鹅卵石道流入河道。让人想不到的是，这两股清水的源头，竟是椒江区的污水处理厂。

"经过提标改造，现在中水回用的水质已达到地表IV类水标准，每天有1.5万吨的活水补充到河道，这一招非常有效，如今河水的氨氮指标，每个月都在下降。"椒江海门街道办事处治水办主任胡少华说。按照水质测量标准，氨氮指标高于2.0毫克/升就属于劣V类水。岩头闸的氨氮指标曾在4.7毫克/升左右，而到了2016年年底，已控制在2.0毫克/升上下，距完成"剿劣"任务只剩一步之遥。

岩头闸断面的水质治理，显然同样借助了科技之威力，譬如小微水体整治、截污纳管和雨污分流工程、重点排污企业"一厂一管"全覆盖等方面，都作了精心的布局和合理的施工。这方面，来自省城的治水专家发挥了不可替代的作用。"剿劣"行动开始以来，浙江省科技厅、省环保厅和省"五水共治"工作领导小组办公室聘请了一批资深的专家，组成了"剿劣"首席技术顾问团，分别负责33个省、市控劣V类水质断面，他们现场会诊把脉，实地指导治水。这对提高治水效果、加快"剿劣"进度，无疑是一种强大的推动。

而在温州瑞安市温瑞塘河塘下镇陈宅村段面，来到这里，眼前所见，竟是宽阔的河道、洁净的河面、清澈的水流，河面上的水生植物绿油油的。河岸边有正在轻松散步的居民，有快乐奔跑的孩童……一点也看不出这里竟也是省控劣 V 类水质断面。可是，对塘下人来说，现在还不是鸣金收兵之时，眼下的工作重心是保住胜利果实，保持水质恒定，并进一步提升水质。

众所周知，水质改善需要持久的奋战，而奋战的重心，往往在于保洁。河水是流动的，河道两岸的实况随时都在变化，治水力度稍有放缓，治水方法稍显疏忽，污染就会反弹。在温州，2016 年上半年已经完成消劣任务的鹿城区灰桥、乐清市蒲岐等断面水质，在 2016 年年底又重新反弹为劣 V 类，这说明水质治理和保持，实在是任重道远。

因此，在已经获得"剿劣"战果的温瑞塘河上，一场持久的治水战役仍在温瑞塘河上进行。"温瑞塘河其实是一条水系，涉及较大的一片区域，这片区域中，既有省控劣 V 类水质断面，也有市控以及县控的水质断面。这些断面大多已经达到'剿劣'要求，但'剿劣'之战没有结束。我们还在实施截污纳管、排放口整治、河道清淤、大拆大整、工业整治、农业农村面源治理、生态配水与修复七大工程，向劣 V 类水发起总攻，关键点是牢牢地管控水质，并使水质稳步提升。只有水质提升了，才能从根本上保证良好水质的稳定。"瑞安市塘下镇副镇长王昌宁说。他们同时还将实施精细化治水，使整条河流、整个水系的水质不断向好。

值得一提的是，在温瑞塘河治理的过程中，

确保雨污水分流是治
水的重点之一

呈现出十分典型、非常感人的全民治水景象。"有钱出钱，有力出力，这是瑞安草根治水的共识。"赵飞是塘下镇环保协会的秘书长，他不无激动地介绍，自从 2013 年镇环保协会成立后，曾以工业强镇自豪的塘下人，又为投身于治水而骄傲。仅一年时间，环保协会成员就从 500 人发展到 2 万多人，成为全省成长最快的公益性民间组织。"成立当天就筹资 1500 多万元资金，并落实牵头治理镇内的 15 条河道。接着，有 80 多家汽摩配企业集资 300 多万元，并于 2016 年建起了大型污水处理系统。可以说，在我们这个协会里，每位成员都很积极，都在想方设法以一己之力，为治水作贡献。"

为了营造全民治水的良好氛围，集聚草根治水的力量，瑞安市形成了"五水共治"圆桌会制度，围绕温瑞塘河等重点河道的整治，定期召集政府、企业、公众三方代表共商治水大计。政府还与重点企业签订《环境保护承诺书》，邀请普通群众对政府和企业的治水工作实施监督。如今的瑞安，从机关干部到普通市民，从在校学生到颐养天年的老人，谁都会自然而然地想到为治水做点儿什么，谁都会心甘情愿为生态环境治理而付出……

全民治水的洪流势不可挡，任何污泥浊水都将消失殆尽。

"秉持浙江精神，干在实处、走在前列、勇立潮头"，这是习近平总书记对浙江人提出的新要求。绝不犹豫，绝不动摇，绝不退缩，以充分的决心和强大的意志投身"剿劣"之役，实践"两山"重要思想。在每一条河道上，在每一处水边，打造这片越来越美丽的土地，浙江人在行动！

相关链接

水质标准是指国家规定的各种用水在物理性质、化学性质和生物性质方面的要求。依据地表水水域环境功能和保护目标，我国的地表水按功能高低分为五类：Ⅰ类水质：水质良好。地下水只需消毒处理，地表水经简易净化处理（如过滤）、消毒后即可供生活饮用者。Ⅱ类水质：水质受轻度污染，经常规净化处理，其水质即可供生活饮用者。Ⅲ类水质：

适用于集中式生活饮用水源地二级保护区、一般鱼类保护区及游泳区。Ⅳ类水质：适用于一般工业保护区及人体非直接接触的娱乐用水区。Ⅴ类水质：适用于农业用水区及一般景观要求水域。超过Ⅴ类水质标准的水体即劣Ⅴ类水基本上已无使用功能。

用足、用好"浙江经验"，把金山银山做得更大

在加强生态文明建设、践行"两山"重要思想的进程中，"浙江经验"的哪些本质内涵具有更大范围的借鉴意义？有哪些具体内容具有不可忽略的样本价值？

"创新、协调、绿色、开放、共享，这是党的十八届五中全会提出的新发展理念。新发展理念是一个以创新为首位的、彼此内在关联不可分割的有机整体。有什么样的发展理念，就会有什么样的发展实践，发展理念决定发展的性质与前景，只有用先进的发展理念作指导，才能保证发展性质的正确和前景的光明。"中国社会科学院城市发展与环境研究所所长潘家华指出，新发展理念与浙江"八八战略"是一脉相承的。

绿色发展作为新发展理念之一，它的基本内涵可概括为六个方面：尊重自然、顺应自然、保护自然的理念；发展与保护相统一的理念；绿水青山就是金山银山的理念；自然价值与自然资本的理念；空间均衡的理念以及山水林田湖是一个生命共同体的理念。

很明显，这六个方面内涵统一在一起，服从于一个价值取向，即发展应当追求人与自然的生态和谐。须知，生态良好对于生产发展、生活富裕

具有前提性、基础性和根本性的作用，诚如习近平总书记所指出的，我们要像保护眼睛一样保护它，要像对待生命一样对待它。没有人与自然的生态和谐，就没有人与人以及人与自我的和谐。

当"百姓增收、生态良好、社会平安"目标逐步实现之际，当"八八战略"向纵深处不断推进之时，应该如何进一步体现"创新、协调、绿色、开放、共享"新发展理念？"两山"之路应该怎样走才会越来越宽广？

每到周末，浦江县虞宅乡新光村村民叶牡丹、叶竹英、朱六蕉总是忙忙碌碌。一大早，三姐妹就在老宅的诒穀堂旁"摆开阵仗"，为前来游览的游客制作浦江特色小吃——麦衣。三姐妹上半年注册了"金灿灿米粉面"商标，随着游客越来越多，5元一个的麦衣卖得十分火爆，仅国庆一天的收入就达到4000元。

"古宅修好了，绿化做起来，村庄别提有多漂亮了！"大姐叶牡丹说，"村干部带我们走了一条好路，看着村里游客越来越多，我们致富的信心也更足了。"

新光村，这个有着280年历史的中国传统村落、省级历史文化名村，近年来始终坚持走生态发展之路，治水治污、美化道路；不断推进古村落保护，诒穀堂、双井房、廿九间里等一大批古建筑经过修缮后大放异彩，慕名前来的游客络绎不绝。

在新光村的灵岩古庄园里，陈旧的蓑笠、耕犁、制茶器具整齐摆放。驻村干部冯阳标说，别看如今古村处处彰显文化，过去却是一片狼藉。只有216户村民的村庄，却有300多个水晶加工点，外来人口众多，村庄环境很差。"党的十八届五中全会提出要坚持绿色发展，构建科学的农业发展格局，我们村一直是这么做的！"冯阳标显得自信满满，"现在我们所在的文化礼堂，以前也是个水晶加工点。通过整治之后，摆上了农具、茶具等乡土物件，成为城里人感受农村魅力的新天地。"

"不仅要做好土文章，还要打出潮流牌。"浦江创客联盟发起人陈青松说。一年前，30多位创客在新光村成立旅游创客团，计划通过各自的工

游客们正在浦江县虞宅乡新光村荷叶塘游览

作室，结合当地的旅游、农业资源，点旺古村的人气。

如今，古老的新光村正散发着自己的新魅力。创客基地每周末举办活动，29 间房的旅游创客基地规划设计完成；旅游创客园公众号、微博号等自媒体即将推出；村口景观、道路改造、广场建设、不协调房屋拆除后土地绿化利用等项目正如火如荼展开……"你看，坚持绿色发展之路，让我们村的面貌大变样了。山青水美游客来，村民收入也水涨船高。"村支部书记朱红昌说。

在嘉兴市秀洲区新塍镇，村级河长陆卫忠在巡查戚家星桥港时，发现上游 700 米外有一处养殖场在偷排污水。随后，他用手机拍照取证，及时上传到"秀洲智慧河道"APP 中，并提交给新塍镇环境保护办公室和新塍镇畜牧所申请联办。第二天，在分析相关信息后，区环保局也派人专门来到戚家星桥港取样，并着手进行下一步处理。

在互联网飞速发展的如今，生态环境治理也走上了智慧化之路。2016 年 7 月 1 日正式上线的"秀洲智慧河道"APP，充分发挥了"互联网＋治水"的优势。APP 上线运行仅 3 个月，各级河长上报巡河图文记录 35486 条次。

通过运用"互联网＋"，秀洲区形成了政府与公众合力治水、线上与线下互动治水的局面。曾获"治水美镇浙江样本 50 强"的王江泾镇，就针对该镇治水工作面广量大的特点，借力"王江泾"微信公众号，将全镇各村（社区）的 7900 多人纳入"五水共治"监督网络体系，实时监督和跟踪治水情况。

此次推出的"秀洲智慧河道"APP，更是借力"互联网＋"，提升治水成效的升级版。APP 内整合了治水工作从发现问题上报到处置反馈，再到长效监管各个环节的资源和内容。在发现环节，APP 接入了前期全区陆续建成的、对部分河道进行实时视频监控的探头。为更好发挥各级河长作用，APP 还为全区各级河长配发了账号。巡河签到、问题上报、处置反馈等设置，不仅有效调动了各级河长的积极性，也对各级河长的履职进行了有效的监督。秀洲区治水办工作人员说，每次河长现场巡查时，平台都会留下当时的画面数据，这样就可以有效解决河长巡查不到位的问题。

借助"互联网＋"治水，技术的"有形之手"真正转化成了治水工作的"得力助手"。据悉，该区 1 月至 9 月交接断面水质考核优秀。接下来，秀洲将继续丰富"互联网＋"应用的载体和手段，续写秀洲治水新篇章。

什么样的企业能带来绿水青山？

走进湖州南太湖产业集聚区，天是蓝的，地是绿的，水是清的，抬头深吸一口气，也是甘甜的。这个产业集聚区成立于 2010 年底，是湖州市资源集约化发展、产业协调发展、产城融合发展引领示范的窗口。集聚区重点规划区面积约为 72.73 平方公里，已形成"一个核心区、四个特色片区"的总体布局框架。"在我们眼中，绿水青山就是金山银山。集聚区有三大主导产业，入驻的企业必须是主导产业内的。"湖州南太湖产业集聚区负责人一语道破其中秘诀。

为了保住太湖的一湖秀水，湖州南太湖产业集聚区深入践行"绿水青山就是金山银山"重要思想，严把入驻企业关，形成了符合绿色发展要求的生物医药、节能环保、现代物流装备制造三大主导产业。

湖州南太湖生物医药产业园就是其中一个代表平台。该产业园规划面积 2.14 平方公里。作者在现场看到，产业园临近高速公路，背山面水，环境优越。产业园主要发展生物医药、生命科学、医疗技术、医疗器械以及基于生物技术和生命科学技术的营养健康食品等项目。"生物医药对环境的要求很高，大气、水的质量好坏直接影响到药品的安全和质量。"一旁陪同的集聚区部门负责人介绍说。

据悉，集聚区的生物医药产业涵盖基因、蛋白质、干细胞三大生物科技前沿领域和植物提取、医疗器械、药用辅料、体外诊断、工业酶技术等高新技术领域，目前已集聚了 82 家重点企业。"生物医药产业和化工医药产业不同，因为大多是生物反应，污染相对较小。而且产业园还专门规划有针对药物废水排放的污水处理中心。"园区负责人说。

微宏动力系统（湖州）有限公司是位于湖州南太湖产业集聚区核心区（湖州经济技术开发区）的企业，也是美国微宏公司在开发区投资设立的高科技企业。

10 分钟快充汽车动力电池，目前国际上仅 2 家公司实现了工业产业化，一家是日本的东芝，另一家就是中国的微宏。作为电池行业内的创新领先者，微宏公司拥有提升汽车动力电池相关应用性能的关键技术。微宏创新的 CCT 解决方案已经成功应用在重庆公交上，在重庆建立了首个 10 分钟快速充电纯电动公交车队。电池使用近 5 年，衰减不到 5%。

据介绍，研发是公司的生命线。公司自成立以来，先后投入超过 3500 万美元用于汽车动力电池核心技术的研发与中试，开展汽车动力电池的失效分析及汽车动力电池主要材料（正极材料、负极材料、隔膜、电解液）的研发与产品中试。"该企业废水排放量很少，经预处理后可直接纳入市政污水管网统一处理。"

多年来，在加强生态文明建设、践行"两山"重要思想的进程中，浙江人民在取得辉煌成果的同时，也获得了足以载入史册的生态文明建设"浙江经验"。那么，哪些本质内涵具有更大范围的借鉴意义？哪些具体内容具有不可忽略的样本价值？

一是坚持立足科学发展全局来统筹生态文明建设，健全完善组织领导体系。成立以省委书记为组长、省长为常务副组长、各个省级相关部门主要负责人为成员的生态省建设工作领导小组，形成党委、政府领导，人大、政协推动，相关部门齐抓共管，社会公众广泛参与的工作格局。建立严格的考核机制，年初下达任务书，年中开展评估和督察，年底实行考核。考核结果作为评价党政领导班子和领导干部实绩的重要依据。制定生态文明建设评价体系，对县（市、区）生态文明建设情况全面量化评价，强化各级领导对生态文明建设的责任。

二是坚持把解决突出环境问题作为生态文明建设的突破口，以环境质量的改善取信于民。从 2004 年起，先后部署实施了 4 轮"811"行动，作为生态省建设的基础性、标志性工程。强力推进重点流域、重点区域、重点行业污染整治，深入推进公路边、铁路边、河边、山边的洁化、绿化和美化，开展清理河道、清洁乡村行动，不断改善城乡面貌，优化人居环境。针对群众反映最强烈的水环境问题，2013 年又作出"五水共治"的重大决策，治污水、防洪水、排涝水、保供水、抓节水，全面推进，形成了破竹之势，打响了新一轮治水攻坚战。

三是坚持把推进转型升级作为生态文明建设的关键，从经济发展根源上解决环保问题。不刻意追求 GDP 的增速，宁可增长速度慢一点，也要为经济转型升级特别是生态环境的保护留下足够空间。特别是以壮士断腕的决心，重拳出击，强力推进铅蓄电池、电镀、印染、化工、制革、造纸六大重污染、高耗能行业整治提升，努力以污染治理和环境保护的倒逼机制推动产业转型升级，实现环保优化发展。通过关停淘汰一批、搬迁入园一批、原地整治一批，整出了安全和环境，整出了规范和秩序，整出了发展和空间。

四是坚持"生态兴则文明兴"的理念，积极营造共建共享生态文明的良好氛围。设立省级生态日，将每年 6 月 30 日定为"浙江生态日"。每年开展生态环境质量公众满意度调查，以老百姓心中这杆秤来衡量工作成效。大力推进各类生态示范创建，建成一批国家级生态示范区、国家生态县、国家环保模范城市、国家级生态乡镇。大力推行健康文明的生活方式，积极引导绿色消费，拓展公众参与的平台和载体，努力营造共建共享生态文明的良好氛围。

五是坚持把制度建设作为生态文明建设的基础，以制度保护生态环境。建立环保参与综合决策机制，在全国率先编制实施县级生态环境功能区规划，开展国民经济和社会发展环境资源承载能力评估。建立空间、总量、项目"三位一体"，专家评议、公众评价"两评结合"的新型环境准入制度，实行跨界河流水质目标管理考核和环境空气质量管理考核。探索创新环境经济政策，率先在全省范围实行生态补偿、开展排污权有偿使用和交易试点。创新环境执法监管机制，省、市、县三级实现了环保、公安、环境执法联动。

而在深入贯彻"两山"重要思想，全面实施生态文明建设的进程中，"浙江经验"的本质特点在哪里？"可以归纳为以下四个特点：一是引领性。浙江在贯彻'两山'重要思想，建设高度的生态文明时，始终围绕落实'四个全面'这一战略布局，在推进新发展理念上起到先行和示范作用。二是全面性。全面推进生态环境治理各项工作，系统、完整、求实，处处有亮点，各条战线都有可圈可点之处，各个地方都有自己好的做法。三是特色性。有浓厚的浙江特色，始终紧扣浙江自身实际，解决自身难题，独树一帜，个性鲜明。四是创造性。充分体现浙江人民智慧和才华，发挥主观能动性和创新优势，体现勇于探索、敢于创新的精神风貌和实践成果。"浙江省生态文明研究中心主任胡坚如是说。

◯ 相关链接

2003 年，浙江省安吉县设立"生态日"，为全国首创。2010 年 6 月 30 日，省委十二届七次全会审议通过的《中共浙江省委关于推进生态文明建设的决定》，提出了设立"浙江生态日"的要求。同年 9 月 30 日，省第十一届人民代表大会常务委员会第二十次会议决定，每年 6 月 30 日为"浙江生态日"，成为全国首个设立生态日的省份，再开全国先河。"浙江生态日"既是浙江建设生态文明、挖掘生态潜力、激发生态活力、彰显生态魅力的有效载体，也是浙江"生态立省"战略和建设现代化生态省的创新之举。此后的每年 6 月 30 日，浙江都推出不同的活动主题，调动全省人民积极参与，为打造"富饶秀美、和谐安康"的生态浙江作出努力。

寻求永续发展，奋力构建人类命运共同体

地球是人类赖以生存的唯一家园，人类越来越成为你中有我、我中有你的命运共同体。把准历史方位，勇立发展潮头，浙江人坚定不移地走在"两山"之路上，正在为"中国的明天"提供浙江方案。浙江的今天就是中国的明天。

"这个世界，各国相互联系、相互依存的程度空前加深，人类生活在同一个地球村里，生活在历史和现实交汇的同一个时空里，越来越成为你中有我、我中有你的命运共同体。"2013 年 3 月 23 日，在俄罗斯访问的习近平在莫斯科国际关系学院的演讲中，清晰而明确地向世界传递出"人类命运共同体"这一理念。在习近平就任总书记后首次会见外国人士时就已表示，国际社会日益成为一个你中有我、我中有你的"命运共同体"，面对世界经济的复杂形势和全球性问题，任何国家都不可能独善其身。而在此后的多个国际和国内重要场合，习近平又多次阐明并诠释这一理念的内容、本质和意义。

"宇宙只有一个地球，人类共有一个家园。霍金先生提出关于'平行

宇宙'的猜想，希望在地球之外找到第二个人类得以安身立命的星球。这个愿望什么时候才能实现还是个未知数。到目前为止，地球是人类唯一赖以生存的家园，珍爱和呵护地球是人类的唯一选择。瑞士联邦大厦穹顶上刻着拉丁文铭文'人人为我，我为人人'。我们要为当代人着想，还要为子孙后代负责。"在联合国日内瓦总部，习近平发表了题为《共同构建人类命运共同体》的演讲时，就这一理念再次作了准确而详细的阐述。

在这篇重要演讲中，在论及如何构建人类命运共同体，提出"从伙伴关系、安全格局、经济发展、文明交流、生态建设等方面作出努力"之时，习近平专门把"坚持绿色低碳，建设一个清洁美丽的世界"作为行动内容之一，强化了生态环境保护、生态文明建设的重要价值和非凡作用："坚持绿色低碳，建设一个清洁美丽的世界。人与自然共生共存，伤害自然最终将伤及人类。空气、水、土壤、蓝天等自然资源用之不觉、失之难续。工业化创造了前所未有的物质财富，也产生了难以弥补的生态创伤。我们不能吃祖宗饭、断子孙路，用破坏性方式搞发展。绿水青山就是金山银山。我们应该遵循天人合一、道法自然的理念，寻求永续发展之路。"

显然，上述五方面具体行动与他所着力倡导的新发展理念一脉相承，尤其是构筑尊崇自然、绿色发展的生态体系，将有效减轻这个资源日益匮乏的拥挤星球的压力，实现人与自然的和谐相处、世界的可持续发展和人类的永续进步。

倡导"人类命运共同体"，时也，势也。

当今世界正处于一个绿色大转型、绿色大变革、绿色大崛起的关键时期，"绿色生态发展"已经成为世界政治经济发展的主旋律。从农业文明主导下的"黄色发展"到工业文明主导下的"黑色发展"，再到生态文明主导下的"绿色发展"，是人类对以牺牲资源环境为代价的发展模式进行深刻反思的结果。当前，在全球范围内，气候变暖、臭氧层的耗损与破坏、生物多样性减少、酸雨蔓延、森林锐减、土地荒漠化、大气污染、水污染、海洋污染和危险性废物越境转移等全球生态环境问题，已越来越成为最迫切需要破解的重大课题。如再不加以解决，将直接影响人类能否继续在这星球上的生存，人类文明能否延续。

美国作家马克·吐温说过："我们生到这个世界上来是为了一个聪明而高尚的目的，必须好好地尽我们的责任。"我们时时呼吸这个世界上的空气，享有阳光，沐浴清水，我们没有理由逃脱应有的那份义务和责任，否则，你最终会被这个世界开除。面对全球日益凸显的生态环境硬约束，坚持"绿色生态发展"将是世界各国谋求可持续发展、抢占未来发展制高点的必然选择，"绿色生态发展"必将成为衡量一个国家和地区文明进步程度的重要标志。

21世纪是生态文明的世纪，走绿色生态发展之路，是当今世界发展的新模式。2008年10月，联合国环境规划署提出绿色经济和绿色新政倡议，倡导各国大力发展绿色经济，实现经济增长模式转型，以应对可持续发展面临的各种挑战。2011年，联合国环境规划署发布的《迈向绿色经济——实现可持续发展和消除贫困的各种途径》报告，呼吁从2011年到2050年，每年将全球生产总值的2%投资于十大主要经济部门，以加快向低碳、资源有效的绿色经济转型。

在此背景下，发达国家积极实施绿色发展战略：美国积极调整环境和能源政策，明确提出"绿色新政"；2010年欧盟委员会发布"欧盟2020"战略，提出在可持续增长的框架下发展低碳经济和资源效率欧洲路线图；2012年日本推出了"绿色发展战略"总体规划。而中国则在全球第一个提出了生态文明理念，得到了国际社会的广泛赞誉。2013年联合国环境规划署第27次会议通过决议，以联合国的文件认可并支持中国生态文明的理念。

何谓绿色生态发展之路？就是强调经济发展与生态资源利用、环境保护的统一与协调，即更加积极的、以人为本的可持续发展之路。习近平"两山"重要思想，深刻地揭示了环境保护与发展、生态与民生的辩证关系，是对马克思主义生态观和社会经济发展规律的丰富与发展，蕴藏着对绿色生态发展之路的诠释与展望。

2015年9月11日，在习近平主持下，中央政治局召开会议，审议通过了《生态文明体制改革总体方案》。该方案把生态文明体制改革作为全面深化改革的重要一环，推出了生态文明领域改革的顶层设计。其方案主要内容有三：

生态环境改善带来浙江旅游业的迅猛发展

1. 树立和落实六种理念。即树立尊重自然、顺应自然、保护自然的理念，发展和保护相统一的理念，绿水青山就是金山银山的理念，自然价值和自然资本的理念，空间均衡的理念，山水林田湖是一个生命共同体的理念。

2. 保证五个"坚持"。即坚持自然资源资产的公有性质，坚持城乡环境治理体系统一，坚持激励和约束并举，坚持主动作为和国际合作相结合，坚持鼓励试点先行和整体协调推进相结合。

3. 建立八种制度体系。即建立归属清晰、权责明确、监管有效的自然资源资产产权制度；以空间规划为基础、以用途管制为主要手段的国土空间开发保护制度；以空间治理和空间结构优化为主要内容，全国统一、相互衔接、分级管理的空间规划体系；覆盖全面、科学规范、管理严格的资源总量管理和全面节约制度；反映市场供求和资源稀缺程度，体现自然价值和代际补偿的资源有偿使用和生态补偿制度；以改善环境质量为导向，监管统一、执法严明、多方参与的环境治理体系；更多运用经济杠杆进行环境治理和生态保护的市场体系；充分反映资源消耗、环境损害、生态效益的生态文明绩效评价考核和责任追究制度。

"环境就是民生，青山就是美丽，蓝天也是幸福。要像保护眼睛一样保护生态环境，像对待生命一样对待生态环境。"这是总书记的谆谆告诫。方向已经明确，理论已经清晰，顶层已经设计，指令已经下达，等待我们的只有行动。

在京杭大运河杭州拱墅段，拱宸古桥之下，先前弥漫着腐臭的河水早已不见，漂在河面的油污也已消失，代之以一脉可以被看作风景的清流。让拱墅的运河水变清，曾被视作不可能实现的事，但现在已化梦为实。如今，住在附近的居民，甚至隔了好几个街区的市民，都乐意在运河边的绿道上健走，观赏运河两岸景色，畅快呼吸这里带点儿青草味的新鲜空气。冠之以"走运"美名的运河健走活动，吸引了越来越多的市民。

赢得"中国纽扣之都"和"中国拉链之乡"美誉的温州市永嘉县桥头镇，那条昔日曾被称为"牛奶河"、"垃圾河"的菇溪河，如今已恢复它的美丽。多年前，菇溪河畔聚集着上百家纽扣和拉链小作坊，产生的加工业污水不得不让人掩鼻而过。由于垃圾太多，向来水流充沛的菇溪河竟还一度断流，变成了一处废水潭。如今，流经桥头镇的7.58公里菇溪河已完成河道治理，累计投资7.06亿元，水质重新恢复为Ⅱ类标准以上。每当夏季，这里还成为人们游泳嬉水的"畅游河"，四方百姓无不拊手称喜。

在长期受纺织印染污水困扰的嘉兴市秀洲区王江泾镇，两座污水处理站正在日夜运转。在2014年年底由浙江省"五水共治"工作领导小组办公室公布的全省"五水共治"52项典型工程中，王江泾镇丝织科技园区太平污水处理站和宇四浜村生活污水处理站两个工程项目均在其中。两座污水处理站的日污水处理量为24500吨。当地渔民说："我又可以在河塘里养鱼了！"而种植在这河里的莲藕很多人曾经不敢食用，现在重又成了众人的美味佳肴。

绍兴市新昌县建立政府主导、全社会共同参与的多元化治水投入机制，治水办主动与政策性银行加强金融合作，争取开发性金融政策的扶持，专项支持农村生活污水治理项目；充分发挥企业债券融资优势募集资金，重点用于重大"五水共治"项目；采取市场化方式，鼓励民间资本参与，投资 2.38 亿元建设生态化垃圾处理终端项目。如今，越来越多的民企、社会团体、个人等社会力量进入"治水大军"，"百企联百村"制度确保每村能得到相对均衡的治水资金帮扶，大力推行河道"认养"制，使县域内企业或个人通过提供保洁资金来参与河道管护。到 2016 年年底，县、乡级河道已全部被 127 家企业和个人完成"认养"。

"一间间房子靓起来、一棵棵花树种起来、一串串葡萄熟起来、一杯杯美酒喝起来……"这是泰顺县司前畲族镇左溪村的村歌，正如歌曲描述的一样，由于生态建设扎实推进，这几年，左溪村发生了日新月异的变化，山区畲乡的幸福生活化为一首首动人的歌曲。

"浙江悠悠海西绿，惊涛日夜两翻覆。钱塘郭里看潮人，直至白头看不足。"（唐·徐凝）坚定不移地走在"两山"之路上，浙江人及时把准时机，付诸坚决行动，在绿色生态发展和生态文明建设的伟大工程中，正在为"中国的明天"提供更多的浙江经验、浙江元素和浙江方案。

水为肌骨，山为灵肉。随着对山水自然资源和生态文明发展规律认识的不断深化，越来越多的人意识到，绿水青山就是金山银山，保护生态环境就是保护生产力，改善生态环境就是发展生产力。绿色循环、低碳发展，是当今时代科技革命和产业变革的方向，是最有前途的发展领域。有人认为，包括政治、经济、生态资源环境等领域在内，世界已经进入了后危机时代。不论这一说法是否符合真实客观，但从字面上理解，后危机时代应该是"危机过去之后的时代"，或"危机过去后进入的相对平稳的时期"，伟大的人类依然把握着生存和发展的主动权。

"发展是我们党执政兴国的第一要务。我们已进入新的发展阶段，现在的发展不仅仅是为了解决温饱，而是为了加快全面建设小康社会、提前基本实现现代化；不能光追求速度，而应该追求速度、质量、效益的统一；不能盲目发展，污染环境，给后人留下沉重负担，而要按照统筹人与自然和谐发展的要求，做好人口、资源、环境工作。"这是习近平 2004 年 3 月 19 日发表在《浙江日报》"之江新语"专栏《既要 GDP，又要绿色 GDP》一文中的一段话。

今天的浙江，因绿水青山而闪耀灵性的光芒。面对清水涟涟和百姓点赞，曾经的阵痛、艰苦的攻坚都值得。"行百里者半九十，翻篇归零再出发。"是的，虽然我们已经取得了堪称辉煌的业绩，但在生态文明建设的伟大工程中，在构建人类命运共同体的漫长道路上，我们只是迈出了万里长征的第一步，今后的任务更艰巨、使命更伟大。唯有继续比学赶超、踏石留印、抓铁有痕，弘扬大禹治水精神，才能进一步发挥浙江生态优势，实现经济发展与生态改善的双赢；唯有时时把准历史方位，勇立潮头，才能更嘹亮地吹响高水平全面建成小康社会的号角，在"五位一体"总体布局和"四个全面"战略布局指引下，为实现"两个一百年"奋斗目标和中华民族伟大复兴的中国梦而努力奋斗！

我们期待着，我们行动着！

相关链接

"干在实处永无止境，走在前列要谋新篇"，这是 2015 年 5 月 25 日至 27 日习近平总书记在浙江调研时作出的指示。他强调，要深入贯彻党的十八大和十八届三中、四中全会精神，协调推进全面建成小康社会、全面深化改革、全面依法治国、全面从严治党进程，切实解决改革发展中的突出矛盾和问题，努力实现经济社会持续健康发展。

习近平总书记指出，我国经济发展已经进入新常态，如何适应和引领新常态，我们的认识和实践刚刚起步，有的方面还没有破题，需要广泛探索。关键是要保持战略定力，应势而谋，深入研究管用的措施和办法。改革是推动发展的制胜法宝。路总是有的，路就在脚下，关键是要通过变革打通道路，释放经济发展潜力。

后 记

　　"绿水青山就是金山银山"，这是一个伟大的科学论断；以这一科学论断为核心的"两山"重要思想，是建设"美丽中国"的纲领和指南。它全面而深刻地揭示了人与自然、经济发展和生态建设的辩证关系，展示了建设生态文明的实质规律，指出了构建人类命运共同体的基本途径和终极目标。它饱含中国传统文化中"天人合一"、"道法自然"的思想精髓，对山水乡愁的眷恋和呼唤，又洋溢着强烈的人文历史情怀，渗透了浓厚的中国美学意蕴。我写上这段文字，是为了表达我对这一科学论断和重要思想的些许体悟和感慨，是为了说明我创作这部长篇报告文学的内在动因和激情。是的，这既是一个值得大书特书的重大题材，又是一个千言万语无法穷尽的永恒话题。我有机会能为此写下一点文字，实在是一份荣幸，而尽可能抵及这一题材应该展现的文学本质，又是一份难以推卸的责任。

　　驾驭重大题材并投身写作，的确有其巨大的诱惑力，但其中必定会遭遇磨炼和考验，时时让我陷入思考和表达的挣扎状态。我担心自己对这一重大命题的理解不够准确深刻，对这一历史进程的了解不够全面透彻，对重要事件和典型事例的把握和选取不够有力恰当，也担心对全书的线索梳理、结构设置和叙述方式不够顺畅完美。可以想象，在近两年的采访、构思和写作的时间里，种种担心与创作过程中惯有的希冀、激情乃至喜悦、疲惫搅和在一起，化为推动我坚持到终点的一大动力，催促我在海量的信息和素材中研判和寻觅，鼓励我竭力达到一个又一个目标，也提醒我必须精雕细刻、精益求精。写作真似登山，在山下仰望，总会觉得实在高不可攀，怀疑自己不可能登临峰巅；攀登过程中的气急力衰，似乎早已超出了自己可容忍的极限，而足以抵消一切艰难苦痛的快慰，就在走完最后一步的瞬间。

在采写此书的过程中，浙江各地的相关市县和有关部门，无私地为我提供了大量珍贵素材，不少被采访者不厌其烦地把我领到现场，参观最新成果，重现当年情景。不少被采访者讲述了许许多多真实生动的故事，这都是不可多得的宝贵素材。众多社科界、文化界以及生态、环保、农林、绿化、水利、海洋、气象、地质等方面的专家学者，为我耐心介绍和讲解种种原理和规律，使我尽可能客观、准确、全面地掌握这方面的知识，在此我要向他们表示由衷的谢意。我要感谢国家新闻出版广电总局、中共浙江省委宣传部、浙江省新闻出版广电局等部门和领导的信任与大力扶持，感谢浙江人民出版社的鼓励和支持。我还要感谢在此书策划、论证、修改过程中给予指点的文艺评论家、作家、教授和编辑。诸多的信任、关心和鼓励，是我最终写完此书的不竭动力。

此书内文照片多为本人采访时所摄，部分由被采访单位提供。写作过程中参考了有关文件、档案材料、影像资料、新闻报道和相关学术著述，因无法在此一一列举，特此说明，并深表谢意。

孙 侃

2016 年 12 月于杭州復和居